Atlantika

Funkelnde Asche

Von Annika Kastner

ISBN: 978-3-8192-9779-3

Erstausgabe Mai 2025
© 2025 Annika Kastner

Verlag: BoD · Books on Demand GmbH,
Überseering 33, 22297 Hamburg, bod@bod.de
Druck: Libri Plureos GmbH,
Friedensallee 273, 22763 Hamburg

Bibliografische Information der Deutschen Nationalbibliothek: Die Deutsche Nationalbibliothek verzeichnet diese Publikation in der Deutschen Nationalbibliografie; detaillierte bibliografische Daten sind im Internet über http://dnb.dnb.de abrufbar.

Liebe Leser und Leserinnen,

dieses Werk enthält potenziell triggernde Inhalte. Am Ende des Buches findest du eine Übersicht mit möglichen Themen, die bei manchen Menschen eine Reaktion auslösen könnten.
Bitte entscheide für dich selbst, ob du diese Warnung lesen möchtest, denn sie könnte Spoiler für die Geschichte enthalten.

Ich wünsche dir wundervolle Lesestunden.

Vertrauen bedeutet nicht,
alles über jemanden wissen zu müssen.
Sondern es nicht wissen zu müssen.

Verfasser unbekannt

Playlist

The Story – Brandi Carlile
Alive – Sia
Lost without you – Freya Ridings
Ashes – Celine Dion
Eyes on Fire – Blue Foundation
Castle - Halsey
The Night We Met – Lord Huron
End of me – Ashes Remain
Way Down We Go - Kaleo
All of me – John Legend
Never let me go – Florence + The Maschine
Run – Snow Patrol
Control – zoe Wees
Still falling for you – Ellie Goulding
Another Love – Tom Odell (Sped up)
Belong together – Mark Ambor (Sped up)
I wouldn´t Mind – He is we (Sped up)
Lost on you – LP
If you love her – Forest Blakk (Sped up)
In this Shirt – The Irrepressibles
Silence – Marshmello, Khalid
In the End – Black Veil Brides
In the End – Tommee Profitt
Run boy run – Woodkid
Frozen – Within Temptation
No light, no light – Florence + the Maschine
Mountain Sound – Of Monsters and Men
Home – Phillip Phillips
Saturn – Sleeping at last
I found – Amber Run
Dynasty – Miia
Silhouette – Aquilo
All I want - Kodaline
The Last Goodbye – Billy Boy

Neve

Eine undurchdringliche Dunkelheit liegt wie ein dichter Schleier auf mir. Etwas Hartes drückt unangenehm in meinen Bauch, während ein dumpfer Schmerz in meinem Hinterkopf pulsiert und wie ein Echo durch meinen Körper hallt. Ich kann mich nicht rühren, mein Körper scheint mir fremd – als wäre ich in einem Fiebertraum gefangen, aus dem es kein Entrinnen gibt. Die Welt um mich herum existiert nur noch als schemenhaftes Flüstern, als verzerrte Schatten von Geräuschen, die ich nicht greifen kann. Alles wirkt surreal, entrückt, als sei ich in einer Zwischenwelt gefangen. Jemand trägt mich, wird mir bewusst und ich spüre einen festen Griff um meine Beine, während mein Körper wie ein lebloser Schatten über eine Schulter geworfen wird. Das gleichmäßige Schaukeln lässt meinen benebelten Geist immer wieder an die Oberfläche treiben, nur um sofort wieder zurück in die Tiefe zu sinken, in diese endlose, gnadenlose Dunkelheit. Die Welt verschwimmt, entfernt sich, wird zu einer geisterhaften Kulisse - doch gedämpfte Stimmen dringen zu mir durch, verzerrt, unwirklich, als kämen sie aus einer anderen Welt, von einem unerreichbaren Ort. Einer Traumwelt, vielleicht. Sie sprechen miteinander … doch die Worte driften an mir vorbei. Bruchstücke, entzweigerissen, die in meinem Verstand keinen Halt finden. Um mich herum wirkt alles geisterhaft und unwirklich. Aus der Dunkelheit taucht ein Bild auf, flüchtig, aber erschreckend klar: Skys angstverzerrtes Gesicht, die Panik in ihren Augen, kurz bevor sie in das lodernde Feuer stürzt. Ihr Schrei hallt in meinem Kopf wider, schrill und durchdringend und ich klammere mich an das Bild, versuche, die Dunkelheit zu durchbrechen, will nach Sky greifen – doch alles zerfließt erneut. Die Arme halten mich fest, tragen mich unaufhaltsam weiter durch den dichten Urwald und ich spüre, wie mein Bewusstsein wieder in die Finsternis sinkt. Das rhythmische Stampfen der Schritte lullt mich ein, ein endloser, monotoner Klang. Der Wald um mich herum riecht erdig und schwer, nasse Rinde, feuchtes Moos und der Geruch von verrottendem Laub dringen in meine Nase. Ich klammere mich verzweifelt an diese flüchtigen Sinneseindrücke, halte sie fest wie einen Rettungsanker, ohne zu merken, wie die Dunkelheit mich erneut verschlingt.

Ayden

Wir kauern am Ende des düsteren Tunnels, einer Sackgasse, die sich wie eine Falle anfühlt. Die Wände sind schwarz vor Schimmel und jahrhundertelangem Verfall. Der modrige Gestank von feuchtem Moos und fauligem Wasser hängt schwer in der Luft, vermischt sich mit dem Geruch von Rauch und verbrannter Erde. Tropfen sickern durch das bröckelige Mauerwerk und sammeln sich in dunklen Flecken auf dem Boden. Der schwache Schein meiner Flammen wirft unruhige Schatten an die Wände, die wild flackern und das Dröhnen der Explosion hallt noch immer in meinen Ohren. Die Angst um Neve wächst wie ein unaufhaltsames Ungeheuer in mir, ein eiskalter Dolch, der sich immer fester in meine Brust gräbt. Jeder Gedanke an sie, alleine dort mit diesem Monster namens Josias, lässt die Dunkelheit um mich herum dichter werden, als ob sie mich selbst in den Abgrund zieht.

Niemand von uns hat mit dieser Wendung der Ereignisse gerechnet. Es ist alles so verflucht schiefgelaufen. Ich schaue in die erschöpften, rußverschmierten Gesichter meiner Freunde. Sky zittert und hält sich die Seite, ihr Gesicht schmerzverzerrt. Blut klebt an ihrer Stirn und ich bin mir sicher, dass mindestens eine ihrer Rippen gebrochen ist. Sie atmet schwer und hustet, ringt darum, sich auf den Beinen zu halten, während sie bebend zu mir schaut. Die Erkenntnis, dass Josias uns hier unten fast getötet hätte, trifft mich hart. Der Gedanke, dass ich beinahe gestorben wäre, ohne Neve retten zu können, schnürt mir die Kehle zu. Es ist mehr als nur Angst – es ist ein tiefer, in meinem Wesen verankerter Instinkt. Der unaufhaltsame Drang, sie zu schützen. Er pocht in meinen Adern und ich darf nicht sterben, nicht, solange sie in Gefahr ist. Ich schaue mich um, mustere jedes einzelne Gesicht. Wir sind erschöpft und verletzt, aber noch lange nicht besiegt, denn es braucht schon mehr, um uns zu töten. Diese Wahrheit brennt in meinen Knochen. Es braucht mehr, um uns zu brechen. Wir sind ein Team und nur das hat uns in diesem Inferno das Leben gerettet. Instinktiv handeln wir als Einheit, die ihre Kräfte über Jahrhunderte hinweg geschärft hat. Dieser Zusammenhalt macht uns so besonders. Als die Explosion die Höhle erschütterte, waren wir bereits in diesem Tunnel und haben getan, was wir tun mussten, um zu überleben.

Die Verbindung, die zwischen uns besteht, ist etwas, was Josias niemals verstehen wird. Sie basiert auf Vertrauen, Liebe und der unzerstörbaren Gemeinschaft, die sich über die Jahre, durch Kämpfe und Opfer, geformt hat. Als Bluette ihre Kräfte entfesselte, riss die Erde unter uns auf. Tiefe Spalten fraßen sich bis ins Innere des Felsens und Adan zwang die Pflanzen, ihre Wurzeln zu einem schützenden Wall vor unserem Tunnel emporzuheben. Aros und ich bündelten jede Spur von Energie, die noch in uns war und setzten die Pflanzen in Brand, um der glühenden Feuerwand, die auf uns zuraste, den Brennstoff zu entziehen. Feuer mit Feuer bekämpfen. Kelvin und Rainn zogen das Wasser aus dem Krater, eine kalte, mächtige Schicht, das sich wie ein letzter Schutzmantel vor uns legte. Als das Feuer gegen das Wasser prallte, verwandelte sich die Hitze in wilden Nebel aus brodelndem Dampf und kochenden Wolken, die zwischen uns und den Flammen einen unerbittlichen Schleier zogen. Gemeinsam errichteten wir eine Barriere, die der Gewalt des Feuers standhielt, eine letzte Verteidigung gegen den sicheren Tod.

Doch als Josias Sky über den Rand der Schlucht warf, war es Adam, der sie rettete. Mit fester Entschlossenheit verwandelte er seinen Körper in Stein, ließ die Erde sich auf sein Kommando hin zu einer Rampe auftürmen, auf der Sky, schützend von einer dünnen Luftmembran umgeben, abgefangen wurde. Ihre fallende Gestalt rollte zu uns zurück und Adam griff durch das brodelnde Wasser, durch den Feuerring und durch die Pflanzen, seine steinernen Arme unerschütterlich, um sie sicher zu uns zu ziehen, während wir weiter die Barrikade gegen das Feuer aufrechterhielten.

Das wird niemand von uns ihm je vergessen, Sky am allerwenigsten. Sie verdankt ihm ihr Leben.

Langsam öffne ich die Augen, lasse die intensive Erinnerung an diese letzten, unendlich langen Stunden verblassen. Sie weichen wie Geister in die Dunkelheit zurück, doch in mir bleibt das Echo der Bilder bestehen. Ebenso das Wissen, dass ich Neve nicht schützen konnte und machtlos zusehen musste, wie Josias sie mitnimmt. Es widerspricht allem, was in mir ist. Mein Verstand akzeptiert die grausame Realität, doch das Monster in mir tobt, hadert mit der Ohnmacht, die meine Hände gefesselt hat. Neve ist meine Gefährtin und mein Instinkt schreit danach, sie zu verteidigen und zu retten. Doch ich habe versagt. Mein Blick fällt auf Sky. Ihre Haut ist übersät mit Brandblasen, gerötet und aufgerissen, aber sie lebt. Wir alle leben. Das ist etwas, an dem ich mich festhalten kann. Festhalten muss.

Dichter Nebel schwebt über dem verkohlten Boden, sein Dunst verschluckt das Licht und verdeckt uns die Sicht auf die Höhle, als wir uns Schritt für Schritt aus dem Tunnel hinauswagen. Jetzt, wo der Boden genug abgekühlt ist, können ihn auch die anderen gefahrlos passieren.

„Geht es?", frage ich Sky leise und sie nickt nur stumm. Ihre Atemzüge sind flach und abgehackt, als ob jedes Luftholen ihre Lunge schmerzt. Doch gerade kann ich nichts für sie tun. Diese Verletzung wird heilen, wie all unsere Wunden. Bis dahin heißt es: Zähne zusammenbeißen. Wir sind Elementare – solche Wunden werfen uns nicht aus der Bahn. Die Explosion hätte uns zerfetzen können, das Feuer die anderen in Asche verwandeln. Doch gebrochene Rippen und Hautabschürfungen? Das sind Kampfspuren, über die wir lachen werden, wenn sie verheilt sind. Und ich weiß, dass Sky sie ohne Wehklagen ertragen wird.

Keuchend und uns mit jedem Schritt durch die heißen, dampfenden Trümmerhaufen kämpfend, tasten wir uns vorwärts. Die einst majestätische Höhle ist kaum wiederzuerkennen. Das große Loch über uns ist nun ruß geschwärzt, die Lianen sind verkohlt oder zerrissen. Die Luft ist dick von Rauch und Asche und jedes Einatmen kratzt in meiner Kehle. Alles wirkt tot. Wir müssen hier schnell raus – zu Neve.

Die Sorge um meine Gefährtin brennt wie ein Feuer in mir, ein loderndes Inferno, das mit jeder Sekunde heißer wird. Die Sehnsucht nach ihr wütet in meinem Herzen, während mein Hass auf Josias wie Öl in die Flammen gegossen wird – ein alles verzehrendes Feuer, das nur eins will: Ihn zu Asche verwandeln. Und damit sie in Sicherheit wissen.

„Was hat Neve mit Josias besprochen?", frage ich Sky zum wiederholten Male, doch sie weigert sich, auch nur einen Ton darüber zu sagen.

„Nichts."

„Sky, du lügst und ich sehe es dir an. Was hat Neve zu Josias gesagt? Ich muss es wissen."

„Nichts", knurrt Sky zwischen zusammengebissenen Zähnen und verzieht das Gesicht vor Schmerzen, als sie über einen kantigen Felsen klettert.

Was verbirgt sie vor mir? Was kann Neve mit Josias besprochen haben, dass Sky sich weigert, es mir zu erzählen?

Meine Geduld bröckelt, wie das Geröll unter meinen Füßen.

„Sky, ich schwöre dir, ich bin kurz davor auszurasten."

Hitze pulsiert in meinen Händen und ich halte ihr meinen Daumen und Zeigefinger vor die Nase, um ihr zu zeigen, wie dünn der Faden ist, an dem meine Geduld hängt. Und zwar sehr dünn.

Die anderen verfolgen unsere Diskussion schweigend, jeder von ihnen angespannt und erschöpft, aber keiner wagt es, sich einzumischen. Sky und ich ergeben ein explosives Gespann, wenn wir streiten.

„Ich kann nicht." Plötzlich lässt sie sich einfach auf den Hintern fallen und schlägt die Hände vor dem Gesicht zusammen – und beginnt, zu meinem Erschrecken, zu weinen. Ihr Körper zittert heftig unter dem Schluchzen und wir alle bleiben wie erstarrt stehen, unfähig zu begreifen, was gerade passiert. Sky weint nicht. Sie ist diejenige, die einem lieber eine Kopfnuss verpasst, damit man sich zusammenreißt.

Gestresst und völlig überfordert, stehe ich schweigend neben ihr, unfähig, etwas zu sagen. Dieser Ausbruch trifft mich eiskalt und ich weiß nicht, wie ich damit umgehen soll. Den anderen scheint es ähnlich zu gehen, wenn ich ihre Mienen korrekt deute.

„Wieso kannst du nicht?", fragt schließlich Bluette vorsichtig, die sich, ebenfalls von Kratzern und Blessuren übersäht, neben ihr auf die Knie fallen lässt und sie sanft in ihre Arme zieht. Sie hält Sky fest umschlungen und spendet ihr den Trost, den sie gerade so bitter benötigt.

„Weil … es meine Schuld ist."

„Was genau ist deine Schuld?", hinterfragt Bluette vorsichtig und sieht ihr direkt in die Augen, die vom Weinen rot und geschwollen sind.

Sky schaut erst sie an, ehe sie sich uns mit gequältem Ausdruck in den Augen zuwendet.

„Es ist meine Schuld, dass sie Josias ausgeliefert ist." Skys Stimme zittert und jedes ihrer Worte trifft mich wie ein Schlag. „Er wird das Gleiche mit ihr tun, was er Cilia und mir angetan hat. Er wird ihr wehtun, sie brechen, weil es Monster wie er nun mal tun." Ihre Stimme kippt und sie atmet schwer, bevor sie weiterspricht. „Er hat sie in seiner Gewalt, weil ich nicht stark genug gewesen bin. Sie hat dort oben um mein Leben gefeilscht, um unser aller Leben. Sie hat Josias gezwungen, einen Blutschwur abzulegen – dass, wenn sie an seiner Seite herrscht, ihren Freunden und ihrer Familie kein Leid zugefügt werden darf. Sie hat etwas gegen ihn in der Hand, etwas, das ich nicht verstanden habe. Aber es ist etwas, dass er unbedingt haben will und nur sie ihm scheinbar geben kann." Wir alle können die Verzweiflung in ihren Augen sehen, beinahe greifen. „Neve muss es gefunden haben, als sie die letzte Prüfung absolviert hat. Josias wird sie zur Siegerin erklären und sie wird an seiner Seite stehen. Alles nur … wegen uns. Ihr wisst, wie Neve ist. Sie wird für uns dortbleiben, doch dieser Preis … Er wird sie zerbrechen und du Ayden, du wirst es auch. Ihr beide werdet daran zu Grunde gehen." Skys Blick trifft meinen und das Grauen in ihren Augen bringt mein Herz zum Stolpern. „Für dich, nein für uns alle ist sie jetzt unerreichbar. Neve hat sich geopfert, um uns alle zu retten und dafür hat sie … sich selbst verkauft."

Ihre Worte hallen in mir nach, ihre Stimme ist nur noch ein heiseres Flüstern. „Jetzt wisst ihr es. Oder wäre es euch lieber gewesen, wenn ich es für mich behalten hätte? Ich fühle mich so unglaublich schuldig. Ich stand dort oben wie ein Feigling und habe kein Wort herausgebracht. Ich habe nur dagestanden, zitternd, stumm und wie versteinert, während er sie geschlagen hat und sie alles versucht hat, mein verdammtes Leben zu retten. Ich habe sie verraten, während sie um mein Leben gebettelt hat. Das habe ich nicht verdient. Ich habe nicht gekämpft, sondern … nur gehofft, dass es vorbeigeht. Ich war ein Feigling, habe sie im Stich gelassen und ich hasse mich für diesen Moment der Schwäche."

Die Schuld in ihren Augen ist überwältigend. Ihre Worte sind wie ein Urteil, das sie selbst über sich verhängt hat und ich weiß, niemand kann ihr diese Last gerade nehmen.

Sie senkt den Blick, ihre Hände zittern und sie schluckt hart, als würde sie die Worte kaum ertragen. Ihre Stimme bricht, als sie weiterspricht: „Als ich ihm wieder so nahe war, hatte ich das Gefühl, als wäre ich wieder dort in dieser Zelle. Ich habe den kalten

Steinboden an meinem Rücken gespürt, den Schmerz, die Verzweiflung - und sein Flüstern in meinem Ohr."

Sky verstummt. Ihre Augen sind leer und voller Qual, weil das, was Josias ihr angetan hat, viel tiefer geht, als Worte es je beschreiben könnten. Ich muss mich ebenfalls setzen. Meine Beine sind plötzlich ganz weich und mit zittrigen Händen fahre ich mir durch das verdreckte Haar, während Skys Worte in mir nachwirken.

Aros flucht ungehalten und ich sehe die Bestürzung in den Gesichtern der anderen, ihr tiefes Entsetzen. Doch in mir regt sich etwas anderes, etwas Urgewaltiges. Mein Atem geht flach, meine Muskeln spannen sich an und mein Instinkt brüllt, dass ich Handeln muss. Dass ich sie zurückholen werde. Nach einem kurzen Moment des Schweigens knurre ich: „Ich werde das nicht zulassen."

Und ich meine jedes Wort ernst. Egal was es mich kostet. Neve wird sich nicht für mich opfern. Für niemanden.

Nereus seufzt, sein Blick gequält. „Du kannst es nicht verhindern." Seine Stimme klingt rau, doch dahinter liegt ein Schmerz, den ich nicht überhören kann. Der Schmerz eines Vaters, der sein Kind verloren glaubt und mit dieser unerträglichen Wahrheit ringt. „So sehr ich es verabscheue, hat meine Tochter ein Opfer gebracht – für uns alle. Was können wir in diesem Augenblick tun? Wir sitzen hier fest."

Doch in mir brennt der feste Wille, alles zu tun, um Neve zu retten. Und der überlagert die Verzweiflung. Er grollt in meiner Brust, zieht sich wie Feuer durch meine Adern. Das Monster in mir bäumt sich auf, drückt gegen meine Haut. Alles in mir schreit danach, meine Gefährtin zurückzuholen – jetzt sofort, mit

Händen und Klauen, wenn es sein muss. Meine Finger ballen sich zu Fäusten. Ich bin niemand, der aufgibt. Ich bin jemand, der kämpft, bis zum Ende.

„Ich werde Anspruch auf sie erheben. Das hätte ich längst tun sollen." Meine Stimme bebt, doch ich zwinge sie zur Festigkeit. „Neve gehört zu mir und ich zu ihr. Unsere Elemente sind eins, wir sind unwiderruflich miteinander verbunden. Sie wird niemals Josias Gefährtin – nur über meine Leiche! Bevor ich zulasse, dass er sie anfasst, schlage ich ihm selbst den Kopf von den Schultern. Wenn ich sterben muss, dann mit ihr zusammen oder bei dem Versuch, sie zu retten."

Opal schüttelt den Kopf. „Das ist eine Reise in den Tod."

Ich lache auf, doch mein Lachen klingt kalt und hart.

„Das könnte sein und ich erwarte nicht, dass ihr …"

Ich breche ab, als Rainn die Hand hebt und seinen Kopf ruckartig zur Seite dreht, seine Augen schmal.

„Still", zischt er, den Kopf leicht geneigt, als würde er lauschen. Und dann höre ich es auch. Ein Rufen. Erst leise, doch es durchschneidet die Stille.

„Ayden."

Das Flüstern meines Namens trifft mich wie ein Stromstoß und eine Gänsehaut breitet sich über meinem ganzen Körper aus.

„Ayden", hallt es erneut, leise und kaum greifbar, durch die dampfenden Trümmer. Die Stimme schleicht sich wie ein Echo in meine Gedanken und mit jedem Klang bin ich sicherer, dass hier ein fauler Zauber im Spiel ist. Das ist unmöglich, ich kenne diese Stimme.

„Hört ihr das auch?", erkundigt sich Kelvin, dessen Gesicht von einem unruhigen Ausdruck gezeichnet ist.

Ein angespanntes Schweigen folgt, bis sich die Wahrheit wie ein schwerer Stein auf uns legt. Jeder von uns kennt diese Stimme. Jeder weiß, wem sie gehört – Gaia. Das kann nicht sein.

„Ist das wirklich …?", haucht Bluette, ihre Augen vor Schreck geweitet und sie zögert den Namen auszusprechen, an den wir alle denken. Der unserer Herrscherin gehört, nach der wir schon so lange suchen.

„Finden wir es heraus", zische ich. Meine Geduld ist erschöpft. Ich habe keine Lust auf weitere Überraschungen oder Sinnestäuschungen. Ohne weiter zu zögern, stürme ich los, der Stimme entgegen, die wie eine lockende Melodie durch die zerklüfteten Höhlen weht.

„Ayden, hier drüben", erklingt es wieder, diesmal klarer, wie ein nahes Flüstern. Mein Blick fällt auf einen roten Lichtschein, der durch den dichten, schwülen Nebel bricht, sich wie ein lebendiges Wesen über den Boden zieht. Der Nebel ist zäh, fast greifbar und seine feuchte, klamme Kälte schlingt sich um meine Glieder, als wolle er mich festhalten und daran hindern, weiterzugehen. Doch ich lasse mich nicht aufhalten. Mit jedem Schritt kämpfe ich mich durch den nebligen Schleier, der wie ein schwerer Vorhang zwischen mir und der Stimme hängt.

Schließlich erreiche ich eine Zelle, wie mir jetzt bewusst wird. Fälschlicherweise haben wir die Gitter für einen weiteren Gang gehalten, der abgesperrt wurde. Aber es ist eine Zelle. Sie wirkt, als stamme sie aus einer anderen Zeit – uralt, aus massivem, dunklem Stein gehauen, ihre Wände rau und von Moos und Flechten überwuchert und mit Runen überzogen, die in die Wände geritzt wurden, um jedem Elementar einen Ausbruch unmöglich zu machen. Für wen wurde sie geschaffen? Die Luft, die aus ihr dringt, ist dick und muffig, ein stechender Geruch nach verrottetem Laub und altem Wasser zieht mir in die Nase. Es ist ein längst vergessenes Gefängnis in der Einsamkeit der unterirdischen Tunnel. Die rostigen Gitterstäbe vor mir sind dick und knorrig, geformt von den Jahren, die sie überdauert haben. Und dahinter … sehe ich sie. Gaia. Die vertraute Silhouette tritt aus dem dichten Nebel hervor. Ihr Gesicht ist blass und verdreckt, ihr Körper von Erschöpfung gezeichnet, schmaler als vor ihrem Verschwinden und doch – sie ist unverkennbar. Ihre Augen – diese Augen, in denen alle Elemente abwechselnd toben – sind genau wie in meiner Erinnerung. Ihr Lächeln, auch wenn es schwach ist, trägt noch immer diese unverkennbare Wärme. Das braune Haar, das sie umgibt und welches früher seidig weich über ihren Rücken fiel, ist wirr und zerzaust. Es fühlt sich an, als hätte ich sie erst gestern gesprochen, doch es ist Monate her. Sie zu sehen fühlt sich unglaublich vertraut, aber auch völlig fremd an, als wäre ich in all der Zeit ein anderer geworden. Wie ist das möglich, dass sie hier vor mir steht? Meine Gedanken stolpern, wie ein Mensch, der im Dunkeln Halt sucht. Wie kann sie hier sein? Wir haben Monate nach ihr gesucht, sind immer wieder falschen Spuren gefolgt, ohne auch nur den Hauch einer Gewissheit. Und jetzt … jetzt finde ich sie hier? Einfach so, an diesem Ort, inmitten von Trümmern und Nebelschwaden, wie ein vergessenes Relikt, das plötzlich ins Licht tritt? Die Welt um mich herum scheint stiller zu werden, als hätte sie die Zeit angehalten, um mir einen Augenblick zu geben, zu begreifen, was vor mir liegt. Aber mein Verstand weigert sich, es zu verstehen.

„Ayden." Ihr Flüstern ist kaum mehr als ein Hauch, ihre Stimme bebt unter der Last von Erschöpfung und aufgestauter Emotion. Ihre Augen suchen meinen Blick. Eine Träne rollt langsam über ihre schmutzige Wange, hinterlässt eine klare Spur auf ihrer sonst von Schmutz gezeichneten Haut. Und ich weiß, ich sollte mehr bei diesem Anblick empfinden. Es ist meine Herrscherin, die dort steht. Eine Vertraute. Doch ich fühle nichts. Sondern denke nur daran, wie ich Neve zurückholen kann. Und das zeigt, was für eine Art Monster ich wirklich geworden bin.

„Du bist wirklich hier", murmelt sie, ihre Worte voller ungläubiger Erleichterung. Ihre Haltung bleibt aufrecht, königlich, während ihre Hände sich um die rostigen Gitterstäbe krallen. Ihre Finger wirken knochig, ausgezehrt und die Nägel an ihren Händen sind voller Dreck und gesplittert.

„Ich habe gehofft, dass du mich eines Tages findest." Ihr Lächeln ist schwach, ein Schatten ihrer üblichen Stärke, aber dennoch echt. „Wenn es jemand schafft, dann du. Ich konnte mich schon immer auf dich verlassen."

Es ist ein vertrauter, fast zärtlicher Zuspruch. Nicht als Königin an ihren Krieger, sondern als Freundin an jemanden, der ihr immer zur Seite stand.

Trotzdem spüre ich eine nie dagewesene Distanz zwischen uns, die ich nicht erklären kann und die ich versuche zu verdrängen. Sie wirkt in diesem Moment unglaublich verletzlich – und kaum wie Gaia die Herrscherin.

Neve

Als ich erneut erwache, fehlt das rhythmische Schaukeln und der Druck auf meinem Magen ist ebenso verschwunden wie der Geruch des Urwaldes, der mich zuletzt noch umgeben hat. Stattdessen erfasst mich eine totale Stille. Eine Weile liege ich reglos da, versuche der Dunkelheit zu entkommen, die mich in ihren Krallen hält. Der dumpfe Schmerz in meinem Kopf pocht und wird mit jedem Atemzug deutlicher, während mein Bewusstsein immer weiter zurückkehrt. Es ist ein mühsamer Kampf mit mir selbst und ich halte mich verbissen bei Bewusstsein. Ein kühler, unbekannter Duft hängt in der Luft, unter mir spüre ich ein weiches Polster, das sich an meinen Rücken schmiegt. Doch diese Ruhe und das weiche Bett fühlen sich nicht nur fremd, sondern auch bedrohlich an und ich weiß, dass ich nicht da bin, wo ich sein sollte. Bei Ayden. Wo bin ich? Mühsam öffne ich die Augen. Ich blinzle einige Male angestrengt. Über mir wölbt sich ein Baldachin. Ich blinzle abermals, versuche zu begreifen, wo ich hingebracht wurde und kämpfe gegen die Übelkeit an, die in mir aufwallt. Es ist ein großer Raum. Langsam schaue ich mich um, ohne den Kopf zu drehen und versuche, die Umgebung zu verstehen. Das Zimmer ist kühl und unpersönlich, strahlt eine unheimliche Einsamkeit aus. Jedes Detail wirkt fremd, von den antiken Möbeln bis hin zu den hohen Fenstern, die das blasse Morgenlicht hereinlassen. In meiner Brust breitet sich Panik aus. Mit einem Ruck richte ich mich auf, weiß sofort, dass hier etwas nicht stimmt und ein Gefühl von Grauen überfällt mich. Was ist passiert? Wo ist Ayden? Die Erinnerungen kommen in Bruchstücken zurück: Skys letzte Worte, ihr Sturz in die Flammen ... und das Bild von Ayden ... Die Explosion.

Hat er überlebt? Alarmiert und mit einem pochenden Herzen lasse ich meinen Blick unruhig durch den mir völlig unbekannten Raum schweifen. Das Zimmer ist groß und imposant, ein Relikt aus längst vergangener Zeit, ganz im Stil Atlantikas, wo antike und futuristische Elemente aufeinandertrafen und eine neue Welt erschaffen haben. Die Wände aus robustem Stein speichern die Kühle der Morgenstunden weit besser als Holz es je könnte. Ein kleiner Schutz vor der drückenden schwülen Hitze, die hier tagsüber herrscht. Hohe, majestätische Fenster lassen einen sanften Lichtstreif hinein, während Sonnenstrahlen kleine Staubpartikel in der Luft tanzen lassen und den Raum in ein fast magisches Licht tauchen, für dessen Schönheit ich gerade keinen Blick habe. Mitten im Zimmer thront das prächtige Bett, auf dem ich liege, umhüllt von einem schweren Baldachin aus derbem, grobem Stoff, der zur Seite geschoben wurde. Es könnte einladend wirken, doch eine unheimliche Ahnung lässt sich meine Nackenhaare sträuben und die Nervosität in mir steigen. Wie bin ich hierhergekommen? Schemenhaft erinnere ich mich an das Gefühl, getragen worden zu sein. Ich versuche, die Lücken in meinen Erinnerungen zu füllen und hoffe, dass mir das Zimmer weiterhilft. Also schaue ich mich weiter um. Das Bett sieht majestätisch aus, die glatte kühle Seide der Bettwäsche schimmert dunkel wie die Vorhänge. Mein Blick zieht weiter, stoppt an dem massiven Holzschrank an der gegenüberliegenden Wand, der vermutlich Kleidung und persönliche Habseligkeiten beherbergt. In der Ecke, halb im Schatten, steht ein kleiner Schreibtisch aus dunklem Holz, auf ihm ein Tintenfass, ein Federkiel und eine fast abgebrannte Kerze – Spuren davon, dass vor Kurzem jemand dort etwas geschrieben hat. Nur wer? Dahinter, in einem kleinen Regal, reihen sich sorgfältig ausgewählte Bücher und Schriftrollen auf. Der Duft von getrockneten Kräutern schwebt in der Luft und kitzelt meine Nase, während das ganze Zimmer eine überwältigende Aura von Erhabenheit ausstrahlt, die mich nur noch unruhiger macht. Das ist kein einfaches Zimmer eines Kriegers.

Es sind keine Gitter vor den Fenstern angebracht, wie in meinem alten Gemach – das scheint auch nicht nötig, denn plötzlich wird mir klar, wo ich mich befinde. Kaltes Entsetzen erfasst mich. Ich befinde mich hoch oben im Schloss, in den Räumen von Josias. Das Wissen, dass ich mich in seinem persönlichen Bereich befinde, schließt sich wie eisige Finger fest um mein Herz.

Ein überwältigendes Gefühl der Angst wallt in mir auf. Intensiv und lähmend. Meine Gedanken rasen unkontrolliert, während meine Muskeln sich anspannen, bereit zum Fliehen oder Kämpfen. In einem Ansturm nackter Panik strample ich mich von den Decken frei und springe hastig aus dem Bett. Meine Füße landen auf dem kratzigen, rauen, handgewebten Teppich. Er fühlt sich unangenehm unter meinen Füßen an, doch ich bemerke ihn kaum. Mein Herz hämmert, trommelt verzweifelt gegen meine Brust und meine Atmung wird hektischer und unregelmäßig. Eine Panikattacke baut sich in mir auf, unerbittlich und unaufhaltsam und ich kämpfe verzweifelt damit, sie zurückzudrängen. In meinem Kopf türmen sich düstere Worst-Case-Szenarien auf, mit bedrohlichen Bildern, was während meiner Bewusstlosigkeit geschehen sein könnte. Das Rauschen meines Blutes in den Ohren wird immer lauter, während ich mit einem unangenehmen Knoten im Magen angespannt meinen Körper abtaste und versuche, ruhig zu bleiben. Ein Hauch Erleichterung durchflutet mich, als ich feststelle, dass ich noch immer in meinen schmutzigen Kleidern stecke, die von Sand, Ruß und Blut bedeckt sind. Er hat mich nicht angerührt. Die Erkenntnis trifft mich mit einer nie dagewesenen Erleichterung, wie ein Schock und alle Erinnerungen strömen in einer überwältigenden Flut in meinen Kopf, lassen mich taumeln. Es ist zu viel. Heiße Tränen steigen mir in die Augen, während ich die Last der vergangenen Ereignisse in mir spüre und sie vor meinem inneren Auge erneut durchlebe. Mein Zuhause. Die Entführung. Ayden. Die Prüfung. Der Urwald. Hestia. Mein beinahe-Ableben und die anderen Glacies, die verborgen im Montes Glacies leben. Josias Haus, der verfluchte Geheimgang, aus dem es kein Entrinnen zu geben schien … ich kann die Flut an Erinnerungen nicht stoppen, die auf mich niederprasseln.

Ayden … Sky … Mom … Dad … meine Freunde … die Explosion. Das Inferno der Flammen und … Sky. Sky, die von Josias in die alles verzehrenden Flammen gestoßen wurde. Ein erstickter Laut dringt aus meiner Kehle empor, als der Schmerz in mir seine Klauen in mein Herz gräbt. Ich sehe ihren verzweifelten Gesichtsausdruck vor meinem inneren Auge. Sky, die nicht sterben wollte, aber ihr Schicksal akzeptierte und mir ihre letzten Worte widmete, damit ich weiß, dass es nicht meine Schuld ist. Doch, das ist es. Ich hätte sie retten müssen. Sky, diese wilde, impulsive Aeria, mit ungezähmtem Temperament, wilden Locken und dem Herz aus Gold. Ein Wimmern verlässt meine Lippen. Der Gedanke, dass sie fort ist, zerbricht etwas in mir. Sie war meine erste Freundin hier. Meine erste Freundin überhaupt. Sie kann nicht für immer fort sein.

Meine Gedanken wandern unweigerlich zu Ayden, meinem Gefährten, dem Mann, den ich über alles liebe. Die Vorstellung, ihn verloren zu haben, ist unerträglich und schnürt mir die Kehle zu. Angst legt sich wie eine schwere Decke über mich und es fühlt sich an, als würde mir die Luft zum Atmen fehlen. Mein Brustkorb zieht sich zusammen und ich greife nach meinem Hals, um zu spüren, dass ich noch Luft bekomme. Mein Verstand rast. Was, wenn ich ihn nie wiedersehe? Was, wenn ich ihn verloren habe? Ich fühle mich gefangen in meiner Angst und Sorge um ihn und rufe mir sein Gesicht vor Augen: sein feuriger Blick, sein Lächeln, mit dem er mich immer um den kleinen Finger wickeln konnte. Er … kann nicht fort sein. Keiner von ihnen. Hat überhaupt jemand überlebt? Oder habe ich alle verloren, die mir etwas bedeuten? Hat Josias es geschafft, mir auf einen Schlag alles zu nehmen, was ich liebe? Das nagende Gefühl der Ungewissheit schnürt mir weiter die Kehle zu, jede Faser meines Herzens zieht sich schmerzhaft zusammen. Die Bilder der Explosion flammen unaufhörlich vor meinem inneren Auge auf und meine Gedanken drehen sich in einem endlosen quälenden Kreis nur darum, ob auch nur einer von ihnen am Leben sein könnte. Meine eigenen Probleme sind vergessen, als ich zum Fenster stürze und nach unten schaue, als würden sie dort stehen und mir zuwinken. Ich weiß, dass es unmöglich ist, aber ein winziger Teil von mir hat es gehofft. Der frische Wind sorgt dafür, dass ich wieder mehr Luft in meine Lunge ziehen kann, und ein merkwürdiges Gefühl der Distanz erfüllt mich. Als wäre ich nicht wirklich hier, sondern nur eine Zuschauerin dieses Dramas. Alles wirkt so surreal, wie in einem Albtraum gefangen, aus dem es kein Entrinnen gibt. Ich kann von hier aus die Arena sehen und auch den Galgen, der bereits aufgebaut wurde. Ich sehe Besucher miteinander lachen und ihre Fröhlichkeit verstärkt meine Verzweiflung. Wie können sie dort unten stehen und so ausgelassen sein, während meine Welt zugrunde geht? Mein Blick wandert unruhig umher. Ich sehe die Kuppel, die diese Stadt vor den Ungeheuern da draußen schützt. Sie steht unversehrt am Himmel. Doch die wahren Monster sind bereits hier. Sie verstecken sich nicht in der Dunkelheit, sondern leben mitten unter uns. Jene, die man nicht auf den ersten Blick als solche erkennt. Hinter der Kuppel erstreckt sich der scheinbar undurchdringliche Urwald, dessen saftige grüne Baumkronen sich hoch in den Himmel erheben. Von hier oben kann ich einige Lianen und exotische Pflanzen erkennen, die ein dichtes, lebendiges Geflecht bilden. Das Zirpen der Insekten mischt sich mit dem exotischen Gezwitscher der Vögel, die in den mächtigen Wipfeln umherflattern. Die schwere Feuchtigkeit der Luft und der Duft der klammen Erde dringen durch das offene Fenster, während ich verzweifelt versuche, die Erinnerungen und Gefühle zu verdrängen. Der Knoten in meinem Magen zieht sich noch fester zusammen. Wie lange war ich bewusstlos? An dem Galgen hängen bereits zwei Seile. Sie werden Hestia und Niara hinrichten. Wegen mir. Trotz allem, was sie getan haben, meldet sich mein Gewissen. Ich will ihren Tod nicht. Und doch würde ich ihre Leben sofort gegen die meiner Familie und Freunde eintauschen, wenn ich die Chance dazu bekommen würde. Vielleicht bin ich auch eines der Monster, das unter dieser Kuppel lauert. Meine Gedanken kreisen nur darum, wie ich zurück zu dieser Höhle im Urwald kommen kann, um nach ihnen zu suchen – den Wesen, die mir alles bedeuten. Die Szenarien, die sich mein Kopf ausmalt, sind eins schlimmer als das andere.

Plötzlich schwingt die Tür hinter mir knarrend auf. Meine Muskeln verkrampfen sich augenblicklich, bereit, mich zu verteidigen. Hastig suche ich mit den Augen nach einer Waffe, doch nichts in meiner unmittelbaren Nähe scheint geeignet, mich vor Josias zu schützen. Mit einem abrupten, verängstigten Ruck drehe ich mich um, mein Herz rast vor Angst. Dies ist sein Reich – und mir wird schmerzlich bewusst, dass ich hier wie eine Fliege im Netz einer Spinne gefangen bin. Das Wissen, dass er mich nach Belieben überwältigen könnte, verstärkt das enge Gefühl in meinem Brustkorb nur noch. Es fällt mir schwer, klar zu denken, weil die Angst davor, dass mir das Gleiche widerfährt wie Sky, geradezu lähmend wirkt. Ich habe gesehen, was er aus ihr gemacht hat. Aus dieser starken Frau. Doch ich werde nicht kampflos aufgeben. Niemals. Er denkt, dass ich am Ende bin. Dass ich mich beuge, doch das werde ich nie tun. Nicht, solange ich noch atme. Der einzige Grund, warum ich mit ihm gefeilscht habe, war der, das Überleben meiner Lieben zu sichern. Jene, die er vermutlich bei lebendigem Leib verbrannt hat. Mein Hass auf ihn ist unmenschlich. Er schmeckt bitter auf meiner Zunge und meine Hände ballen sich unwillkürlich zu Fäusten.

Mit einem kalten Lächeln, bei dem seine Lippen zu einem dünnen, fast unnatürlichen geraden Strich zusammengepresst sind, betritt Josias das Zimmer und schließt leise die Tür hinter sich. Das Klicken des Schlosses ist sacht, aber für mich klingt es ohrenbetäubend. Sein Blick ist kalt, berechnend, voller Überlegenheit - von der höflichen Fassade, die er sonst zumindest ansatzweise zur Schau gestellt hat, ist nicht mehr viel zu sehen. Seine scheinbare Gleichgültigkeit macht seine sadistische Freude nur umso deutlicher. Er genießt die Macht, die er über mich und meine Situation hat. Er badet geradezu in der Angst, die ich ihm unfreiwillig zeige.

„Sieh nur, wer endlich erwacht ist. Meine wunderschöne, kriegerische Braut, die dachte, sie könnte mir überlegen sein und mich überlisten."

Er schaut sich scheinbar gelassen im Raum um, doch ich weiß, dass er nur darauf aus ist, meine Angst weiter zu schüren und ich bleibe achtsam. Sein Blick bleibt an dem majestätischen Bett hängen und an den zerwühlten Laken. Als er mich schließlich ansieht, werden meine Knie weich vor Angst und ich bewege mich zitternd einen Schritt zurück zum Fenster. Das, was ich in seinen Augen sehe, gefällt mir nicht. Lieber stürze ich mich hinab, als zuzulassen, was sein Blick andeutet.

„Ich kann es kaum erwarten dir zu zeigen, wo dein Platz ist. Unter mir. Du wirst lernen, zu gehorchen und zu tun, was ich sage. Aber jetzt kleide dich an, wir haben noch viel zu tun, bevor du Morgen neben mir den Thron besteigst."

Wut und Angst verbinden sich in meinem Inneren zu einer gefährlichen Mischung. In mir wächst das Bedürfnis, ihm zu sagen, wohin er sich seinen Befehl stecken kann. Mein anfänglicher Schock verfliegt langsam und meine Angriffslust erwacht zum Leben. Mein Wunsch zu kämpfen, überlagert das Gefühl der Angst. Ich möchte ihm am liebsten die Augen auskratzen, diesem verdammten Mistkerl.

Statt sich abzuwenden, damit ich seinem Befehl Folge leisten kann, bleibt sein Blick auf mir haften, was mich nur noch mehr anstachelt. Ich versuche, Kontrolle über meine Emotionen zu bekommen, aber es fällt mir unglaublich schwer. Es soll nicht wissen, dass ich mich vor ihm fürchte.

„Hier, vor dir?", krächze ich und er kommt langsam auf mich zu. Das Lächeln auf seinen Lippen ist das eines Raubtieres, ohne jegliche Wärme. Doch dieses Mal weiche ich nicht zurück, sondern spanne meine Muskeln an und straffe meine Schultern. Er streckt entschlossen die Hand aus, seine Finger fest verschlossen und umfasst mein Kinn. Die Geste ist bestimmend und grob, ohne Zögern oder Rücksicht. Seine Handfläche drückt sich unangenehm fest gegen die Haut meines Gesichtes, während sich die Finger betont langsam spreizen und mein Kinn umschließen. Er zwingt mich, ihm in die Augen zu sehen, indem er mein Kinn nach oben drückt. Es ist ein deutliches Zeichen seiner Dominanz, mit dem er klarmacht, wer hier die Oberhand hat. In mir steigt ein Knurren empor. Ich werde mich ihm nicht beugen. Der animalische Teil in mir, der in meinen Genen verwurzelt ist, weiß genau, dass ihm diese Art der Berührung nicht zusteht. Nicht, wo ich bereits an einen

Anderen gebunden bin, dessen Seele mit meiner verflochten ist.

Widerwillen überfällt mich schon bei dieser kleinen Berührung. Es kostet mich alles, still zu stehen, doch ich halte durch und funkle ihn wütend an. Während ich in Josias kalte Augen blicke, schießt mir der Gedanke an Ayden durch den Kopf und die Vorstellung, dass er noch leben könnte, gibt mir einen kleinen Funken Hoffnung. Ich stelle mir vor, wie er Josias zur Rechenschaft ziehen wird, für alles, was er mir angetan hat. Für jede qualvolle Berührung wird Ayden ihn brennen lassen und dieser Gedanke ist seltsam befriedigend.

„Willst du jetzt wieder die Schamhafte spielen? Willst du nicht betteln und flehen, dass ich aufhören soll?"

Nichts dergleichen werde ich tun. Diese Genugtuung wird er nicht bekommen. Also funkle ich ihn nur wütend an, während ich innerlich einen Kampf mit mir selbst austrage. Ich unterdrücke mit aller Macht meine Gefühle und den Drang, zu fliehen oder zu kämpfen. Ich strafe ihn mit Desinteresse, etwas, das er verabscheut. Dies erfordert eine beträchtliche Menge an mentaler Anstrengung und Selbstbeherrschung und doch schaffe ich es. Und das erfüllt mich mit einer kalten Befriedigung. Josias runzelt die Stirn, weil ich anders reagiere, als er erwartet hat. Seine Augen verengen sich, der Druck seiner Finger wird fester, doch ich zucke nicht einmal mit der Wimper. Ich starre ihn einfach nur an, ohne mich zu rühren, egal wie sehr es mich innerlich zerreißt. Langsam färbt sich seine Haut rötlich, beginnend am Halsansatz und zieht hinauf bis zu seinem Gesicht. Er wird wütend. Er will, dass man ihn fürchtet, und ich gebe ihm nicht das, was er braucht. Es ist ein stummes Kräftemessen zwischen uns.

„Ach Neve." Es folgt ein tiefes Seufzen und Josias zückt ohne Vorwarnung einen Dolch aus seiner Tasche und hält ihn mir so dicht vor mein Gesicht, dass ich das kalte Metall fast auf der Haut spüren kann. Im nächsten Augenblick fährt er beinahe sanft mit der Schneide über die weiche Haut meines Halses und ich halte die Luft an. Mein Körper spannt sich an und ich bin wachsam. Ich verabscheue das Gefühl der Unterlegenheit, das mich gerade befällt, während er genau weiß, was er in mir auslöst. Er schnalzt mit der Zunge, mustert mich und meine noch immer ausdruckslose Miene, ehe er mit dem Messer einen Lederriemen nach dem anderen an meiner Rüstung durchtrennt.

Ratsch. Ratsch. Ratsch.

Ein Gefühl der Demütigung steigt in mir auf, doch ich weigere mich noch immer, die Augen abzuwenden, auch wenn ich nichts lieber täte als das. Ich flüchte mich in die Tiefen meines Kopfes, klammere mich in Gedanken verzweifelt an Ayden und ziehe Kraft aus meiner Liebe zu ihm. Es ist nur ein Stück Metall. Ich muss durchhalten, für meinen Gefährten. Ich muss stark sein. Ein flaues Gefühl ergreift meinen Magen und Übelkeit steigt langsam in mir auf. Was, wenn ich mich getäuscht habe? Wenn es Josias viel mehr reizt, wenn ich so bin wie jetzt? Egal was gleich passiert, ich werde es überstehen, wie ich alles andere auch überstanden habe. Ich muss. Er wird mich nicht brechen. Alle Wunden werden eines Tages heilen. Innerlich und äußerlich. In mir lebt die Hoffnung, dass Ayden noch da draußen ist und wenn ja, werde ich ihn finden. Und daran klammere ich mich. Ich balle meine

Hände zu Fäusten, warte ab, da mir nichts anderes übrigbleibt. Der Hass auf Josias schmilzt in mir wie Eis unter der sengenden Sonne, doch statt zu zerfließen, wird es härter, dichter, verwandelt sich in einen frostigen Kern, der mich durchzieht. Jeder Tropfen dieses Hasses wird zu Kälte, verstärkt meine Entschlossenheit. Die Verachtung für ihn gefriert in mir und wird zu einer unerschütterlichen, eiskalten treibenden Kraft.

„Du tust, was ich dir sage. Wenn ich befehle, dass du dich ausziehst, dann ziehst du dich aus. Wenn ich befehle, dass du dich hinlegst, legt du dich hin. Und wenn ich dich nehmen will, wirst du willig und bereit sein, weil ich es erwarte und mein Wort Gesetz ist in diesem Land. Du gehörst mir, Glacies. Mir alleine. Du bist mein. Für immer und alle Tage. Mein Eigentum. Mein Besitz. Mein Zeitvertreib. Und ich kann mit dir tun und lassen, was mir beliebt. Es kümmert niemanden, was mit dir passiert. Wir hatten eine Abmachung und du wolltest das hier", erklärt er mit eiserner Stimme.

Die du gebrochen hast, denke ich gequält, während ich Skys Gesicht vor mir sehe, wie sie in das flammende Inferno stürzt. All das war umsonst. Ich konnte sie nicht retten. Keinen von ihnen.

Er schiebt die Rüstung von meinen Schultern und ein unaufhörliches Zittern voller Abscheu durchfährt meinen Körper, ohne dass ich es aufhalten kann. Ich habe Angst, dass er mich ebenso brechen wird wie Sky. Was muss er alles getan haben, um diesem starken Wesen so einen Schaden zuzufügen? Trotzdem zwinge ich mich, ihm weiterhin trotzig in die Augen zu sehen. Leck mich doch am Arsch, du blöder Mistkerl. Meine Haltung ist eine stille Provokation, die er nicht kennt, die seine Wut nur weiter anheizt. Mutig stelle ich mich ihm entgegen, wie ein unerschütterlicher Fels in einem reißenden Fluss, der den Naturgewalten trotzt, obwohl ich innerlich vor Angst bebe.

Ich bin Aydens Gefährtin und ich werde nicht wanken, sondern die gleiche Stärke an den Tag legen, die er besitzt.

Josias mustert den ausgefransten Verband, der meinen Brustkorb umschlingt, als würde er ihn erst jetzt wirklich wahrnehmen.

„Hestia hat es also wirklich fast geschafft dich zu töten. Weißt du, eigentlich sollte keine von euch gewinnen. Ich wollte lediglich ein Spektakel veranstalten - eine Zerstreuung, um den Wesen hier zu veranschaulichen, dass ich tun kann, was mir beliebt. Ich wollte, dass ihr euch gegenseitig bekämpft. Ihr wärt alle früher oder später gestorben. Es war alles nur eine Farce. Ein Spiel. Auch die Elementare von der Erde waren nur dazu da, mich zu erheitern. Schaut, Volk von Atlantika, meine Macht reicht weit über unsere Grenzen hinaus. Dass Gaias Wort nun nichts mehr zählt, weil ich nun an der Macht bin."

Der Dolch fährt mit geschmeidiger Präzision über mein Schlüsselbein und obwohl keine Wunde entsteht, hinterlässt die Klinge ein leichtes, prickelndes Gefühl, das die Sinne schärft und die Anspannung erhöht. Er wird mich nicht töten. Er glaubt, dass er mich noch braucht.

„Warum dann das alles, dieser ganze Aufwand? Es hätte doch auch andere Möglichkeiten gegeben", frage ich leise. Josias Lachen ist kalt und unbarmherzig.

„Wo bleibt denn da das Vergnügen? Ich genieße es, dieses Spiel mit dem Leben anderer. Diese Hoffnung auf das Überleben und was sie bereit sind, dafür zu tun.

Wie sie ihre wahren Gesichter zeigen. Du hast gesehen, wie erbarmungslos sie um die Krone gekämpft haben. Wie leicht es ihnen fiel, ein Leben zu beenden. Was für ein Genuss, das mit anzusehen. Weißt du, wer die Anwärterinnen getötet hat? Ich war es. Nur für mein eigenes Vergnügen. Ich nehme mir, was mir gefällt. Sei es eine Frau, der Thron oder diese ganze verdammte Welt. All das gehört mir. Du und dein Leben eingeschlossen. Es hat mir unermesslichen Spaß gemacht, sie alle leiden zu sehen, ehe sie gestorben sind. Nehmen wir dich und Ayden. Wie großartig war für mich das Wissen, dass ihr euch hasst, dass er dich genauso quält, wie ich es getan hätte. Jeder neue Bluterguss war mir eine Freude, wenn ich ihn auf dir entdeckt habe. Und noch schöner war es, dass dein Hass auf ihn so groß wurde, dass du bereit warst, mich mit Informationen zu versorgen."

„Du bist ein Monster", flüstere ich, während er mit kalter Präzision die erste Verbandsschicht durchtrennt.

Ratsch.

Ich versuche, ruhig zu atmen, was mir unglaublich schwerfällt. Er spielt mit mir.

„Du hast mein kleines Geheimnis herausgefunden. Ich gestehe, ich habe dich unterschätzt. Aber hast du dich nie gefragt, wieso Gaia mit mir ging, an jenem Tag, als sie verschwand? Ich meine, wir reden hier von Gaia. Unsere übermächtige Herrscherin."

Stumm schüttle ich den Kopf.

„Ich kann alles und jeden zu meinen Gunsten manipulieren. Gaia war meine Mentorin, so lange, bis ich ihr Geliebter wurde. Es hat mich Jahre des Umwerbens gekostet, des Schmeichelns und des Stiefelleckens, bis ich sie so weit hatte. Ich habe ihr meinen Körper gegeben, mir ihr Vertrauen erschlichen und gedacht, das würde reichen, um an ihre Geheimnisse zu gelangen. Das Wissen um ihre Macht. Wie hat sie es geschafft, alle Elemente zu beherrschen? Es gibt einen Trick, ich weiß es. Doch ich habe mich getäuscht, was ihre Zuneigung mir gegenüber betraf. Ich dachte, es würde sie genügend an mich binden, wenn wir Geliebte werden, doch sie wollte mich nicht an ihrer Seite herrschen lassen, sondern alleine regieren. Ich war ein kleines, dreckiges Geheimnis in ihrem Leben und sie hatte eine Schwäche für mich, weil ich wusste, welche Hebel ich bei ihr in Bewegung setzen muss und wie ich sie umgarnen kann. Was ihr gefällt. Ich hatte Jahrhunderte Zeit, sie zu beobachten und zu lernen. Sie folgte mir an jenem Tag, weil sie mir vertraute. Närrisch, oder? Sie hat mich unterschätzt. Ich habe sie fortgelockt, ihr den Floh ins Ohr gesetzt, dass es Elementare gibt, die einen Aufstand planen. Ich wollte ihr Beweise zeigen und sie folgte mir viel zu willig. Es war lächerlich leicht. Eine pure Enttäuschung, wenn ich jetzt darüber nachdenke. Sie war sich sicher, dass ich sie so sehr liebe, dass ich ihr nie etwas Böses antun könnte. Sie hätte es besser wissen müssen. Ihr Fehler, mein Glück. Ihr einziger Irrtum in all den Jahrtausenden war, mir zu vertrauen. Sie dachte, ich wäre ihr völlig verfallen, loyal und würde alles für sie tun. Dass ich ihr hörig sei. Dabei habe ich nur auf meine Chance gewartet und solange ihr Bett gewärmt. Es war nicht die schlechteste Art, zu warten, denn Gaia ist nicht weniger grausam als ich, tief in ihrem Inneren. Sie zeigt nach außen auch nur die Maske, die sie alle sehen lassen will. Aber innerlich ist Gaia wie ich. Machthungrig, gierig und gewissenlos. Ich habe so viel gesehen, erlebt und gelernt in all der Zeit. Dort in der Höhle, in der du und die Aeria gewesen seid, gibt es eine einsame Zelle. Ich habe sie vor langer Zeit durch Zufall entdeckt und weiß nicht, wer sie dort in den Stein gehauen hat, aber ich bin dieser Person überaus dankbar. Weit entfernt von den anderen Gängen, die meisten Zugänge verschüttet und stillgelegt. Mit Runen gesichert, die einen Ausbruch verhindern. Wer oder was auch immer dort gefangen gehalten wurde, muss ein schlimmes Wesen gewesen sein. Dort hättest du Gaia gefunden, Neve. Du warst so nah dran. Eingesperrt, ausgehungert und am Ende ihrer Kraft. Ich habe sie nur noch am Leben gehalten, um an ihre Geheimnisse zu kommen, doch sie war bis zuletzt … unnachgiebig. Sturköpfig und mittlerweile mehr Last als Hilfe. Und nun … ist sie tot. An jenem Tag habe ich ihr und ihren Wachen Nekrosakraut ins Essen gemischt. Als sie alle bewusstlos waren, habe ich alle Wachen getötet und dem Dschungel überlassen. Die Monster und Ungetüme, die nachts durch das Dickicht streifen, haben nichts von den Wachen übrig gelassen. Nicht einmal Knochen. Wie du weißt, wollte ich ihr das Geheimnis ihrer Macht entlocken. Sie konnte ich also nicht töten. Doch sie wollte es nicht preisgeben und langsam, aber sicher wurde es zu riskant, sie weiter am Leben zu lassen. Denn ich weiß, dass noch immer Elementare wie Ayden nach ihr suchen. Ich bin nicht dumm. Die Explosion und das Feuer haben nunmehr alles zerstört, was sich dort unten befunden hat. Jede Spur, jedes Anzeichen, jeden Beweis. Es war ein mächtiger Zauber, gewoben von den Saceridis, mit dem Feuer und der Magie von mächtigen Ignis. Es war eine spezielle Mischung, die ich selbst hergestellt und an anderen Elementaren getestet habe. Die Zerstörungswucht ist unglaublich.

Dieses Feuer kann nichts und niemand überlebt haben."

Als die letzte Schicht meines Verbandes zu Boden fällt, spüre ich ein heißes Brennen im Gesicht und am Hals. So entblößt vor ihm zu stehen ist furchtbar erniedrigend. Ein überwältigendes Gefühl, mich verstecken zu wollen und die Hände vor meiner Brust zu verschließen, steigt in mir auf, um Josias hungrigem Blick zu entgehen. Und doch tue ich nichts dergleichen, sondern schaue ihm herausfordernd ins Gesicht. Es ist nur ein Körper, Neve, sage ich mir selbst. Es ist nur Haut, die er sieht. Du wirst mich nicht brechen, Josias, oder vor dir kriechen sehen. Du kannst mich demütigen, erniedrigen und bloßstellen, aber brechen wirst du mich niemals, du Monster in Elementargestalt. Du nicht. Sein Blick wandert langsam an meinem Körper hinab, lüstern und unverhohlen, als würde er jede Kontur meiner Gestalt in sich aufsaugen. Ein scharfes, unangenehmes Schaudern läuft über meine Haut, die zu einer Gänsehaut wird. Seine Augen glitzern hungrig, wie die eines Raubtieres, das seine Beute fixiert. Ein widerliches, schmieriges Lächeln umspielt seine Lippen. Das Gefühl, von diesem Blick durchbohrt zu werden, lässt meine Haut noch mehr kribbeln und eine Welle des Ekels über meinen Körper rollen. Ich spüre das starke Bedürfnis, mich vor ihm zu schützen und aus seinem Blickfeld zu fliehen. Doch wohin soll ich gehen? Selbst zum Fenster würde ich es nicht schaffen, ohne dass er mich erwischt. Ich hasse ihn mit jeder Faser meines Herzens.

„Du gefällst mir, weißt du das? Es gibt etwas an dir, das mich einfach nicht loslässt. Vielleicht ist es dieser Trotz in deinem Blick. Die Besonderheit deines Aussehens. Diese vorgespielte Härte, obwohl wir beide wissen, dass du vor Angst schlotterst. Es wird Spaß machen, deinen Willen zu brechen."

Ich schlucke angestrengt, als seine Hand langsam meine Seite entlangfährt, ein kalter Schauder breitet sich über meine Haut aus und mein Herz schlägt wild vor Entsetzen und Angst. Aber wenn ich mich wehre, wird es ihn nur noch mehr anspornen. Er spielt mit mir. Er will eine Reaktion von mir.

„Küss mich", befiehlt er, seine Stimme eiskalt und unnachgiebig. Keine Bitte, sondern ein Befehl.

„Wie bitte?"

„Küss mich und überzeuge mich, dass du es wert bist, meine Geliebte zu werden."

„Nein."

Das kann ich nicht. Ihn zu küssen ist undenkbar. Der Gedanke, ihm nahe zu sein, erfüllt mich mit Ekel.

„Nein? Willst du, dass ich nach deinen Eltern schicken lasse? Dass sie mit am Galgen baumeln? Wohl kaum. Mein Schwur ist noch nicht gültig. Überlege es dir gut, Glacies."

Alles in mir sträubt sich und ich fühle mich unglaublich hilflos. Ich kann es nicht. Es gibt niemanden mehr, dem er wehtun könnte, wenn sie alle dort unten gestorben sind, wenn seine Worte wahr sind. Womit will er mir noch drohen, wenn er mir bereits alles genommen hat?

Tränen vernebeln mir die Sicht, als ich einen verzweifelten Schritt nach hinten mache, fort von ihm. Doch er folgt mir unaufhörlich. Noch einen Schritt und noch einen, bis mein Rücken mit einem dumpfen Aufprall gegen die Wand kracht. Ich spüre den kalten Stein an meiner Haut.

Dann pressen sich seine Lippen hart auf meine, rau und fordernd. Er duldet keinen Widerspruch, keine

Zurückweisung, und all meine Tapferkeit wird zu kalter Angst. Er nimmt keine Rücksicht – hier ist nur die Härte seines Willens, mich zu zwingen, ihm zu gehorchen. Ich fühle mich, als würde ich in ein dunkles Loch hinabgezogen werden. Dieser Kuss ist ein Akt der Gewalt und ich hasse ihn mit einer tiefen brennenden Wut, die mich fast zerreißt. Meine Seele, meine Instinkte, alles in mir ruft nach Ayden, verlangt nach ihm. Die Verbindung zu ihm ist wie ein Feuer in meinem Inneren, das noch heller brennt und kämpft.

Ich presse meine Hände hilflos gegen Josias Brust, versuche ihn verzweifelt von mir zu stoßen und spüre deutlich, wie sehr ihm mein Widerstand gefällt. Es erregt ihn und seine harte Männlichkeit drückt sich an meinen Bauch. Nacktes Entsetzen und Bestürzung ergreifen mich, eisige Schauer durchzucken meinen Körper und lassen mein Herz schneller schlagen. Ein lähmendes Gefühl der Ohnmacht und des Schocks breiten sich in mir aus, während schreckliche Bilder und Gedanken meinen Kopf durchfluten. Ich bringe all meine Kraft auf und versuche ihn von mir wegzubekommen, doch er schafft es, meine Hände zu greifen und sie über mir gegen die Wand zu pressen. Ich zapple wie ein Fisch am Haken, versuche ihn zu treten, doch er drückt sich so fest an mich, dass ich keine Chance habe. Hinter mir spüre ich die eisige, harte Wand und vor mir steht er und keilt mich ein. Ich rufe mein Eis, doch nichts passiert.

Er lacht leise, als wüsste er genau, was ich vorhatte, und dieses Lachen macht mir nur noch mehr Angst. Als wüsste er etwas, dass ich noch nicht erfahren habe. Ich fletsche meine Zähne wie ein wildes Tier.

„Deine Kräfte sind blockiert. Ein kleiner Trank, den ich dir zugeführt habe, als du bewusstlos warst. Ich wusste, dass du Ärger machen wirst", flüstert er amüsiert an meinen Lippen und presst sich nur noch fester an mich, was kaum noch möglich ist und mir die Luft aus der Lunge drückt. Meine Wunden schmerzen furchtbar. Seine linke Hand umklammert meine beiden Handgelenke so fest wie ein Schraubstock.

„Bitte nicht", wimmere ich erstickt, denn ich habe Angst davor, was er als nächstes tun könnte. Doch irgendjemand da draußen hat Erbarmen mit mir, denn ein lautes Klopfen ertönt an der Tür.

„Princeps, alles ist vorbereitet. Die Priesterinnen warten."

Knurrend zieht Josias seine Hand zurück zu sich und eine Welle der Erleichterung überrollt mich.

„Bald, Neve. Bald wirst du mir gehören und dann wird mich nichts und niemand mehr aufhalten können. Jetzt zieh dich an. Du wirst gleich für die Hinrichtung abgeholt."

Mit diesen Worten rauscht er aus dem Zimmer und ich sinke erschöpft auf den Boden, wo ich mich zu einer Kugel zusammenrolle. Schock, Ekel und Scham überfallen mich. Mein Körper bebt unkontrolliert vor Tränen, die ich nicht länger zurückhalten kann, während ich verzweifelt nach Atem ringe. „Ayden, oh Gott, Ayden", schluchze ich immer wieder, während sich die unendliche Verzweiflung wie eine erdrückende Last auf meine Brust legt. Ich fühle mich verloren und hilflos, unfähig zu begreifen, wie ich diesen Albtraum überstehen soll. Das hier war erst der Anfang. Er ist das schlimmste Monster, das mir in dieser Welt begegnet ist. Mit Abstand. Ich will stark sein, doch fühle mich gerade unsagbar schwach. Ich muss durchhalten, bis Ayden mich findet – vorausgesetzt, er ist noch da draußen. Sollte er es sein, wird er alles tun, um zu mir zu kommen. Ich kann keinen anderen Gedanken zulassen, als dass er kommen wird, um mich zu holen. Er wird nicht aufgeben und ich darf es auch nicht. In diesem Glauben finde ich Kraft weiterzumachen, auch wenn dieser Ort und das, was eben passiert ist, mich mit jeder Faser meines Seins an den Rand des Unerträglichen drängen. Reiner Überlebenswille zwingt mich langsam auf die Beine und ich kämpfe gegen die Erschöpfung und die Mutlosigkeit an. Ich gebe nicht auf. Vor allem nicht die Hoffnung. Denn sie ist das Einzige, was mir geblieben ist.

Ayden

„Das ist unmöglich", wispert Sky, die ihre Verwirrung kaum verbergen kann. „Wie hast du hier überlebt, Gaia? Wir haben die ganze Zeit nach dir gesucht, aber du warst spurlos verschwunden."

„Warum hast du dich nicht früher bemerkbar gemacht?", fügt Kelvin hinzu, seine Stimme drückt Unglauben aus, während in mir ein Funken Misstrauen wächst.

Gaia schließt einen Moment die Augen und ich beobachte sie genau. Sie wirkt, als würde sie nach den richtigen Worten suchen.

Als sie ihre Augen wieder öffnet, ist ihr Blick müde, aber entschlossen.

„Ich wusste nicht, dass ihr es seid. Ich habe mich ganz hinten in der Nische versteckt, wie immer, wenn Josias zu mir kam. Ich hatte Angst und wollte mich schützen. Wenn ihr hier drin seid, klingt die Welt draußen verzerrt, durch die Runen und die Zauber, die mich hier gefangen halten. Ich habe eure Stimmen nicht erkannt. Ich habe es erst gemerkt, als ich euch in den Tunnel habe rennen sehen, doch da war es zu spät, euch zu rufen."

„Josias?", knurrt Aros und seine Hand umschließt den Schwertknauf. „Er hat dich also wirklich hier eingesperrt?"

„Ja", flüstert Gaia, ihre Stimme klingt brüchig. „Ich weiß noch, dass er mir etwas Wichtiges zeigen wollte und auf einmal wachte ich in dieser Zelle auf. Ich habe ihm vertraut. Er war jahrhundertelang ein treuer Diener an meiner Seite. Aber lasst uns später darüber reden. Ihr müsst mich rauslassen. Sofort. Dieses

Gefängnis ist keine gewöhnliche Zelle. Sie ist mit einer Rune versiegelt, die nur von einem anderen Elementar geöffnet werden kann, aber nicht von mir selbst. Josias wusste, dass niemand mich finden würde und ich hier hilflos gefangen wäre, wenn er sie aktiviert."

„Von solch einer Rune habe ich noch nie gehört." Bluette runzelt die Stirn und berührt den grauen, moosbewachsenen Stein der Zelle.

Aros greift nach ihrer Hand, ehe sie die Rune berühren kann.

„Was für eine Rune ist das? Wird sie demjenigen, der sie öffnet, schaden?", will er wissen und Gaia mustert ihn einen Augenblick lang. Vielleicht zu lang, denke ich.

„Es ist eine alte Schutz- und Fesselrune. Sie wurde speziell entwickelt, um Elementare gefangen zu halten. Josias hat sie aktiviert und dafür gesorgt, dass niemand sie öffnen kann, außer man trägt den Schlüssel."

„Und wo findet man diesen Schlüssel?", hinterfragt Rainn mit zusammengepressten Zähnen.

„Der Schlüssel seid ihr oder besser eure Magie", erklärt Gaia leise. „Diese Rune verlangt, dass Elemente in ihrer reinsten Form zusammenarbeiten. Nur dann kann man sie zerstören. Es braucht Feuer, Wasser, Erde und Luft, um sie zu brechen. Und ja, um deine Frage zu beantworten, Aros: Wenn ihr es nicht richtig macht, kann sie euch schaden."

Aros schiebt Bluette hinter sich, weit weg von der Rune.

Sky schaut zu mir, ihre Augen voller Sorge. „Du hast es gehört, Ayden. Es ist gefährlich."

„Aber wir müssen das Risiko eingehen. Gaia ist vielleicht die Einzige, die uns helfen kann, Neve zu befreien und Josias zu stürzen. Wir müssen das Risiko eingehen und können nicht warten oder nach einem besseren Weg suchen. Neve braucht uns." Ich balle die Fäuste.

„Wir haben keine Wahl. Wenn Gaia befreit ist, ist alles vorbei. Josias wird vom Thron gestoßen. Wir können Gaia nicht im Stich lassen", wirft Kelvin ein und wir schauen uns alle einen Augenblick lang an.

„Wir sind stark genug." Nereus legt mir die Hand auf die Schulter und nickt mir zu.

„Ich vertraue dir, Ayden. Das weißt du", versichert Sky und ich sehe, wie ihr Körper vor Schwäche leicht wankt. Wird sie noch genügend Energie aufbringen können? Sie ist die einzige Aeria in unserer Runde.

„Wer wird es tun?" Opal schaut uns alle an.

„Ich bin die einzige Aeria, also …" Skys Stimme ist schneidend, als sie uns darauf hinweist. Sie wird es schaffen und sich durchbeißen, so wie immer.

„Ich werde den Platz des Aquas einnehmen", teilt Nereus uns mit und Selale schaut ihren Mann besorgt an. Sie legt den Kopf leicht schief, weil sie Mühe hat, unserem Gespräch zu folgen und nur unsere Lippen lesen kann.

„Dann übernehme ich den Part der Terra." Flora schiebt sich an Adam vorbei, der gerade vortreten wollte.

Sie legt ihm eine Hand auf die Brust und schüttelt stumm den Kopf.

Er zögert deutlich, ehe er nickt, seinen kaputten Arm an die Seite gepresst.

„Und ich werde den Platz des Ignis einnehmen."

Aros tritt vor und ich lege meine Hand auf seine Schulter. „Ich werde es tun."

Er schnaubt belustigt. „Spar dir deine Kraft für Josias. Ich habe das Gefühl, du wirst sie noch brauchen. Lass mich das hier erledigen. Auch wenn es dir schwerfällt."

Wir führen ein Blickduell. Schließlich gebe ich nach und er nickt dankbar. Wir entscheiden als Team. Ich vertraue ihm. Jedem in dieser Runde.

Langsam treten alle in Position, jeder von ihnen stellt sich vor der Rune auf und umgibt sich mit seinem Element. Die Magie in der Luft ist fast greifbar. Wind zerrt an meinen Haaren, Funken von Aros Flammen lassen sich davon durch die Luft tragen, ehe sie zischend an Nereus Wassergestalt verdampfen.

„Bereit?", frage ich, meine Stimme deutlich angespannt. Niemand von uns weiß, was jetzt passieren wird.

„Für Gaia", murmelt irgendjemand und Rainn korrigiert. „Für uns alle."

Jeder von ihnen lässt seine Energie fließen, ein Strom aus Macht, der gegen die Fesselrune kämpft, die zu flimmern beginnt. Und dann ... bricht die Rune. Ein lauter Knall erschüttert die Luft. Das Gitter öffnet sich mit einem Kreischen und Gaia tritt erschöpft aus der Zelle und baut sich vor uns auf.

„Jetzt wird es Zeit, meinen Thron zurückzufordern."

Neve

Neben Josias auf der Balustrade zu stehen, statt unten im Ring, ist ein widerwärtiges Gefühl. Als wäre ich in einer fremden Realität gefangen, fernab von allem, was ich kenne. Seine Nähe macht mich nervös und ich wage es kaum ihn anzusehen, sein selbstgefälliges Lächeln schnürt mir die Kehle zu und lässt den kalten, scharfen Hass in mir nur noch weiter aufsteigen. Meine Hände zucken vor Wut, ich spüre, wie sich die Kälte in mir sammelt und ausbrechen möchte. Meine Kräfte kommen zurück, doch das darf ich ihm nicht verraten. Ich will hier nicht stehen, nicht neben ihm und doch zwingt mich diese verdrehte Realität dazu. Ich weiß, dass ich ihm gerade nichts entgegenzusetzen habe und diese Hilflosigkeit ist schlimmer als alles andere.

Ich blicke hinab auf Hestia und Niara, die beide mit gesenktem Kopf im Sand knien. Ihre Schultern sind eingefallen, ihre Gesichter leer – weit entfernt von der Stärke, die sie sonst an den Tag legen oder mit der sie mich töten wollten. Der Anblick der beiden, so demütig und verletzlich, lässt mein Herz schwer werden, trotz allem, was sie getan haben. Weitere starke Frauen, die von Josias gebrochen wurden. Trotz ihrer Mordversuche spüre ich, wie Mitleid in mir aufsteigt, schwer und unerwartet.

Hinter ihnen ragt der Galgen in den Himmel, seine Seile schaukeln wie drohende Schlangen im leichten Wind. Seine düstere Präsenz verursacht mir eine Gänsehaut und ich muss mich zusammenreißen, nicht zu protestieren, denn es hätte keinen Sinn. Josias ist es egal, was ich zu sagen habe. Aber ich will nicht, dass ihr

Blut an meinen Händen klebt. Und trotzdem bereue ich meine Entscheidung nicht. Nicht, wenn ich damit Ayden und die anderen beschützen konnte – oder wenigstens in jenem Augenblick gedacht habe, es zu können. Meine Schuld ist der Preis, den ich bereit bin zu zahlen – auch wenn ich mich dafür genau in das verwandeln musste, was ich hasse. Ich bin zu ebenso einem Monster geworden wie der Rest dieses Volkes. Josias Stimme dröhnt über den Platz, aber seine Worte erreichen mich nicht. Sie prallen an mir ab, hohl und bedeutungslos. Alles um mich herum verschwimmt, wird dumpf und verblasst, während ich an Ayden und die anderen denke. Waren wirklich all meine Opfer umsonst? Ich will, nein, ich muss hoffen. Hoffen auf ein Wunder. Auf Ayden. Hoffen darauf, dass mein Opfer eben nicht umsonst gewesen ist. Dass all das Leid, das ich auf mich genommen habe, einen Sinn ergibt.

Mein einziger Wunsch ist – der einzige, den ich noch wage zu träumen - sie alle noch einmal wiederzusehen.

Meine Eltern. Opal, Flora und Adam. Kelvin und Rainn. Bluette, Aros. Und Ayden. Vor allem Ayden.

Ich verstehe jetzt seine Wut und den Hass, den er verspürt haben muss, als er Rache für meinen Tod wollte. Warum er Vergeltung geübt hat. Ich spüre ihn jetzt ebenfalls in mir, diesen Funken seines Feuers, als hätte Ayden mir einen Teil seiner Flammen hinterlassen, um mich zu schützen – oder alles zu zerstören. Er glüht tief in mir, heftig und unkontrollierbar und ich würde ihn am liebsten hinausschleudern, die Welt in Brand setzen und sie alle, die Josias zujubeln, zu Asche und Staub verbrennen. Diese Gedanken erschrecken mich, aber ich sage ja, ich bin längst nicht besser als sie. Vielleicht sogar noch schlimmer, denn ich bin bereit, jedes Leben gegen Aydens zu tauschen, sollte ich die Chance dazu bekommen.

Ein Kloß formt sich in meiner Kehle, als mir ein anderer Gedanke in den Kopf schießt: Was wird aus Cupid? Mein armer Hund ... Er wird denken, dass ich ihn erneut im Stich gelassen habe. Dass ich ihn vergessen habe und ich ihn nicht mehr brauche. Der Gedanke bricht mein Herz abermals, mein Eispanzer, die frostige Fassade, die ich um mein Herz gezogen habe, bekommt tiefe Risse.

In diesem Moment spüre ich Josias Hand, die sich wie eine eiserne Klammer um mein Bein schließt. Er drückt so fest zu, dass ich unwillkürlich zusammenzucke und aus meinen Gedanken gerissen werde. Später werde ich dort, wo seine Finger waren, Abdrücke finden, dessen bin ich mir sicher.

Vorsichtig blicke ich zu ihm auf und die kalte Härte in seinen Augen schneidet wie ein scharfer Dolch durch meine Verzweiflung.

„Und damit ernenne ich Neve aus dem Clan der Glacies zur Herrscherin an meiner Seite", verkündet er mit einer Stimme, die kalt durch die Arena hallt. „Möge sie unserem Reich einen Erben und Thronfolger schenken und an meiner Seite regieren."

Das Volk bricht in Jubel aus. Der Klang ist ohrenbetäubend, doch in mir steigt nichts als Abscheu empor. Mein Magen zieht sich schmerzhaft zusammen und brennende Magensäure steigt meinen Hals hinauf. Verzweifelt versuche ich, sie herunterzuwürgen, während der Applaus und die Rufe um mich herum verschwimmen, zu einem dröhnenden Rauschen werden. Ich spüre kaum, wie mir die Krone aufgesetzt wird, obwohl ihre Last auf mein Haupt drückt.

Josias greift nach meiner Hand, seine Finger wie ein Schraubstock. Der Druck ist so brutal, dass ich meine Knochen knacken spüre. Ein scharfer Schmerz jagt durch meine Hand, aber ich wage nicht, mich zu wehren.

Mit einem gezwungenen Lächeln auf den Lippen, das sich wie eine Maske anfühlt, steige ich mit ihm die lange Treppe hinab, meine Beine schwer wie Blei. Stufe um Stufe. Jeder Schritt bringt mich näher zu meinem eigenen Verderben.

Ich weiß, warum er mich zwingt, ihm zu folgen. Er will meine Kapitulation genießen, doch er wird sich wundern. Ich werde meine Rache bekommen. Eines Tages. Er will seinen Triumph zelebrieren, während die beiden letzten Anwärterinnen – Frauen, die einst um diesen Platz an seiner Seite gekämpft haben – gleich ihr Ende finden sollen. Er genießt es, sich feiern zu lassen, badet in den Rufen der Menge, während er mich wie eine Jagdtrophäe hinter sich herzieht. Ich bin nichts als ein Symbol seiner Macht.

„Beweg dich oder ich mach dir Beine", zischt er, packt meinen Nacken mit roher Gewalt, bevor er mich grob vorwärts stößt, weil ich ihm nicht schnell genug laufe.

Die Sandalen an meinen Füßen finden keinen Halt auf den glatten Stufen. Mein Fuß rutscht weg und die Welt scheint einen Moment aus den Fugen zu geraten. Statt mich zu halten, löst er seinen Griff aus purer Bosheit. Ich versuche, mein Gleichgewicht wiederzufinden, aber es ist zu spät – mein Körper kippt nach hinten, während er mich nur kühl mustert.

Mein Rücken trifft hart auf die Steinstufen und der Ruck katapultiert die Krone förmlich von meinem Kopf. Der Aufprall jagt mir einen stechenden Schmerz meine Wirbelsäule hinauf. Ein Keuchen entrinnt mir, Tränen vernebeln mir die Sicht. Jeder Atemzug wird zur Qual und für einen Moment spüre ich nichts außer Schmerz und Demütigung. Ich bleibe einen Augenblick lang benommen liegen, versuche mich wieder zu sammeln, bis der Schmerz langsam verblasst.

„Steh sofort auf!" Seine Stimme klingt wie ein Peitschenknall. „Willst du mich zum Gespött machen, Weib?"

Ich hebe langsam den Kopf, wische mir mit dem Handrücken Blut von der Lippe. Ich muss während des Sturzes darauf gebissen haben.

Josias und ich fixieren einander, unsere Blicke wie zwei Schwerter. Seine Augen brennen vor unverhohlenem Zorn, doch ich beuge mich nicht und erwidere den Blick voll kalter Verachtung. Die Spannung zwischen uns ist greifbar, ein stiller Kampf der Willensstärke inmitten des jubelnden Volkes, das uns genau beobachtet.

„Nur zu", zische ich leise, meine Stimme kalt wie das Eis in mir, „bring mich am besten um, wenn du den Mut dazu hast. Ich habe nichts mehr zu verlieren. Du hingegen eine ganze Menge. Also tu es. Töte mich gleich hier. Erlöse uns beide von dieser Scharade."

Seine Augen verengen sich zu Schlitzen, als er die Distanz zu mir überwindet. Dann hebt er wütend die Hand und ich kneife die Augen zusammen, wappne mich für den Schlag, der mich jeden Moment treffen wird. Doch in diesem Moment donnert eine mir wohlbekannte Stimme durch das Kolosseum. Meine Welt gerät erneut ins Wanken, aber dieses Mal aus einem ganz anderen Grund. Mein Herz bleibt fast stehen. Diese Stimme kenne ich. Sie ist es, an die ich mich in meinen schlimmsten Momenten klammere, sie, die ich so sehr vermisst habe. Die Stimme, für die ich alles aufgeben würde.

„Wage es nicht, sie anzufassen."

Ein kollektives Luftholen geht durch die Reihen, als ob das gesamte Volk den Atem anhält. Ihnen geht es wie mir.

Blinzelnd öffne ich die Augen, unsicher, ob ich es mir nur einbilde oder ob das hier wirklich passiert. Josias Hand verharrt in der Luft, er ist ebenso erstarrt wie der Rest von uns.

Ayden. Mein Ayden. Mein Gefährte.

Er schreitet mit einer Selbstsicherheit durch die Arena, als würde ihm diese Welt gehören. Keine Spur des Zögerns oder der Angst. Sein Körper ist mit Kratzern, Blut und Dreck übersät und doch strahlt er eine ungebrochene Stärke aus, die mein Herz schneller schlagen lässt. Seine Augen lodern vor Zorn und jeder Schritt, den er macht, verspricht Vergeltung und Rache. Die Wut, die von ihm ausgeht, ist greifbar, wie ein drohendes Gewitter in der Luft.

Josias fängt sich wieder, lässt seine Hand langsam sinken. Er mustert Ayden einen Augenblick lang, ehe er laut auflacht, ein unheimliches, hämisches Lachen, das durch die Stille hallt.

„Ayden. Sieh an. Immer für eine Überraschung gut. Ich habe schon nach dir schicken lassen, wo doch dein Schützling zur Siegerin gekürt wurde." Josias Stimme schneidet durch die Stille, jedes Wort scharf wie eine Klinge. „Doch sprich, mit welchem Recht glaubst du, so mit mir, deinem Herrscher, reden zu dürfen? Was interessiert es dich, ob ich meine Königin hier auf den Treppen totschlage oder nicht?"

Er spricht mit einer solch erbarmungslosen Gleichgültigkeit, als sei mein Leben nichts wert. Doch mit Aydens Erscheinen erwacht auch etwas in mir. Ayden ist hier, um zu kämpfen. Weil er mich liebt. Mein Herz schlägt schneller, weil Ayden das in mir weckt, was ich verloren glaubte - Hoffnung. Sie war nur noch ein kleiner, glühender Funke. Aber jetzt, wo er hier ist, ich sicher sein kann, dass er lebt, wird sie zur glühenden Flamme. Ich bin nicht alleine und werde es nie sein, denn er wird immer kommen, wenn ich ihn brauche. Solange Ayden existiert, wird er mich nicht verlassen. Mit diesem Wissen blüht meine Liebe zu ihm noch mehr auf. Warm, unerschütterlich, grenzenlos.

Ayden bleibt breitbeinig mitten in der Arena stehen, wie ein Fels in der Brandung, der den Sturm herausfordert. Kein Zittern, keine Unsicherheit, nur kaltes unerschütterliches Selbstbewusstsein. Seine Haltung ist eine stumme Drohung. Er ist gefährlich, furchteinflößend und atemberaubend. Die anderen fürchten ihn, ich nicht. Ein tiefer, instinktiver Teil von mir ist einfach nur stolz auf meinen Gefährten. Mein Herz. Ich liebe ihn so unglaublich, dass es mich selbst erschüttert.

Die Menge ist mucksmäuschenstill. Niemand will auch nur ein Wort verpassen, jeder spürt die Anspannung in der Luft, das drohende Unheil, das zwischen beiden aufsteigt.

„Ich habe jedes Recht." Aydens Stimme ist fest, als er sich Josias entgegenstellt. Man spürt kein Zögern, keine Unsicherheit – nur Entschlossenheit. In seinem Blick lodern wilde Flammen. „Denn ich habe bereits Anspruch auf Neve erhoben. Sie ist meine Gefährtin.

Sie hat mich gewählt und das Schicksal hat unser Band besiegelt. Unsere Elemente sind eins und nicht einmal du kannst dies noch ändern. Wir sind eins. Meine Flamme brennt in ihr und ihr Eis in mir. Untrennbar, für immer."

Seine Worte erreichen mich wie ein sanfter Hauch, der mein Herz mit Wärme füllt. Dieser sture, gefährliche, verrückte, liebenswerte Idiot. Er gehört zu mir und jetzt wissen es alle. „Das ist deine letzte Warnung: Fass meine Gefährtin noch einmal an und du wirst es bitter bereuen."

Mein Herz schlägt wie verrückt in meiner Brust. Was tut Ayden da? Er sollte sich retten und nicht sein Leben in einem verzweifelten Akt der Zuneigung aufs Spiel setzen. Sein Leben wird verwirkt sein. Und trotz dieser dummen, dummen Torheit liebe ich ihn in diesem Moment noch mehr, auch wenn das kaum möglich ist. Ayden hat sich vor seinem ganzen Volk zu mir bekannt. Das bedeutet mir mehr, als ich je in Worte fassen könnte. Mehr noch: Er hat klargemacht, dass er bereit ist, für mich zu kämpfen. Für uns. Sein Blick verspricht jedem einen qualvollen Tod, der es auch nur wagen sollte, mich anzufassen. Aber ich weiß, was das bedeutet. Es wird uns beide das Leben kosten. Doch ich sterbe in dem Wissen, dass Aydens Liebe zu mir echt und rein gewesen ist. Eine Gewissheit, mit der ich Frieden finden kann. Das ist mehr, als viele Wesen je erleben dürfen – eine echte, wahrhaftige, unerschütterliche Liebe, die alles überdauert, die alles übersteht. Ich habe sie gefunden, wenn auch nur für kurze Zeit. Und selbst das ist mehr, als ich mir je erträumt habe.

„Lügen. Nichts als Lügen", brüllt Josias mit vor Wut verzerrtem Gesicht.

„Sag es ihnen, Neve." Aydens Stimme ist fest, er fordert, dass ich die Wahrheit ausspreche und unsere Blicke treffen sich. Ich sehe Entschlossenheit, Vertrauen und Erwartung.

Langsam erhebe ich mich, versuche den Schmerz in meinem Rücken auszublenden, der sich durch meine Wirbelsäule frisst. Jeder Schritt, jede Bewegung fühlt sich furchtbar an, als würde Feuer durch mein Rückgrat schießen. Aber ich lasse mir nichts anmerken.

„Es ist wahr", meine Stimme ist fest, unbeirrbar. „Ich habe mich diesem Ignis hingegeben, ihm einen Teil von mir selbst geschenkt und ihn zu meinem Gefährten erwählt. Und das schon vor langer Zeit. Es wird Zeit, diese Farce zu beenden."

Ein leichtes Lächeln schleicht sich auf meine Lippen, als ich fortfahre: „Jede gestohlene Sekunde, jede stille Minute, die wir miteinander verbracht haben, war mit Liebe gefüllt, nicht mit Hass. Wir haben euch alle getäuscht."

Meine Augen suchen Ayden und als ich zu ihm hinabsehe, entdecke ich das leichte Zucken seines Mundwinkels, das mehr als tausend Worte sagt. Unsere Scharade ist vorbei. Die Masken sind gefallen. Stolz schaue ich zu ihm hinab. Auf meinen Gefährten. Und nun weiß die ganze Welt, dass er zu mir gehört und ich zu ihm. Ein stilles Verständnis und eine tiefe Verbundenheit flammen in seinen Augen auf. Vielleicht ist es noch nicht zu spät. Vielleicht gibt es noch einen Weg für uns. Ich werde auf jeden Fall nicht kampflos aufgeben.

Josias zieht neben mir einen Dolch, die Klinge glitzert bedrohlich im Licht. Ich sehe, wie Ayden einen Schritt vorwärts macht, sein Körper angespannt wie eine Bogensehne, bereit vorzupreschen – doch ich bin schneller. Denn ich bin vorbereitet. Ich ahnte, dass Josias das nicht einfach hinnehmen wird.

Der Dolch saust auf mich hinab, eine tödliche Attacke, die wie in Zeitlupe auf mich zukommt. Ohne nachzudenken, reiße ich meinen Arm hoch und eine dicke Schicht aus Eis formt sich wie von selbst um ihn. Meine Kräfte sind zurück. Die Klinge trifft auf das Eis, prallt daran ab und rutscht ins Leere. Das scharfe Klirren des Aufpralls hallt durch die Luft, als Josias ins Wanken gerät, sein Gleichgewicht für einen entscheidenden Moment verliert. Ich zögere nicht, sondern nutze die Gelegenheit, wirble herum und renne, so schnell mich meine Beine tragen, die Treppen hinab zu Ayden. Der letzte Meter zwischen uns fühlt sich wie eine unüberwindbare Strecke an. Schließlich springe ich, nein, werfe ich mich regelrecht in seine starken Arme und er fängt mich mühelos auf. Zu Hause, so fühlt es sich an. Tiefe Erleichterung durchfährt mich. Seine starken Arme schließen sich um meinen Körper, drücken mich fest an seine Brust und für den Bruchteil einer Sekunde fühle ich mich wieder sicher. Ayden lebt. Sein Herz schlägt so heftig wie meins und dieser kurze Moment, die flüchtige Umarmung, gibt mir mehr Trost als Worte es je könnten. Er wird mich nie im Stich lassen.

Einen Augenblick später schiebt er mich hinter sich, seine Bewegungen präzise und schützend. Seine breite Gestalt wird zu einem unüberwindbaren Schild zwischen mir und Josias und seine Augen lodern vor unbändigem Zorn, die Muskeln angespannt. Ich spüre die Hitze, die von ihm ausgeht an meiner Haut. Nicht nur wir, sondern jedem in dieser Arena muss klar sein, dass Ayden eher sterben würde, als Josias in meine Nähe zu lassen. Ich liebe Ayden mehr, als Worte es je beschreiben könnten – eine Liebe, die tief in meiner Seele verwurzelt ist und mit jedem Atemzug stärker wird.

„Ihr werdet hängen. Alle beide. Du hattest nicht das Recht, sie dir zu nehmen", brüllt Josias, seine Stimme überschlägt sich vor Zorn, sein Gesicht vor Wut verzerrt, während er mit dem Dolch bedrohlich auf Ayden zeigt.

Ayden jedoch bleibt unbeeindruckt, seine Haltung provokant, sein Blick überheblich. Keine Spur von Angst, kein Zucken seiner Miene, als wäre Josias Drohung nicht mehr als ein belangloses Flüstern des Windes.

„Und doch habe ich genau das getan." Seine Worte triefen vor Spott, während ein verächtliches Grinsen seine Lippen umspielt. Diese Worte bohren sich wie ein Dolch in Josias Stolz. „Und wie wir über dich gelacht haben im Stillen. Du dachtest, du hättest die Fäden in der Hand und Macht über uns. Du dachtest, du könntest uns kontrollieren. Doch wir waren es, die dich zum Narren gehalten haben, ohne, dass du es auch nur eine Sekunde gemerkt hast."

Er macht eine kleine Pause, um den Moment auszukosten, bevor er kalt hinzufügt: „Ich spucke auf dich und deine Regeln."

Und dann tut er es wirklich. Ayden spuckt demonstrativ vor sich auf die Erde, ohne den Blick von Josias abzuwenden. Die Menge schnappt hörbar nach Luft, ein kollektiver Schock, bei dieser Respektlosigkeit gegenüber des Princeps. Niemand hat es je gewagt, so mit Josias zu reden. Sie halten Ayden alle für verrückt und ich glaube, sie haben recht. Ayden ist wie ein Sturm, unberechenbar und gefährlich. Und er hat viel zu lange geschwiegen. Ayden ist niemand, der sich unterordnet.

Josias Gesicht verfärbt sich vor Zorn dunkelrot, seine Nasenflügel beben, seine Hände zittern vor Wut, während er den Dolch fester umklammert.

„Wie kannst du es wagen?", seine Stimme ist ein animalisches Knurren. „Ich bin dein Princeps!"

Ehe Ayden antworten kann, ertönt eine andere Stimme hinter uns.

„Du bist nichts in meiner Welt, Josias."

Die Worte schallen wie ein Echo durch die Arena und plötzlich verändert sich alles.

Ich höre einige Aufschreie, die durch die Reihen gehen und sehe, wie Josias erbleicht. Sein Gesicht verliert jegliche Farbe und er sieht aus, als hätte er einen Geist gesehen. Seine Hand tastet blind nach der Wand hinter ihm, um Halt zu finden und er verliert einen Augenblick jede Spur von Überlegenheit. Mein Herz schlägt schneller, Unsicherheit und Überraschung wirbeln in mir auf. Ich drehe mich langsam zum Ursprung der Stimme um.

Flankiert von meinen Eltern und Freunden betritt eine Frau die Arena, ihre Kleider ebenso zerrissen und verdreckt wie die meiner Familie. Ihre Haltung ist aufrecht und unbeugsam, selbst ohne ihr in die Augen zu sehen weiß ich, wer sie ist.

„Gaia." Der Name entgleitet meinen Lippen wie ein Flüstern. Ayden hat sie tatsächlich gefunden. Sie ist wirklich hier.

Ihr Name wird von allen Seiten gerufen, ein ehrfürchtiges Raunen, das durch das Kolosseum rollt wie ein Donner. Die Elementare verbeugen sich tief, als sie langsam auf uns zukommt. Ihre Augen fixieren Josias und in ihrem Blick liegt die Kälte eines

Raubtieres, das seine Beute nie aus den Augen verliert. Sie ist der Jäger, er das Mäuschen. Und sie will Rache. Innerhalb von Sekunden hat sich alles verändert. Für ihn, für uns, für ganz Atlantika.

Eine überwältigende Macht umgibt Gaia und ihr kühler, durchdringender Blick jagt mir eine Gänsehaut über den Rücken. Sehen die anderen das nicht? Sie ist keine Retterin, keine Heldin. Sie ist etwas anderes, etwas Dunkleres. Nichts von dem, was ich sehe, passt zu Aydens Erzählungen. Coldens Worte hallen in meinen Gedanken wider, seine Warnung ist wie ein Flüstern in meinem Kopf: „Vertraue ihr nicht."

Ein Zittern durchfährt mich, ein bedrückendes Gefühl wächst in mir. Ihre Macht breitet sich wie in Wellen von ihr aus. So etwas habe ich noch nie gespürt. Wer ist das größere Monster – Josias, der Tyrann, oder Gaia? Jetzt wo ich weiß, was sie getan hat, empfinde ich keine Erleichterung bei ihrem Anblick. Nein, nur eine kalte beklemmende Angst. Denn wenn selbst Josias sie fürchtet, bedeutet das nichts Gutes für uns. Ein Monster wie er empfindet Furcht nur vor größeren, abscheulicheren Monstern.

„Ergreift ihn", befiehlt Gaia und streckt die Hand aus, auf Josias deutend. Sie braucht ihre Stimme nicht zu erheben, denn jeder Elementar in dieser Arena lauscht ihren Worten und ist gewillt, ihr zu dienen. Sie ist die einzige rechtmäßige Herrscherin. Ich blicke in die Gesichter meiner Freunde und was ich sehe, lässt meine Kehle trocken werden: Ihre Augen sind auf Gaia gerichtet, ergeben, fast ehrfürchtig. Sie alle sind gefangen, wie hilflose Insekten im Netz einer Spinne. Wie kann das sein?

Doch bevor ich weiter darüber nachdenken kann oder bevor jemand Josias ergreift, erwacht er aus seinem Schockzustand. Sein Gesicht verzerrt sich vor unbändigem Zorn, seine Augen blitzen vor Entschlossenheit und mit einem knappen Schritt nach vorne hebt er den Dolch, richtet ihn auf uns.

„Du ahnst nicht mal im Ansatz, was du getan hast, du Narr!", brüllt er, seine Stimme kracht wie ein Donner durch die Arena. „Du denkst, ich bin das Untier? Nun, dann warte ab - es wird ein böses Erwachen für dich geben! Ich habe Dinge gesehen, die du dir nicht einmal vorstellen kannst." Seine Worte tropfen vor Gift und Wahnsinn und sein Blick bohrt sich wie ein Speer in Ayden. „Wenn du meinen Zielen im Weg stehst, wirst auch du kein Glück in diesem Leben finden! Keins mit ihr – niemals!" Josias stürzt vorwärts, seine Bewegungen wild und von Raserei getrieben. „Nein! Dir wird keine Gefährtin vergönnt sein. Kein kleines Stückchen Glück. Wenn ich diese Glacies nicht haben kann, dann soll sie niemand bekommen!"

Es ist, als würde die Zeit stillstehen. Ich sehe, wie Josias auf uns zu sprintet und seine Gestalt sich im Laufen verändert. Sein Körper verwandelt sich, als würde er mit der Erde selbst verschmelzen. Stein breitet sich aus, wo eben noch Haut war, wird rau und massiv. Jeder Muskel wird zu einer Rüstung aus Gestein, als er sich seinem Element ergibt. Die Linien seines Körpers verschwimmen, als er das Wesen, das in ihm schlummert, freilässt. Seinen wahren Kern. Der Boden unter unseren Füßen vibriert leicht, während er seine Terra-Gabe nutzt, um sich in einen lebenden Steinkoloss zu verwandeln.

Doch Ayden zögert nicht. In einer fließenden, entschlossenen Bewegung wirbelt er herum, stellt sicher, dass ich hinter ihm in Sicherheit und abgeschirmt bin. Seine Bewegungen so schnell, dass sie vor meinen Augen verschwimmen. Seine Augen lodern vor Kampfeslust und Wut. Sein ganzer Körper überzieht sich mit Flammen, die zischen und knistern, wild und unberechenbar wie ein tobender Sturm. Sie tanzen über seine Haut, als wären sie lebendig. Das Feuer leuchtet in intensiven Rot- und Orangetönen, seine Hitze ist fast greifbar, eine lebendige Barriere aus purer Energie. Ich kann nicht anders, als ihn anzustarren – so beeindruckend, unaufhaltsam und so sehr er selbst. Dies ist Ayden in seiner natürlichen Gestalt. Furchteinflößend und atemberaubend. Ein Wesen aus lebendigem Feuer, ein Inbegriff von Zerstörung und Neubeginn, so mächtig und gleichzeitig so wild, wunderschön und so zerstörerisch in seiner Kraft, dass es mir den Atem raubt.

Wir Elementare ergeben uns selten vollkommen unserem Element, aus Angst, uns in ihm zu verlieren. Unsere Kräfte sind so unvorstellbar stark, dass sie, wenn sie ungebremst wirken, uns selbst zu verschlingen drohen. Wir können in den Fluten des Wassers, in den Tiefen der Erde oder in den Flammen des Feuers versinken, bis wir uns selbst nicht mehr erkennen. Deshalb nutzen wir nur einen kleinen Teil unserer wahren Macht, genug, um zu überleben, uns zu schützen und zu kämpfen, aber niemals so viel, dass wir die Kontrolle über uns selbst verlieren. Ein Elementar, der sein ganzes Potenzial entfaltet, ist ein Wesen ohne Grenzen, das am Rand eines zerbrechenden Abgrundes steht und Gefahr läuft, den Weg zurück nicht mehr zu finden.

Josias Dolch trifft auf Aydens Arm, doch das Metall beginnt sofort zu glühen, als ob es in einem Schmiedeofen erhitzt wurde. Ein tiefes Rot breitet sich über die Klinge aus. Mit einem kräftigen Stoß schleudert er Josias zur Seite und der Aufprall hallt durch die Arena – das markerschütternde Grollen von Steinen, die aufeinanderprallen. Der Boden bebt, als Josias aufschlägt, sein Körper schwer wie eine Lawine aus Felsen. Feuer gegen Stein. Ein uralter Kampf.

„Du wirst sie niemals wieder berühren!" Aydens Stimme schallt durch die Arena, tiefer, roher, grollender als sonst. Sie ist nicht mehr menschlich, sie knistert und vibriert und trägt das Echo lodernder Flammen in sich. Die Welt hält den Atem an.

Gaia ruft seinen Namen, doch Ayden achtet nicht auf sie. Sein Blick bleibt auf Josias gerichtet, auf den Mann, der so viel Leid über ihn und die seinen gebracht hat. Sein gesamter Körper ist angespannt und bereit zum Kampf. Dies ist der Moment, auf den er so lange gewartet hat – der Moment der Abrechnung. Die Rache für alles, was Josias ihnen genommen hat. Was auch immer jetzt geschieht – es ist unausweichlich.

Josias taumelt, doch gibt nicht auf. Sein Gesicht ist eine Fratze aus Wut und Verzweiflung, seine Augen voller Hass und mit einem brüllenden Schrei stürmt er erneut vorwärts. Seine Bewegungen sind wild und unberechenbar, wie die eines verwundeten Tieres. Doch Ayden ist schneller. Mit einer fließenden Bewegung blockt er die Attacke ab und greift nach Josias steinerner Hand, die den glühenden Dolch umklammert. Flammen lodern auf, züngeln gierig wie hungrige Bestien, die nur darauf warten, Josias Gestalt zu verschlingen. Die Hitze ist überwältigend, die Luft knistert vor Energie. Ein kurzer, heftiger Kampf entbrennt, ihre Hiebe krachen aufeinander wie berstende Felsen. Die Arena selbst scheint zu beben unter der Kraft ihrer Konfrontation und das Publikum hält den Atem an, alle Augen sind auf die beiden Kontrahenten gerichtet. Doch Josias ist kein Krieger, so wie Ayden. Mit der Präzision eines Jägers, der seine Beute einkreist, durchbricht Ayden seine Verteidigung und gewinnt so mühelos die Oberhand. Er packt Josias Arm mit eisernem Griff und macht ihn für einen Moment bewegungsunfähig.

In dem verzweifelten Versuch, sich zu befreien, reißt Josias an dem Dolch und führt einen schnellen, unpräzisen Stich in Aydens Richtung aus. Doch Ayden hat es bereits kommen sehen. Mit einer geschmeidigen Bewegung dreht er Josias Handgelenk herum, ein hässliches Knacken ertönt. Das Geräusch geht mir durch Mark und Bein und der Dolch fällt klirrend zu Boden, glühend und nutzlos, während Josias vor Schmerzen schreit.

Mein Herz rast vor Aufregung und Angst wild in meiner Brust, während ich jede Sekunde dieses Kampfes verfolge.

„Das ist dein Ende, Josias", knurrt Ayden leise, mit einer unerbittlichen Härte in der Stimme. Noch während die Worte in der Luft hängen, stößt er Josias mit aller Wucht von sich. Dieser stolpert rückwärts, sein Körper prallt mit einem dumpfen Geräusch auf den steinigen Boden. Der Aufschlag seines Kopfes auf dem Sand lässt eine kleine Staubwolke aufwirbeln, die sich nach wenigen Sekunden wieder legt. Von den Tribünen ist kein Laut zu hören, keine Bewegung zu sehen. Das Volk ist wie erstarrt und blickt weiter gebannt auf das Schauspiel inmitten der Arena. Ayden steht aufrecht vor Josias, seine Augen lodern vor unbändiger Energie und sein Körper beginnt zu leuchten, zuerst wie die Glut einer Flamme, dann wie ein sich ausdehnender Stern. Das Licht wird heller, strahlender, bis es die Schatten in jeder Ecke der Arena vertreibt. Seine Gestalt wird zur Verkörperung von Macht. Sein Körper glüht so hell wie die Sonne selbst. Diese Kraft ist unglaublich. Wir alle sehen, was er sonst verborgen hält – das wahre Ausmaß seiner Stärke. Die Zuschauer starren ihn an, ehrfürchtig und zugleich voller Angst.

„Über dich zu richten, obliegt heute nicht mir." Aydens Stimme ist nur noch ein tiefes Grollen. In seinen Worten liegt jedoch eine deutliche Warnung: Sollte er je wieder versuchen, uns zu schaden, wird er Josias vernichten. Es ist wie ein Versprechen.

Langsam dreht er sich zu mir, doch Josias gibt nicht auf. Mit zitternden Händen greift er in den Sand, bekommt erneut den Dolch zu fassen und springt auf die Beine. Sein Atem geht schwer, seine Brust hebt und senkt sich rasant. Mit einem wilden Schrei, voller Zorn und Verzweiflung, stürzt er sich erneut auf Ayden. Ein Kampf, der schon entschieden war, bevor er begann. Wie kann er nur so dumm sein, denke ich mir noch. Ayden wirbelt herum, seine Bewegung wendig und schnell. Der Dolch trifft ins Leere und Ayden fixiert sein Gegenüber aus schmalen Augen, in denen wildes Feuer brennt. Josias hat sein eigenes Todesurteil unterschrieben, dessen bin ich mir sicher. Aydens Hand schießt vor, seine Finger schließen sich um Josias Hals und ein tiefes, unheilvolles Knurren entspringt seiner Kehle, während in Josias Blick die pure Panik Einzug erhält. Er hat begriffen, dass er einen Fehler gemacht hat. Doch es ist zu spät.

„Das war deine letzte Chance", zischt Ayden, seine Stimme erbarmungslos. „Eine mehr als wir hatten, Josias. Jetzt wird mich niemand mehr davon abhalten, dich zu vernichten. Ich hatte gehofft, dass du so töricht handeln würdest."

Josias windet sich in seinem Griff, seine Beine strampeln verzweifelt, aber Ayden bewegt sich keinen Zentimeter.

Stattdessen breiten sich Flammen über Josias Körper aus, schießen pulsierend in die Höhe, wie ein lebendiges Wesen, das alles verschlingt. Eine gewaltige Feuersäule, die den Himmel zu berühren scheint, während Josias strampelt und schreit. Hitze schlägt mir entgegen, die Luft flimmert, als Josias von den Flammen umschlossen wird. Das Licht ist so grell, dass ich die Augen schließen muss. Der Sand unter meinen Füßen knistert und beginnt zu schmelzen, verwandelt sich in glühendes Glas. Der Boden brennt und ich höre die Verzweiflung in Josias Stimme und ängstliche Schreie von den Rängen. Ayden nutzt seine ganze Macht, er hat alles entfesselt, was in ihm steckt und mir ist bewusst, wie gefährlich das nun für ihn wird. Wie schnell es ihn verzehren kann. Angst fährt mir in die Glieder.

„Das ist für Cilia. Für Sky. Für Rainn und all die anderen, die du gequält hast. Und allen voran dafür, dass du Hand an meine Gefährtin gelegt hast", höre ich Aydens leise, gefährliche Stimme durch das Knistern des Feuers. Mein Haar peitscht wild um mein Gesicht, vom Feuer aufgewirbelt, doch keiner unserer Freunde wagt es, sich uns zu nähern. Im Gegenteil: Sie weichen immer weiter zurück. Plötzlich begreife ich es: Selbst, wenn sie wollten, könnten sie nicht, denn anders als mir können Aydens Flammen ihnen allen Schaden zufügen. Mich hingegen schützt unsere Verbindung davor, bei lebendigem Leib zu verbrennen. Ich spüre die Wärme auf meiner Haut – intensiv und lebendig, aber sie berührt mich, ohne zu verletzen. Als würde sie mich erkennen. Es fühlt sich an wie eine Liebkosung, ein sanftes Streicheln. Ich bin ein Teil von Ayden, so wie er von mir.

Das Feuer tobt noch einen Augenblick, dann erlischt es abrupt. Stille kehrt ein, so tief, dass ich fast meinen eigenen Herzschlag hören kann. Niemand wagt es, diese Ruhe zu durchbrechen. Ayden löst den Griff und Josias lebloser Körper fällt zu Boden. Langsam breitet sich ein leises Murmeln auf den Zuschauerrängen aus. Und ich verstehe, begreife, was gerade passiert ist. Josias ist tot. Ich kann es kaum glauben – und doch durchströmt mich eine Mischung aus Erleichterung und unvorstellbarer Furcht.

Ein angsterfülltes Raunen geht durch das Kolosseum, wie ein Windstoß, der die schockierte Menge durchdringt. Es gibt nur wenige Dinge, die ein Wesen wie uns töten kann. Doch der Mann vor mir hat es mit seiner bloßen Kraft geschafft. Ayden hat genug Macht entfesselt, um mit seinem Element Josias Stein zu zerstören und sein Innerstes in Lava zu verwandeln. Ein solches Maß an Kraft habe ich noch nie zuvor erlebt – und alleine der Gedanke daran, welche Energie ihn das gekostet haben muss, schnürt mir die Kehle zu.

Ayden steht schwer atmend über Josias reglosem Körper. Sein Atem ist rau, fast keuchend und sein Blick ein Wirbelsturm aus Zorn, Schmerz und etwas, das ich nicht deuten kann. Seine Schultern beben und ich sehe, wie die Flammen um seine Hände flackern, unruhig, als würden Körper und Geist um die Kontrolle kämpfen. Er wirkt unbezwingbar und gleichzeitig erschreckend verletzlich. Er hat zu viel gegeben. Ich fühle es. Die Kraft, die in ihm wohnt, die er nie gänzlich ausschöpft, hat ihn an den Rand des Abgrunds gebracht. Für viele von uns gibt es an dem Punkt kein Zurück mehr.

„Ayden," flüstere ich, meine Stimme nicht mehr als ein Hauch. Langsam gehe ich auf ihn zu. Was, wenn er sich selbst verliert? Wenn ich zu spät komme? Wenn er bereits einen Schritt zu weit gegangen ist und ich ihn nicht zurückholen kann?

„Ayden", flüstere ich erneut, diesmal eindringlicher, flehend, meine Stimme brüchig. Er reagiert nicht sofort und Panik sticht mir in die Brust. Meine Hand hebt sich zitternd und berührt sanft seinen zerkratzten, angespannten Arm. Seine Haut ist heiß, ich spüre das Inferno noch immer unter seiner Haut zündeln, doch er reagiert endlich. Langsam dreht er sich um, seine Augen suchen meine, als hätte meine Stimme ihn aus dem dunklen Abgrund gerissen, in den er fast hinabgestiegen wäre. Ohne ein Wort zieht er mich in seine Arme, so fest, als würde er befürchten, dass ich ihm entgleite, wenn er nur einen Moment loslässt. Sein Körper bebt und ich spüre, wie seine Kraft in Wellen nachlässt, wie die Erschöpfung ihn überrollt. Er hat so viel gegeben, so viel riskiert – für mich, für uns. Meine Hände zittern, als ich ihn halte, versuche ihn zu stützen, obwohl er derjenige ist, der mich so oft beschützt hat.

„Es ist vorbei", flüstere ich, mehr für ihn als für mich. Doch er antwortet nicht. Sein Gesicht vergräbt sich in meinem Haar und ich spüre den heißen Atem an meiner Kopfhaut, unregelmäßig, bebend. Er bemüht sich, die Kontrolle zurückzuerlangen und ich kann ihm nur dadurch helfen, dass ich ihn halte. Ihn erde. Langsam streiche ich über seinen Rücken, seine zerkratzte Rüstung und achte nicht auf das, was um uns herum passiert. In diesem Moment zählt nur Ayden und dass ich ihn hier bei mir behalte, weit weg von dem Punkt, an dem ich ihn verlieren könnte.

„Ich bin hier", wispere ich und seine Arme ziehen mich noch enger an sich, ehe er sich leicht von mir löst und zu mir hinabsieht. An seinem Blick erkenne ich, dass er sich genau daran festklammert, an dem Wissen, dass ich hier bin. Genau das hält ihn gerade in dieser Welt. Ich. Ich hindere ihn daran weiterzugehen. Unsere Verbindung hält ihn davon ab, über die Schwelle zu treten und ich war nie stolzer auf ihn, denn dieser Kampf, den er gerade mit sich selbst führt, muss unglaublich anstrengend sein. Ich finde in seinem Blick nicht die gewohnte Beherrschung, nur pure, ungefilterte Emotionen und wilde Flammen. Ich streiche ihm sanft eine Strähne seines Haares aus dem Gesicht.

„Bleib bei mir", wispere ich bittend.

Er liebt mich. Nicht nur mit Worten oder Gesten, sondern mit allem, was er ist. Wenn er sagt, er würde diese Welt für mich niederbrennen, ist es kein bloßes Gerede. Er würde es tun. Seine Liebe ist tief und rein und dieses Mal bin ich es, die ihn rettet. Ich merke es an dem Zittern seiner Hände, die mich so festhalten, als wäre ich der rettende Anker in diesem Teil der Welt. Ich sehe es in seinem Blick, der alles sagt, was er nicht aussprechen kann: Angst, mich zu verlieren und Erleichterung, dass ich hier bin. Ich habe immer gewusst, dass Ayden mich liebt, aber jetzt sehe ich es in einer Klarheit, die mich überwältigt. Tränen brennen in meinen Augen, doch ich lasse sie nicht fließen. Nicht jetzt. Ich klammere mich an ihn, halte ihn so fest, wie er mich hält, als könnten wir uns gegenseitig vor dem Zerbrechen bewahren. All das Erlebte hat Narben auf uns hinterlassen. Nicht nur äußerlich, sondern auch innerlich, die wir nicht sehen, aber fühlen. Josias hat das bekommen, was er verdient. Und niemand wird ihm eine Träne nachweinen. Er war ein Monster, das viel schlimmer war als alles, was ich im Dschungel getroffen habe. Dieser Tod war noch viel zu gnädig, denkt man an all seine schrecklichen Taten.

„Ich bin hier", wispere ich erneut und Aydens Griff wird etwas lockerer, seine Atmung ruhiger. Er hat sich wieder unter Kontrolle. Die Erleichterung, die über mich hereinbricht, ist überwältigend. Ich spüre seine eigene Erschütterung darüber, wie nah er an seine Grenzen gegangen ist. Ich weiß, dass er es für mich getan hat. Für die anderen. Für seine Welt, die ohne Josias eine bessere ist. Ich kuschle mich eng an seinen Körper und spüre die Tiefe seiner Liebe, so intensiv, dass es alles andere übertönt. Ich werde alles tun, um ihn immer daran zu erinnern, dass ich ihn genauso liebe – mit allem, was ich bin. Dass ich ihn nie verlassen werde. Dass ich seine hellen, aber auch seine dunklen Seiten akzeptiere. Den Mann und das Monster, das in ihm wohnt – in uns allen.

Gaia tritt nun ebenfalls näher. Ihre Bewegungen sind anmutig, fast lautlos, aber ihr Blick bleibt kühl und unbewegt, als sie auf den leblosen Körper von Josias herabsieht. Ihre Augen sind unergründlich.

„Es scheint, er hat seine gerechte Strafe bekommen", sagt sie leise, ihre Stimme wie ein sanfter Hauch im Wind. Doch diese Sanftheit trügt. Ihre Worte sind nicht nur eine Feststellung – sie sind ein Urteil, endgültig und unverrückbar. Ayden hat ihren Befehl missachtet. Nicht nur das, er hat es vor dem gesamten Volk getan. Ein Schaudern läuft mir über den Rücken und ich kämpfe gegen den Drang an, vor ihr zurückzuweichen. Obwohl ihre Stimme lieblich klingt, jagt sie mir mehr Angst ein, als Josias es je vermocht hat. Denn ich weiß, was niemand sonst weiß - Gaia ist nicht die, für die sie alle halten. Ich weiß, was sie getan hat und was sich hinter dieser Fassade aus anmutiger Ruhe und scheinbarer Gerechtigkeit verbirgt. Sie ist keine Retterin, keine Heilige oder gütige Herrscherin. Unter ihrer Maske lauert etwas Kaltes, das selbst die stärksten Elementare zittern lassen würde, wenn sie es wüssten. Ich wage es nicht, ihr direkt in die Augen zu sehen und doch spüre ich ihren Blick auf mir, kalt und durchdringend, als könnte sie meine Gedanken lesen. Die Anspannung in meinem Körper wächst, mein Herz schlägt schneller und die eben noch empfundene Euphorie verfliegt. Josias war nur ein Vorgeschmack auf das, was uns bevorsteht. Nur, dass die anderen in ihr eine Beschützerin dieser Welt sehen. Sie ist aber keine Elementarin. Sie ist etwas anderes. Sie sehen nur die Schönheit und den Frieden, den sie verkörpert. Und in diesem Moment wird mir mehr denn je bewusst, wie alleine ich mit diesem Wissen bin und wie gefährlich es ist, es zu besitzen. Gaia neigt den Kopf leicht zur Seite, ihr Blick ruht auf mir, einen Augenblick zu lange, als wäre ich ein Rätsel, das sie lösen will. Sie versteht nicht, was sie sieht. Sie versucht das Bild, das sich ihr bietet, ins Gleichgewicht zu bringen. Ayden, wie sie ihn gerade erlebt, ist ihr fremd. Ayden, der ihren Befehl missachtet hat. Mein Atem stockt. Ich senke den Blick noch weiter, versuche meine Angst zu verbergen und mir nichts anmerken zu lassen, doch meine Nackenhaare stellen sich auf und ich habe verdammt wackelige Beine.

„Er hat bekommen, was er verdient", wiederholt sie plötzlich, diesmal an Ayden gerichtet und ihre Stimme klingt sanfter, fast beruhigend, aber ihre Augen sind wachsam. Sie verfolgt ihre eigenen Pläne. Mein Magen zieht sich zusammen, denn Ayden weiß nichts von dem, was ich weiß, und ich kann es ihm im Augenblick nicht sagen. Keinem von ihnen. Denn was auch immer Gaia mit ihnen allen gemacht hat, sie sehen nur das, was sie sehen sollen – eine gütige, gerechte Herrscherin.

Ayden

Ich höre Gaias Worte, doch sie dringen nicht zu mir durch. Mein Körper zittert noch vom Adrenalin und meine Muskeln schmerzen unter der Last des Kampfes, aber nichts davon spielt gerade eine Rolle. Neve in meinen Armen zu halten, zu wissen, dass sie hier ist, dass ich sie beschützen konnte, beruhigt das wilde Tier in mir, das ich eben entfesselt habe. Ihr bloßer Herzschlag gegen meine Brust lässt das Feuer in mir langsam erlöschen, bis nur noch Wärme übrigbleibt. Wie von selbst neige ich meinen Kopf und drücke einen sanften Kuss auf ihren Scheitel. Vergewissere mich, dass sie hier ist, bei mir. Es ist kein impulsives Verlangen, sondern eine tiefe, unauslöschliche Gewissheit, dass sie mein Anker ist. Meine Rettung. Mein Grund zu kämpfen und zu bleiben. Ich spüre ihre Anspannung, als wäre es meine eigene. Sie hat so viel geopfert, um an meiner Seite zu stehen und ich weiß, dass sie dabei mehr riskiert hat, als ich je begreifen kann. Wir beide haben Opfer gebracht und dennoch haben wir es geschafft. Unsere Liebe hat gesiegt, gegen all die Dunkelheit, die uns umgibt. Ich blicke zu ihr hinab und sehe ihre Augen. Den vertrauten Schneesturm darin. Sie sind voller Erschöpfung und Schmerz, aber auch voller Stärke – dieser unvergleichlichen Stärke, die mich immer wieder daran erinnert, warum ich sie mehr liebe als mein eigenes Leben. Jetzt wird alles gut. Josias ist besiegt und Gaia ist zurück auf ihrem Thron. Nichts und niemand wird uns nun noch trennen.

Ich liebe diese Frau. Liebe sie in einer Weise, die mich stärker macht, als ich es alleine je sein könnte –

aber gleichzeitig macht sie mich auch verletzlicher. Ich schwöre mir in diesem Moment ein weiteres Mal, dass ich sie niemals wieder in Gefahr bringen werde. Sie hat so viel durchgemacht und doch steht sie hier, mit mir. Egal was Gaia plant, egal was die Zukunft bringt, ich werde an ihrer Seite sein. Ich werde für sie kämpfen, sie beschützen, sie halten, komme, was wolle. Meine Hand streicht sanft über ihren Rücken und ich sehe, wie die Spannung sie langsam loslässt, als könnte sie in meiner Nähe endlich einen Moment der Ruhe finden. Gemeinsam können wir alles schaffen. Ich habe mich unwiderruflich verändert. Ich bin zu einem Mann geworden, der ich ohne sie nie hätte werden können. Ich bin des Kämpfens müde. Die Last all der Schlachten, die wir ausgetragen haben, wiegt schwer auf meinen Schultern. Etwas, das mich vorher nie gestört hat. Aber nun ist sie schwerer, als ich es je zugeben würde. Es wird Zeit, meinen Platz als Gaias Kommandant an jemanden zu übergeben, der die Kraft und den Willen hat, weiterzumachen. Der sich beweisen möchte. Der seine eigene Geschichte schreibt. Denn wenn es nach mir geht, ist meine erzählt und ein neues Kapitel kann beginnen. Eins mit Neve an meiner Seite. Ein kurzer Blick zu meinen Freunden zeigt mir, dass sie ebenso überwältigt sind – von der Erschöpfung, der Erleichterung und dem Schmerz. Jeder von uns trägt Narben, sichtbare und unsichtbare. Wir alle haben Verluste erlitten. Doch in ihren Augen sehe ich etwas, das stärker ist als alles, was wir durchgemacht haben: Hoffnung. Josias hat uns nicht gebrochen, wir haben ihn geschlagen. Wir haben etwas Ruhe und Frieden verdient, nach Jahrhunderten des Blutvergießens und der Kriege im Dienst von Gaia.

Die Gewissheit, dass der Kampf vorbei ist, brodelt in mir wie ein stilles Feuer. Keine stürmische Flamme wie sonst, sondern eine ruhige, beharrliche Glut, die mich durchströmt. Ich spüre noch immer den Moment, als Josias Körper unter meinem Griff erschlaffte, als das Leben mit einem letzten Zittern aus ihm entwich. Diese endgültige Stille. Keine Reue. Nur eine tiefe Befriedigung, dass die Gerechtigkeit gesiegt hat. Ich erinnere mich an das Adrenalin, das durch meine Adern geschossen ist, als Josias auf uns zustürmte. Der Anblick seiner steinernen Haut, wie sie im Sonnenlicht schimmerte und mein Zorn darüber, dass er so viel Leid über all jene gebracht hat, die ich liebe. Meine Flammen waren bereit, alles zu verschlingen, was auch nur ansatzweise eine Gefahr für Neve darstellt. Lange habe ich auf diese Konfrontation gewartet und sie war längst überfällig. Neves Nähe hat mir Kraft gegeben, sie war wie ein Anker in meiner alles verzehrenden Wut und dem Sturm aus Hass und Feuer, der mich umgab. Und zum ersten Mal habe ich alles freigelassen, was in mir schlummert – jeden Funken meiner Macht. Ich habe das Monster in mir ausbrechen lassen. Der Kampf gegen Josias war wie ein wilder Tanz aus Angriff und Verteidigung, ein Aufeinanderprallen von Stärke und Entschlossenheit. Doch tief in mir wusste ich, dass sein Ende besiegelt war, noch bevor wir überhaupt angefangen hatten. Jeder Schlag, jeder Tritt und jeder Funke meiner Flammen war ein Schrei nach Gerechtigkeit für all das Unrecht der letzten Jahrhunderte. Und dann war es vorbei. Der Moment, in dem ich in Josias leblose Augen blickte und Neves sanfte Berührung auf meinem Arm spürte, riss mich aus meiner Wut und brannte sich für immer in mein Gedächtnis. Ihre

Augen spiegelten meine eigenen Gefühle wider – Erleichterung, Schmerz und Liebe. Ihre Berührung war es, die mich und meine Wut entzweite, wie ein leiser Ruf in einem Sturm. Sie war es, die mich zu mir selbst führte, als ich bereits dabei war, mich in meiner Macht zu verlieren. Ich balancierte am Abgrund, kurz davor, zu fallen. Es hat sich gut angefühlt, so richtig. Ich spürte eine Grenzenlosigkeit, als wäre ich nicht länger an meinen Körper gebunden, sondern nur noch reine Energie. Pures, alles verschlingendes Feuer. Ich war ein Sturm aus Flammen – unaufhaltsam, unantastbar. Ein Wesen jenseits von Furcht, jenseits von Schmerz und auch … jenseits von mir selbst und dem, was ich bin. Aber sie war da. Sie hat mich davor bewahrt, mich in meiner eigenen Macht zu verlieren. Sie hat mich gehalten, mich geerdet, als ich kurz davor war, komplett zu dem Monster zu werden, das unter meiner Haut schlummert. Ihre Berührung hat mich zurückgeholt – nicht mit Gewalt, sondern mit einem sanften Zug, der stärker war als das brennende Verlangen in mir. Ein kalter Schauer inmitten meines Feuers. Ihr Ruf war keine Forderung, sondern eine Bitte. Komm zurück. Zurück zu mir. Ich warte auf dich. Und so tat ich es. Nicht, weil ich es musste, sondern weil ich es wollte. Ich zwang das Monster zurück in seine Ketten, weil sie mich rief, weil ihre Stimme stärker war als die Flammen in mir. Das Ungeheuer in mir hat sich zurückgezogen, sich um den eisigen Kern in meinem Inneren geschmiegt - den Teil von ihr, den ich bewahren muss, den es zu schützen gilt - und fiel wieder in einen tiefen Schlaf. Neve liebt nicht nur das Gute in mir, sondern auch das Ungezähmte und die Dunkelheit, die ich mit mir trage. Sie sieht in mir nicht nur den Krieger, sondern auch das Monster, das unter meiner Haut lauert. Sie weiß, wer ich bin, was ich getan habe und wozu ich fähig bin. Sie kennt die Schatten, die in mir wohnen, die Wut, die in meinen Adern brennt. Sie hat mein wahres Gesicht gesehen, in seiner schlimmsten Form – und trotzdem hält sie mich fest. Ihr ist bewusst, dass ich nicht der Held dieser Geschichte bin. Sie fürchtet es nicht, mein wahres Wesen, lehnt es nicht ab, sondern nimmt es an, so wie sie mich in meiner Gänze annimmt. Ich verdiene sie nicht, ihre Liebe, ihre Akzeptanz und doch gibt sie mir beides, ohne zu zögern. Mir reicht es, ihr Held zu sein oder ihr Monster. Was auch immer sie braucht. Ich liebe diese Frau mehr, als ich jemals für möglich gehalten habe. Ihre Stärke, ihren Mut und ihre bedingungslose Liebe sind wie ein Licht in der Dunkelheit, die mich so lange umgeben hat. Sie ist der Grund, warum ich Josias ohne zu zögern vernichtet habe. Nicht aus blinder Wut, sondern aus Entschlossenheit, alles zu beschützen, was uns wichtig ist. Ein kurzer Blick zu meinen Freunden zeigt mir, dass auch sie mich brauchen, genau wie ich sie. Unsere Verbundenheit ist das, was uns durch all die Jahrhunderte des Blutvergießens getragen hat. Egal was kommt, ich werde stark bleiben – für sie, für uns alle.

Ich schüttle die Erinnerungen ab und fokussiere mich auf das, was vor mir liegt. Was vor uns liegt – ein gemeinsames Leben. Frieden. Zum ersten Mal seit Jahrhunderten scheint er greifbar und die Vorstellung, Neve all die schönen Dinge dieser Welt zeigen zu können, gibt mir neue Kraft. Ein Leben ohne Krieg, ohne Blutvergießen. Ein Leben nur für uns. Eine Zukunft, wie ich sie nicht einmal zu träumen gewagt habe. Lässt es mich schwach erscheinen? Vielleicht.

Aber ich besitze die Stärke zuzugeben, dass ich mich danach sehne.

„Ayden", flüstert Neve, ihre Stimme wie ein sanfter Hauch, der mich zurück in die Gegenwart holt. Ich ziehe sie noch enger an mich, meine Arme fest um sie geschlungen, als könnte ich sie mit meiner bloßen Willenskraft vor allem bewahren, was noch kommen mag. Die Kälte ihrer Haut jagt mir einen wohligen Schauer über den Rücken. Erdet mich und ist wie ein beruhigender Gegenpol zu der Hitze, die in mir lodert. Jeder Funke in mir verzehrt sich nach ihr und ich liebe sie mit einer feurigen Inbrunst, die ich kaum in Worte fassen kann.

„Wir haben es geschafft", erwidere ich leise. Sie nickt, doch etwas an ihrem Blick lässt mich innehalten. Da ist ein Schatten, eine leise Unsicherheit, die ich nicht deuten kann. Als wäre sie nicht vollends überzeugt, dass wir Josias besiegt haben. Ich will wissen, was sie denkt, doch Gaia unterbricht mich, ehe ich weiter darüber nachdenken kann. Ihre Stimme ist klar und bestimmend und ich habe das dumpfe Gefühl, dass meine Wünsche noch werden warten müssen.

„Schafft seine Überreste fort. Werft ihn in den Dschungel. Er hat kein Begräbnis verdient. Er war ein Verräter und wird auch wie einer bestattet. Sollen die Monster seinen Körper verspeisen."

Ihre Worte sind kalt und gnadenlos, aber nicht ungerecht. Ihre Stärke ist unerschütterlich, ihr Urteil bindend. Josias hat bekommen, was er verdient.

Sie schaut mich mit diesem berechnenden Blick an, den ich so gut kenne. Ein Hauch von Anerkennung blitzt in ihren Augen auf. Es ist nicht viel, aber genug, um mir zu zeigen, dass ich ihre Erwartungen erfüllt habe. Dass ich ihr Vertrauen nicht missbraucht habe.

Ich habe mein wahres Wesen entfesselt und mich nicht darin verloren. Das ist es, was die Elementare heute gesehen haben, was Gaia gerade braucht. Nicht mich als Mann, sondern die Macht, die in mir wohnt und die ich demonstriert habe. Das macht den Elementaren Angst, eine Angst, die sie wie eine Waffe gegen ihre Feinde nutzen wird, so wie sie alles nutzt, was für sie zum Vorteil ist. Ich war schon immer stark, aber das, was ich heute gezeigt habe, übersteigt alles Vorherige und es spielt ihr in die Karten. In Gaias Augen bin ich nicht nur ein Krieger. Ich bin eine Waffe, die sie einsetzen wird, wie es ihr beliebt.

„Gut, dass ich mich immer auf dich verlassen kann, Ayden." Gaias Stimme ist ruhig, aber in ihrem Ton liegt eine unüberhörbare Schärfe. Ihr Blick bohrt sich in meinen und ich fühle das Gewicht ihrer Worte. „Jetzt ist es wichtiger denn je, die Augen und Ohren offenzuhalten. Josias könnte Verbündete gehabt haben, die im Schatten lauern und nach meiner Krone trachten. Wir wissen nicht, wer Freund und wer Feind ist." Ihre Stimme wird härter, jedes Wort ausgiebig gewählt. „Doch eines ist sicher – wir werden gnadenlos gegen jene vorgehen, die es wagen, meinen Frieden zu stören."

Sie tritt vor, richtet sich zu ihrer vollen Größe auf, ihre Worte hallen durch das Kolosseum, kraftvoll und unnachgiebig.

„Ayden wird, wie jeher, meine rechte Hand sein und über jene richten, die Josias bei diesem Verrat unterstützt haben. Unser Reich kennt keinen Platz für Abtrünnige!"

Ihre Stimme schwillt an, die Menge bricht in wilden Jubel aus. Der Boden unter uns scheint zu vibrieren, erfüllt von der Energie der Elementare, die Gaias

Stärke und Wiederkehr feiern, während andere versuchen zu flüchten – aus Angst vor ihrer Strafe.

Doch während ich ihren Worten lausche, während die Menge tobt, spüre ich eine Anspannung in meinem Inneren. Kälte steigt in mir auf. Ich habe nie gezögert, meine Pflicht zu erfüllen, doch heute ist es anders. Der Blick, mit dem ich sie anschaue, ist ein anderer als früher. Ein Teil von mir sieht sie immer noch als unerschütterliche Herrscherin, die mich immer geführt hat. Doch ein anderer Teil fragt sich, ob das, was sie verlangt, noch im Einklang damit steht, was ich sein möchte. Ich war immer stolz, ein Krieger zu sein, mein Land und meine Herrscherin zu verteidigen. Doch im Augenblick fühlt es sich eher wie eine Last an, eine Bürde. Als ob ich mich in einem endlosen Kreislauf befinde, der niemals endet. Ich sehne mich nach einem Moment des Innehaltens. Aber das ist nicht der Weg, den sie vorhat zu gehen. Sie sieht mich als Waffe, uns alle. Als Mittel zum Zweck. Und das hat mich nie so sehr gestört wie in diesem Moment – denn ich habe keine Wahl. Ich habe ihr und dieser Welt die Treue geschworen. Also werde ich dort sein, wo sie es befiehlt, auch wenn ich mich selbst infrage stelle. Und während ich sie mustere, frage ich mich, ob wir uns alle auf einem gefährlichen Pfad bewegen, den ich nicht näher beschreiben kann. Es ist ein Gefühl in mir, wie eine Warnung. Vielleicht bin ich durch die Herrschaft von Josias aber auch einfach etwas paranoid geworden.

Neve versteift sich in meinen Armen, so kurz, dass es fast unmerklich ist – doch ich spüre es und es lenkt mich von meinen düsteren Gedanken ab. Sofort ziehe ich sie fester an mich und runzle die Stirn. Ihr Herz schlägt schneller und ich frage mich, ob es Gaias Worte sind, die sie so treffen. Vielleicht spürt sie die gleiche

Bedrohung wie ich, die zwischen den Zeilen ihrer Rede lauert. Ich streiche sanft mit dem Daumen über ihren Arm, versuche sie zu beruhigen. Aber ihre Anspannung bleibt. Was auch immer es ist, sie muss sich keine Sorgen machen. Alles wird gut werden. Ich muss mit Gaia alleine sprechen. Noch ahnt sie nichts von meinem Wunsch. Wie auch, wenn ich ihr immer bereitwillig gedient habe? Wir begleiten sie aus dem Kolosseum, lassen die jubelnde Menge hinter uns. Ihre Worte hallen in mir nach. Eine klare Botschaft an Freund und Feind – und eine Erinnerung an mich, dass meine Pflicht noch lange nicht vorbei ist. Der Frieden in Atlantika steht noch auf wackeligen Beinen, ein Konstrukt, das jederzeit zerbrechen kann. Vielleicht hat sie Recht: Josias hat uns geschwächt und es gilt, wieder für Ordnung zu sorgen.

„Neve!" Skys Stimme dringt von links zu uns herüber, kratzig, aber voller Leben. Ich wende leicht den Kopf, sehe sie mit wild fliegenden Locken auf uns zu rennen. Ihr Gesicht ist gezeichnet von den vergangenen Kämpfen, von Blasen entstellt und mit Schmutz und Blut überzogen. Doch ihr Lächeln ist strahlend, als wäre nichts passiert. Neve erstarrt für einen Moment und stürzt dann – ohne einen Moment zu zögern – Sky entgegen. Sie krachen geradezu ineinander und fallen sich in die Arme. Ich höre ein ersticktes Schluchzen.

„Wie ist das möglich?", wimmert Neve, ihre Stimme bricht unter den Emotionen, während Sky zeitgleich, ihre Stimme belegt von Schuld, murmelt: „Es tut mir so leid, dass ich dich im Stich gelassen habe."

Die Worte überschlagen sich, sie sprechen durcheinander, ohne wirklich zu antworten, doch das scheint nicht wichtig. Der Moment gehört ihnen und man spürt die Erleichterung, die beide durchleben.

„Lasst uns das später besprechen." Aros hat seinen Arm locker über Bluettes Schultern gelegt, zieht sie unmerklich näher an sich und wir versammeln uns um die beiden.

Ich muss grinsen, die Erleichterung in mir sucht ein Ventil.

„Sag bloß, du weinst schon wieder", necke ich Sky und ein Windstoß trifft mich so heftig, dass es mich fast von den Füßen reißt.

„Halt die Klappe, du Idiot", brummt sie lachend, ihre Stimme warm und voller Zuneigung. Die anderen stimmen ein und für diesen kostbaren Moment ist unsere Welt scheinbar intakt.

Doch dann dringt Gaias Stimme durch das Durcheinander.

„Ayden." Ihre Stimme ist schneidend. Die Aufregung und Freude, die eben noch zwischen uns geherrscht hat, versiegt auf der Stelle. Gaia missfällt dieser Ausbruch an Emotionen von ihren Wachen. Wir sehen es deutlich an der Art, wie sie uns mustert. Das ist etwas, das sie nicht dulden kann und auch untypisch für uns ist. Jedenfalls in ihrem Beisein.

Skys Haltung verändert sich sofort und sie löst sich von Neve, ihr Rücken wird gerade und sie reiht sich bei uns ein. Neve jedoch bleibt, wo sie ist. Sie sieht Sky an, ihre Augen immer noch voller Tränen, doch da ist mehr, ein unausgesprochener Ungehorsam, den ich nicht verstehe. Ich trete nach vorne, stelle mich vor die anderen, so wie es mein Rang verlangt. Hinter mir formieren sie sich präzise, diszipliniert und ohne Zögern, so wie es unser Kodex verlangt. Gaias Missfallen ist greifbar, doch ich bereue nichts.

Stattdessen fällt mein Blick auf Neve, die noch immer zwischen uns und Gaia steht und etwas verloren wirkt.

Ich senke leicht den Kopf, die Haltung eines Kriegers, der Respekt und Disziplin verkörpert.

"Gaia."

Mein Tonfall ist fest, doch tief in mir spüre ich das vertraute Ziehen, die Last der Verantwortung, die mich seit Jahrhunderten prägt. Neve hat sich mittlerweile aus unserem direkten Sichtfeld bewegt und still bei ihren Eltern positioniert. Sie gehört nicht zu dieser starren Welt aus Befehlen und Pflichten und man merkt deutlich, dass sie nicht weiß, wo jetzt genau ihr Platz ist. Wie könnte sie auch? Das alles ist ihr fremd.

Gaia wendet sich langsam Nereus und Selale zu. Ihr Blick scharf, durchdringend, als könnte sie ihre Absichten lesen.

„Das ist eure Tochter, nehme ich an?"

„Ja, das ist Neve, eure Majestät." Nereus verbeugt sich tief, wie es der Situation angemessen ist.

„Wir hätten sie euch vorgestellt, doch …", setzt Selale an, aber Gaia hebt die Hand und ihre Worte bleiben in der Luft hängen.

„Schweig, Selale." Gaias Stimme ist ruhig, doch es schwingt eine gewisse Schärfe mit, die keinen Widerspruch duldet. Ich spanne mich unwillkürlich an. Nereus und Selale haben eine Regel gebrochen und jeder hier weiß es. Ich lasse Gaia nicht aus den Augen, als sie weiterspricht: „Ich bin geneigt, dieses Versäumnis vorerst außer Acht zu lassen. Jetzt gibt es Wichtigeres. Wir müssen für Ordnung sorgen in diesem Chaos, das Josias hinterlassen hat." Ihr Blick gleitet zurück zu mir und ich spüre die Wucht ihrer Autorität.

„Ayden, sorge dafür, dass sich alle im Schloss einfinden.“

„Ja, Eure Majestät.“ Mein Ton ist gehorsam, doch tief in mir flammt ein Funke Widerwillen auf. Die anderen brauchen eine Pause, wir alle benötigen sie. Ich sehe, wie erschöpft sie sind. Ich spüre es selbst auch, die brennenden Muskeln, die Müdigkeit, die mein Denken erschwert. Es waren wirklich harte, kräftezehrende Tage.

Gaia mustert uns mit einem prüfenden Blick, der jedes Detail erfasst, bevor sie an sich selbst hinabsieht.

„Nachdem ihr euch gesäubert und umgezogen habt“, fügt sie knapp hinzu, ihre Stimme unnachgiebig. Sie wendet sich zu Neves Eltern.

„Selale, Nereus. Ich erwarte, dass ihr und euer Clan sich uns anschließen. Die Loyalität eurer Linie wird nun geprüft werden. Ihr wart eine lange Zeit fort.“

Ein Wink genügt und Wachen treten vor, um sie ins Schloss zu begleiten. Auch uns entlässt Gaia mit einer knappen Geste.

Während sie sich abwendet, verspüre ich einen Anflug von Erleichterung – und doch bleibt der Druck in meiner Brust. Wir mögen diesen Kampf gewonnen haben, doch der Krieg scheint nicht vorbei.

Neve und ich verabschieden uns, so schnell es geht, von den anderen. Es bleibt keine Zeit für lange Wiedersehensfreude. Gaias Befehl hallt in meinem Kopf wider. Wir müssen zum Besprechungssaal und zwar sofort. Gaia wartet nicht gerne und sie hat Recht: Wir haben keine Zeit zu verlieren. Josias Verbündete könnten in diesem Moment bereits fliehen und ich trage die Verantwortung dafür, sie aufzuhalten. Jeder Schritt durch den dichten Dschungel ist eine Qual. Meine Beine brennen und jeder Atemzug ist anstrengend. So kaputt war ich selten und ich bin mir sicher, dass es auch daran liegt, dass ich viel mehr Macht als sonst nutzen musste. Neben mir hält Neve tapfer mit, obwohl ich den Schmerz in ihrem Gesicht sehe und ihre von Josias ausgesuchte Montur diesen Weg noch erschwert. Ihr Kleid ist an den Enden gerissen und ausgefranst, der Stoff klebt an ihrer Haut, durchnässt von Schweiß und Schmutz. Doch sie beschwert sich nicht. Die Kämpfe haben uns beide an unsere Grenzen gebracht. Wir könnten es uns einfach machen und ihr altes Zimmer im Schloss nutzen – doch das kommt uns nicht mal in den Sinn. Das Schloss ist nicht unser Zuhause. War es nie. Nein, unser Ziel ist das kleine Holzhaus auf der Lichtung. Das ist unser Zuhause. Der einzige Ort, der nur uns gehört. Dort sind wir nur Neve und Ayden.

Hand in Hand kämpfen wir uns durch den Urwald, unser Atem laut und unregelmäßig, die Stille um uns herum nur unterbrochen vom Rascheln der Blätter und dem entfernten Ruf eines Vogels. Das dichte Blätterdach über uns filtert das Sonnenlicht in grünen Schimmern und der Geruch von feuchter Erde und Pflanzen umgibt uns, schwer und erstickend. Das Dickicht, das ich sonst ohne Mühe überwinde, scheint heute endlos. Die verschlungenen Pfade fühlen sich wie eine weitere Prüfung an, die wir bestehen müssen. Wir reden nicht, doch das ist auch nicht nötig. Unsere Hände sind fest ineinander verschlungen und ich ziehe Kraft aus ihrer Nähe, aus der Tatsache, dass sie hier ist. Trotz meiner Erschöpfung zwinge ich mich, wachsam zu bleiben. Gaias Befehl und die drohende Gefahr durch Josias Verbündete lassen keinen Raum für Fehler.

Als ich die vertraute Silhouette unserer kleinen Hütte am Rand der Lichtung entdecke, durchfluten mich Erinnerungen. Unser Zuhause. Eingebettet in das friedliche Tal, umgeben von hohen Bäumen, deren Wipfel sich im Wind wiegen. Das alte Holz der Hütte schimmert in der Abenddämmerung golden, die dunklen Balken erzählen Geschichten von Wetter, Zeit und unzähligen Momenten, die wir hier geteilt haben. Es ist der Ort, an dem sich unsere Elemente das erste Mal vereint haben, als Neve sich entschied, mit mir eins zu werden. Der Ort, an dem ich sie fand, obwohl ich sicher war, sie für immer verloren zu haben. Und jetzt der Ort, an dem ich mir vorstelle, etwas zu erschaffen, wovon ich mir nie erlaubt habe zu träumen – eine Familie mit ihr.

Ich öffne die knarrende Holztür, der vertraute Duft von Harz und Kräutern schlägt mir entgegen. Wir treten ein und ich mustere die Küche. Der Raum ist schlicht, aber dennoch voller Leben. An den Wänden hängen grobe Regale mit getrockneten Kräutern von Adan. Vor dem großen Kamin, in dem abends ein Feuer flackert, steht der Herd, ein einfacher, aus Stein gemauerter Ofen, dessen Flammen später alles in ein sanftes Licht tauchen werden und den ich mit Aros und Rainn gebaut habe. Der handgeschnitzte Tisch in der Mitte des Raumes ist überzogen mit Abdrücken der Zeit und bietet Platz für all unsere Freunde. Ein kleiner Brandfleck an der linken Ecke erinnert mich an einen von Skys Blitzen, als sie sich noch nicht so gut unter Kontrolle hatte und Kelvin ihn löschen musste. Die grobe Holzbank vor dem Kamin, die leise knarzt, wenn man sich auf ihr niederlässt, die Decke, die zusammengelegt darauf liegt – ein Geschenk von Bluette an Neve. Es ist ein Ort voller Erinnerungen, wo wir uns wirklich zuhause fühlen. Einfach, aber dennoch unser eigenes kleines Reich.

Ich halte ihr die Tür auf und kaum, dass sie auch nur einen Fuß über die Schwelle setzt, stürzt Cupid auf sie zu und wedelt so heftig mit seiner Rute, dass es wirkt, als hätte er vor, abzuheben. Neve lacht leise, ein Laut, der wie Musik in meinen Ohren klingt, und geht in die Hocke. Sie schlingt die Arme um Cupid, vergräbt ihr Gesicht in seinem weichen Fell und murmelt beruhigende Worte, während ich mich an den Türrahmen lehne und sie beobachte. Meine Arme sind vor der Brust verschränkt und ich spüre die Wärme in mir aufsteigen, die ich bei ihrem Anblick verspüre. In diesem Moment scheint die Welt stillzustehen und all die Schwere der vergangenen Tage fällt von mir ab. Neve hebt den Kopf und ihre Augen treffen meine, ein Lächeln, strahlend vor Glück, breitet sich über ihr Gesicht aus. Dieses Lächeln vertreibt die letzte Dunkelheit aus meiner Seele.

„Ich liebe dich." Meine Stimme ist rau und ich räuspere mich, als Neve sich langsam erhebt. Langsam stoße ich mich von der Wand ab und gehe auf sie zu. In der Mitte treffen wir uns, unsere Arme schlingen sich wie automatisch umeinander und in diesem Moment spüre ich eine überwältigende Welle von Liebe und Geborgenheit. Ihr Herz pocht gegen meine Brust, ein sanfter und beständiger Rhythmus, der meine Sorgen vertreibt.

Unsere Lippen treffen sich zu einem hungrigen Kuss, der all die unterdrückten Gefühle und die Anspannung der letzten Tage entlädt. Wir halten uns fest, wie zwei Ertrinkende, die in einem tosenden Meer nur einander haben. Es gibt kein Zweifeln, kein Zögern – nur uns.

Ich hebe sie hoch, ihre Leichtigkeit überrascht mich immer wieder und sie schlingt ihre Beine um meinen Rumpf. Ein leises, melodisches Lachen entfährt ihr. „So gerne ich das hier vertiefen würde – du stinkst fürchterlich, Ayden. Wirklich."

Ein tiefes, polterndes Lachen bricht aus meiner Kehle heraus. Sie hat Recht. Während sie immer noch den frischen Duft von Frost und Schnee ausstrahlt, haftet an mir der Dreck der Tunnel – eine Mischung aus Schweiß, Blut und allem anderen, was ich lieber nicht analysieren möchte, wenn ich an das Auge des Drachen denke.

„Dann sollte ich wohl schleunigst unter die Dusche springen."

„Das wäre ein guter Anfang."

„Wie wäre es, wenn ich dich einfach mitnehme?"

Ihre Augen funkeln, ein verspieltes Glitzern, das mich immer wieder in seinen Bann zieht.

„Ich hatte gehofft, dass der Plan so aussieht."

Sie löst meinen Waffengurt, der laut scheppernd zu Boden fällt.

„Dann lass uns keine Zeit verlieren, kleine Schneeflocke", murmle ich an ihrem Hals. Meine Lippen finden die weiche Haut und ich spüre ihren schnellen Puls unter meinen Küssen. Ein leichtes Seufzen entweicht ihr und ich hebe sie noch ein Stück höher, bevor sie ihre Arme um meinen Hals schlingt. Unsere Lippen finden sich erneut, während ich sie ins Badezimmer trage. Durch das kleine Fenster fällt warmes Licht ins Innere des winzigen Raumes und taucht ihn in einen goldenen Schimmer. Ich setze Neve sanft auf dem Rand des grob gezimmerten Tisches an der Wand ab, auf dem eine Schale mit frischen Kräutern und Flakons ihres Parfüms stehen und beginne langsam und mit Bedacht, ihre Kleidung Stück für Stück zu entfernen. Ihre Augen ruhen dabei voller Vertrauen und Zuneigung auf mir, während auch ich meine Rüstung ablege. Wir vergessen für einen Moment die Welt außerhalb dieser Wände. Unsere Bewegungen sind langsam und vorsichtig, wir nehmen uns die Zeit und kosten diesen Moment völlig aus. Jetzt gerade sind nur wir wichtig. Ihre kühle Haut erwärmt sich unter meinen Händen und mit jeder Berührung spüre ich, wie der Schmerz und die Müdigkeit von uns beiden abfallen und in den Hintergrund rutschen. Es ist nicht nur körperlich – es ist, als würden wir uns gegenseitig heilen, durch jede Berührung und jeden Blick. Ich strecke die Hand aus und stelle das Wasser an. Kurz darauf hebe ich sie wieder hoch und sie quietscht auf, als der Wasserstrahl sie trifft.

„Du bist so wunderschön", flüstere ich voller Ehrfurcht, als ich ihr ausdrucksstarkes Gesicht betrachte. Ihre hellen Augen strahlen mich an, beinahe schüchtern, während kleine Wassertropfen wie glitzernde Edelsteine auf ihren Wimpern sitzen. Unglaublich sanft streckt sie ihre Hand aus und streicht vorsichtig über meine stoppelige Wange. Ich genieße das Gefühl ihrer Hände auf meinem Gesicht und schmiege mich in ihre Berührung.

„Ich liebe dich so unglaublich doll, Ayden. Ich hätte alles getan, um dich vor ihm zu schützen. Auch wenn ich dafür meine Seele hätte verkaufen müssen."

Das Wasser prasselt auf uns herab, wäscht den Schmutz und das Blut der letzten schicksalhaften Tage weg, während wir eng umschlungen dastehen. Ihre kühle Haut presst sich an meine heiße, die Kontraste in unseren Körpern spiegeln sich in unseren Elementen wider – und doch verschmelzen wir zu einem Ganzen.

„Das weiß ich", antworte ich schließlich, meine Stimme leise, „und dieses Wissen macht mir schreckliche Angst. Ich sollte der sein, der dich beschützt. Nicht umgekehrt."

Neve lacht leise.

„Warum? Weil du ein Mann bist? Ich habe das gleiche Recht wie du, für unsere Liebe alles zu geben."

„Nicht, weil ich ein Mann bin", korrigiere ich mit zuckendem Mundwinkel, „sondern weil mich der Gedanke, dass dir Leid zugefügt wird, beinahe wahnsinnig macht. Du warst das Einzige, was mich heute davon abgehalten hat, mich völlig in meinem Element zu verlieren. In meinem Inneren war nur noch ein Gedanke präsent – Josias zu töten und alles und jeden zu Asche zu verwandeln, der dir schaden könnte."

„Du hast dich nicht verloren. Du bist stark, Ayden." Ihr Daumen streicht zärtlich über meine Wange.

„Wir haben es geschafft", erinnere ich sie und sie legt ihren Kopf an meine Brust. Meine Finger gleiten langsam durch ihr nasses Haar, das Wasser rinnt in stillen Tropfen auf uns herab. Ich beuge mich vor und drücke einen sanften Kuss auf ihre Stirn.

„Ja, das haben wir", antwortet sie, doch ihre Stimme ist gedämpft, als würde sie etwas zurückhalten.

„Warum klingst du dann so, als wäre es anders?", frage ich vorsichtig und sie hebt den Kopf und lächelt leicht.

„Bitte", flüstert sie, „lass uns später darüber reden. Jetzt brauche ich einfach nur dich. Deine Nähe. Diesen Augenblick mit dir." Ihre Hand gleitet an meinen Nacken. „Küss mich und hilf mir, all das Erlebte für einen Moment zu vergessen."

„Ich liebe dich", lasse ich sie erneut wissen und sie lächelt. "Ich liebe dich", lautet ihre Antwort, ehe ich zu gerne ihrem Befehl nachkomme und meine Lippen ihren Mund erobern.

Unser Kuss beginnt sanft, doch schon bald flammt eine Leidenschaft auf, die kaum zu bändigen ist. Es ist, als würden wir all die Angst, die verlorene Zeit, den Schmerz, in diesem Moment hinter uns lassen. Die Kühle ihres Körpers, der Klang ihres Atems, der in der feuchten Luft widerhallt – alles verschmilzt und die Welt um uns herum verblasst.

Ihre Hände greifen nach meinem Nacken und ich spüre, wie sie sich noch dichter an mich drängt. Meine Erektion drückt sich zwischen uns an ihren Bauch und pulsiert vor Verlangen. Der Wasserdampf füllt den Raum und macht die Luft schwer und intim. Die Welt um uns herum scheint zu verschwimmen und es gibt nur uns beide. Neves Lippen lösen sich von meinen, unter nassen Wimpern schaut sie zu mir auf, ihre Augen strahlen vor Liebe, Hoffnung und dem gleichen Verlangen, das in mir brennt.

„Wir haben uns das hier verdient", flüstert sie leise und ein Lächeln stiehlt sich auf meine Lippen.

"Oh, ja. Und wie wir das haben." Ich beuge mich vor, meine Stimme ein tiefes Murmeln. „Ich kann es kaum erwarten, jeden Zentimeter von dir mit Küssen zu bedecken."

Ein leises Lachen entfährt ihr und ich lasse Neve vorsichtig an meinem Körper hinabgleiten, der sich beinahe schmerzhaft nach ihrem verzehrt.

„Was hast du vor?", will sie mit einem schelmischen Funkeln in den Augen wissen.

„Deinem Körper huldigen", erwidere ich leise und fordere sie auf, sich umzudrehen.

„Du quälst uns, willst du sagen", neckt sie mich, kommt aber meiner Forderung nach und legt ihre Hände an die steinerne Wand, während das Wasser auf ihren wundervollen Körper prasselt und streckt mir ihren wohlgeformten Hintern entgegen.

Ich nehme mir einen Moment, sie zu bewundern. Ihre sanften Rundungen, die helle Haut und dann löse ich den nassen Verband um ihren Brustkorb.

Achtlos sinkt er zu Boden. Ihr Körper ist ebenso von den Kämpfen und Strapazen gezeichnet, wie meiner und jeder blaue Fleck an ihrer makellosen Haut verursacht mir fast körperliche Schmerzen. Stumme Zeugen dessen, was wir durchgemacht haben. Ich möchte jeden einzelnen küssen und ihr Leid mindern. Also tue ich genau das. Ich streiche ihr Haar zur Seite und beginne, ihre Blessuren mit sanften Küssen zu berühren. Finde jede noch so kleine Abschürfung und küsse sie sanft. Ihr Körper erbebt unter meinen Lippen und ich spüre, wie sich eine Gänsehaut auf ihrem Körper ausbreitet. Ein wissendes Lächeln teilt meine Lippen, während meine Erektion voller Vorfreude pulsiert. Doch zügle ich meine eigene Erregung. Dies soll kein schnelles Liebesspiel sein, wie unser letztes. Nein, dieser Moment gehört uns und wir nehmen ihn uns.

„Du bist so wunderschön", flüstere ich dicht an ihrem Ohr und ihren rosigen Lippen entweicht ein Stöhnen. „Ich kann es kaum erwarten, dich an diese Wand zu drücken."

„Dann tue es endlich", wimmert sie beinahe, doch ich habe nicht vor, es so schnell zu beenden.

Ich schnalze mit der Zunge und lasse meine Hände langsam ihren Körper hinabgleiten. Die Hitze des Wassers mischt sich mit der Hitze unserer Körper und ich spüre, wie sie sich unter meiner Berührung anspannt. Ich mache einen Schritt vorwärts, drücke mich fest an ihren Rücken, während meine raue Hand langsam über ihren Bauch streicht.

„Ich brauche dich", flüstert sie und lehnt ihren Kopf rückwärts gegen meine Schulter. Ihre Worte sind ein Echo meiner eigenen Gefühle. Wir haben so viel durchgestanden und sind immer noch hier.

Meine Hand wandert tiefer, vorbei an dem weichen Flaum zwischen ihren Beinen, ehe meine Finger ihr Ziel finden. Ihre Beine beginnen zu zittern und ich halte sie mit meiner anderen Hand leicht an mich gedrückt, während meine Finger ihren Körper erbeben lassen. Nach einem kurzen Moment drehe ich sie sanft zu mir um, betrachte ihr Gesicht, das vom Wasser benetzt und von unseren Erlebnissen gezeichnet ist. Ich schaue auf ihre von unseren Küssen geröteten Lippen.

„Ich brauche dich viel mehr", antworte ich und senke meinen Mund erneut auf ihren. Ein Prickeln setzt dort ein, wo sich unsere Lippen treffen, und breitet sich über meinen ganzen Körper aus. Erst küsse ich sie vorsichtig, dann leidenschaftlicher. Unsere Lippen und Zungen bewegen sich wie in einem Tanz, der all unsere Gefühle ausdrückt: Liebe, Hoffnung, Verzweiflung und ein tiefes Verlangen nacheinander. Meine Sehnsucht wächst wie Wellen in einem tosenden Meer. Die Spannung zwischen uns ist fast greifbar.

Meine Hände wandern über ihren Rücken, während ihre Hände durch mein Haar fahren. Der Kuss wird intensiver und es fällt mir immer schwerer, noch klar zu denken. Sie beißt mir spielerisch in die Unterlippe und mit einem Knurren drücke ich sie gegen die steinerne Wand der Dusche und sie schlingt ihre Beine erneut um meinen Rumpf. Ihre Atmung beschleunigt sich, sie zieht mich dicht zu sich. Ich hebe sie leicht an und mit einer sanften, aber entschlossenen Bewegung dringe ich tief in sie ein und wir beide keuchen auf. Unsere Körper verschmelzen miteinander und als ich sie in Besitz nehme, fühlt es sich an wie eine Offenbarung. Ihre Muskeln ziehen sich um meinen Penis zusammen und ich fluche leise. Das Gefühl, in ihr zu sein, ist überwältigend. Ich bewege mich quälend langsam und koste die Empfindungen voll und ganz aus, während Neve sich mir entgegenstreckt.

Die Götter stehen mir bei. Neve weiß nicht einmal ansatzweise, welche Macht sie über mich hat. „Ayden", keucht sie in meinen Mund, fordert mich auf, mich schneller zu bewegen und ich spüre, wie sie unter mir erzittert. Ihre Nägel graben sich in meine Schultern und diese Mischung aus Schmerz und Lust heizt mich nur noch mehr an.

„Verdammt, ich liebe dich", keuche ich, meine Stimme rau vor Verlangen und Emotionen, „Ich werde dich immer lieben, Neve. Ich werde dich nie wieder gehen lassen. Sag, dass du mir gehörst."

„Ich gehöre dir, Ayden. Du und ich, das ist für immer", antwortet sie, ihre Stimme kaum mehr als ein Flüstern. Unsere Bewegungen werden schneller, intensiver und jeder Stoß, jeder Kuss, jedes Stöhnen ist ein Beweis unserer Liebe und unseres Versprechens. Als wir beide den Höhepunkt erreichen, schreien wir unsere Gefühle in die dampfende Luft. Unsere Körper erzittern und ich halte sie fest umschlungen, nicht bereit, sie je wieder loszulassen. Sie gehört mir. Und für diesen kurzen kostbaren Augenblick ist alles perfekt. Als sich unsere Blicke treffen und unsere Herzen sich allmählich beruhigen, leuchten ihre Augen vor Glück und Erschöpfung. Ich spüre die Nachwirkungen unserer Liebe, während ich sie fest und sicher in meinem Arm halte und sie sich noch enger an mich kuschelt.

Als wir schließlich den Besprechungsraum betreten, fühle ich mich viel ausgeruhter und Cupid wuselt um unsere Beine herum, bevor er schwanzwedelnd auf die anderen zustürmt, die scheinbar schon auf uns gewartet haben.

Mein Blick gleitet zu Neve, deren Wangen noch immer rosig schimmern. Als würde sie meinen Blick spüren, schaut sie auf und lächelt mir zu.

Ich zwinkere ihr zu, lege sanft meine Hand an ihren unteren Rücken, ehe ich sie zum Tisch begleite, auf dem bereits eine ausgebreitete Karte liegt.

Unsere Freunde blicken auf, alle frisch gewaschen und in saubere Kleidung gehüllt. Dennoch kann ich die Hämatome und Kratzer an ihren Armen und Gesichtern sehen – Zeugen der letzten Tage.

„Ach, habt ihr auch endlich beschlossen, uns Gesellschaft zu leisten?", stichelt Sky und mein Blick findet sie und ich stocke, ehe ich schallend anfange zu lachen.

„Was ist denn mit dir passiert?", frage ich und wische mir eine Träne aus den Augenwinkeln.

Neve kichert neben mir und auch die anderen können sich ein Lachen nicht verkneifen. Skys Augen verengen sich zu Schlitzen, bevor sie ihren Kopf ruckartig auf Bluette richtet, die völlig unschuldig aus der Wäsche schaut.

„Nun schau mich nicht so an. Lass sie reden. Glaub mir, diese Paste wird deiner Haut helfen, schneller zu regenerieren", erklärt Bluette mit einem belustigten

Lächeln. Sie versucht ernst zu bleiben, aber selbst ihre Mundwinkel zucken. Dabei bröckeln ein paar grüne Krümel von Skys Gesicht auf den Tisch.

Scheinbar stammt die grüne, mittlerweile getrocknete Paste aufs Skys Gesicht von Bluette.

Sky sieht aus wie ein Okolott aus den Sümpfen.

„Ihr könnt mich allemal", grummelt sie und verschränkt die Arme vor der Brust, doch auch ihr Mundwinkel zuckt verdächtig.

„Leute, ein bisschen mehr Ernst bei der Sache bitte", ruft Aros schließlich in die Runde und klatscht in die Hände, aber er wirkt nicht weniger amüsiert als wir. Seine Stimme hat diesen strengen Ton, der jeden sofort zur Räson ruft – zumindest für einen Moment. Denn es ist nicht immer einfach mit unserer Truppe.

„Mach dich etwas locker." Rainn klopft ihm auf die Schulter.

„Ich mach dich gleich locker. Während Ayden und Neve vermutlich ihre Zweisamkeit genossen haben, so wie sie beide aussehen, habe ich selbst das Bedürfnis, mich mit meiner Gefährtin zurückzuziehen. Aber", Aros schaut zu mir, „es gibt hier Elementare, die pflichtbewusst handeln."

„Sagt der, den wir mit Bluette schon in der Besenkammer erwischt haben", witzelt Kelvin und Adan fügt lachend hinzu: „Und das nicht nur einmal."

Bluette wird schlagartig feuerrot, während Aros nur schmunzelnd die Augen verdreht.

„Das ist das Los meines Stellvertreters, mein Freund", witzle ich.

Alles fühlt sich so an wie früher. So waren wir vor Josias. Die Leichtigkeit, die uns abhandengekommen war, ist zurückgekehrt.

Bevor ich noch etwas sticheln kann, öffnet sich plötzlich die Tür und wir verstummen alle. Ich lasse Neves Hand los und verschränke die Arme hinter meinem Körper. Ein stiller Befehl geht durch die Gruppe und jeder von uns nimmt eine respektvolle Haltung ein, die wir als Krieger von Gaia kennen. Die Atmosphäre verändert sich sofort, als wir in einer plötzlichen, geballten Spannung verharren.

Neve

Gaias Präsenz ist überwältigend. Sie trägt ein helles Kleid, das von einer Stola aus weichem, cremefarbenem Gewebe umhüllt wird. Der Stoff fällt in eleganten Falten bis zu ihren Knöcheln und schmiegt sich schmeichelnd an ihre Figur. Zarte, goldene Stickereien an den Säumen schimmern im Licht und verleihen ihr eine Aura von Würde und Macht. Jeder einzelne ihrer Schritte unterstreicht ihren Status, ohne dass sie ein einziges Wort sagen muss. Ihre langen, dunklen Haare sind kunstvoll zu einem lockeren Knoten hochgesteckt, wobei einige Strähnen sanft ihr Gesicht umrahmen, ihr dadurch eine natürliche, unbeschwerte Schönheit und einen beinahe jugendlichen Charme verleihen. Ein sanftes Lächeln umspielt ihre Lippen. Auf ihrem Kopf sitzt ein zartes Diadem aus Gold, mit filigranen Ranken und Blättern, die im Licht glänzen. Sie ist zweifellos wunderschön. Gaias intelligente Augen, in denen abwechselnd Feuer, Wasser, Erde und Luft flackern, mustern uns mit einer Intensität, die mir das Gefühl gibt, als würden sie jedes kleinste Detail aufnehmen. Gaia atmet tief ein und ihr Lächeln wird noch ein wenig sanfter, fast gütig. Sie spielt ihre Rolle perfekt – liebenswürdig, anmutig, so als wolle sie alle mit ihrer Zuneigung umhüllen. Und doch sträubt sich etwas in mir, was nicht nur an Coldens Worten liegt. Etwas sagt mir, dass es mehr gibt, etwas, das hinter der Fassade verborgen bleibt. Es sind ihre Augen, die sich verraten. In ihren Augen liegt etwas, das zu ruhig ist, eine Kälte, die ihr Lächeln nicht vertreiben kann. Es ist wie ein flimmernder Funke, der kurz aufblitzt, als sie uns mustert und ich sehe, wie sich ihre Pupillen für einen Moment verengen.

„Es ist schön, euch alle wiederzusehen. Es tut gut zu wissen, dass ihr mich nicht aufgegeben habt. Dafür danke ich euch. Doch nun gibt es viel für uns zu tun. Wir haben alle hautnah erlebt, wie leicht es einem Verräter fallen konnte, mich zu entführen." Ihr Blick bleibt an mir hängen und sie runzelt die Stirn. Mir gegenüber ändert sie ihre Tonlage.

„Wer warst du noch gleich?" Ihre herausforderndere Bemerkung lässt den Ärger in mir hochkochen. Sie weiß genau, wer ich bin. Sie weiß, dass ich Aydens Gefährtin und die Tochter von Nereus und Selale bin. Diese Provokation ist pure Absicht - eine kleine Demütigung, geschickt versteckt, um mir zu zeigen, wo mein Platz ist und wie unwichtig ich in ihren Augen bin. Ich spüre, wie mein Herz schneller schlägt und die Hitze in meine Wangen steigt, aber ich atme tief durch, zwinge mich zur Ruhe. Ich erinnere mich daran, wer ich bin und welche Rolle ich hier spiele. Mit einem inneren Seufzen richte ich meine Maske der Gelassenheit und Höflichkeit zurecht, während ich ihre Augen festhalte.

„Neve", antworte ich mit einem sanften Lächeln. „Es ist mir eine Ehre, dir endlich persönlich zu begegnen. Ich habe viel von dir gehört."

Meine Worte sind höflich, meine Stimme ruhig und doch spüre ich die Spannung meiner Muskeln. Diese Frau hat Aydens Eltern getötet. Sie hat ein ganzes Volk versklavt. Jeder Atemzug erfordert Anstrengung, den Zorn in mir zu zähmen. Sie hat meine Art, die Glacies, jagen und beinahe ausrotten lassen. Sie ist ebenso ein Monster wie Josias, nur raffinierter als er. Sie ist im Verborgenen böse, versteckt es hinter diesem makellosen Gesicht und das macht sie noch gefährlicher.

Sie hebt eine Augenbraue und lacht im nächsten Moment entschuldigend auf. „Ach ja, wie konnte ich das vergessen?"

Ich kaufe ihr das in keinster Weise ab und halte ihrem Blick stand. Ein Funken Überraschung blitzt in ihren Augen auf, als ich mich nicht abwende.

Aydens Arm legt sich um meine Taille und zieht mich näher zu sich. Es ist eine vertraute, beschützende Geste, die mir normalerweise Sicherheit gibt. Doch unter Gaias Blick fühlt es sich plötzlich anderes an. Ihr Blick gleitet von Aydens Arm zu seinem Gesicht und für den Bruchteil einer Sekunde zuckt ein Schatten über ihre Miene – ein Anflug von Missbilligung, kaum merklich und doch da. Sie unterdrückt ihn sofort, aber ich habe ihn gesehen.

„Deine Gefährtin also?" Gaias Stimme ist weich, doch darunter liegt ein scharfer Unterton, der mein Unwohlsein noch verstärkt. Ihre Augen verengen sich leicht, während sie mich mustert, langsam, mit einem Ausdruck, den ich nicht deuten kann oder lieber nicht deuten will.

„Ich dachte, du wolltest dich niemals binden, Ayden? Waren das nicht deine Worte? Dass du für dieses Land lebst? Und niemals eine Frau zurücklassen wollen würdest, wenn du im Kampf fällst?" Sie neigt leicht den Kopf, als würde sie über ihre eigenen Worte nachdenken.

„Und doch …", sie lässt den Satz einen Moment in der Luft hängen, ihr Blick wandert zu mir, mustert mich mit kaum verhohlener Skepsis, „stehst du hier nun mit einer Gefährtin an deiner Seite. Ich frage mich … was hat sich geändert?"

Ihr Ton ist fast beiläufig, doch jede Silbe trägt eine wohlplatzierte Spitze. Die Stille, die auf ihre Worte folgt, ist schwer, beinahe greifbar. Es ist, als wollte sie Zweifel in Ayden säen – oder in den anderen. Sie lässt ihren Blick noch einen Moment länger auf mir ruhen, als würde sie einen Makel suchen, einen Grund, mich nicht ernst zu nehmen, ehe sie sich wieder Ayden zuwendet, ihm keine Zeit für eine Antwort lässt. Auf ihren Lippen liegt jetzt ein Lächeln, glatt und beherrscht, doch ohne Wärme.

„Wie ich sehe, ist in meiner Abwesenheit einiges passiert. Du solltest mich auf den neusten Stand bringen. Unter vier Augen, so wie früher. Komm später in meine Gemächer."

Die Bedeutung ihrer Worte ist unüberhörbar. Jeder Satz eine Anspielung, jedes Wort ein Test, um zu sehen, ob ich die Fassung verliere. In meinem Inneren brodelt es, die Wut flammt auf wie ein Funke, der einen Waldbrand entzünden will. Aber ich halte meinen Zorn zurück. Sie will genau das – mich aus der Fassung bringen, aus der Reserve locken. Ich richte mich auf, zwinge mich zur Ruhe und halte meinen Gesichtsausdruck so neutral wie möglich. Ich werde ihr nicht die Genugtuung geben, dass sie sieht, wie mich ihr Verhalten trifft. Soll sie anspielen, auf was sie will – ich bin Aydens Gefährtin.

Ayden neigt leicht den Kopf, eine respektvolle Geste, die mir einen Stich versetzt.

„Neve hat mehr für dieses Reich geopfert, als du vielleicht ahnst. Sie war bereit, sich Josias zu stellen, um unser aller Leben zu retten. Ja, du hast Recht. Ich wollte nie eine Gefährtin. Weil ich überzeugt war, dass mein Platz alleine auf dem Schlachtfeld ist." Er hält inne, sein Blick sucht meinen. „Aber Neve hat mich vom

Gegenteil überzeugt. Sie hat mir gezeigt, dass es mehr für mich gibt als nur Pflicht und Krieg." Er lächelt mich warm an. „Aber wir werden es später besprechen, wie du wünschst, Gaia."

Seine Stimme ist ruhig, doch ich kenne ihn gut genug, um die Spannung darin zu hören. Sie ist seine Herrscherin und er ist an seinen Eid gebunden, ihr zu gehorchen. Ich weiß, dass es nicht mehr ist als das und zwischen ihnen nie etwas war. Das hätte Ayden mir erzählt. Aber ich weiß etwas anderes: Dass es zwischen Gaia und Josias anders gewesen ist. Sie und Josias … hatten eine besondere Beziehung. Eine, über die niemand spricht. Ich frage mich, ob die anderen es wissen oder es zumindest ahnen – oder ob ich die Bürde dieses Wissens bislang alleine trage.

„Nimm es mir nicht übel, Ayden", erwidert Gaia mit einem Lächeln, das so sanft wie eine Klinge ist. „Doch ich würde es begrüßen, wenn Neve diesem Treffen fernbleibt. Ich fühle mich in der Gegenwart von Fremden aktuell nicht besonders wohl, wie du sicher verstehst."

Ihre Worte sind so höflich formuliert, dass sie fast harmlos wirken, doch ihre wahre Bedeutung ist unmissverständlich. Es ist ein Befehl, der mir klarmachen soll, dass ich nicht willkommen bin. Sie will mich hier nicht haben. Ayden hebt den Kopf und ich sehe den Funken Widerstand in seinen Augen.

„Bei allem Respekt, Gaia. Aber Neve ist über jeden Zweifel erhaben. Sie ist meine Gefährtin und hat mit uns nach dir gesucht."

Gaias Augen verengen sich, ihr Lächeln kühlt merklich ab.

„Und doch stand sie neben Josias auf der Balustrade und war bereit, seine Königin zu werden."

Ein leises, entsetztes Raunen geht durch die kleine Versammlung. Ich spüre, wie sich alle Blicke auf mich richten. Mein Herz hämmert gegen meine Rippen, doch ich zwinge mich, ruhig zu bleiben. Ich senke meinen Blick nicht, sondern halte ihrem stand. Ich habe dies getan, um sie alle zu retten und zu überleben.

„Ich war bereit, alles zu tun, um das Leben meiner Freunde zu schützen", wende ich mit fester Stimme ein. „Selbst wenn es bedeutet hätte, an der Seite eines Mannes zu stehen, den ich verachte. Ich würde es wieder tun. Manchmal müssen wir Opfer bringen für jene, die wir lieben." Ich halte kurz inne. „Es tut mir leid, wenn dir meine Anwesenheit missfällt. Selbstverständlich werde ich mich zurückziehen."

Ich nicke Gaia respektvoll zu, sehe die betreten Mienen meiner Freunde und ehe Ayden etwas einwenden kann, lege ich meine Hand auf seinen Arm. Eine sanfte, aber deutliche Geste.

„Wir sehen uns zu Hause", sage ich leise, mit einem Hauch von Wärme, der nur ihm gilt.

Ohne ein weiteres Wort verlasse ich den Raum, Cupid folgt mir auf dem Fuß. Es kostet mich mehr Selbstbeherrschung, als ich zugeben möchte, mich nicht noch einmal umzudrehen. Ich weiß genau, was Gaia tut. Sie spielt uns geschickt gegeneinander aus. Sie ist die Herrscherin. Die anderen haben ihren Wünschen Folge zu leisten.

Doch wenn ich ehrlich bin, kommt es mir ganz gelegen, dass sie mich weggeschickt hat. Während sie glaubt, mich gedemütigt zu haben, öffnet sich mir die Möglichkeit, mich frei im Schloss zu bewegen. Sie mag Aydens Herrscherin sein. Aber ich bin seine Gefährtin – und mehr als bereit zu tun, was getan werden muss.

Nach dem, was in der Arena passiert ist, hält jeder einen respektvollen Abstand zu mir. Niemand wagt es, mir zu nahe zu kommen – nicht nach dem, was Ayden über mich gesagt hat und schon gar nicht, nachdem er Josias getötet hat. Seine Worte und Taten waren unmissverständlich – ich stehe unter seinem Schutz und alle wissen es. Mit einem kühlen Lächeln auf den Lippen beginne ich, das Schloss auf eigene Faust zu erkunden. Ich denke an Colden und die Rebellen. Was, wenn ich wirklich etwas finde, das ihnen hilft? Die alten Gänge erstrecken sich vor mir und meine Schritte hallen leise auf dem kalten Steinboden wider. Cupid folgt mir dicht auf den Fersen und seine Anwesenheit gibt mir mehr Sicherheit, während ich mich von den belebten Hauptbereichen entferne. Ich streichle ihm flüchtig über den Kopf, während ich in die Kellergewölbe hinabsteige, wo die regulären Gänge enden. Der Geruch von feuchtem Moos liegt in der Luft und die grauen, unebenen Wände scheinen Geschichten längst vergangener Zeiten zu erzählen. Die Wege hier unten sind von Spinnenweben durchzogen und das Licht der Fackeln taucht alles in ein unheimliches Halbdunkel. Es ist gespenstisch still. Meine Hände gleiten über das raue Gestein, auf der Suche nach einem verborgenen Mechanismus, der eine geheime Kammer offenbaren könnte. Alles fühlt sich gleich an und doch gebe ich nicht auf. Ich bin hier, um Hinweise zu finden – Dokumente, Aufzeichnungen, Beweise, irgendwas. Gerade, als ich konzentriert mit meinen Fingern über eine Unebenheit im Stein fahre, erschüttert ein lauter, trötender Nieser die Stille. Ich zucke so heftig zusammen, dass ich mir fast den Kopf an der Wand stoße. Mein Herz hämmert wild und ich wirble herum. Cupid schüttelt sich einmal und tapst dann seelenruhig weiter, als wäre nichts gewesen. Ich atme laut aus. Falls hier unten Geister hausen, wissen sie jetzt definitiv, dass ich da bin. Mit klopfendem Herzen gehe ich weiter und präge mir den Weg ein. Dafür nutze ich eine leichte Methode – immer links abbiegen. Da ich keine Ahnung habe, wo ich meine Suche beginnen soll, ist dies ein Anfang. Auch wenn ich nicht wirklich annehme, heute schon auf ein Geheimnis zu stoßen. Unwillkürlich denke ich an das unterirdische Tunnelsystem. So weit werde ich nicht gehen und doch fühlt es sich auch hier schon an, als würde ich in eine Welt voller Mysterien eintauchen. Die Stunden verstreichen, ohne dass ich fündig werde. Schließlich führt mich mein Weg in eine Sackgasse. Frustriert atme ich tief durch und kehre um. Dieser Ausflug dient vor allem dazu, das Schloss besser kennenzulernen, erinnere ich mich selbst. Also beginne ich den langen Rückweg. Während ich die alten, abgenutzten Stufen eines Dienstbotenganges erklimme, wird die Luft wieder wärmer und der muffige Geruch von Schimmel weicht einer frischeren Brise. Das Klackern von Cupids Krallen auf dem Stein begleitet mich, bis ich wieder auf einen Hauptkorridor trete. Große Fenster, die das Tageslicht hineinlassen, vertreiben die Schatten. Diese Gänge sind belebt, Elementare huschen hin und her, beschäftigt mit ihren Aufgaben. Ich nicke ihnen höflich zu, achte jedoch darauf, mich unauffällig zu bewegen. Gerade als ich den Ausgang suche, zieht ein Raum meine Aufmerksamkeit auf sich, den ich noch nicht kenne. Eine alte Bibliothek. Langsam gehe ich näher heran. Massive Regale ragen wie stillstehende Wächter in die Höhe, jedes einzelne vollgestopft mit Büchern, die dick mit Staub bedeckt sind. Der Geruch von altem Papier und Leder erfüllt die Luft, während schwaches Licht durch die verstaubten Fenster fällt und die Schatten der Regale verlängert.

Ich zögere – wie lange bin ich schon unterwegs? Vermisst man mich schon oder habe ich noch Zeit? Doch meine Neugier siegt. Ich ziehe vereinzelt Bücher heraus, blättere durch handgeschriebene Seiten auf der Suche nach etwas – einem Hinweis, einer Notiz, die Gaia entlarven könnte. Die Bücher scheinen voller Wissen und doch bleibt mir das, was ich suche, verborgen. Aber etwas sagt mir, dass dies erst der Anfang ist.

„Oh, ein Gast. Welch´ seltenes Vergnügen."

Ich zucke zusammen, als hätte mich jemand bei einer verbotenen Tat ertappt. Das Buch in meiner Hand rutscht mir aus den Fingern und landet mit einem lauten Knall auf dem Boden. Cupid springt mit einem erschrockenen Winseln einen Satz zurück, sein Fell sträubt sich leicht und sein buschiger Schwanz wedelt unsicher. Seine Ohren zucken nervös und für einen Moment schaut er mich vorwurfsvoll an, als hätte ich ihm mit Absicht solch einen Schrecken eingejagt.

Hastig beuge ich mich hinunter und hebe das alte Buch mit zittrigen Fingern wieder auf. Mein Herz pocht laut in meiner Brust. Mit einem nervösen Lächeln drehe ich mich um – und entdecke in einer Nische, die mir zuvor nicht aufgefallen ist, einen Mann. Er sitzt an einem massiven Schreibtisch, der mit Pergamentrollen, Büchern und Tintenflaschen fast vollständig bedeckt ist. Seine Haltung ist entspannt, fast lässig, doch als unsere Blicke sich treffen, durchzuckt mich ein leichter Schauer. Etwas an ihm fühlt sich … falsch an. Nicht bedrohlich, aber fremd, als würde er nicht ganz in diese Welt gehören. Seine

Augen, in denen ein sanftes Blau zu leuchten scheint verraten, dass er ein Aqua ist. Cupid schlängelt sich zwischen meinen Beinen hindurch, bleibt dicht vor mir stehen und mustert unser Gegenüber mit schiefgelegtem Kopf. Seine Ohren zucken aufmerksam, sein buschiger Schwanz wedelt langsam, wachsam.

„Was treibt dich zu mir?" Die Stimme des Mannes ist ruhig, fast neugierig, als er mit Ruhe und Bedacht aufsteht und sich ausgiebig streckt. Das halblange, blonde Haar fällt ihm in die Stirn, verleiht ihm einen jugendlichen Ausdruck – aber ich bin mir sicher, dass dieser Eindruck täuscht. Er trägt keine prunkvolle Rüstung wie viele andere hier im Schloss, sondern eine schlichte, dunkle Tunika aus Wolle. Der Gürtel aus Leder, an dem kleine Beutel hängen, sind das Einzige, was seine Kleidung schmückt. Neben ihm auf dem Boden steht eine große Tasche, aus der Schreibutensilien hervorlugen.

„Neve. Mein Name ist Neve. Ich bin …"

„Ich weiß, wer du bist", unterbricht er mich mit einem freundlichen Lächeln. In seinen Augen liegt ein amüsierter Ausdruck.

„Woher?", hinterfrage ich skeptisch und misstrauisch.

„Ich bin der Chronist. Es passiert kaum etwas in diesem Schloss, was mir nicht früher oder später an die Ohren dringt."

„Der was?" Ich runzle die Stirn. „Was ist ein Chronist?"

Er tritt um den Tisch herum, lehnt sich mit verschränkten Armen daran und mustert mich.

„Ich bin dafür verantwortlich, alles aufzuschreiben. Jedes Ereignis, jede Geburt, jede Schlacht – alles, was von Bedeutung ist, wird von mir dokumentiert. Unsere Geschichte wird bewahrt, für die, die nach uns kommen. Und heute habe ich etwas sehr Besonderes niedergeschrieben: Wie dein Gefährte Josias vernichtet hat. Ein Moment, über den man noch viele Jahrhunderte sprechen wird."

Der Chronist. Aufregung rauscht durch meine Adern, doch ich zwinge mich zur Ruhe. Es wäre töricht, ihn direkt zu fragen, was er weiß. Aber sein sanfter Blick liegt ohne Argwohn oder Heimtücke auf mir. Er wirkt … interessiert und doch kann ich ihm nicht vertrauen.

„Es verirren sich nicht oft Elementare zu mir. Also: Wie kann ich dir behilflich sein?"

Fieberhaft überlege ich, doch es gibt keine Frage, die ich stellen könnte, ohne mich zu verraten. Schließlich schüttle ich den Kopf und murmle: „Ich wollte nur stöbern. Vielen Dank."

Er lächelt, doch in seinen Augen liegt ein Funken Neugier.

„Besuch mich jederzeit wieder, Neve. Ich verlasse diesen Ort selten und noch seltener bekomme ich Besuch."

Ich nicke ihm höflich zu, dann drehe ich mich um und gehe rasch zur Tür hinaus. Cupid folgt mir lautlos. Mein Herz schlägt immer noch schneller als gewöhnlich. Der Chronist sieht mir nach und bevor ich die Tür erreiche, spricht er erneut.

„Neve."

Seine Stimme klingt ruhig, fast beiläufig und sorgt dafür, dass ich innehalte. Ich drehe mich langsam um, treffe seinen Blick, der jetzt eine seltsame Intensität hat.

„Weißt du, warum ich immer noch hier bin?" Seine Worte sind leise, kaum mehr ein Flüstern und dennoch hallen sie in der stillen Bibliothek wider.

Ich schüttle langsam den Kopf, unsicher, ob es eine echte Frage oder eine rhetorische Bemerkung ist.

Er richtet sich auf, sein Blick gleitet für einen Moment ins Leere, als würde er etwas sehen, das sich meinen Augen entzieht.

„Ich bin kein Elementar, Neve. Ich bin älter, als du dir vorstellen kannst. Geisterwesen wie ich haben keine Heimat, keinen Ort, an den sie gehören – außer dort, wo sie gebraucht werden. Dieses Volk braucht mich, nicht als Diener Gaias, nicht als Verbündeter der Rebellion. Sondern als Hüter ihrer Geschichte. Bewahrer der Wahrheit."

Seine Worte hängen in der Luft, ein flüchtiger Hauch von etwas Größerem, das ich nicht begreifen kann.

Wenn es so ist, wie er sagt, warum lässt Gaia ihn am Leben?

„Warum hat Gaia Sie nicht …?", ich breche ab, suche nach den richtigen Worten.

Er schmunzelt, doch das Lächeln erreicht seine Augen nicht.

„Mich nicht getötet? Oh, sie hat es versucht, mehr als einmal und nicht nur sie. Aber mich zu zerstören hieße, die Vergangenheit dieses Volkes auszulöschen und damit ihre Zukunft. Ich bin durch einen heiligen Schutz gebunden, der stärker ist als ihre Macht. Solange ich gebraucht werde, kann ich nicht erlöschen. Meine Aufgabe ist noch nicht erfüllt. Ebenso wenig wie deine."

Ein Schauer läuft mir über den Rücken und ich starre ihn an. Seine Gestalt flimmert für den Bruchteil eines Moments, als würde er zwischen Hier und Dort existieren, wo auch immer er herkommt. Als sei er nur ein Schatten, der sich in diese Welt verirrt hat.

„Du bist kein Gefangener hier?"

„Ein Gefangener?" Er lacht leise, ein Klang, wie das Wispern von Wind in alten Bäumen.

„Nein, Neve. Ich bin hier, weil ich es sein will. Aber nicht jeder kann mich sehen. Nur diejenigen, die bereit sind, zu suchen – und die richtigen Fragen zu stellen."

Er sieht mich an und in seinen Augen flackert etwas Uraltes. Sie sind nicht blau, wie zuerst gedacht, sondern silbrig und scheinen im schwachen Licht der Fackeln zu glänzen.

„Manchmal ist Wissen eine Waffe, aber auch ein Schlüssel. Gaia weiß das. Und wer den richtigen Schlüssel finden will … muss zuerst die richtigen Fragen stellen."

Ich öffne den Mund, um etwas zu sagen, doch er hat sich bereits abgewandt, seine Gestalt verblasst in dem dämmrigen Licht, bis ich mir nicht mehr sicher bin, ob er wirklich da war oder ich ihn mir nur eingebildet habe.

Ayden

Meine Ungeduld wächst mit jedem Tag. Seit Gaia zurückgekehrt ist, hat sich alles verändert. Und das nicht zum Besseren. Ihre Heimkehr bringt eine neue Unruhe mit sich und es gibt unglaublich viel zu tun. Und während sie mich jeden Tag in den Palast ruft, um Verbündete von Josias aufzuspüren, bleibt Neve außen vor. Gaia vertraut ihr nicht, trotz all meiner Beteuerungen. Sie weigert sich, Neve in ihren inneren Kreis aufzunehmen und die Folge dessen ist, dass ich Neve kaum zu Gesicht bekomme. Ich weiß, dass sie auf eigene Faust das Schloss erkundet und in den finsteren Gängen umherstreift. Mir behagt das ganz und gar nicht, denn es lauern dort viele Gefahren, zu viele Schatten, in denen sie verloren gehen könnte. Doch Gaia verlangt meine Anwesenheit und mein Eid bindet mich an sie. Es macht mich wahnsinnig. Ich weiß, dass es hier um meine Loyalität geht. Es geht um Macht und Kontrolle. Ich kenne Gaia. Ihr Missfallen Neve gegenüber ist meinem Ungehorsam geschuldet, ganz sicher. Sie hält mich in Schach und es tut mir weh, dass sie Neve nicht als meine Gefährtin akzeptiert. Es zerreißt mich innerlich, doch im Moment kann ich nichts tun, als mich zu fügen, um es nicht noch schlimmer zu machen.

Jede Nacht kehre ich spät heim und meist liegt Neve bereits schlafend in unserem Bett, Cupid zusammengerollt an ihren Füßen. Und jedes Mal, wenn ich sie so sehe, zieht sich mein Herz vor Sehnsucht zusammen. Manchmal wacht sie auf und wir reden über den Tag, doch meist lasse ich sie schlafen, bevor ich mich im Morgengrauen wieder wie ein Dieb wegschleiche. Sie braucht Ruhe, nach allem, was sie durchgemacht hat. Eine ganze Woche ist bereits so vergangen und ein Teil von mir hat das Gefühl, als würde ich sie jeden Tag ein wenig mehr verlieren.

Neve

Heute sind Adan und Kelvin für mein Training zuständig. Auf dem Plan steht eine Fährtensuche und ich habe bereits erfolgreich einen Waldtroll und einen kleinen Kuschelgreifer - jedenfalls nenne ich dieses kleine, flauschige, kugelartige Wesen so, das in kleinen Höhlen lebt - aufgespürt. Es hat leuchtende Kulleraugen und winzige Pfoten, das Fell ist meist braun und ich bin schon mehr als einmal auf ihr niedliches Aussehen reingefallen. Sie schnurren, lassen sich streicheln und sobald man sie hochhebt, reißen sie ihre Mäuler auf und man macht Bekanntschaft mit reihenweise nadelspitzen Zähnen. Fluffmordiex. Für mich einfach Kuschelgreifer. Ich hasse und liebe sie zugleich, weil sie einfach wirklich herzallerliebst aussehen. Von weitem. Meine Beine beginnen langsam zu schmerzen und meine Kehle ist trocken. Dankbar nehme ich den Trinkschlauch von Kelvin entgegen. Das Wasser rinnt kühl meine Kehle hinab, während ich ihm einen kurzen Blick zuwerfe – sein blondes Haar fällt ihm in die blauen Augen und er streicht es mit einer lässigen Bewegung zurück.

„Sind wir fertig für heute?", frage ich matt und lockere meine Arme. Ich habe das Gefühl, sie wollen mich heute den ganzen Tag durch den Wald scheuchen.

„Nein, noch nicht", verkündet Adan mit einem Grinsen, das mir nicht gefällt. Ich kenne diesen Ausdruck und ja, sie wollen mich heute quälen. Das Sonnenlicht fängt sich in seinen kurzen braunen Haaren, als er sich zu Kelvin herumdreht, der enthusiastisch nickt.

„Die letzte Spur für heute, versprochen", versichert Adan und wechselt einen Blick mit Kelvin.

„Heute suchen wir zum Abschluss ein ganz besonderes Wesen", fügt dieser geheimnisvoll hinzu.

„Es ist schwer zu finden", ergänzt er noch und ich runzle die Stirn. Okay, selten und schwer zu finden. Passt zu meiner Theorie, dass sie mich durch den ganzen Dschungel scheuchen wollen. Aber ich will mich nicht beschweren, denn ich lerne wirklich viel.

„Und wie sieht es aus?"

Kelvin lehnt sich an einen Baum, das Leder seiner Rüstung knarzt leise bei der Bewegung.

„Es hat rote Augen."

„Kräftige Muskeln."

„Dunkles Fell auf dem Kopf."

„Es ist gefährlich, wenn man es reizt."

Die beiden wechseln sich ab und werfen immer mehr Hinweise in den Raum.

Rote Augen, kräftige Muskeln, reizbar? Okay.

„Es ist ungefähr so groß." Kelvin zeigt ein Stück über seinen Kopf und nun überlege ich fieberhaft, was für ein Wesen sie meinen könnten, denn mir fällt keins ein, auf das die Beschreibung der beiden passt. Jedenfalls keins, was in den Büchern gewesen ist, die Adan mir zu lesen gegeben hat. Das ist wirklich ganz schön groß.

„Und wo hält es sich am liebsten auf?"

Kelvin wirkt nachdenklich. „Hm … meistens in der Nähe einer bestimmten Person."

Adan nickt eifrig. „Ja, es folgt ihr überall hin. Sehr territorial, dieses Biest."

Kelvin grinst. „Oh ja, es folgt ihr wirklich überall hin. Wie ein Schatten. Ganz schön anhänglich, das Vieh."

Ich runzle die Stirn. „Ein Rudeltier?"

Kelvin schüttelt grinsend den Kopf. „Nicht direkt. Aber manchmal geht es schon Bindungen zu besonderen Personen ein. Zu einer ganz besonders und wenn ihr jemand zu nahe kommt … naja, sagen wir mal … kann es ziemlich … bedrohlich werden."

Ich überlege angestrengt. „Also ein Einzelgänger, aber beschützend? Und gefährlich, wenn man es reizt?"

Was für ein Tier soll das bitte sein? Aber ich will es herausfinden. Mein Ehrgeiz packt mich.

„Oh, absolut", bestätigt Adan. „Wenn man es herausfordert, ist es eine wahre Naturgewalt."

Also ist es stark, okay.

„Und es hat einen Blick, der einen geradezu durchbohrt", zählt Kelvin weiter auf.

Langsam wird mir das Ganze suspekt. Doch ich will mir nicht die Blöße geben, es nicht herauszufinden. Also beginne ich zu suchen. Sie würden mir die Aufgabe nicht geben, wenn ich es nicht finden könnte und sie müssen in der Nähe Spuren gesehen habe. Sonst wäre es eine unmögliche Aufgabe.

„Und die Spuren sind hier?", frage ich sicherheitshalber und beide nicken, also knie ich mich auf den Waldboden und prüfe die Erde. Keine frischen Spuren. Nur ein paar verwischte Abdrücke, die zu einem Huftier oder einem kleineren Nagetier gehören. Ich schnuppere in die Luft, versuche einen besonderen Geruch wahrzunehmen oder ein Geräusch zu hören – nichts.

„Hmmm …" Ich stehe wieder auf und wische mir den Dreck von den Händen.

„Und es hinterlässt Spuren?"

Adan und Kelvin tauschen einen schnellen Blick und ich bin mir sicher, irgendetwas stimmt hier nicht.

„Oh ja", sagt Adan gedehnt. „Besonders, wenn es wütend ist. Oder sich paaren will."

„Manchmal brennt der Boden danach", fügt Kelvin mit ernster Miene hinzu.

Ich blinzle. Brennender Boden? Ich durchforste mein Wissen über die Kreaturen dieser Welt, aber mir fällt partout nichts ein, was auf diese Beschreibung passt.

„Hat dieses Wesen einen Namen?", frage ich misstrauisch. Ich gebe auf. Ich brauche einen Tipp.

Kelvins Mundwinkel zuckt.

„Ayden."

Für einen Moment herrscht absolute Stille.

„Ayden?"

Dann bricht Kelvin in schallendes Gelächter aus, während Adan sich theatralisch über die Stirn wischt, als hätten wir gerade eine gefährliche Jagd überlebt.

„Mission erfolgreich, Monster identifiziert."

Ich starre sie mit offenem Mund an. „Ist das euer Ernst? Ihr seid unmöglich!"

Kelvin zwinkert mir zu. „Aber die Beschreibung passt, oder?"

Ich will es abstreiten, doch … verdammt, ja sie passt.

Ein Lachen entweicht mir und ich schüttle den Kopf. Diese Idioten.

Gerade als ich mir den Schweiß von der Stirn wischen will, ertönt eine tiefe Stimme von oben.

„Das nennt ihr Training?"

Wir zucken alle zusammen, als wir Aydens Stimme hören und schauen nach oben. Er sitzt lässig auf einem dicken Ast über uns, seine Beine baumeln entspannt in der Luft. Seine roten Augen funkeln im dämmrigen Licht, ein amüsiertes Lächeln auf den Lippen.

„Wäre ich ein Monster, hätte ich euch alle verschlungen."

Bevor jemand von uns auch nur einen Ton sagen kann, stößt er sich vom Ast ab und landet mit der geschmeidigen Eleganz eines Raubtieres direkt vor mir. Starke Arme umfassen meine Taille. Ich werde an seinen festen, vertrauten Körper gezogen. Mein Atem stockt einen Moment und ich spüre seine Wärme, seinen Herzschlag und ein wohliges Kribbeln durchfährt mich.

„Gefunden", murmelt er an meinem Ohr, seine Stimme jagt einen wohligen Schauer über meinen Rücken.

Mein Herz schlägt schneller, ein unwillkürliches Lächeln schleicht sich auf meine Lippen. Seine Lippen streifen meinen Hals und ich spüre einen spielerischen Biss an meiner Haut. Nicht schmerzhaft, eher ein sanftes, forderndes Necken.

Ein überraschter Laut entfährt mir, der zu einem Lachen wird.

„Ayden!", protestiere ich halbherzig, denn meine Arme legen sich um seinen Körper.

Sein Atem streift meine Haut, bevor er mit einem selbstzufriedenen Grinsen zu mir hinunterblickt.

„Ich würde sagen, ich habe mein Abendessen erlegt."

Kelvin und Adan brechen in Gelächter aus, doch ich höre sie kaum. Mein Blick ist in Aydens gefangen und für einen Moment gibt es nur uns. Dann stupse ich ihm gespielt vorwurfsvoll gegen die Brust.

„Dann hoffe ich, du wirst mich nicht mit Haut und Haar verschlingen."

Er zieht mich noch näher und seine Stimme ist plötzlich rau. „Es kommt drauf an, wie sehr du mich reizt."

Ayden

Gaia ist im Moment sehr vereinnahmend und wir tun unser Bestes, alle von Josias Verbündeten zu enttarnen. Auch gestern ist es spät geworden und Neve hat bereits geschlafen, als ich nach Hause kam. Und nun ist es so früh, dass noch nicht einmal die Sonne aufgegangen ist. Ich stehe mit einem Glas Wasser in der Hand auf der Veranda und schaue in die Sterne. Aber ihre Schönheit kann mich nicht trösten. Es fühlt sich manchmal an, als würde ein Schatten über Neve und mir schweben, einer, den ich nicht vertreiben kann. Ein Raubtier, das nur darauf wartet, anzugreifen. Sie war in letzter Zeit oft gedankenverloren und wenn ich sie danach frage, lächelt sie nur schwach und beteuert, dass alles in Ordnung sei. Aber ich spüre, dass sie mir nicht die Wahrheit sagt. Sky hat mir vorgeworfen, zu überfürsorglich zu sein, doch wie kann ich das nicht sein? Neve wäre beinahe gestorben und wurde mir danach erneut entrissen. Ein schrilles Kreischen unterbricht meine Gedanken. Ein schneeweißer Falke zieht zwischen den Bäumen hindurch und lässt sich auf einem hohen Ast nieder. Sein weißes Gefieder glüht schwach im Mondlicht und seine wachsamen Augen scheinen direkt auf mich gerichtet zu sein.

Sehe ich Gespenster? Hat Sky recht und ich bin zu überfürsorglich? Die Sterne funkeln über mir, doch ich kann ihr Leuchten nicht genießen. Mein Kopf ist voller Sorgen und Gedanken. Gaias Rückkehr hat vieles verändert. Wir müssen uns nicht mehr verstecken, aber trotzdem ist es schwer, zusammen zu sein und ich vermisse die Zeit mit Neve. Ironischerweise habe ich mehr Zeit mit ihr verbringen können, als Josias an der

Macht war, weil ich sie jeden Tag trainieren konnte. Doch nun habe ich wieder mehr Aufgaben innerhalb des Schlosses und der Wache. Neve wirkt oft abwesend, als wäre sie in Gedanken manchmal weit weg, an einem Ort, an den ich ihr nicht folgen kann. Nur wo? Sie redet nicht gerne über die Zeit, die sie alleine im Dschungel verbracht hat. Immer wenn ich sie danach frage, weicht sie aus, dass sie noch nicht so weit ist, darüber zu sprechen.

Ich höre das laute Kreischen des Raubvogels. Ich könnte schwören, dass er mich ebenso mustert, wie ich ihn. Jetzt bin ich wohl wirklich der, der Gespenster sieht.

Ich trinke einen Schluck Wasser und lehne mich gegen die Verandabrüstung. Die kühle Nachtluft beruhigt meine erhitzten Gedanken – zumindest ein wenig.

Die Pflicht ruft mich jeden Tag ins Schloss, wo Gaia unerbittlich an der Aufklärung der Verschwörung arbeitet. Ich verstehe die Dringlichkeit und die Notwendigkeit, aber es zehrt an mir. An uns. Erst der Kampf gegen Josias, der mir ewig weit weg vorkommt und jetzt ohne eine kleine Pause das. Jeden Tag verlasse ich das Haus, um diese Welt zu schützen, während mein Herz bei Neve bleibt.

Ich höre hinter mir eine Diele knarren und im nächsten Moment schlingen sich zwei Arme von hinten um meinen Rumpf. Die Berührung beruhigt mich sofort.

Ich lege meine warme Hand auf die von Neve.

„Leg dich wieder hin, es ist viel zu früh, kleine Schneeflocke."

„Nur, wenn du mich begleitest. Ich vermisse es, neben dir aufzuwachen." Ihre Stimme klingt so sehnsüchtig, dass es mir das Herz zusammenzieht.

Oh, ich kann gar nicht in Worte fassen, wie sehr ich es vermisse. Ich hasse es, so wie es gerade ist.

„Ich auch, glaub mir. Aber Gaia ist unter Druck. Sie will Stärke beweisen und braucht uns, um alles wieder in geregelte Bahnen zu lenken."

Ich löse Neves Arme von meinem Bauch und drehe mich langsam um, lehne meinen Rücken an die Holzbalustrade und ziehe Neve an meine Brust. Ihr Duft nach Schnee und Eis steigt mir in die Nase und ich atme tief ein.

Neve kuschelt sich in meine Umarmung und ich lege meinen Kopf auf ihrem Scheitel ab.

„Ich vermisse dich. Und die anderen. Ich brauche eine Aufgabe, Ayden. Ich sehe euch alle immer weniger."

„Gib Gaia noch etwas Zeit, sie wird erkennen, wie wertvoll du bist. Ich glaube, es liegt eher an meinem Ungehorsam in der Arena als an dir persönlich, dass sie uns diszipliniert. Sie bestraft eher mich damit, dass sie dich so behandelt."

Und das meine ich völlig ernst.

„Ich dachte, sie wäre so nett", murmelt Neve und ich seufze.

„Auch Gaia hat sich verändert durch das, was mit ihr passiert ist. Sie ist … strenger. Kälter als früher. Aber … das wird sich wieder legen."

„Hast du je von Gefängnissen außerhalb der Kuppel gehört? Oder anderen Dörfern?"

Überrascht über den Themenwechsel schaue ich auf Neve hinab, die wiederum zu mir aufsieht. Ihre

Augen funkeln schwach im Licht der Morgendämmerung.

„Wie kommst du denn jetzt darauf? Nein, ich kenne weder Gefängnisse noch andere Dörfer. Es gibt nur die Hauptstadt mit ihrer schützenden Kuppel. Diese gibt es nicht ohne Grund, wie du weißt."

„Ach so, das war nur etwas, dass ich aufgeschnappt habe."

Ich runzle die Stirn. Das ergibt keinen Sinn. Wo sollten diese Gefängnisse liegen und vor allem, wer würde dort gefangen gehalten?

Ich bin schon so lange in Gaias Dienst – wenn es sie gäbe, wüsste ich davon, oder nicht?

„Ich glaube, da hast du was falsch verstanden. In den Katakomben gibt es einen Kerker, vermutlich meinen sie diesen. Alle Gefangenen werden dort eingesperrt."

„Ja, vermutlich." Neve lächelt mich an, doch das Lächeln erreicht ihre Augen nicht. Sie verheimlicht mir etwas.

„Verschweigst du mir etwas?", frage ich leise. „Ich spüre doch, dass dich etwas beschäftigt."

Sie nagt unsicher an ihrer Lippe und scheint abzuwägen, ob sie mir ihre Sorgen anvertrauen kann, was mich etwas verletzt.

„Du kannst mir alles sagen, Neve."

„Hast du je darüber nachgedacht, was mit deinen Eltern passiert ist?"

„Einmal? Tausend Mal. Sie sind so lange fort, dass ich mich kaum noch an sie erinnern kann. Gaia hat mir erzählt, dass sie stolze Krieger waren und für Atlantikas Schutz ihr Leben ließen. Damit habe ich schon vor langer Zeit meinen Frieden geschlossen."

„Und was ... wenn es ganz anders war und sie ..."

Neve scheint nach Worten zu suchen und meine Augenbrauen ziehen sich zusammen. Worauf will sie hinaus?

„Was meinst du?"

„Ich weiß auch nicht. Was, wenn Gaia nicht die ist, die sie vorgibt zu sein? Wenn … ich weiß auch nicht. Sie ist nicht immer ehrlich gewesen ist. Wusstest du, dass Josias ihr Liebhaber war?"

Ich lache auf, der Klang ungläubig. Das kann sie nicht ernst meinen. Josias und Gaia? Dieser Gedanke ist völlig abwegig. „Wie bitte?"

„Er hat es mir selbst erzählt."

„Er hat gelogen, Neve."

„Warum, aus welchem Grund hätte er das tun sollen? So hat er sie ausgetrickst. Was hat Gaia dir erzählt, wie es passiert ist?"

Ich schüttle den Kopf. „Das ergibt keinen Sinn. Gaia ist … Gaia. Warum sollte sie sich auf Josias einlassen? Sie kann sich nicht erinnern, wie sie dort gelandet ist."

Neves Blick ist ernst, ihre Augen mustern mich eindringlich, ehe sie seufzt.

„Wie praktisch, dass sie sich nicht erinnern kann … Vielleicht hatte sie Gründe, von denen wir nichts wissen. Wer weiß das schon. Aber Ayden, ich bitte dich, sei vorsichtig. Vertrauen ist wichtig, aber manchmal … manchmal muss man hinterfragen, wenn etwas komisch ist."

Ich spüre, wie mein Herz sich zusammenzieht. Diese Zweifel nagen an mir. Aber ich vermute, dass es mit daran liegt, dass Gaia und Neve sich nicht kennen. Nicht so, wie ich die beiden kenne. Gaia hat sich um mich gekümmert, als meine Eltern es nicht mehr konnten. Das hätte sie nicht tun müssen.

„Ich werde vorsichtig sein, für uns beide."

Sie nickt und wirkt etwas beruhigt, doch in mir arbeitet es und ich denke über Neves Worte nach.

„Wie wäre es, wenn wir heute mit den anderen trainieren?", schlage ich vor, um uns beide abzulenken.

Jetzt erreicht das Lächeln ihre Augen. „Das klingt wundervoll."

Einige Stunden später stehe ich verschwitzt und ausgelaugt in der Mittagssonne. Meine staubige Haut klebt und ich wische mir meine schweißnassen Haare aus der Stirn. Die Luft flirrt vor Hitze und das dumpfe Ziehen meiner Muskeln erinnert mich daran, wie viel Energie ich heute schon verbraucht habe. Ich beobachte Neve, wie sie lachend mit Rainn trainiert. Ihre Bewegungen sind fließend, voller Kraft und Lebensfreude und in diesem Moment holt Rainn aus und schleudert ihr eine Wasserblase mitten ins Gesicht. Das kühle Nass spritzt in alle Richtungen und sie quietscht überrascht auf, bevor sie in schallendes Lachen ausbricht. Ihre Augen funkeln, als sie Rainn anspringt und versucht, ihn in einen Schwitzkasten zu ziehen. Mein Herz stolpert, wie so oft, wenn ich sie so sehe – so lebendig und frei. Es ist fast lächerlich, wie sehr ich mich von ihrem Lachen mitreißen lasse, wie es jede Schwere aus meiner Brust vertreibt. Mein Mund verzieht sich zu einem unwillkürlichen Grinsen und ich lasse den Moment einfach wirken.

Adan und Kelvin halten in ihrem Zweikampf inne, lehnen sich amüsiert auf ihre Schwerter und beobachten die beiden, während Sky und Bluette im Schatten der Bäume sitzen und sich leise unterhalten.

Es ist einer dieser seltenen Momente, in denen alles so leicht erscheint.

„Hier."

Aros tritt zu mir und reicht mir einen Wasserschlauch. Ich nehme ihn dankbar an und lasse gierig die kühle Flüssigkeit meine ausgetrocknete Kehle hinabrinnen.

„Danke."

Er nickt mir zu und verschränkt dann die Arme vor der Brust, beobachtet nun ebenso wie ich das Geplänkel der beiden.

Rainn ruft Neve etwas zu und sie wirft den Kopf zurück und lacht wieder.

„Es ist schön, dass wir alle wieder zusammen trainieren", stellt Aros fest. „Die letzten Tage waren kräftezehrend. Gaia ist aktuell sehr vereinnahmend."

Ich sehe ihn kurz an und nicke, denn ich weiß, was er meint. Gaia hat für jeden von uns andere Aufgaben und so habe ich nicht nur Neve kaum gesehen, sondern auch meine Freunde. Was ungewöhnlich ist, denn normalerweise agieren wir als eine feste Einheit. Gaia hat uns noch nie getrennt.

„Jeder hatte seine Aufgaben, aber …", ich halte inne und mein Blick gleitet zurück zu Neve, „es fühlt sich falsch an, nicht gemeinsam zu arbeiten."

Er seufzt. „Gaia hat ihre Gründe, nehme ich an?"

Ich nicke, aber in mir wütet ein kleiner leiser Zweifel, dass da etwas ist, das ich übersehe. Dass etwas Größeres hinter all dem steckt, größer als wir vielleicht im Ansatz ahnen. Aber vielleicht werde ich auch einfach nur paranoid.

„Bald wird Ruhe einkehren", versichere ich ihm schließlich und versuche, sowohl Aros als auch mich selbst zu beruhigen. Doch die Erinnerung an Neves

Fragen von heute Morgen drängen sich in mein Gedächtnis. Ihr Stirnrunzeln, die leichte Unsicherheit in ihrer Stimme. Auch wenn ich glaube, dass sie es falsch verstanden hat, möchte ich ihre Sorgen ernst nehmen.

„Hast du schon mal davon gehört, dass Gaia Elementare in Gefängnisse steckt? Also abseits der Katakomben?" Ich senke unwillkürlich die Stimme.

Aros schaut mich nachdenklich an, ehe er antwortet. „Nein, das wäre mir neu. Wo sollen sie liegen und vor allem, wer soll dort inhaftiert sein?"

Ich zögere einen Moment, aber ich weiß, dass ich Aros vertrauen kann.

„Neve hat mich heute danach gefragt, weil sie es irgendwo aufgeschnappt hat. Und weißt du, was sie noch erzählt hat? Dass Josias ihr gegenüber behauptet hat, dass er und Gaia ein Liebespaar gewesen wären."

Aros runzelt die Stirn. „Gaia und Josias? Das klingt… unwahrscheinlich."

Ehe wir weiterreden können, raschelt es plötzlich im Dickicht und einige Elementare treten auf unseren Kampfplatz. Als Neve sie entdeckt, quietscht sie verzückt auf und lässt Rainn einfach stehen, um den Neuankömmlingen entgegenzulaufen.

Zu meinem Missfallen wirft sie sich Adam lachend in die Arme. Ich halte inne, mein Kiefer spannt sich unwillkürlich an, als ich sehe, wie Adam sie fest an sich drückt und mir dabei einen finsteren Blick zuwirft. Es ist kein Geheimnis, dass er unsere Verbindung nicht akzeptiert, aber jetzt gerade, in diesem Moment, will ich den Frieden nicht zerstören. Ich atme tief durch, zähme das Aufflammen meiner Instinkte und zwinge mich, das Wiedersehen als das zu sehen, was er ist: ein Moment der Freude, für uns alle.

„Schön, dass ihr hier seid." Neve löst sich von Adam und stürzt sich direkt auf ihre Eltern, sowie Opal und Flora. Sie umarmt jeden von ihnen fest, ihre Augen leuchten und sie spricht so schnell, dass ihre Worte sich beinahe überschlagen. Ihre Eltern stehen in voller Kampfmontur da, staubbedeckt, aber wirken ebenso erfreut wie sie. Sie scheinen selbst gerade trainiert zu haben.

„Wir haben gehofft, dass ihr hier seid", entgegnet Nereus, als er auf mich zutritt und mir die Hand reicht. Lächelnd schlage ich ein, ehe ich seine Frau, Selale, vorsichtig umarme.

„Schön, euch zu sehen."

Wir tauschen einige Worte aus und mein Blick sucht Neve und ich entdecke sie am Rand des Kampfplatzes, Adams Arm um ihre Schultern gelegt, während sie gut gelaunt mit Kelvin und Adan sprechen. Rainn hingegen hat sich bei Sky und Bluette niedergelassen, um möglichst viel Abstand zu Adam zu bekommen.

Sein Blick bleibt wachsam, beinahe grimmig. Er beäugt die beiden misstrauisch. Sein Beschützerinstinkt ist noch ausgeprägter als meiner und ich glaube, für ihn ist Neve so etwas wie eine kleine Schwester geworden. Sie haben in den letzten Monaten so viel gemeinsam trainiert, dass zwischen ihnen ein enges Band entstanden ist.

Dieser Moment fühlt sich so leicht an, inmitten all der Herausforderungen und ich wünschte, jeder Tag wäre wieder so wie dieser: voller Freude und Gemeinschaft.

Doch während die anderen lachen, holt mich die Realität ein. Was niemand weiß, ist, dass ich Gaia bereits gebeten habe, einen Nachfolger für mich zu finden, doch sie wollte nichts davon hören. Ich habe ihr die Treue geschworen und diese gilt bis zum Tod. Das waren ihre Worte. Ich hoffe sehr, dass sie ihre Meinung ändert, wenn der Schrecken ihrer Gefangenschaft verblasst ist. Sie besteht darauf, dass sie aktuell nur mir vertrauen kann. Was nicht der Wahrheit entspricht.

Ich bin so in Gedanken versunken, dass Neves freudige Attacke mich unvorbereitet trifft und von den Beinen reißt. Mit einem überraschten Schrei gehen wir beide zu Boden und instinktiv drehe ich mich so, dass sie auf mir landet. Der Aufprall wirbelt Staub auf, der in den Sonnenstrahlen tanzt. Für einen Moment schauen wir uns erschrocken an, bis Neve anfängt zu lachen und ich mit einstimme.

„Du bist aber stürmisch heute", sage ich mit einem breiten Lächeln, während ich ihren vertrauten Duft nach Schnee und frischer Luft einatme.

„Ich konnte nicht anders", flüstert sie, ihre Augen vor Freude leuchtend. „Ich habe dich so vermisst."

Sanft streiche ich eine Haarsträhne aus ihrem Gesicht und ziehe sie enger an mich heran.

„Ich habe dich auch vermisst, mehr als du dir vorstellen kannst. Diese Entfernung ... bis zum anderen Ende des Platzes ... unüberwindbar", necke ich sie.

Neve schmunzelt und ihre Wangen färben sich leicht rosa.

„Blödmann."

„Aber dein Blödmann."

„Das ist wohl wahr", murmelt sie und beugt sich vor. Ihre Lippen finden meine, warm und vertraut, für einen zärtlichen Kuss.

Ich schlinge meine Arme um sie, als sie sich von mir lösen will, und halte sie einen weiteren Moment lang fest. Ihre Haut fühlt sich kühl an und ich genieße es.

„Bleib bei mir", flüstere ich gegen ihre Lippen, „nur noch einen Moment."

„Du bist total verschwitzt", neckt sie mich kichernd und versucht sich zu befreien, doch ich lasse sie nicht los.

„Du magst es doch, dass ich so heiß bin. Sonst beschwerst du dich nie, wenn ich verschwitzt unter dir liege."

„Ich höre gar nicht hin", murmelt Nereus und wendet sich von uns ab.

Neve lacht leise und die Röte auf ihren Wangen vertieft sich. Statt zu antworten, beugt sie sich erneut zu mir hinunter und küsst mich. Intensiver, hungriger, ihre Berührungen vertraut und voller Zärtlichkeit. Mein Moment des vollkommenen Glücks.

„Ich liebe dich, Neve. Und ich bin ein Glückspilz, dass ich dich gefunden habe", lasse ich sie wissen, meine Stimme rau vor Emotionen.

In solchen Momenten erinnere ich mich daran, als ich dachte, sie für immer verloren zu haben und noch immer schneidet es mir ins Herz.

„Ich bin hier und ich werde immer hier sein, für dich."

Neve

Es fühlt sich an, als würde ich Ayden hintergehen, als ich Umbra, Skandis weißem Falken, die Nachricht für die Glacies ans Bein binde.

Ich weiß, dass sie ungeduldig sind, aber ich finde einfach nichts, was ihnen helfen könnte. Egal wie oft ich mich im Schloss umsehe, ich finde nichts. Keine Spur und das setzt mich massiv unter Druck. Ich habe das Gefühl zu versagen.

Wie oft wollte ich Ayden schon von Fjolla, Colden und den anderen Glacies erzählen? Doch ich finde einfach nicht den richtigen Anfang. Jedes Mal, wenn ich versuche, Gaia anzusprechen, beharrt er darauf, dass sie eine der Guten ist.

Und bis auf die Tatsache, dass sie Ayden sehr vereinnahmt, hat sie nichts getan, womit ich mein Misstrauen rechtfertigen könnte - oder es erklären würde.

„Bis bald", flüstere ich und halte Umbra in beiden Händen, bevor ich seinen Körper in die Höhe werfe. Sofort breitet er seine Flügel aus und zischt durch die Bäume davon, Richtung Montes Glacies. Die Nachricht wird schnell bei den Glacies ankommen. Aber trotzdem habe ich das Gefühl, dass ich ihnen nicht wirklich helfe. Colden wird nicht erfreut sein.

Hinter mir raschelt es im Unterholz und mein Herz schlägt schneller. Ruckartig drehe ich mich um.

„Wer ist da?", rufe ich, den Blick auf das Dickicht gerichtet. Überall wuchern üppige Pflanzen, gigantische Farne und dichte Büsche, die das Sonnenlicht nur spärlich hindurch lassen. Die Luft ist feucht und schwer und mir ist plötzlich überaus bewusst, dass ich mich außerhalb der Kuppel befinde. Ich weiß, was für Kreaturen sich in dieser Welt tummeln. Vögel zwitschern in der Ferne und hin und wieder ertönt das leise Rascheln von unsichtbaren Tieren im Unterholz. Lianen hängen von den Bäumen herab und Schlingpflanzen winden sich um die Stämme.

In diesem Moment teilt Rainn die Büsche und tritt auf die kleine Lichtung. Hat er mich beobachtet? Hat er bemerkt, was ich getan habe? Hat er gesehen, wie ich dem Falken eine Nachricht ans Bein gebunden habe?

Ich versuche seine Miene zu lesen, doch sie verrät nichts. Sein Lächeln ist freundlich.

„Bis man dich mal gefunden hat", sagt er mit einem breiten Grinsen. „Ich war an eurer Hütte, Ayden meinte, ich würde dich dort finden. Aber du warst nicht zu Hause und da habe ich mir Hilfe gesucht." Er deutet hinter sich und schwanzwedelnd kommt Cupid zum Vorschein.

Im nächsten Augenblick rennt er auf mich zu, schlängelt sich durch meine Beine und erwartet, dass ich ihm den Rücken kratze.

Meine Finger gleiten durch das weiche Fell des Hundes, während ich Rainn unter gesenkten Augenlidern mustere. Er wirkt ganz normal. Vielleicht hat er es wirklich nicht gesehen. Sonst hätte er mich auf den weißen Falken angesprochen, oder? Dieser Ort macht mich paranoid.

„Nun hast du mich gefunden." Ich lächle ihn nun ebenfalls an, denn ich mag Rainn. Sehr sogar. Er ist in den letzten Monaten nicht nur mein Mentor gewesen, sondern auch ein guter Freund und ich vertraue ihm. Wir haben beide unaussprechliche Dinge erlebt. Wurden beide gegen unseren Willen gefangen gehalten und irgendwie verbindet uns dieses Wissen noch mehr. Ich glaube, manchmal, gerade am Anfang, verstand er mich besser als alle und war deshalb auch am geduldigsten mit mir. Vermutlich hat Ayden dies geahnt und ihn deswegen an meine Seite gestellt. Nicht, dass ich die anderen nicht auch unglaublich lieb gewonnen hätte. Sie alle sind meine Familie. Aber mit Rainn ist es noch ein wenig anders.

„Ja und wir sollten auch gleich wieder aufbrechen, Gaia schickt nach dir."

„Nach mir?" Überrascht weiten sich meine Augen und ich spüre einen Hauch Furcht.

„Nun schau nicht so erschrocken. Vielleicht ist sie endlich bereit, dir eine Chance zu geben. Sie hat uns alle einbestellt. Aber Ayden musste noch einige Pläne mit ihr durchgehen, deshalb hat er mich zu dir geschickt."

„Okay", murmle ich schließlich, doch der Funken Unbehagen in mir bleibt. „Dann wollen wir sie nicht warten lassen, oder?"

Die Nachricht, dass Gaia mich sehen will – macht mir Angst. Was, wenn sie herausgefunden hat, dass ich etwas suche, um sie zu Fall zu bringen? Ich weiß, ich kann es Ayden noch nicht sagen. Nicht, weil ich ihm nicht vertraue, sondern weil ich ihn nicht in Gefahr bringen möchte. Keinen von ihnen. Es schmerzt mich, Geheimnisse vor ihnen zu haben, aber ich werde diese Last vorerst alleine tragen. Sie haben genug durchgemacht.

Kurze Zeit später hält Rainn mir die Tür zum Besprechungsraum auf und Cupid stürzt sich sofort auf Ayden. Er streichelt ihm abwesend über den Kopf, während er auf etwas auf der großen Landkarte zeigt, die auf dem Tisch ausgebreitet liegt.

Gaia steht neben ihm, zu ihm herübergebeugt, ihre Aufmerksamkeit allein auf ihn gerichtet und ihre Hand ruht leicht auf seinem Arm. Diese Geste wirkt so vertraut, dass ein stechender Schmerz durch meine Brust fährt.

Eifersucht, heiß und bitter, flammt in meinem Inneren auf, während ich diese Szene beobachte.

Ich weiß, dass Ayden mich liebt und doch steht Gaia dort, so nah bei ihm, ihre Hand besitzergreifend auf seinem Arm. Etwas in mir rebelliert bei diesem Anblick. Etwas, gegen das ich machtlos bin. Ein Urinstinkt, wild und unerbittlich, denn er ist mein Gefährte. Meine Hände ballen sich zu Fäusten, während ich versuche, meine albernen Gefühle in den Griff zu bekommen. Ayden sieht auf und lächelt sie an, warm und flüchtig und sie erwidert dieses Lächeln auf eine Art, die es mir schwer macht, ruhig zu bleiben. Dieses vertraute Lächeln zwischen ihnen fühlt sich wie ein Stich in meinem Herz an. Ayden ist mir treu, er würde nie etwas tun, was mich verletzt, aber Gaias Präsenz und ihre einnehmende Art ihm gegenüber sowie die ständige Nähe bringen mich manchmal an den Rand der Verzweiflung. Sie beansprucht meinen Gefährten für sich, schließt mich aus und hält auch meine Freunde von mir fern. Als wäre ich unwichtig. Eine Fremde. Kein Teil dieser Gruppe. Ich hasse sie abgrundtief aus so vielen Gründen.

Und Ayden sieht es nicht – nicht die Art, wie sie sich an ihn bindet, wie sie ihn für sich beansprucht. Wie soll ich ihm meine Gefühle erklären, wenn ich keine Beweise habe, um meine Zweifel zu untermauern? Gaia ist für ihn – für alle – eine Heldin. Doch ich weiß es besser. Ich habe gehört, was sie getan hat, was sie plant und so sehr ich Ayden vertraue, so sehr weiß ich auch, dass ich ihn nicht gefährden darf, ohne stichfeste Beweise zu haben. Seine Loyalität gehört Gaia und wenn ich mich irre, würde ich nicht nur ihn verlieren, sondern alles. Er würde zu mir stehen, das weiß ich, aber nicht aus den richtigen Gründen. Also schweige ich weiter, halte meine Zweifel zurück und meine Wahrheit verborgen, während ich mich weiterhin heimlich mit dem Widerstand austausche. Es zehrt so sehr an mir, diese Geheimnisse vor dem Mann, den ich liebe, zu verbergen, während ich in seinem Blick sehe, wie sehr er mir vertraut. Es ist, als würde ich auf einem schmalen Grat wandern, wo jeder Schritt uns beide ins Verderben stürzen könnte. Ich fühle mich in einem Strudel gefangen, der sich immer schneller dreht. Ich will ihm alles erzählen, will ihn an meiner Seite wissen, aber die Angst hält mich zurück. Angst, dass ich ohne ein konkretes Beweisstück seine Welt ins Wanken bringe. Also schweige ich. Für jetzt.

Plötzlich spüre ich Rainns Hand auf meiner Schulter. Er drückt sie leicht, sein Griff ist fest und beruhigend.

„Alles in Ordnung?", flüstert er leise, sein Ton mitfühlend.

Ich atme einmal tief ein und aus, ehe ich mich zu einem Lächeln zwinge und nicke.

„Ja, alles gut", lüge ich ihm ins Gesicht.

Ein kleiner Teil von mir fragt sich, ob Gaia vielleicht mehr Interesse an Ayden haben könnte. Der Gedanke ist unerträglich, auch wenn ich ihn sofort wieder verdränge.

In diesem Moment hebt Ayden den Kopf und unsere Blicke treffen sich. Ein warmes, strahlendes

Lächeln breitet sich auf seinem Gesicht aus, das nur für mich bestimmt ist. Mit diesem Ausdruck in seinem Gesicht schmilzt meine Eifersucht einfach dahin, wie Eis an einem Sommertag. Er streckt die Hand nach mir aus und Rainn gibt mir einen leichten Stoß, mit einem amüsierten Ausdruck im Gesicht. Dabei war das gar nicht nötig, denn meine Beine bewegen sich wie von selbst auf Ayden zu.

Ich erwidere sein Lächeln und als unsere Hände sich treffen, zieht er mich mit Schwung in seine Arme. Seine Lippen berühren meine Schläfe und ich verspüre die Vertrautheit und Liebe in dieser einfachen Geste.

„Na, meine kleine Schneeflocke", murmelt er, seine Stimme voller Wärme und Zärtlichkeit.

Mein Herz macht einen freudigen Sprung, als mich seine Wärme einhüllt, vertraut und beruhigend. Sie gibt mir ein Gefühl von Zuhause und lässt meine Sorgen vorerst verblassen.

„Es tut mir leid, dass ich Rainn schicken musste und du so oft alleine bist", flüstert er dicht an meinem Ohr und ich drücke seine Hand und lehne mich an ihn.

In diesem Moment stürmen die Anderen laut redend in den Raum. Lachen und Gesprächsfetzen erfüllen die Luft, während sie Gaia kurz respektvoll zunicken, bevor sie sich um den Tisch mit der großen Karte verteilen.

Sky kommt an meine Seite und schließt mich in eine enge, warme Umarmung. Der Duft nach Wind umgibt sie und ich merke, wie ich mich unwillkürlich entspanne. Dies sind die Wesen, bei denen ich mich wohlfühle. Meine Freunde.

„Schön, dich zu sehen, ich dachte schon, du versteckst dich vor uns", feixt Sky mit einem breiten Grinsen und mustert mich aufmerksam. Ihr Gesicht sieht heute schon viel besser aus und die Blessuren und Verbrennungen, die sie vor ein paar Tagen noch gezeichnet haben, sind verschwunden.

„Sehr witzig", erwidere ich trocken, auch wenn ich lächle. „Ihr seid alle gefühlt rund um die Uhr beschäftigt. Wenn es so weitergeht, fange ich das Stricken an."

Sky lacht leise und tätschelt meine Schulter, bevor sie neben mir stehen bleibt. Gaias Blick wandert über die Anwesenden, bleibt jedoch bei mir stehen. Zu meiner Überraschung ist in ihren Augen keine Kälte oder Strenge zu erkennen, sondern etwas, das wie Wärme wirkt. Oder wirken soll.

„Hallo Neve. Schön, dich in unserer Mitte begrüßen zu dürfen."

Ihre Stimme klingt ungewohnt sanft, was mich nur noch misstrauischer macht.

Ihre Worte bringen mich kurz aus der Fassung, denn ich habe nicht mit ihnen gerechnet oder dass sie überhaupt groß Notiz von mir nimmt. Für einen Moment weiß ich nicht, was ich antworten soll.

„Äh … danke, dass ich dabei sein darf?", erwidere ich zögerlich, während meine Wangen warm werden. Bluette hebt unauffällig beide Daumen hoch, um mir zu signalisieren, dass alles super läuft, und ich muss mich zusammenreißen nicht zu kichern, weil es so albern aussieht.

„Ja, du bist nicht ohne Grund hier, Neve, aber warten wir noch einen Moment, bis wir komplett sind", erklärt Gaia mit einer ruhigen, aber dominanten Stimme. Ihr Blick wandert langsam durch die Runde, während die Anderen sich verwundert anblicken. Ihre Mienen spiegeln dieselbe Frage: Was meint sie damit?

„Komplett?" Ayden spannt sich merklich an und seine Stimme schneidet durch die plötzliche Stille. Seine Haltung verändert sich, seine Schultern sind angespannt, sein Kiefer fest zusammengepresst. Jeder im Raum weiß, dass dies sein innerer Zirkel ist. Diese Gruppe ist seit Jahren unverändert. Sie sind ein Team – er ist ihr Kommandant und niemand hat das Recht, an dieser Struktur zu rütteln. Ich halte den Atem an, als Gaias Blick zu Ayden wandert. Ihr Lächeln ist sanft, fast entschuldigend und doch ist etwas in ihrer Körpersprache, dass keine Diskussion zulässt.

„Ja", antwortet sie schließlich, ihre Stimme bleibt ruhig, aber fest. „Verzeih, dass ich noch keine Gelegenheit hatte, mit dir darüber zu sprechen. Du weißt selbst, wie turbulent die letzten Tage waren."

Aydens Augen verengen sich leicht, aber er sagt nichts. Sein Blick wechselt kurz zu mir und ich sehe, dass er versucht, seine Gefühle zu unterdrücken. Die Spannung in seinem Körper ist jedoch unübersehbar – ein stummes Signal, dass er alles andere als zufrieden ist.

„Es wird sich jeden Moment klären", fügt Gaia hinzu, ohne die Augen von ihm abzuwenden. Dann hebt sie ihre Hand und legt sie auf seinen Arm – eine vertraute, fast intime Geste, die wie ein unausgesprochener Befehl wirkt: Vertrau mir. Ich beiße mir auf die Lippe, als ich diese Szene beobachte. Etwas zieht sich in mir zusammen, ein Gefühl, dass ich nicht richtig benennen kann – Eifersucht oder Misstrauen? Vermutlich beides. Ayden bleibt still, sein Blick gleitet zu ihrer Hand, die immer noch auf seinem Arm ruht und für einen Moment glaube ich, dass er etwas sagen will. Doch stattdessen nickt er knapp und tritt zurück. Löst sich aus dieser Berührung. Die tauschen erneut Blicke aus, die Verwirrung ist greifbar. Doch niemand wagt es, nachzufragen.

In diesem Moment klopft es an der Tür und mit einem zufriedenen Lächeln dreht Gaia sich um.

„Herein."

Die Tür öffnet sich und ich greife instinktiv nach Skys Hand, um Halt zu finden. Mein Atem stockt, als ich erkenne, wer den Raum betritt. Die Erinnerungen prasseln auf mich ein wie ein Platzregen. Ich fühle mich kurz zurückversetzt in den Moment, in dem diese Person mir mit dem gleichen Lächeln, das nun auf ihren Lippen liegt, das Schwert in den Leib gerammt hat.

Wie sie mich einfach zurückgelassen hat, als sei ich nicht mehr wert als der Dreck unter ihren Stiefeln.

„Hestia", hauche ich heiser.

Die Frau verbeugt sich tief, ehe sie Gaia mit falscher Demut begrüßt. „Eure Hoheit."

„Was passiert hier?", wispert Kelvin Rainn zu, dessen Stimme wie ein Knurren klingt. „Ich habe nicht den Hauch einer Ahnung."

Sein Ausdruck ist ebenso finster wie verwirrt.

Aydens Kopf fährt zu Gaia herum, seine Stimme ist schneidend. „Was soll das, Gaia?"

Ihr Lächeln wird breiter, doch nun erkenne ich es als das, was es ist – das Lächeln einer Schlange, die bereit ist, zuzubeißen.

„Hestia wird ab sofort als Stellvertreterin für diese Einheit fungieren."

Die Worte schlagen ein wie eine Bombe und Aydens Reaktion ist nicht weniger explosiv.

„Auf keinen Fall!" Seine Stimme ist ein Grollen, das den Raum erfüllt. „Aros ist mein Stellvertreter." Ayden will noch etwas sagen, doch Gaia hebt die Hand und ihre Stimme wird eiskalt.

„Zügle deinen Ton, Ayden. Du genießt mehr Freiheiten als jeder andere. Doch verwechsele meine Gutmütigkeit nicht mit Schwäche. Ich bin diejenige, die das letzte Wort hat. Und in letzter Zeit scheint diese Gruppe hier ihren Fokus verloren zu haben. Das gibt mir zu denken. Wart es nicht ihr, die eigenwillig gehandelt haben?"

„Ja, um dich zu finden", zischt Ayden.

„Der Zweck heiligt die Mittel nicht, Ayden. Nur so funktioniert das System. Ich herrsche, ihr folgt. Ich befehle, ihr führt aus. Ich habe dir zu viele Freiheiten gewährt. Aber ich gestehe dir zu, dass die Zeit mit Josias für alle Beteiligten schwer gewesen ist. Doch ihn zu töten für sie – stand dir nicht zu und doch habe ich dich nicht bestraft."

„Für sie? Sie hat einen Namen. Neve. Und ich habe es nicht nur für sie getan, sondern für dieses ganze Land. Josias war ein Monster und gerade du solltest es wissen."

„Das tut nichts zur Sache, Ayden. Mein Befehl war ein anderer und du hast ihn missachtet. Obwohl nur mir deine Treue gehören sollte."

„Das kannst du nicht ernst meinen, Gaia. Sie hat versucht, Neve zu töten", zischt Ayden und schlägt mit der Faust auf den Tisch.

„Und Neve sie. So ist dieses Volk und das ist dir bewusst, Ayden. Hestia tat, was sie tun musste. Ebenso wie Neve."

„Hestia wollte den Thron."

„Nun, Neve auch. Soll ich sie deswegen beide hängen lassen?"

„Du weißt, dass es nicht dasselbe ist, Gaia."

Die beiden funkeln sich an und alle halten den Atem an.

Die Angst in mir wächst. Ich weiß, wie gefährlich Gaia sein kann und Ayden spielt gerade mit seinem Leben.

„Ayden, ich habe nicht um deine Einwilligung gebeten. Es ist ein Befehl. Hestia wird mir ab jetzt Bericht erstatten."

„Sehr wohl, Matter Gaia", erwidert diese mit einem kühlen Lächeln und zwinkert mir zu.

Ich hasse sie abgrundtief. Sie beide. Gaia und Hestia.

In diesem Moment klopft es wieder und Gaia lächelt, als wäre hier gerade kein Streit entbrannt.

„Ah, sieh an, unsere letzten Gäste sind eingetroffen."

Zwei Wachen führen meine Familie in das Zimmer. Meine Eltern, Adam, Flora und Opal.

Sie verbeugen sich vor Gaia und ich sehe an ihren Mienen, dass sie keine Ahnung haben, warum sie hier sind.

Gaia nickt ihnen zu.

„Machen wir es kurz. Denn es gibt viel zu tun. Nereus. Wie ich gehört habe, stehst du dieser Gruppe noch immer vor. Also wende ich mich an dich. Vor Jahrhunderten habt ihr das Exil gewählt, fernab von Atlantika und ich habe euch mein Einverständnis zugesichert. Es tut mir leid, dass eure Ruhe gestört wurde, und es steht euch frei, dieses Land wieder zu verlassen und in euer Leben zurückzukehren. Euch allen. Deinem gesamten Clan. Es wurden bereits Vorkehrungen getroffen."

Ich fühle mich, als hätte mir jemand in den Magen geschlagen.

Ayden wirkt ebenso entsetzt wie alle unsere Freunde.

„Ich will nicht gehen", schießt es aus mir heraus, ehe ich mich zurückhalten kann. Trotz all dem, was ich hier erlebt und erlitten habe, bin ich hier glücklich, solange Ayden und unsere Freunde an meiner Seite sind. Mein altes Leben fühlt sich an wie ein längst verblasster Traum. Ich kann nicht wieder zurück. Gaia dreht sich langsam zu mir, ihre Augen funkeln gefährlich.

„Du stammst aus der Welt der Menschen und bist weich, untrainiert und im Augenblick unberechenbar, was deine Kraft angeht, wenn ich meinen Informanten Glauben schenken darf. Somit bist du eine Schwachstelle – für Ayden und für mich. Du bist eine Last, die er aus irgendeinem Grund mit sich herumschleppt. Überall in dieser Welt lauern Gefahren und Elementare, die nur darauf warten, dass ich Schwäche zeige. Und so kann ich dich nicht in meinen Dienst nehmen. Ayden weiß bereits, was ich von eurer Verbindung halte und ich hätte mir gewünscht, er hätte diese Entscheidung mit mir besprochen, statt sich einfach an dich zu binden. Schau ihn dir an. Er ist eindrucksvoll, diszipliniert, loyal und durch und durch ein Krieger. Er wurde genau für das hier geboren. Nun, es ist, wie es ist. Jetzt machen wir das Beste draus und sorgen dafür, dass er seinen Fokus wiederfindet. Ich dachte, diese Geste ist ein großzügiger Akt, wo du doch nie hier sein wolltest, wie mir zugetragen wurde. Solltest du mir nicht auf Knien dafür danken, dass ich dir dies ermögliche?"

Ihr Blick gleitet abschätzig über mich. Ihre Worte sind wie Gift, das sich in mein Innerstes frisst. Jede Silbe brennt und hinterlässt eine Wunde, die nur schwer heilen wird. Die Blicke der Anderen sind voller Mitgefühl und Entsetzen über ihre harschen Worte. Meine Hände ballen sich unwillkürlich zu Fäusten, während ein brennendes Gefühl von Scham und Ohnmacht in mir aufsteigt.

„Gaia, wir haben dieses Thema besprochen", grätscht Ayden dazwischen, seine Stimme ruhig, aber mit einem drohenden Unterton. Seine Augen funkeln warnend. „Und was du sagst, entspricht nicht der Wahrheit. Neve ist für mich keine Schwäche und erst recht keine Last. Sie ist bereits eine herausragende Kämpferin – stärker, als du denkst. Sie lernt jeden Tag, wächst über sich hinaus und hat uns alle beeindruckt. Wenn hier jemand unwürdig ist, dann bin ich es – nicht sie."

Er macht eine kurze Pause, als wolle er Gaia die Gelegenheit geben, seine Worte zu begreifen, ehe er mit fester Stimme fortfährt. „Aber Neve wird nicht gehen. Sie gehört zu mir, an meine Seite und ist genau dort, wo sie sein sollte. Unsere Verbindung ist untrennbar, unsere Elemente haben sich verbunden."

Ayden schaut zu mir, sucht Bestätigung in meinem Blick und ich nicke, fest entschlossen. Ich werde ihn nicht verlassen – nicht jetzt, nicht in der Zukunft. Ich habe gekämpft, um bei ihm zu sein.

Gaia funkelt ihn wütend an, ihre Blicke treffen sich wie Klingen, die gegeneinanderschlagen und die Spannung im Raum wird greifbar. Die anderen Anwesenden werfen sich nervöse, unsichere Blicke zu. Keiner von beiden wird nachgeben.

„Es gab eine Zeit", faucht Gaia, ihre Stimme voller Wut, „da hast du dein Volk über alles andere gestellt. Du bist ein Krieger, Ayden. Kein liebender Gefährte. Du hast für dieses Land gelebt, Ayden. Gelebt, geatmet und gekämpft. Du warst bereit, alles zu opfern, um es zu schützen. Dein Schwert war deine einzige Verpflichtung, dein Eid deine oberste Priorität. Doch jetzt …", sie funkelt mich wütend an, bevor sie Ayden fixiert, „jetzt lässt du dich von Gefühlen schwächen. Von Bindungen, die dich angreifbar machen. Du wurdest ausgebildet, um zu töten. Um zu kämpfen. Nicht um zu … lieben. Und genau das erwarte ich von dir, als oberster Kommandant."

„Prioritäten ändern sich", entgegnet Ayden, seine Haltung gerade, seine Stimme unnachgiebig. „Du hast recht. Früher war mein Schwert alles, was zählte. Doch jetzt kämpfe ich nicht nur für dieses Land – ich kämpfe für sie. Und es macht mich nicht schwächer, sondern stärker. Denn ich habe mehr zu verlieren als mein Leben." Ein Funkeln in seinen Augen verrät, dass er keinen Zentimeter nachgeben wird – und dafür bewundere ich ihn nur noch mehr. Er steht zu seinen Überzeugungen. Zu seiner Liebe zu mir. Selbst wenn er diese gegen Gaia verteidigen muss.

„Hast du den anderen erzählt, was du abgelehnt hast? Worum ich dich gebeten habe?" Ein gefährliches Lächeln schleicht sich auf ihre Lippen, als wäre das ein kleines Ass in ihrem Ärmel.

„Gaia, nicht jetzt!" Ayden wirkt für einen Moment unsicher und sein Blick gleitet zu mir.

„Warum? Sollen sie es doch hören. Dieses Reich ist in Gefahr. Wir haben erlebt, wie schnell Josias an die Macht kam und welch Schrecken er über unser Land gebracht hat. Nur eine unerschütterliche Herrschaft kann uns schützen. Und ich habe eine Lösung gefunden. Einen Thronfolger. Einen, dessen Macht unübertroffen wäre. Unsere Kräfte vereint würden einen Herrscher hervorbringen, vor dem die Welten erzittern. Ihr habt Aydens Kraft selbst erlebt."

Die Anderen holen erschrocken Luft, während ich am liebsten kotzen würde. Mein Magen verkrampft sich schmerzhaft. Die Vorstellung ist abscheulich, Ayden ist doch kein Zuchtbulle. Sie hat ihm ernsthaft angeboten, ein Kind mit ihr zu zeugen - obwohl sie weiß, dass wir verbunden sind? Meine Hände ballen sich zu Fäusten, meine Nägel graben sich in meine Haut. Glaubt sie wirklich, sie könnte ihn einfach beanspruchen, als wäre er nicht mehr als eine Ressource, die sie gerade benötigt? Kein Wunder, dass ich verschwinden soll.

Wut und Ekel brodeln in mir hoch.

„Dieses Thema steht nicht zur Debatte", erwidert Ayden, seine Stimme hart wie Stein. „Ich werde es nicht noch einmal besprechen. Meine Antwort lautet nein. Ich habe mich an Neve gebunden. Sollte ich je in Erwägung ziehen, Vater zu werden, wird es unser Kind sein. Ich strebe diese Art von Macht nicht an, auch keinen Thronfolger. Mein Leben gehört meiner Gefährtin, nicht einem politischen Schachzug. Ich habe meine Wahl getroffen, Gaia und diese Entscheidung hat nichts mit Macht zu tun und ich brauche deine Erlaubnis nicht, sie zu lieben."

Die Stille, die folgt, ist erdrückend. Gaia mustert ihn kalt, ihre Augen blitzen vor unterdrücktem Zorn. Dann erhebt sie sich langsam und lässt ihren Blick über die Versammlung schweifen, ehe sie laut seufzt und eine ganz andere Schiene einschlägt.

„Ich will doch nur das Beste für dieses Volk. Es geht nicht um Macht, sondern um Sicherheit", wispert sie mit übertrieben sanfter Stimme. „Sieht das denn keiner? Aber ich akzeptiere deine Sicht der Dinge und werde einen anderen Weg finden, dieses Volk zu schützen."

Sie blinzelt einige Male und ich könnte in die Luft gehen bei dieser Schauspielerei. Vielleicht könnte man darauf hereinfallen, wenn man nicht weiß, was ich weiß. Doch ich sehe sie als das, was sie ist – eine falsche Schlange. Sie manipuliert und zieht die Fäden.

„So sehr uns dein Angebot ehrt, Gaia", tastet mein Vater sich vor, „so gerne möchten wir bei unserer Tochter bleiben."

Ich sehe Gaia ihr Missfallen noch immer an. Doch was soll sie darauf erwidern? Wenn sie ihnen befiehlt zu gehen, wird Ayden es wissen. Also kann sie diese Anweisung nicht geben.

In der nächsten Sekunde explodiert eine ungeheure Macht im Raum. Der Boden bebt, während eine Welle aus purer Energie von Gaia ausgeht. Der Wind zerrt an meinem Haar, reißt an meiner Kleidung und ich wanke, weil es mir schwerfällt, mich auf den Beinen zu halten. Eine schiere Zurschaustellung der eigenen Macht. Eine Erinnerung daran, wer sie ist. Eine Demonstration.

Ayden reagiert sofort und greift nach mir, zieht mich an seine Brust und schirmt mich mit seinem Körper ab. Seine Arme halten mich fest und selbst in diesem Chaos spüre ich seine Wärme und Stärke, während Angst in mir aufwallt.

Nach einem Moment verebbt die Energiewelle und Gaia steht wieder ruhig und kontrolliert da, obwohl ihre Augen grell leuchten. Sie blickt jeden von uns an, ihre Stimme kalt und unnachgiebig. Ich löse mich langsam von Ayden, während sein ganzer Körper weiter unter Anspannung steht.

„Wagt es nie wieder, mir zu widersprechen. Ihr habt mir die Treue geschworen und euch bindet ein unzerstörbares Band an mich. Vergesst nicht, dass ich euch stets wohlwollend gegenüberstand. Euch allen. Doch ich bin nicht eure Freundin, sondern eure Regentin. Mein Wort ist Gesetz."

Ihr Blick gleitet langsam über uns alle, durchdringt jeden Einzelnen wie einen brennenden Pfeil.

„Verwechselt Gutmütigkeit nicht mit Schwäche. Ihr nehmt euch zu viele Freiheiten heraus."

Ihre Stimme wird leise, gefährlich leise. „Es wird Zeit, dass ihr euch daran erinnert, wo euer Platz in dieser Welt ist. Ich werde diese Konstellation genau beobachten – jede Handlung, jedes Wort. Und glaubt mir, ich werde nicht zögern, euch daran zu erinnern, wer hier das Sagen hat und euch, wenn es sein muss, trennen."

Ich spüre, wie die Luft im Raum schwerer wird. Gaias Worte sind wie Peitschenhiebe. Mein Herz rast und ich fühle mich schuldig. Hätte ich Ayden und die Anderen warnen sollen? In mir drin ist eine unglaubliche Wut auf diese Frau, die sie alle manipuliert und steuert. Nur, wie soll ich es ihnen klarmachen? Es steht so viel auf dem Spiel. Und ich habe keinen Beweis.

Neben mir richtet Ayden sich zu seiner vollen Größe auf. „Wir sind hier, um gemeinsam für dieses Reich zu kämpfen, wie wir es seit jeher taten. Dein Misstrauen ist fehl am Platz, Gaia."

Seine Stimme bleibt respektvoll, stellt ihre Position nicht in Frage. Ich fange Skys Blick auf, ehe sie die Hände hebt. „Eure Majestät, wir alle haben den gleichen Wunsch: Atlantika zu schützen. Daran hat sich nichts geändert."

Bluette stellt sich an meine Seite. „Mit Verlaub, Gaia. Ich kann jedes Argument nachvollziehen. Aber in deiner Abwesenheit ist viel passiert und Neve ist eine von uns geworden, die ebenso nach dir gesucht hat wie wir. Ich würde meine Hand für sie ins Feuer legen. Ayden wollte dich nicht übergehen. Niemand musste je eine Erlaubnis einholen, sich binden zu dürfen."

Rainn versucht es diplomatisch. „Wir respektieren deine Worte, Gaia. Unsere Loyalität gehört dir. Doch Loyalität bedeutet auch, uns gegenseitig zu vertrauen. Das Band, das uns alle verbindet, stärkt diese Einheit. Lass Josias nicht gewinnen, indem du anfängst, an uns zu zweifeln. Wir sind nicht der Feind."

Gaia mustert uns einen Moment lang schweigend, ihr Blick durchdringend und unnachgiebig. Doch dann verändert sich ihre Haltung, fast wie auf Knopfdruck. Ihre Schultern senken sich leicht, ein Hauch von Traurigkeit schleicht sich in ihre Stimme, als sie spricht: „Vielleicht bin ich tatsächlich paranoid. Ihr dürft nicht vergessen, dass ich schreckliches Leid erfahren habe. Josias Grausamkeit hat mich gezwungen, stark und hart zu sein – für euch alle. Nur so konnte ich überleben."

Sie hält inne, blickt nacheinander in die Gesichter der Anwesenden, ihre Augen glänzen, als ob sich darin echte Emotionen spiegeln würden.

„Ich hoffe, ihr versteht meine Härte. Ich will niemandem schaden. Alles, was ich tue, tue ich nur, um Atlantika zu schützen."

Ayden

Schweigend gehe ich neben Neve langsam durch den Dschungel, die Schritte gleichmäßig und doch schwer, ihre Hand fest in meiner, jeder von uns in seinen eigenen Gedanken versunken. In mir tobt ein Sturm, den Gaia ausgelöst hat. Das Gefühl, von Gaia missverstanden zu werden, mischt sich mit meiner Sorge um Neve. Sie hat nicht verdient, wie Gaia über sie spricht. Und erst recht sollte sie nicht hören, welchen törichten Plan Gaia ausgeheckt hatte. Ich bin mir sicher, dass Gaia diesen Vorschlag nicht ernst meinte. Dass er wirklich nur der Angst geschuldet war. Sie und ich auf dem Thron. Nein. Doch es Neve zu sagen, wo sie meine Antwort doch kannte, war gemein. Ich hätte es sein sollen, der es Neve erzählt, doch dafür hatte sich einfach noch keine Gelegenheit ergeben. Ich schaue sie aus den Augenwinkeln an, ihr Blick ist auf den Weg vor uns gerichtet und doch weiß ich, dass in ihrem Kopf ebenso ein Chaos herrscht wie in meinem. Gaias Worte haben eine Spur hinterlassen. Und ich ahne, dass sie bei Neve viel mehr anrichten als bei mir, weil sie selbst einiges zu bewältigen hat und oft mit Zweifeln kämpft. Ich atme tief ein. Die kühle Nachtluft ist eine willkommene Abwechslung zu der schweren Luft, die hier am Tag herrscht und hilft mir, meine Gedanken zu sortieren. Gaia hat uns alle durch dunkle Zeiten geführt, doch heute hat sie eine Grenze überschritten. Sie hat das Recht, wachsam zu sein, aber wir sind nicht ihre Feinde. Und ihre Drohung spukt noch in meinem Kopf umher.

Ich halte Neves Hand so fest, als hätte ich Angst, dass sie mir entgleiten könnte. Neve ist in dieser Welt nicht aufgewachsen, das stimmt. Sie kennt sie nicht so wie wir und doch gibt sie ihr Bestes, jeden einzelnen Tag und hat sich bereits großartig eingefügt. Ja, sie ist anders. Das macht sie aber nicht weniger wertvoll, denn sie hat einen völlig anderen Blick auf diese Welt. Gaia unterschätzt Neves Wert und meine Liebe zu ihr. Wie soll ich ihr das nur klarmachen? Ihr Angebot eines Thronfolgers war eine Kurzschlussreaktion ihrer eigenen Ängste, dessen bin ich mir sicher. Nur, sieht Neve das auch so? Sie wirkt wütend und verletzt, aber da ist auch etwas anderes, etwas, das ich nicht richtig greifen kann.

„Es war nicht fair, wie sie mit dir gesprochen hat", setze ich schließlich an und unterbreche die Stille zwischen uns.

Neve schnaubt nur kurz und ich spüre ihren Ärger, als wäre es mein eigener. Und kann ich es ihr verdenken? Würde jemand ihr anbieten, sich mit ihr fortzupflanzen, würde ich diesem mein Schwert in die Eingeweide rammen. Nein, ich würde ihn entmannen und dann mein Schwert in seine Eingeweide rammen.

Neve wirft mir einen verärgerten Blick zu. „Was hast du erwartet, Ayden? Dass sie mir heute plötzlich die Hand reicht und mich großartig findet? Sie hasst mich. Ich war echt naiv zu glauben, dass es anders ist. Du hast es selbst gehört: Sie will mich loswerden. Ihr Angebot kann sie sich sonst wo hin klemmen. Dieses blöde Miststück."

Ihre Stimme hat eine Schärfe angenommen, die ich noch nicht oft bei ihr gehört habe und mich mehr trifft, als ich zugeben möchte. Und Neve fluchen zu hören ist irgendwie auch niedlich, denn das tut sie nur, wenn sie wirklich sauer ist. „Ich weiß nicht, wie ich mich hier noch einfügen soll, wenn ich ständig das Gefühl habe, weniger wert zu sein als ihr. Ich will keine Schwachstelle sein. Und erst recht will ich nicht als Last gesehen werden, die du mit dir rumschleppst."

„Neve, bitte hör mir zu."

Ich bleibe stehen und zwinge sie so, ebenfalls stehen zu bleiben. Wütend funkelt sie mich an, doch ich entdecke auch einen Hauch Unsicherheit in ihrem Blick. Sie hat Angst, dass Gaias Worte wahr sind. Doch das ist völliger Schwachsinn. Und diesen Unfug muss ich aus ihrem Gehirn löschen.

„Das bist du nicht und das weißt du. Du hast dich durch diese verfluchten Prüfungen gekämpft und überlebt. Du bist stark, tapfer und unglaublich, kleine Schneeflocke. Lass dich nicht kleinmachen, wo wir beide wissen, dass du es nicht bist. Und ich habe dich nicht umsonst gewählt. Ich bewundere sowohl deine Güte und Sanftheit als auch deine Stärke und deinen Kampfgeist. Was Gaia als Schwäche deutet, ist in meinen Augen keine. Es ist lediglich eine andere Stärke als unsere. Eine, die ebenso wertvoll ist. Gaia hat viel durchgemacht. Josias hat sie gequält, gebrochen und ihre Härte entstammt keiner Boshaftigkeit, sondern Angst."

„Glaub mir, ich weiß, wie es ist, Josias ausgeliefert zu sein", zischt Neve und ich zucke zusammen. Die Erinnerung daran, dass ich sie nicht schützen konnte, raubt mir nachts noch immer den Schlaf und sie hat recht – wenn es jemand weiß, dann sie.

„Sie will nur ihr Volk beschützen", versuche ich zu beschwichtigen, doch meine Worte prallen an ihr ab. Die Luft um uns herum wird spürbar kälter, ein deutliches Zeichen, wie wütend Neve gerade ist und wie wenig sie bereit ist, Gaia auch nur einen guten Funken zuzugestehen.

„Ayden, sie hat dir angeboten, ein Kind mit ihr zu zeugen! Verfluchte Scheiße! Was bist du in ihren Augen? Ein Zuchtbulle? Weißt du, wie demütigend das gewesen ist? Sie hat dir ins Gesicht gesagt, und zwar vor all unseren Freunden und meiner Familie, dass ich deiner nicht würdig bin."

Ich halte ihrem Blick stand, meine Stimme fest, aber sanft.

„Wir wissen beide, dass das Blödsinn ist. Und ich habe ihr klar und deutlich gesagt, was ich von der Thronfolge-Idee halte. Ich liebe dich und daran solltest du nicht zweifeln."

Ich liebe Neve. Ich liebe sie mehr als mein eigenes Leben, aber jetzt fühle ich mich, als stünde ich vor einer Mauer, die ich nicht überwinden kann.

„Ich zweifle nicht an dir, Ayden oder an deiner Liebe zu mir. Ich zweifle an Gaia und daran, dass ihr sie auf diesen Sockel hebt, ohne zu merken, wie sie wirklich ist."

In Neves Augen wütet ein Schneesturm, ihre Stimme bricht beinahe vor Emotionen und ich verstehe nicht, woher dieses Misstrauen kommt. Übersehe ich etwas? Was meint sie damit? Gaia ist nicht perfekt, ja, sie kann hart und unnachgiebig sein. Aber das muss sie doch auch, als unsere Herrscherin. Sie trägt die Verantwortung für dieses Volk, sie kann es sich nicht leisten, Schwäche zu zeigen. Wie könnte ich ihr das vorwerfen? Und: Sie ist in allen Belangen gnädiger als Josias.

„Weißt du, was mich wirklich wütend macht? Nicht, dass Gaia sich so verhält – das ist schlimm genug. Sondern, dass ihr blind seid. Dass ihr sie in Schutz nehmt, in jeder Sekunde und nicht seht, was direkt vor euren Augen passiert."

Ich ziehe scharf die Luft ein, als hätte sie mich geschlagen. Ein bitterer Geschmack breitet sich in meiner Kehle aus.

„Niemand von uns tut das, Neve." Meine Stimme ist schärfer, als ich beabsichtigt habe, doch ihre Worte treffen mich.

„Ich verstehe nicht, wieso du so entschlossen bist, nur das Schlechteste in ihr zu sehen." Ich schüttle frustriert den Kopf. Es geht mir gewaltig gegen den Strich, dass wir jetzt wegen diesem Mist streiten. Dabei habe ich doch meinen Standpunkt klargemacht, selbst vor Gaia. „Sie will unser Volk beschützen. Ja, sie kann hart sein, aber das muss sie auch. Sie ist unsere Herrscherin!" Ich spüre, wie meine Geduld bröckelt. „Wir kennen sie besser als du. Du musst mir einfach vertrauen oder mir sagen, was los ist. Warum traust du ihr nicht über den Weg?" Ich trete einen Schritt näher an sie heran, mein Blick sucht ihren. „Ich liebe dich, verdammt. Ich werde immer an deiner Seite sein, egal was Gaia sagt. Aber sie ist nicht unser Feind. Warum kannst du das nicht erkennen?"

Ihre Augen blitzen und ich sehe den Schmerz darin, aber auch etwas anderes. Etwas, das mich nervös macht. Sie weiß etwas, das ich nicht weiß. Und das nagt an mir. Etwas, das sie nicht ausspricht, sondern zurückhält. Sie ballt ihre Hände zu Fäusten, ihre Lippen öffnen sich und schließen sich wieder. Sie bleibt stumm. Was auch immer es ist, sie ist nicht bereit, es mit mir zu teilen und das macht mich gerade unglaublich sauer. Dieses Schweigen ist wie ein Riss zwischen uns. Ich will nicht, dass wir uns wegen so etwas streiten. Ich hasse es, dass sie mir scheinbar nicht zu hundert Prozent vertraut. Ein widerliches Gefühl.

Ich fahre mir mit einer Hand durch mein Haar. Versuche ruhig zu bleiben. Doch meine Stimme trägt nun ebenfalls eine gewisse Schärfe in sich, wie ihre zuvor. „Neve. Warum bist du nicht ehrlich? Warum lässt du mich hier im Dunkeln stehen? Ich will dich verstehen. Ich will dir helfen, aber du verschließt dich. Du weißt, dass du mir vertrauen kannst, oder? Ich habe mich für dich entschieden. Mich gegen Gaia gestellt. Ich habe mich vor unser gesamtes Volk gestellt, verdammt und es ihnen entgegengeschrien, dass du zu mir gehörst. Was muss ich noch tun, damit du mir sagst, was wirklich das Problem ist?"

Neve schaut mich einen langen Moment schweigend an. In ihren Augen spiegelt sich eine Mischung aus unendlich vielen Emotionen: Liebe, Frustration, Angst und der trotzige Ausdruck ihrer Entschlossenheit. Es ist, als könnte ich in ihr lesen, wie in einem Buch, nur lässt sich die Seite, die ich unbedingt lesen will, nicht öffnen und bleibt vorerst verschlossen.

„Du siehst es nicht, Ayden. Ihr alle seht es nicht. Ihr haltet sie für unfehlbar, aber das ist sie nicht. Sie …" Neve bricht den Satz ab, beißt sich auf die Lippe, als wollte sie sich selbst davon abhalten weiterzusprechen.

„Was? Was hältst du zurück, Neve?" Meine Stimme wird lauter, drängender. Ich will sie doch verstehen. Verzweifelt greife ich nach ihrer Hand, aber sie zieht sie zurück und es ist wie ein weiterer Schlag in mein Gesicht. Mein Herz verkrampft sich. Einen Moment lang herrscht Stille, eine bedrückende Leere zwischen uns.

„Und was, wenn sie es ist? Unser Feind.", flüstert Neve plötzlich, aber ihre Worte treffen mich mit der

Wucht eines Gewitters. In ihren Augen brennt ein Ausdruck, den ich noch nie zuvor bei ihr gesehen habe.

Einen Moment lang kann ich nichts sagen. Das Gewicht ihrer Worte legt sich wie eine unsichtbare Hand um meine Kehle. Neve war immer loyal, immer ehrlich und sie hat Angst, echte Angst. Das sehe ich ihr an.

„Was genau meinst du damit?", frage ich, meine Stimme klingt rau.

„Was, wenn ihr euch in ihr täuscht und nicht sehen wollt, was ich sehe? Was, wenn sie alle hintergeht und nicht die ist, die sie zu sein scheint?"

Ich fühle mich innerlich zerrissen. Ja, Gaia hat heute hart reagiert. Aber sie hat mir nie Grund gegeben, an ihren Absichten zu zweifeln. Und doch ist es, als hätte Neve einen Samen des Misstrauens in mir gepflanzt, der in mir wächst wie Unkraut, weil ich meine Gefährtin verstehen will. Weil ich versuche, es aus ihren Augen zu sehen.

„Warum denkst du, dass Gaia uns hintergeht? Was hast du gesehen, was ich nicht sehe? Was weißt du, was verschweigst du mir?"

Ich starre sie an, versuche in ihren Augen die Antwort zu finden, die ich so verzweifelt suche. In ihren Augen stehen Tränen und ich spüre, wie meine Brust sich zusammenzieht. Es tut mir weh, sie so zu sehen und ich wünschte, ich könnte ihr helfen. Doch was auch immer sie sagen wollte, bleibt ihr Geheimnis. Sie bleibt stumm. Verweigert mir die Antwort.

„Es spielt keine Rolle", sagt sie leise, aber ihre Augen sprechen eine andere Sprache. „Ihr werdet mir nicht glauben. Noch nicht."

Noch immer habe ich das Gefühl, als würde ein wichtiges Detail fehlen und wir stehen uns gegenüber, getrennt durch eine unsichtbare Kluft, die sie geschaffen hat und die ich nicht überwinden kann. Schließlich dreht Neve sich abrupt um und entfernt sich von mir. „Ich brauche einen Augenblick für mich alleine. Wir sehen uns zu Hause", wispert sie, während ich zurückbleibe und versuche zu verstehen, was hier gerade passiert ist. Warum fühlt es sich so an, als würde sie mich von sich wegstoßen? Warum kann ich nicht verstehen, was sie mir sagen will? Was übersehe ich? Ich blicke ihr verwirrt hinterher, wie sie sich Schritt für Schritt von mir entfernt und meine Brust zieht sich schmerzhaft zusammen. Wie kann ich ihr beweisen, dass sie mir vertrauen kann? Was ist passiert, dass sie so sehr an mir zweifelt? Habe ich etwas getan, um dies zu verdienen? Die Fragen kreisen in meinem Kopf, sie bleiben ohne Antwort. Also lasse ich Neve gehen. Immerhin das habe ich verstanden, dass sie mir gerade nicht nahe sein kann. Auch wenn alles in mir sich dagegen sträubt, bleibt mir keine Wahl, als sie ziehen zu lassen. Denn nur, wenn ich sie gehen lasse, kann sie vielleicht den Weg zurück zu mir finden. Auch wenn es mir das Herz zerreißt und ich sie am liebsten im Arm halten würde, weiß ich, dass es der einzige richtige Weg ist. Für den Moment.

Die Veranda knarzt leise unter meinem Gewicht, als ich mich gegen die hölzerne Balustrade lehne. Der Dschungel liegt vor mir, ein Meer aus Schatten und Geräuschen. Die Nacht wiegt schwer, die Luft ist feucht und der Duft von Erde und Blüten hängt wie ein Schleier über allem. In der Ferne heult ein Tier und irgendwo raschelt es im Unterholz.

Sorgenvoll behalte ich den schmalen Pfad im Blick, über den Neve kommen wird. Hätte ich sie doch begleiten sollen? Ich wollte ihr den Freiraum geben, um den sie gebeten hat. Doch je länger ich warte, desto mehr wächst die Unruhe in mir. Ich wollte diesen Streit nicht. Ich verstehe nicht einmal, wie er überhaupt entstanden ist. Alles, was ich nach wie vor will, ist, sie zu verstehen und sie nicht zu verlieren. Aber das Wissen, dass sie mir nicht vertraut, schmerzt. Cupid drückt seine Schnauze an mein Bein und geistesabwesend streiche ich über seinen weichen Kopf, während Neves Worte noch immer in meinem Kopf widerhallen. Sie hält etwas zurück – nur was und warum? Was sieht sie, was ich nicht sehe? Warum vertraut sie sich mir nicht an? Diese Frage brennt am heißesten in mir. Diese nagende Unsicherheit, dass sie mir nicht vertraut. Dass ich etwas getan habe, um ihr Misstrauen zu wecken. Meine Finger trommeln gegen das Holz, ein leises, stetiges Geräusch, das meine rastlosen Gedanken nicht übertönen kann. Ich hatte gehofft, dass wir jetzt, nachdem Josias fort ist, Frieden finden, doch es fühlt sich ganz und gar nicht friedlich an. Es fühlt sich an wie das Innehalten vor einer großen Schlacht. Das Luftholen, bevor man abtaucht. Ein schneeweißer Falke, dessen Gefieder mich an Neves Haar erinnert, landet krächzend in einem der Bäume und mustert mich. Ich erkenne ihn wieder und runzle die Stirn. Jetzt fällt mir auf, dass ich ihn in letzter Zeit öfter hier gesehen habe. Nach und nach flackern kleine Lichter auf der Wiese vor unserem Haus auf – Glühwürmchen, die die Nacht begrüßen und die Neve so gerne anschaut.

Ich verbanne den Vogel aus meinen Gedanken und plötzlich höre ich leise Schritte, die den Weg hinab kommen. Cupid spitzt sofort die Ohren und rennt los, in Richtung des schmalen Pfades, der vom Dschungel zur Veranda führt. Ich richte mich auf, die Hände fest um das Geländer geklammert, während mein Herz kräftig schlägt. Die Glühwürmchen flimmern auseinander, als Neve langsam, einen abgebrochenen Zweig gedankenverloren in der Hand hin und her drehend, auf mich zukommt und Cupid fröhlich um ihre Beine springt. Die Schatten machen es mir schwer, ihr Gesicht zu lesen, doch als sie näherkommt, bemerke ich ihren zerknirschten Gesichtsausdruck. Ich atme tief durch und zwinge mich stehen zu bleiben, auch wenn alles in mir ihr entgegengehen, sie an mich ziehen will. Doch sie muss den ersten Schritt machen. Sie hat mich um Distanz gebeten und diese werde ich ihr geben.

Sie bleibt dicht vor mir stehen. Ich schaue zu ihr hinab und unsere Blicke treffen sich. Wie schön sie ist. Dieser Gedanke schießt mir in den Kopf, während ich ihr Gesicht betrachte und abwarte.

„Ayden, ich …", ihre Stimme ist leise und sie scheint nach Worten zu suchen und beißt sich auf die Lippen, "… es tut mir leid. Ich habe mich in meine Wut hineingesteigert."

„Neve …", setze ich an, doch sie hebt die Hand, unterbricht mich, ihre Augen voller ungesagter Worte.

„Bitte, lass mich ausreden." Ihre Augen glänzen feucht und ich sehe, dass sie geweint hat. Mein Herz zieht sich schmerzhaft zusammen, weil ich schuld daran bin.

„Ich war unfair zu dir. Ich weiß, wie wichtig Gaia für dich ist und … ich habe Angst, Ayden. Angst, dass ich dich verliere, wenn ich nicht aufpasse und dabei kämpfe ich doch nur für dich. Für uns. Ich will dich beschützen."

Sie senkt den Blick und ich merke, wie sich ein Knoten in meiner Brust bildet. Ihre Ängste sind meinen so ähnlich. Aber es tut gut, diese Worte nach unserem Streit zu hören.

Sanft lege ich ihr eine Hand unter das Kinn und hebe es sanft an, bis sie mir wieder in die Augen sieht.

„Wir beschützen uns gegenseitig, kleine Schneeflocke. Du wirst mich nicht verlieren. Niemals. Egal was passiert. Aber ich brauche dein Vertrauen – dass wir einander vertrauen. Wenn du etwas weißt und ich nicht, musst du es mir sagen. Damit wir uns gegenseitig schützen können."

Ihr Kinn bebt leicht unter meiner Hand und eine Träne löst sich aus ihrem Augenwinkel, rinnt die Wange hinab. Dieser Anblick trifft mich bis ins Mark, denn es lässt sie so unglaublich verletzlich wirken.

„Ich vertraue dir, Ayden. Ich …" Bevor sie weiterreden kann, saust der weiße Falke dicht an uns vorbei und Cupid springt auf, um nach ihm zu schnappen. Neve zuckt zusammen und versteift sich merklich.

„Ich will nicht, dass etwas zwischen uns steht."

Ein Teil in mir weiß, dass sie etwas anderes sagen wollte, doch ich dränge sie nicht. Ich gebe ihr Zeit, sich mir von selbst anzuvertrauen. Ich habe ihr gesagt, dass ich hier bin. Dass ich ihr zuhöre. Jetzt liegt es an ihr. Ich werde Geduld haben und warten. Egal, wie schwer es mir fällt.

„Es steht nichts zwischen uns", antworte ich deshalb leise, „ich bin hier, immer. Und wenn du so weit bist, werde ich dir zuhören."

Einen Moment stehen wir einfach nur da, dann tritt sie einen Schritt nach vorne und lehnt sich in meine Arme.

„Ich bin hier", flüstere ich erneut und drücke meine Lippen auf ihren Scheitel.

„Das bist du. Und ich werde alles in meiner Macht Stehende tun, damit es so bleibt", flüstert sie, als müsste sie es sich selbst versprechen.

Am nächsten Morgen liege ich noch eine Zeit lang wach im Bett und beobachte Neve beim Schlafen. Ihr Atem ist ruhig und gleichmäßig, sanft hebt und senkt sich ihre Brust. Ihre feinen Gesichtszüge wirken entspannt, fast verletzlich und ich verliere mich in dem Anblick ihres zarten Lächelns, das ihre Lippen im Schlaf umspielt. Ein goldener Lichtstrahl fällt durch ein Fenster herein und erleuchtet eine helle Strähne, die sich auf ihre Wange gelegt hat. Sie sieht so friedlich aus. Noch unschuldiger, als sie es ohnehin schon ist und ein Teil von mir will ihre Hand nehmen und mit ihr fortlaufen – weit weg von alldem, was uns hier festhält. Ich stelle mir einen Ort vor, an dem wir einfach nur wir sein können: Neve und Ayden, ohne Verantwortung, ohne Konflikte, ohne Gaia. Nur wir zwei und die Freiheit. Ich wünschte, Gaia hätte meinen Wunsch akzeptiert, eine Zeit lang aus ihrem Dienst zu treten. Doch solange das nicht geschieht, nehme ich jeden Moment mit Neve, der mir vergönnt ist. Mein Blick fällt wieder auf die Strähne in ihrem Gesicht und ein warmes Gefühl von Zuneigung erfüllt mich. Vorsichtig streiche ich sie mit dem Finger beiseite und Neves Augenlider beginnen zu flattern. Ein leises Murmeln entfährt ihr, bevor sie mich schläfrig ansieht.

„Ayden?" Ihre Stimme ist kaum mehr als ein heiseres, verschlafenes Flüstern und unglaublich süß. Ich ziehe sie sanft an meine Brust, lege meine Wange an ihr Haar und küsse ihre Stirn. Mit einem zufriedenen Seufzen kuschelt sie sich wieder an mich und für einen Augenblick fühlt sich die Welt vollkommen an.

„Schlaf noch ein wenig. Ich bin hier", versichere ich ihr leise.

Kurz bleibt sie entspannt in meinem Arm liegen, bis sie sich plötzlich meiner Worte bewusst wird.

„Warum bist du noch hier? Du kommst du spät zum Morgenappell und …"

Ich unterbreche sie, indem ich meine Lippen auf ihre drücke. Der Kuss ist sanft, aber bestimmend und es gelingt mir, ihr ein leises Lächeln zu entlocken.

„Sie werden heute ohne mich auskommen müssen", erkläre ich schließlich mit einem Grinsen und Neve wirkt verwirrt.

„Bist du krank?"

„Wir werden nicht krank und das weißt du." Ich stupse sanft gegen ihre Nase und ein Kichern entfährt ihr.

„Also tust du was? Dich einfach davor drücken?", fragt sie mit einem spielerischen Funkeln in den Augen, das mein Herz schneller schlagen lässt.

„Wenn das bedeutet, dass ich mich heute meinen Pflichten entziehe, ja, dann drücke ich mich."

Sie hebt eine Augenbraue. „Das wird Ärger geben."

„Das ist es mir wert. Die Anderen werden einen Tag ohne mich auskommen, auch Gaia. Heute gehöre ich ganz dir."

Ich lache leise, selbst überrascht über meine Worte.

„Ich glaube, ich habe mich noch nie vor meinen Pflichten gedrückt. Es fühlt sich … merkwürdig an. Irgendwie verboten. Aber weißt du was? Ich freue mich drauf."

Ihre Augen weiten sich vor Überraschung und ich sehe, wie die Vorfreude in ihr aufsteigt.

„Du bist ja ein richtiger Rebell", witzelt sie mit einem amüsierten Funkeln in den Augen.

„Vielleicht bin ich das", ich grinse sie an, „und ich will dir etwas zeigen."

„Und was?" Aufgeregt setzt sie sich hin. Ihr langes Haar fällt wie ein glänzender Vorhang über ihre Schultern und ihr Gesicht. Ich fahre mit beiden Händen durch die seidigen Strähnen, schiebe sie ihr sanft aus dem Gesicht und betrachte sie einen Moment. Ihre Augen glitzern im Licht, voller Leben und Neugier und ich frage mich, ob je ein Wesen so sehr geliebt hat, wie ich dieses Wesen vor mir liebe.

Ich bin ihr völlig verfallen. Ihrem Wesen, ihrer Schönheit und vor allem ihrem Lachen. Ich bin besessen von ihr und ich will, dass sie es weiß.

„Du wirst dich überraschen lassen müssen", antworte ich mit einem geheimnisvollen Lächeln. Denn ich habe nicht vor, auch nur einen Ton zu verraten. Nein, Neve wird sich gedulden müssen und ich weiß, dass das nicht ihre Stärke ist, was mich diebisch freut.

Die Aufregung und das Funkeln in ihren Augen sind echt. Dieser Moment gehört nur uns – ein einfacher normaler Tag, den wir so dringend brauchen. Einen Tag, an dem wir vergessen, wer wir sein müssen und einfach nur sein dürfen.

Neve

Ayden führt mich einen schmalen Weg im Dschungel entlang und dreht sich immer wieder mit einem so strahlenden Lächeln um, das ich in letzter Zeit kaum an ihm gesehen habe. Es ist wie ein Sonnenstrahl, der durch dichte Wolken bricht - selten und so unglaublich kostbar. Ayden wirkt heute anders, unbeschwerter als sonst und das macht es mir leicht, all meine Sorgen einen Moment hinter mir zu lassen und mich auf das zu konzentrieren, was gerade vor mir liegt – dieser Tag. Dieser Moment, der nur uns gehört. Das Wissen, dass Ayden diesen Ärger riskiert, nur um Zeit mit mir zu verbringen. Er bewegt sich mit der Ruhe und Bestimmtheit eines Kriegers, doch in diesen Momenten mit mir entfaltet sich eine andere Seite von ihm – eine Sanftheit, die hinter der Härte verborgen liegt und die ich unglaublich liebe. Es ist, als ob er für mich den Krieger ablegt, vor dem sich alle fürchten, nur um mir den Mann zu zeigen, der er wirklich ist. Hinter alledem. Ein Mann, dessen Stärke nicht nur in seiner Entschlossenheit liegt, sondern auch in der Liebe, die er zu verbergen versucht. Ich weiß, er würde mir niemals zustimmen, wenn ich das so sagen würde, aber ich glaube, jeder von seinen engen Freunden weiß, wie viel Liebe in Ayden steckt. Wir merken es immer wieder an seinen Gesten und seinem Wunsch, uns alle zu schützen. Sie ist da, diese Seite an ihm, die er gerne überspielt, als wäre sie ihm unangenehm. Und nach Gaias Worten verstehe ich besser denn je, warum. Er ist so aufgewachsen. Ihm wurde eingebläut, dass er nur dazu bestimmt ist, zu kämpfen, zu töten und zu schützen. Und dass für jemanden wie ihn keine Liebe bestimmt ist, außer die zur Krone und zu seinem Land. Ich hätte ihm heute Morgen sagen sollen, dass wir das nicht tun können, einfach diesen Tag zu stehlen. Ihn davon abhalten, mich an die Hand zu nehmen und in den Dschungel zu ziehen. Ihm sagen, dass wir Gaia nicht trotzen dürfen. Doch ich habe es nicht getan. Ich bin schwach. Nein, nicht schwach, sondern egoistisch. Alles in mir will diesen Augenblick. Ich klammere mich an diesen Moment, als könnte er die drohende Dunkelheit fernhalten, die ich in mir spüre. Dieser Druck, der auf mir lastet. Ich will diese Stunden mit ihm, die nur mir gehören. Uns gehören. Wir haben es uns verdient. Er hat es verdient. Mehr als jeder andere. Ich war gestern kurz davor, ihm die Wahrheit über Gaia zu erzählen. Meine Wut auf ihn war unfair, denn wie soll er mich verstehen, wenn ich ihm so viel verschweige? Doch dann habe ich Umbra entdeckt und konnte es nicht. Ich brauche erst Beweise. Nicht nur für Ayden, sondern auch für mich selbst. Damit ich weiß, dass Gaia wirklich das Monster ist, für das Colden sie hält. Vertraue ich ihr? Nein. Vertraue ich Ayden? Mehr als alles andere. Aber dieses Wissen würde ihn in Gefahr bringen, weil er alles tun würde, um mich zu schützen. Und dieses Mal muss ich ihn beschützen, bis ich einen Ausweg gefunden habe. Ich sehe ihn an, wie er sich so sicher durch den Dschungel bewegt, ihn in- und auswendig zu kennen scheint. Der Weg ist für mich nicht als solcher erkennbar, doch Ayden führt mich gezielt durch die grüne Wildnis. Ein Zittern durchfährt mich, nicht vor Angst, sondern vor Aufregung. Und ich verdränge die Gedanken an Gaia, Colden und alles, was mich bedrückt.

„Wie weit ist es noch?", will ich wissen und man hört mir die Aufregung an. In meinen Ohren klinge ich selbst wie ein kleines Kind, das vor lauter Ungeduld kurz vor dem Explodieren steht. Was hat er vor? Er dreht sich zu mir um, sein Grinsen so verschmitzt, dass ich es nur noch mehr wissen will und mein Herz einen kleinen Sprung macht. Ich bin bereit alles dafür zu riskieren, zu erfahren, was ihm so ein Lächeln ins Gesicht zaubert.

Und einen kleinen Augenblick später stoppt er plötzlich und ich laufe in ihn hinein. Das war zu abrupt. Lachend fängt er mich auf, bevor ich stürze und drückt mich an seine Brust. Seine Arme schließen sich um mich und halten mich sicher fest. Ich spüre seinen schnellen Herzschlag an meiner Wange und liebe das Wissen, dass er ebenso aufgeregt ist wie ich. Ich ziehe seinen vertrauten Duft in meine Nase und in mir kribbelt alles.

„Ich habe das noch nie jemandem gezeigt", erklärt er und wirkt plötzlich atemlos. Ich merke, dass er sogar ein kleines bisschen nervös ist und finde es unglaublich niedlich, denn Ayden ist sonst die Ruhe selbst. Ayden ist … Ayden. Er zweifelt nie an sich. Ihm ist es egal, was andere von ihm denken. Wärme durchflutet mich. Das hier bedeutet ihm etwas, was auch immer es ist. Und dass er es mit mir teilen will, bedeutet mir wiederum alles.

Ehe ich fragen kann, tritt er zur Seite und enthüllt eine zauberhaften Lichtung, die mir den Atem raubt. Das Sonnenlicht durchbricht die dichten Baumkronen und legt den Ort in strahlendes, fast überirdisches Licht. Nebelschwaden tanzen über den Boden, wo sich unzählige Blumen in allen Farben wie ein lebendiger Teppich ausbreiten. Schmetterlinge flattern durch die Luft und alles, wirklich alles an diesem Ort, wirkt wie aus einem Traum. Doch ich bin nicht darauf vorbereitet, was ich als nächstes zu sehen bekomme. Mein Atem stockt, als ich das majestätische Wesen in der Mitte der Lichtung entdecke. Ein Hirsch, größer und erhabener, als ich es je für möglich gehalten hätte, grast friedlich. Sein kristallines Geweih fängt das Licht ein und bricht es in winzige Regenbögen, die wie schwebende Juwelen über den Boden wandern. Ich halte unbewusst den Atem an. Sein silbriges Fell schimmert, als hätte der Mond selbst ihn aus seinem Licht geformt. Es wirkt, als gehöre er nicht ganz zu dieser Welt und ich habe noch nie so etwas Schönes gesehen wie dieses Geschöpf. Ergriffen lege ich meine Hände auf die Brust, während Ayden mich von hinten umarmt und seinen Kopf auf meinen Scheitel bettet. Seine Wärme erdet mich in diesem unwirklichen Moment. Der Hirsch steht majestätisch und ruhig auf der Lichtung und schaut nun leise schnaubend in unsere Richtung. Er ist unglaublich schön. Seine dunklen Augen mustern uns aufmerksam, er weiß längst, dass wir hier sind, doch er macht keine Anstalten, zu flüchten. Stattdessen geht er einen Schritt vorwärts und hinterlässt eine Spur aus Nebel, der sich langsam wieder im Nichts auflöst. Er scheint keine Angst vor uns zu haben und doch wage ich es nicht, mich zu bewegen, aus Sorge, ihn zu verschrecken.

„Das ist Lumaris", erklärt Ayden mir leise, „ein Wolkenhirsch. Vielleicht der Letzte seiner Art. Ich habe ihn vor Jahren gefunden, als er noch ein Kitz gewesen ist. Er war verletzt und hatte sich in einem Netz aus Feuerranken verfangen. Ich habe ihn befreit, mitgenommen und gepflegt, bis er wieder stark genug war, in die Wildnis zurückzukehren. Ich habe noch nie jemandem von ihm erzählt. Und ich habe ihn länger nicht besucht, weil ich Angst hatte, dass Josias von seiner Existenz erfahren könnte."

Seine Stimme ist voller Zuneigung und ich spüre, wie sehr er dieses Wesen liebt. Ich schaue Ayden an, unfähig etwas zu sagen. Und wieder entdecke ich eine ganz neue Seite an ihm. Mein Herz zieht sich vor Liebe zusammen. Wie viele solcher Charakterzüge verbirgt er vor sich selbst und der Welt?

„Willst du ihn kennenlernen?", fragt er sanft und ich zögere merklich. Dieses Wesen wirkt so rein, so unglaublich rein, dass ich es kaum wage, mich ihm zu nähern.

„Hat es dir die Sprache verschlagen?" Ayden wirkt belustigt und schiebt mich vorwärts, während der Hirsch langsam auf uns zukommt.

„Hallo alter Freund", begrüßt Ayden das Tier und streckt seine Hand aus. Der Hirsch schmiegt seine Schnauze in Aydens ausgestreckte Hand und schnaubt leicht, was durchaus eine Begrüßung sein könnte. Das Tier hebt den Kopf und seine tiefen, intelligenten Augen mustern mich aufmerksam. Die Nüstern blähen sich auf und es fühlt sich an, als würde er bis in meine Seele blicken. Und ich frage mich, was er sieht.

„Sag ihm Hallo, er beißt nicht", lacht Ayden und gibt mir erneut einen kleinen Schubs. „Vertrau mir."

Ich trete langsam vor, mein Herz rast vor Aufregung, während ich behutsam meine Hand ausstrecke. Meine Finger zittern richtig. Der Hirsch mustert mich, seine Nüstern blähen sich auf und er schnaubt leise. Denn streckt er den Kopf durch und drückt seine Schnauze in meine Handfläche. Sie fühlt sich unglaublich weich und zart an. Ein warmes, sanftes Glücksgefühl durchströmt mich.

„Lumaris, das ist Neve. Aber das weißt du schon, oder? Du spürst unsere Verbindung, mein alter Freund."

Ich blinzle ein paar Mal, unfähig den Blick von dem majestätischen Hirsch abzuwenden und versichere mich mit zitternder Stimme: „Das passiert wirklich, oder? Ich träume nicht?"

Ayden schmunzelt. „Nein, Lumaris ist genauso echt wie du und ich."

„Er ist so weich", wispere ich völlig ergriffen und fahre vorsichtig mit den Fingern durch sein seidiges Fell. Seine Haut erzittert unter meiner Berührung, aber ich glaube, er mag es.

Seine imposante Größe überwältigt mich, mein Gesicht reicht gerade mal bis zu seinem Rücken und als er sich aufrichtet und sanft mit den Hufen aufstampft, scheinen die Blumen um uns herum kurz aufzuleuchten. Plötzlich erhebt sich ein kleiner Schwarm Leuchtkäfer in die Luft, wie glühende Funken, die in den Himmel steigen. Nein … oder doch?

„Die Glühwürmchen …", flüstere ich und Ayden nickt lächelnd.

„Sie sind nie wieder verschwunden, nachdem Lumaris bei mir gelebt hat. Sie waren wohl sein Geschenk an mich. Eine Erinnerung an ihn. Sie folgen ihm oder sind eher immer da, wo er ist. Warum auch immer. Ich weiß nicht besonders viel über seine Spezies und ich konnte auch nie jemanden fragen. Es schien mir nicht richtig."

Als ich mich wieder dem Hirsch zuwende, spüre ich auf unerklärliche Weise eine tiefe Verbindung zu ihm, als hätte er mich akzeptiert.

„Bist du bereit?", fragt Ayden leise.

„Bereit wofür?"

„Wir sind noch nicht am Ziel."

„Ich dachte, das hier wäre die Überraschung. Es kann nicht noch besser werden als das, Ayden."

Sein Lächeln wird breiter, verschmitzter. „Warte ab, kleine Schneeflocke", erwidert er verspielt, „heute brechen wir eine Menge Regeln."

Mein Herz schlägt schneller, nicht wegen seiner Worte, sondern wegen der Art, wie er mich ansieht. Als wäre dieser Tag für ihn genauso besonders wie für mich.

Ehe ich mich versehe, schwingt er sich in einer geschmeidigen Bewegung auf Lumaris Rücken und reicht mir die Hand.

„Komm. Vertrau mir."

„Ich kann doch nicht auf ihm reiten, Ayden." Ein Schauer des Entsetzens durchfährt mich. Der Gedanke, dieses magische Wesen als Reittier zu nutzen, fühlt sich an wie ein Frevel.

Ayden schmunzelt deutlich. „Du bist so albern. Lumaris hat nichts dagegen. Versprochen. Sonst würdest du es schon merken."

Seine Augen funkeln und das Tier neben mir schnaubt laut, fast ermutigend. Ein Kribbeln breitet sich in mir aus, eine Mischung aus Nervosität, Aufregung und Ehrfurcht vor dem, was gerade passiert. Meine Finger zittern leicht, als ich meine Hand in die von Ayden lege. Sein Griff ist fest, warm und voller Sicherheit. Mit einer geschickten Bewegung zieht er mich vor sich auf den Rücken des Hirsches. Er tut dies so mühelos, als wäre ich federleicht, als wäre es ein Klacks für ihn. Ich spüre die Muskeln und die Wärme dies Tierrückens unter mir, sein gleichmäßiger Atem vibriert sanft gegen meine Beine. Ayden legt seinen

Arm fest um mich, während er sich mit dem anderen im Fell von Lumaris festhält.

„Es geht los", flüstert Ayden sanft in mein Ohr. Das ist die letzte Warnung, ehe der Hirsch sich in Bewegung setzt. Doch anders als erwartet, reiten wir nicht durch den Dschungel, nein, wir steigen auf und ich spüre kaum eine Erschütterung, während er wie von Wolken getragen losprescht. Ich bin völlig aus dem Konzept gebracht, weil ich das hier mit Sicherheit nicht erwartet habe, und meine Hände klammern sich unwillkürlich in das weiche Fell des Hirsches. Aydens Umarmung wird fester, als wolle er mich noch ein wenig mehr zu sich ziehen, mich daran erinnern, dass er da ist und mir nichts passieren kann. Die Bewegungen von Lumaris sind so federleicht, dass ich mich wie in einem Traum fühle und dieser Moment ist mehr als magisch. Das Fell unter meinen Fingern verändert sich, fühlt sich kühler an, wie eisiger Nebel. Die Luft um uns herum wird ebenfalls kälter und ich lache voller Glück auf. Ich habe schon viele Seiten dieser Welt entdeckt, aber das hier, so etwas, nein, das habe ich nicht kommen sehen. In meinen kühnsten Träumen nicht.

„Niemand kann uns sehen. Lumaris Magie umschließt ihn mit einer nebeligen Schicht. Aus der Ferne sieht er aus wie aufsteigender Nebel. Er verkürzt uns den Weg zu unserem eigentlichen Ziel", erklärt Ayden mir leise.

„Woher weiß er, wo wir hinwollen?"

„Er spürt es. Er … hat eine Verbindung zu mir." Ayden pausiert einen Moment, ich merke, dass er nach den richtigen Worten sucht. „Ich kann es nicht wirklich erklären, aber da ist dieses Gefühl in mir, wenn ich in seiner Nähe bin. Ich spüre seine Freude, seine Aufregung oder auch Angst. Als würde er mir direkt

Emotionen schicken. Ich weiß nicht, wie er das macht. Aber er tut es. Und … ich glaube, er kann manchmal fühlen oder erahnen, was ich denke."

Ich werfe einen Blick nach unten, sehe den Urwald unter uns. Lumaris Nebel ziehen sich durch die Baumkronen, während wir lautlos höher steigen. Der Hirsch gleitet durch die Luft, anmutig und stark und ich spüre eine tiefe Dankbarkeit, dass Ayden dieses Erlebnis mit mir teilt. Ich verstehe, wieso er dieses Geheimnis vor der Welt bewahrt. Lumaris ist … einzigartig. Und wenn es eins gibt, was ich selbst als Anomalie gelernt habe, dann, dass einzigartige Dinge gejagt werden. Die Welt liebt das Besondere, aber möchte es brechen und besitzen. Der Wind spielt mit meinen Haaren und ein Gefühl von Freiheit und Unendlichkeit ergreift mich. Als wir schließlich unser Ziel erreichen, verschlägt es mir nochmal den Atem. Vor uns liegt eine schwebende Insel inmitten des Himmels. Ich habe keine Ahnung, wie weit wir geflogen sind oder in welchem Teil dieser Welt wir uns befinden. Leuchtende Blumen und Moose bedecken die kleinen schwebenden Felsen um sie herum und sie glitzern wie winzige Sterne im Sonnenlicht.

Ein gigantischer Wasserfall stürzt über die Kante der Insel hinab. Das Wasser funkelt im Licht, als wäre es aus flüssigen Diamanten und löst sich in feinem Nebel auf, lange bevor es den Boden erreichen könnte. Die Luft ist erfüllt von einem blumigen Duft und in der Mitte der Insel sehe ich einen klaren Teich, mit so ruhigem Wasser, dass es wie ein Spiegel wirkt. Auch hier entdecke ich überall die Leuchtkäfer, als wäre Lumaris schon oft hier gewesen.

Er landet sanft auf dem weichen Gras und setzt seinen federleichten Trab fort, bevor er stehen bleibt und leise schnaubt. Ayden schwingt sich von seinem Rücken und lächelt mich an. Sein muskulöser, kraftvoller Körper bewegt sich so geschmeidig wie ein Panther. Er streckt mir seine Hand entgegen und hilft mir, vom Rücken des Hirsches zu steigen. Mit einer sanften, aber entschlossenen Bewegung zieht er mich zu sich und ich lasse mich in seine Arme sinken.

„Das hier ist … unglaublich, Ayden."

Man hört, wie ergriffen ich von alledem bin und Ayden tritt einen Schritt zurück und macht eine ausladende Bewegung mit den Armen.

„Das hier, das wollte ich dir zeigen. Dieser Ort ist schwer zu erreichen. Ohne Luftschiff ist es quasi unmöglich und es gibt nur wenige, die so hoch steigen können. Gaia hat verboten, ihn zu betreten. Das sollte ich wohl dazu erwähnen. Er ist das Überbleibsel einer der geschlossenen Portale. Jahrtausende alt. Vielleicht stammt dieses Stück nicht einmal aus unserer Welt, sondern aus einer anderen." Er deutet auf den See, der vor uns liegt. „In ihm lag einst einer der Übergänge. Aber ich kann dir nicht sagen, welche Welt sich dahinter verbarg. Was ich dir damit zu sagen versuche, ist, dass ich Gaia nicht so blind folge, wie du vielleicht glaubst. Nicht jeder ihrer Befehle ist für mich Gesetz. Ich traue nicht jedem Wort, das aus ihrem Mund kommt. Und ich will, dass du das weißt und es verstehst. Ich lasse mich nicht von ihr oder irgendwem in eine Richtung drängen, von der ich nicht überzeugt bin. Ich weiß, wer ich bin und ich kenne meine Macht. Gaia mag meine Herrscherin sein, aber sie weiß auch, dass große Teile des Volkes mich fürchten und dass ich nicht leicht zu kontrollieren bin. War ich nie."

Ich stehe da und starre ihn an, unfähig etwas zu erwidern.

Alles in mir schreit danach, ihm die Wahrheit zu sagen. Nur wie?

„Aber lass uns heute nicht mehr über Gaia reden", fährt er sanft fort, „sondern einfach den Tag genießen, in Ordnung?"

Er streckt mir die Hand entgegen und ich nicke. Schiebe all meine Sorgen und Ängste weit von mir und lasse mich in eine Umarmung ziehen. Morgen. Morgen werde ich es ihm sagen. Er hat recht. Ayden hinterfragt Dinge. Ayden hält zu mir, ohne sich zu verbiegen. Und auch wenn ich durch seine Erzählungen dachte, dass er blind zu Gaia steht, merke ich jetzt, wo sie wieder da ist und ich sie beide zusammen beobachten kann, dass es anders ist. Ayden ist mehr als nur stark, er ist unglaublich klug, gerissen, verdammt loyal. Ein Krieger, der mehr in sich trägt, als man anfangs denkt oder seine Erscheinung vermuten lässt. Und er ist ihr nicht hörig. Er ist nicht die Waffe, zu der Gaia ihn formen möchte. Oder er ist es schon, aber auf eine Weise, die sie nicht beabsichtigt hat. Er geht seinen eigenen Weg und das macht ihn so gefährlich für sie. Zudem hat er die Elementare um sich herum versammelt, die so außergewöhnlich sind wie er und Dinge ebenfalls nicht als gegeben betrachten. Das wird mir jetzt klar.

Unglaublicher Stolz erfüllt mich, dass er zu mir gehört. Und ich zu ihm.

Ich spüre seinen schnellen Herzschlag an meinem Gesicht, seine Wärme und eine tiefe Zufriedenheit erfüllt mich. Alles wird gut werden. Diesen Schwur lege ich in diesem Moment für mich selbst ab. Alles wird gut, solange wir zusammen sind.

Ayden

Wir verbringen den ganzen Tag auf der Himmelsinsel und es ist genau das, was wir beide gebraucht haben.

Jedes Lachen von Neve, jede Sekunde mit ihr wird den Ärger wert sein, den ich für diesen Ungehorsam bekommen werde. Seit ich sie das erste Mal sah, habe ich viel über das Leben nachgedacht. Und wenn ich etwas begriffen habe, dann, dass ich auch nur dieses eine Leben habe und nie weiß, wann es endet. Und ich möchte meine Tage mit Leben füllen. Mit Liebe. Mit Freiheit. Nicht nur mit Krieg und Tod. Ich habe mehr verdient, als der Krieger zu sein, zu dem man mich gemacht hat. Und ich werde mir holen, was mir zusteht!

Ich lehne an einem der großen Felsen und beobachte Neve dabei, wie sie sich langsam ankleidet. Wir haben den ganzen Tag mit Schwimmen und Faulenzen verbracht. Sie wirft ihr nasses Haar zurück und ihre Augen funkeln vor Freude und Glück. Oh ja, das haben wir wirklich gebraucht und ich wünschte, jeder Tag könnte so unbeschwert sein wie dieser. Von mir aus kann Gaia mich dafür auspeitschen lassen – ich würde es wieder tun.

Mein Blick gleitet über Neves sportliche Figur, über die Muskeln, die sich im Laufe der letzten Monate durch unser Training gebildet haben. Wie geschmeidig sich ihr Körper bewegt. Aber ich sehe auch die Narben, die vor unserem Kennenlernen noch nicht da waren. Sie hat einmal gesagt, dass jede meiner Narben eine eigene Geschichte erzählt, während alle ihre Narben etwas mit mir zu tun haben. Mit dem Leben, dem ich sie ausgesetzt habe.

Jede ihrer Narben ist für mich eine Mahnung, wie vergänglich unser Leben trotz unserer Unsterblichkeit ist und wie schnell ich sie verlieren könnte. Auf ihrem Körper finde ich bereits verblasste Narben, aber allen voran die rosig schimmernde an der Stelle, an der Hestias Schwert sie durchstoßen hat.

Ich weiß nicht, was Gaia sich dabei gedacht hat, ausgerechnet Hestia in unsere Einheit zu versetzen. Und dann auch noch als meine Stellvertreterin. Es ist ein Schlag ins Gesicht für Aros, der stets meine rechte Hand gewesen ist. Er ist wie ein Fels in der Brandung, ruhig, diszipliniert, kontrolliert, selbst wenn alles um uns herum zu bröckeln scheint. Aber er kann auch anders, kann den Ernst hinter sich lassen und er ist jemand, mit dem man sich allem Unbekannten stellen und unglaublich viel Spaß haben kann. Er war immer an meiner Seite, hat alles getan, um mich zu unterstützen. Es ist nicht fair ihm gegenüber, dass Gaia ihn jetzt außen vorlässt. Dann kommt dazu noch Sky. Sie ist manchmal ein Pulverfass, das jederzeit hochgehen kann, wenn man sie im falschen Moment erwischt. Ihr Temperament und ihre Leidenschaft sind schwer zu zügeln, aber auch unverwechselbar und liebenswert. Und in Kombination mit Hestia? Wird es explosiv. Es ist keine Konstellation, die sich irgendjemand gewünscht hat, aber nun eine Realität, mit der ich mich auseinandersetzen muss. Aber nicht heute.

Mal davon abgesehen, dass ich noch immer am liebsten mein Schwert ebenso in Hestia rammen würde, wie sie es bei Neve getan hat. Und eines Tages werde ich genau das tun. Doch bis dahin übe ich mich in Geduld. Nichts ist vergeben oder vergessen. Ich vergelte Gleiches mit Gleichem.

Langsam geht die Sonne unter und wir haben die beste Aussicht auf dieses Spektakel. Neve schließt gerade die Schnalle ihres Waffengurts und ich strecke ihr meine Hand entgegen.

„Komm zu mir", bitte ich sie und ihre Finger verschränken sich mit meinen. Ihre Hand ist so klein, so zerbrechlich. Meine dagegen wirkt riesig. Sanft ziehe ich sie auf meinen Schoss und sie kuschelt sich an meinen Körper. Ihr feuchtes Haar und die Kälte ihres Körpers stören mich nicht, sondern ich genieße es, wie anders sich ihr Körper anfühlt, anders als meine sengende Hitze. Und so sitzen wir da, während Lumaris friedlich in einiger Entfernung grast und schauen zu, wie die Sonne am Horizont versinkt. Der Himmel verwandelt sich in ein atemberaubendes Spektakel aus Farben. Zuerst ist da ein tiefes, leuchtendes Orange. Es mischt sich mit den goldenen Strahlen und vertreibt das sanfte Blau des Nachmittags. Langsam verblassen die Farben zu einem warmen, rötlichen Purpur, das fast mit den Wolken verschmilzt und wie sanfte Schatten über dem Himmel schwebt. Je weiter die Sonne sinkt, desto kühler werden die Töne, bis sie langsam zu einem zarten Violett werden, das immer dunklere Nuancen annimmt. In Kürze bricht die Nacht hinein. Von hier oben wirkt Atlantika unglaublich friedlich und ich zeige Neve in der Ferne, nicht weit vom Montes Glacies, die Windregion von Atlantika – Caelora. Eine weitläufige, von Orkanen gepeitschte Ebene mit Bergen und schwebenden Felsen, ähnlich wie denen auf unserer Insel, nur dass sie viel tiefer in der Luft hängen. Die Winde dort sind unglaublich stark, so dass man sich sogar von Luftströmen tragen lassen kann.

Neve hat erst so wenig von dieser Welt gesehen. Sie kennt nur die Eisregion mit dem Montes Glacies und den Dschungel unter uns, Canopia, der den Großteil von Atlantika einnimmt. Dort, wo unsere Stadt unter der schützenden Kuppel verweilt. Doch es gibt auch noch die Feuerregion – Vulcanis. Ein mit endlosen Lavaflüssen durchzogenes Ödland mit rauchenden Vulkanen und glutrotem Himmel. Dicht neben Vulcanis liegt die Solara – die Wüste aus goldenen Dünen und mit verborgenen Oasen und schrecklichen Sandstürmen, die einem mit ihren gläsernen Körnern die Haut aufreißen.

Und dann gibt es noch Oceara, das Gebiet, das ganz Atlantika umhüllt und über das wir durch das Portal gekommen sind, als ich sie hergebracht habe. Die Küsten- und Meerregion mit dem tiefblauen Wasser und den schimmernden Korallenriffen und Inseln mit gigantischen Meerestieren.

Neve lauscht meinen Erzählungen aufmerksam und stellt immer wieder Fragen zu den einzelnen Gebieten.

„Warum leben alle in Atlantika unter der Kuppel? Warum gibt es keine Städte wie auf der Erde?"

Neves Frage ist berechtigt, doch die Antwort einfach - zumindest für mich.

„Gaia hat sich zum Schutz der Bevölkerung dazu entschieden. Lange, bevor ich auf der Welt war. Die Kuppel bietet nicht nur Schutz vor den Kreaturen, die draußen leben, sondern schützt auch vor feindlichen Angriffen. Es gibt nur eine begrenzte Menge magischer Energie, Neve. Würden wir sie auf mehrere Städte verteilen, würde die Schutzzone an Stärke verlieren und wir wären angreifbar."

„Gibt es oft solche Angriffe?"

„Seit die Portale geschlossen sind nicht, nein. Aber es hat sie wohl gegeben, viele davon. Es gab viele Verluste."

„Aber warum kann Gaia nicht auch andere Orte mit einer schützenden Kuppel versehen?"

Ich schüttle den Kopf, ein wenig betrübt, weil ich diese Frage schon oft selbst gestellt habe.

„Es würde uns zu viel Energie und Ressourcen kosten. Die Armee müsste geteilt und abkommandiert werden. Unsere Stärke liegt in Canopia, im schützenden Dschungel. Gaia glaubt, dass wir als Einheit stärker sind. Und ehrlich gesagt ... ich verstehe ihren Standpunkt. Hier sind wir sicher. Wenn wir uns zerstreuen, könnten wir zerbrechen. Wir können nicht alle Gebiete schützen."

Sie nickt langsam, aber ich spüre, dass sie nicht vollständig überzeugt ist. Doch wir müssen Gaia vertrauen, dass sie nur das Beste für uns alle will. Sie ist seit Jahrtausenden die Regentin und ihre Macht speist die Kuppel mit Energie.

Tatsächlich geraten die Randgebiete mittlerweile sogar oft in Vergessenheit und wir sprechen nur noch von Atlantika als Ganzes. Dass ich außerhalb der Kuppel lebe, ist Gaia ein Dorn im Auge, aber sie hat es akzeptiert. Weil ich nicht nachgegeben habe. Ich brauche diese Kuppel nicht. Nicht so wie andere. Ich bin stark genug, außerhalb zu leben und fürchte den Dschungel nicht.

Und genau den Punkt spricht Neve in diesem Moment an, mit einem neckischen Unterton. „Und doch lebst du nicht unter der Kuppel."

„Was soll ich sagen? Erwischt."

„Ja, das habe ich wohl."

Sie lehnt sich vor, um mich sanft zu küssen.

„Ich liebe dich, Ayden. So sehr. Ich wollte nur, dass du das weißt."

„Und ich liebe dich, kleine Schneeflocke. Mehr als Worte es je ausdrücken könnten. Aber so langsam sollten wir aufbrechen. Es wird schnell dunkel werden und der Weg nach Hause ist weit."

„Ich habe doch meine lebendige Fackel, ich bin da eher unbesorgt", feixt sie und ich lache leise.

„Und ich habe eine tollpatschige Gefährtin, die eine Vorliebe dafür hat, über Wurzeln zu stolpern und die ich sicher durch diesen Dschungel bringen muss."

„Einmal. Ich bin einmal gestolpert."

„Du lügst, Oh Neve. Wie kannst du nur so lügen?", lache ich und wuschle durch ihr Haar, was ihr ein fröhliches Glucksen entlockt.

„Vielleicht waren es auch zweimal."

„Zwanzig Mal trifft es eher."

Wir zanken uns liebevoll weiter, während wir uns auf den Weg zu Lumaris machen, damit er uns wieder hinab in den Dschungel trägt.

Als wir auf der Lichtung landen, stehen die Sterne bereits am Himmel und der Dschungel ist stockfinster. Nur Lumaris Fell und die Leuchtkäfer, die um ihn herumschwirren, als würden sie ihn begrüßen, beleuchten die Umgebung.

Ich lege meine Hand auf seine breite Stirn, um mich zu verabschieden.

„Ich danke dir, mein alter, treuer Freund. Wir sehen uns bald wieder."

Neve tritt neben mich und legt ihre Arme kurz um den Hals des Hirsches, der leise schnaubt. Als sie sich von ihm löst, wendet er sich ihr zu und mustert sie einen Moment lang, ehe er sein Geweih neigt. Ein kurzer Lichtfunke entsteht und ein kleines Stück seines

Geweihs, in dem zarter schwebender Nebel eingeschlossen ist, rollt ihr vor die Füße.

Im nächsten Augenblick bäumt Lumaris sich auf und galoppiert in den Himmel davon. Neve schaut ihm nach, während ich mich langsam bücke und den kleinen Kristall aufhebe.

„Was ist das?", will sie neugierig erfahren und mustert Lumaris Geschenk.

„Das bedeutet, dass er dich sehr mögen muss und du diesen Stein nie verlieren solltest. Es ist ein seltenes Geschenk. Dieser Nebel darin enthält magische Energie und kann dich schützen, wenn du ihn zerbrichst. Bewahre ihn gut auf. Er ist überaus kostbar."

Neve

Wie vorausgesagt führt Ayden mich sicher durch den Dschungel. Meine Finger liegen fest in seinen, seine Hand ist warm und stark und ich folge ihm Schritt für Schritt. In mir drin herrscht noch immer dieses pure Glücksgefühl. Es bedeutet mir so viel, dass Ayden mir diesen Tag geschenkt hat und ich auch mal eine andere Seite von dieser Welt kennenlernen durfte. Außerdem hat er mir, auch wenn es unbewusst geschehen ist, viel über Atlantika und die früheren Lebensbereiche verraten.

Es ist unvorstellbar, dass Gaia all diese Erinnerungen des Volkes ausgelöscht hat. Dass sie alles unter dem Deckmantel des Schutzes steuert. Wenn sie nur wüssten, was außerhalb auf sie wartet. Dass es weitere Städte gab und noch gibt, wenn ich Colden Glauben schenken darf.

Als wir die Lichtung betreten und das Haus in Sichtweite kommt, zucke ich zusammen – ein Schatten taucht aus der Dunkelheit auf. Ehe ich auch nur Luft holen kann, schiebt Ayden mich hinter sich und zieht mit einer geübten Bewegung sein Schwert, bevor ich überhaupt an meinen Dolch denken kann. Mein Herz hämmert in meiner Brust, doch dann schallt Aros vertraute, amüsierte Stimme durch die Nacht. Die Anspannung fällt sofort von mir ab.

„Schreckhaft heute, Ayden?", spottet Aros gutgelaunt und lehnt sich lässig gegen einen Baum.

Sein Ton ist neckisch. „Du hast uns heute ganz schön Ärger eingebrockt. Gaia war … sagen wir mal so, wenig begeistert von deinem kleinen Ausflug. Und noch viel weniger davon, dass keiner wusste, wohin ihr verschwunden seid. Hestia hatte heute das Kommando über unsere Einheit und fast hätten sie und Sky sich die Augen ausgekratzt. Es war ein schrecklich langer Tag."

Seine Augen funkeln vor Belustigung und ich unterdrücke ein Seufzen.

Das schlechte Gewissen regt sich in mir. Hätte ich Ayden davon abhalten sollen? Doch sein Gesicht zeigt nicht die geringste Spur von Reue.

„Ihr werdet es überleben", kommt es mit einer arroganten Gelassenheit von ihm, die mir fast ein Lächeln entlockt.

„War es das wert?", fragt Aros ernst und Ayden nickt ohne zu zögern und seine Stimme hat einen Ton, der mir eine wohlige Gänsehaut beschert.

„Jede einzelne Minute."

„Wenn das so ist, werden wir es wohl überleben."

Die beiden klopfen sich auf die Schulter, ehe Aros mich an sich zieht, um mich zu begrüßen.

„Na, wo hat er dich heute hin entführt? Es war, als wärt ihr vom Erdboden verschluckt."

Ayden und ich wechseln einen Blick und ich unterdrücke ein Feixen. Aros ahnt nicht einmal, wie nahe er der Wahrheit kommt.

„Wir waren hier und da", erwidere ich nur und Aros hebt eine Augenbraue, hinterfragt es aber nicht weiter.

„Du solltest morgen früh zu Gaia, Ayden. Die Priesterinnen haben eine neue Schutzrune für die Armee entwickelt und Gaia möchte, dass die ganzen Krieger damit ausgerüstet werden. Dich will sie leider nicht sehen, tut mir leid, Neve."

Der Schalk, der eben noch in Aros Augen stand, ist verschwunden. Stattdessen ist dort nun ehrliches Bedauern. Es tut ihm leid, dass ich ausgeschlossen werde. Ihnen allen. Doch sie können nichts dagegen unternehmen.

„Es ist ja nicht so, als sei ich traurig darum, sie nicht sehen zu müssen …", murmle ich leise.

Aros zupft an meinem Ohr. „Lass das bloß niemanden hören. Das würde Gaia nicht gefallen."

„Wie gut, dass ich weiß, dass mein Geheimnis bei dir sicher ist", necke ich zurück.

„Jedes Geheimnis, Neve. Du bist Familie. Niemand von uns würde dir bewusst schaden."

Er lächelt mich an und ich erwidere das Lächeln aus vollem Herzen.

„Ich werde da sein." Ayden tritt zwischen uns und sein Arm legt sich um meine Seite, „gleich im Morgengrauen mache ich mich auf den Weg."

„Wehe dir, du drückst dich nochmal. Dann schicke ich dir Sky vorbei", droht Aros.

„Das hält mein Haus nicht aus", kommt es amüsiert von Ayden zurück und sie schlagen sich freundschaftlich auf die Schulter.

„Dann will ich euch nicht weiter stören. Bluette testet zu Hause irgendwelche Kräuter und Mixturen und ich bin lieber zu Hause, um im Notfall ein Gegengift verabreichen zu können. Eines Tages, ich sage es euch, werde ich vor Schreck tot umfallen, weil sie immer solche Dinge macht."

„Als ob sie ein Gegengift bräuchte. Sie weiß, was sie tut", nehme ich meine Freundin in Schutz. Bluette ist eine Meisterin ihres Faches. Ich kenne niemanden, der sich so gut mit Giften und Heilmitteln auskennt wie sie.

„Jetzt vielleicht. Aber vor einigen hundert Jahren sah das noch anders aus. Sie hat sich bei einer Tinktur vertan und ist fast an ihrem eigenen Gift gestorben." Aros Miene verdüstert sich bei dieser Erinnerung.

Ich blinzle überrascht. Es ist für mich unvorstellbar. Doch Ayden nickt und ein amüsiertes Lächeln zuckt um seine Lippen. „Ja, auch Bluette hat mal klein angefangen. Aber verrate ihr bloß nicht, dass du das weißt – es wäre ihr unsagbar peinlich. Aber sie hat aus, wie nennt sie es so schön, Recherchezwecken mehr Gifte geschluckt, als jeder andere, den ich kenne. Sie muss mittlerweile gegen alles Mögliche immun sein."

Ich stelle mir eine jüngere Version von Bluette vor, von ihnen allen – eine kleine Gruppe von Chaoten, die alle erst noch zu den Kriegern wurden, die sie heute sind und der Gedanke daran lässt mich schmunzeln.

„Gibt es von Ayden auch so eine Geschichte?", frage ich harmlos und Ayden schaut Aros mahnend an, doch der verschränkt feixend die Arme vor der Brust und mustert seinen Freund herausfordernd. Oh, Aufregung breitet sich in mir aus. Es gibt sie. Ich sehe es ihm an.

„Ayden tut gerne so, als wäre er hier der unerschütterliche Held, der sich von nichts aus der Ruhe bringen lässt. Aber ich wette, er hat dir noch nie von seiner epischen Schlacht gegen die Mücken erzählt, oder?"

Ayden stöhnt und vergräbt sein Gesicht in den Händen.

„Aros, lass das."

„Oh nein, es ist zu gut, um es nicht zu erzählen", lacht Aros und ignoriert Aydens Blick, der eindeutig sagt: Lass es oder ich mache dir dein Leben zur Hölle.

„Ich bin ganz Ohr." Vor Aufregung nage ich an meiner Unterlippe, während Ayden schnaubt und sich wegdreht, als wolle er uns beide ignorieren. Aber ein kurzes Zucken seines Mundwinkels verrät ihn. Er muss selbst lachen.

Aros lässt sich nicht aufhalten und erzählt nur zu gerne weiter. „Wir waren auf einer Patrouille, tief im Dschungel und es war Regenzeit. Die Luftfeuchtigkeit war viel höher, als sie es eh schon ist. Die Luft war so feucht und wir haben so geschwitzt, dass selbst Ayden keinen Funken auf seinem Körper zustande gebracht hätte, selbst wenn sein Leben davon abgehangen hätte."

„Sehr lustig", murmelt Ayden und verdreht die Augen.

„Jedenfalls", witzelt Aros, „als es dunkel wurde, entschieden wir uns eine Pause zu machen und die Nacht dort zu verbringen. Alles schien ruhig … jedenfalls, bis die Mücken kamen."

Aros bemüht sich um eine ernste Tonlage und versucht, besonders dramatisch zu wirken.

„Es waren keine gewöhnlichen Mücken, Neve. Oh nein. Diese Biester waren riesig und sie liebten Ayden."

Aydens Ohrenspitzen werden verdächtig rot und mein Herz zieht sich vor Liebe zusammen.

„Ich schwöre, sie waren so groß wie meine Handfläche. Wir haben uns alle unserem Schicksal ergeben, so ein Mückenstich bringt uns schon nicht um. Allerdings: Während wir anderen schliefen, verbrachte Ayden die Nacht damit, mit einem Ast, den er irgendwie in Brand gesetzt hatte, um sich zu schlagen. Es war ein richtiges Spektakel!"

Ich halte mir die Hand vor den Mund, um nicht zu lachen. Die Bilder in meinem Kopf sind großartig.

„Hat es denn geholfen?", kichere ich.

„Nein, die Mücken waren völlig unbeeindruckt, aber Ayden konnte nicht aufgeben, du kennst ihn. Er hat so wild um sich geschlagen, dass die Funken Skys

Rucksack erwischt haben und er in Flammen aufging. Ihr kompletter Rucksack wurde zu Asche."

„Es hat keine Mücke überlebt", protestiert Ayden und Aros lacht so laut, dass es in den Bäumen widerhallt.

„Das ist wahr, aber ich werde nie vergessen, wie du da standest, mit diesem Ast in der Hand und wild um uns herumgetanzt bist."

So, das war´s, ich kann nicht mehr und lache so sehr, dass mir die Tränen kommen, weil ich es so gut vor Augen habe.

„Ayden, ich wusste schon immer, dass du tapfer bist. Aber das ist … Besonders beeindruckend."

Er schüttelt den Kopf, doch lächelt dabei.

„Ihr könnt gerne lachen. Aber ich habe diese nervigen Biester mit ihrem Summen besiegt. Ich! Und da du so gerne in Erinnerungen schwelgst, Aros mein Freund, wie wäre es, wenn wir Neve eine von deinen glorreichen Geschichten erzählen. Ich erinnere mich an eine Lederrüstung."

Aros Grinsen gefriert und er hebt die Hand. „Wirklich, das muss nicht sein, das können wir überspringen."

„Oh, ganz sicher nicht", erwidert Ayden und verschränkt die Arme vor der Brust, während ich gerne was zu knabbern hätte, so spannend finde ich dieses Gespräch. Die Anekdoten lassen sie so viel weicher wirken. Ich liebe dieses freundschaftliche Geplänkel zwischen ihnen. Ayden mustert Aros und wirkt wie ein Raubtier, das seine Beute umkreist.

„Aros brauchte eine Rüstung. Wir waren gerade erst in Gaias Dienst getreten und er hat uns den ganzen Tag damit genervt und durch sämtliche Marktstände getrieben, bis er endlich ein Stück gefunden hat, was er als annehmbar empfand."

„Sie war perfekt. Hochwertiges Leder, präzise verarbeitet und ein Kunstwerk der Fingerfertigkeit. Eine gute Rüstung ist wichtig", murmelt Aros.

„Oh, das streite ich gar nicht ab." Aydens Grinsen wird breiter.

„Er hat sie aber vorher nicht anprobiert. Er hat sie so gekauft, egal was wir gesagt haben. Als er sie dann anziehen wollte, kurz vorm Training, gab es ein kleines Problem. Die Rüstung war … nicht ganz seine Größe."

„Warte … was?", kichere ich und Aros verdreht die Augen.

„Aros hatte allerdings keine Wahl und hat bestimmt eine geschlagene Stunde alles getan, um diesen Brustpanzer anzulegen. Denn ohne Rüstung konnte er Gaia nicht unter die Augen treten. Und als er es endlich geschafft hat, war sie so verdammt eng, dass er sich kaum bewegen konnte. Du hast ausgesehen wie jemand, der in einer Kinderrüstung steckt. Du warst geradezu hineingepresst."

Ich pruste vor Lachen.

„Was ist dann passiert?"

„Oh, das beste kommt noch. Wir haben mittlerweile Tränen gelacht und Aros war, gelinde gesagt, beleidigt. Sein Stolz war verletzt und er konnte nicht zugeben, dass wir recht hatten. Er hätte sie vorher anprobieren sollen. Er hat notgedrungen den ganzen Nachmittag darin verbracht und mit ihr das Training so gut es ging absolviert. Jedes Mal, wenn er sich bücken musste, hörte man etwas reißen und als er einmal kräftig Luft holte und Rainn angreifen wollte, ist sein Gürtel gerissen und die Rüstung fiel ihm buchstäblich vom Körper. Unser damaliger Hauptmann hat ebenso gelacht wie wir, obwohl er sonst wirklich streng gewesen ist. Aber dieses Bild, sein Gesichtsausdruck … wäre das eine echte Schlacht gewesen, Aros hätte uns alle in den Tod geführt, weil die ganze Armee vor Lachen zusammengebrochen wäre."

Ayden fängt so sehr an zu lachen, dass nun ihm die Tränen kommen und auch für mich gibt es kein Halten mehr. Ich will mehr davon hören. So viel mehr.

„Ich liebe diese Geschichte, wirklich. Ich habe viel zu lange nicht mehr an sie gedacht. Wie du fast nackt auf dem Platz standest."

Aros fängt nun ebenfalls an zu lachen und es ist so schön, diese beiden ernsten Krieger auch so zu erleben. So nahbar. Ihre tiefe Freundschaft und Verbundenheit und diese Geschichten zeigen mir erst recht, wie sehr diese Gruppe zusammengehört und was sie schon alles zusammen erlebt haben.

„Bitte erzählt mir eine von Sky", flehe ich aber keiner von beiden traut sich, weil sie Skys Rache fürchten.

Nicht viel später schauen wir Aros nach, der in den Schatten des Urwaldes verschwindet. Ich lehne an der hölzernen Brüstung unseres Hauses, als Ayden mich plötzlich mit seinen Armen links und rechts einkesselt. Die Wärme seiner Nähe kribbelt auf meiner Haut und ich halte unwillkürlich den Atem an. Langsam drehe ich mich in meinem Gefängnis um und schaue zu ihm auf. Das Feuer lodert in seinen Augen und die Flammen tanzen wie lebendig umher.

Sanft lege ich meine Hand auf seine leicht stoppelige Wange und streiche mit den Daumen darüber. Er schließt kurz die Augen und atmet tief ein, als würde er diese Berührung in sich einsaugen. Ein

Lächeln breitet sich auf meinem Gesicht aus. Für einen Moment scheint die Zeit stillzustehen, während das Zirpen der Grillen und das Rascheln der Blätter um uns herum verstummen.

„Danke für diesen wunderschönen Tag, Ayden", flüstere ich leise. „Er hat mir viel bedeutet."

Er öffnet die Augen, sein Blick findet meinen und er schenkt mir dieses spezielle Lächeln, das seine Grübchen offenbart und das ich so liebe.

„Das war ich dir schon lange schuldig. Du warst so stark und tapfer, kleine Schneeflocke. Wir alle haben viel mitgemacht, aber für dich war es am schwersten. Ich bin unglaublich stolz auf dich. Nur, falls du es nicht weißt. Du bist stark, loyal, wunderschön und bringst mein Herz völlig aus dem Takt. Scheiß drauf, was andere denken oder sagen. Wir beide wissen, dass ich recht habe. Du bist keine Belastung oder Schwachstelle. Du bist der Grund, warum ich immer weiterkämpfen werde. Das macht dich wohl eher zu meiner Quelle der Kraft, oder? Und du hast mich ebenso gerettet, wie ich dich. Ohne dich wäre ich dort im Kolosseum ausgebrannt. Und das wissen wir wohl beide."

Mein Herz zieht sich zusammen und meine Kehle wird eng. Mir war nicht bewusst, wie sehr ich diese Worte gebraucht habe, bevor er sie ausgesprochen hat.

„Du bist das Feuer, das die Dunkelheit für mich vertreibt", flüstere ich und er legt seine Stirn an meine. „Und du bist das Eis, das mich beschützt."

Ehe ich mich versehe, hebt er mich auf das Geländer und tritt zwischen meine Beine, während ich meine Arme um seinen Rumpf schlinge. Seine Arme schließen sich ebenfalls wie ein sicherer Kokon um meinen Körper und ich genieße das Gefühl der Geborgenheit.

Ich schließe die Augen, spüre seinen Atem auf meiner Haut und die Hitze seines Körpers, die von meinem abgekühlt wird. Meine Gedanken fliegen umher, doch sie kehren immer wieder zu ihm zurück. Ayden, mein Ayden. Der Mann, der mir Halt gibt, mich aufbaut und mich dennoch frei sein lässt. Wie konnte ich je glauben, ich sei alleine auf der Welt, wo er hier schon längst auf mich gewartet hat? Das Licht des Mondes wirft silberne Schatten auf den Dschungel, doch wir bemerken nichts davon. Die Welt um uns herum verblasst, bis wir nur noch Neve und Ayden sind. Gefährten, Liebende und Krieger, die einander Halt geben. In einer Welt voller Gefahren und Dunkelheit sind wir der Anker des anderen – ein Licht, das niemals erlischt. Er hebt mein Kinn leicht an, sein Daumen streicht über meine Wange und ich verliere mich in seinem Blick und den tanzenden Flammen. So anders als ich und so wunderschön. Seine Lippen senken sich auf meine. Der Kuss ist sanft, warm und zärtlich – wie ein Versprechen, das über Worte hinausgeht. Er entfacht eine Hitze in mir, die nichts mit seinem Element zu tun hat, sie zieht prickelnd über meine Haut und setzt sich unterhalb meines Bauches fest. Mein Atem geht schneller, mein Herz stolpert in meiner Brust. Seine Finger streifen sanft über meinen Körper, finden den Weg unter meine Lederrüstung und die Berührung jagt mir Schauer über den Rücken.

Plötzlich spüre ich ein leichtes Stupsen an meiner Seite, gefolgt von einem leisen Winseln. Ich öffne die Augen und blicke hinab, direkt in die neugierigen Augen von Cupid. Seine kalte Nase stupst erneut gegen meine Hüfte und ich muss lachen.

Ayden zieht sich leicht zurück, ein breites Grinsen auf seinem Gesicht. „Scheint, als hätte jemand Hunger oder es gefällt ihm nicht, dass er keine Beachtung bekommt. Kumpel, du hast mir gerade echt den Moment versaut, ist dir das bewusst?"

„Er ist genauso besitzergreifend wie du", necke ich ihn, während ich mich zu Cupid hinunterbeuge und ihm über den Kopf streichle.

„Weil du mich verrückt machst", murmelt Ayden leise, seine Stimme rau und ich spüre, wie meine Wangen heiß werden. Ich bin mir ziemlich sicher, dass wir gleich dort weitermachen werden, wo wir eben aufgehört haben.

Cupid sieht ihn vorwurfsvoll an, als hätte er jedes Wort verstanden und wir lachen beide, bevor Ayden sich ebenfalls nach unten beugt, um unseren Hund zu streicheln. Trotz dieser Unterbrechung bleibt das warme Gefühl in meiner Brust, denn in diesem Moment fühle ich mich vollständig. Genau hier, mit Ayden und Cupid in unserem kleinen Haus, mitten im Dschungel. Mehr brauche ich nicht. Das ist mein Zuhause und das, was ich mir immer erträumt habe.

Ayden

Es dämmert noch nicht einmal der Morgen, als ich Neve einen Kuss auf ihre nackte Schulter gebe und sie verschlafen die Hand nach mir ausstreckt.

„Musst du schon los?", murmelt sie und kuschelt sich tiefer in die Decke, unter der sie die ganze Nacht in meinem Arm gelegen hat.

So warm die Tage hier sind, so kalt sind auch die Nächte.

„Ja. Schlaf noch ein wenig. Du hast noch Zeit."

„Ich treffe mich später mit Adam. Er will mir irgendwelche Pflanzen zeigen, die ihn schwer begeistern", murmelt sie schläfrig.

Ich höre ihr die wenige Begeisterung dafür an und muss schmunzeln. Neve wird wohl nie die gleiche Faszination für Adams Forschung aufbringen, wie er es sich wünscht. Aber sie ist eben eine Glacies und er ein Terra. Es liegt ihnen in den Genen, im Blut. Oder eben nicht.

„Mir gefällt es", necke ich sie und eins ihrer wunderschönen Augen öffnet sich, funkelt mich herausfordernd an.

„Weil wir uns nicht in Gefahr bringen und so langweilige Dinge tun, dass ich dabei Gefahr laufe, einzuschlafen?"

„Genau deswegen. So wird mein Tag entspannt und ich muss mir keine Sorgen um dich machen."

„Sehr witzig."

„Das meine ich völlig ernst. Würden Wesen wie wir graue Haare bekommen, wärst du der Grund, dass ich welche hätte."

Ehe ich mich versehe, fliegt mir ein Kissen gegen den Kopf und Neve dreht mir demonstrativ den Rücken zu, während ich laut lache.

Ich weiß, dass sie nicht wirklich sauer ist und so lehne ich mich nochmal vor, schiebe ihr Haar sanft zur Seite und warte auf eine angemessene Verabschiedung.

Sie dreht ihren Kopf in meine Richtung und schon werde ich für mein Warten belohnt und ihre Lippen finden meine für einen weichen, sanften Kuss. Am liebsten würde ich wieder zurück ins Bett steigen und den Morgen ganz anders beginnen. Doch das kann ich nicht wagen. Dann würde Gaia wirklich aus der Haut fahren.

Neve streicht mir mein Haar aus der Stirn und mustert mein Gesicht einen Moment.

„Ich werde heute Abend kochen."

Ich hebe eine Augenbraue. „Ach ja?"

„Ja, lass dich überraschen."

„Du hast noch nie für mich gekocht! Ich wusste nicht einmal, dass du kochen kannst."

„Nun, jetzt weißt du es", flachst sie.

Ihr Tonfall ist erst locker, doch dann zögert sie. Unsicherheit huscht über ihr Gesicht.

„Ich wollte … dir etwas erzählen."

Das leichte Necken ist verschwunden und in ihrer Stimme liegt nun etwas Unruhiges. Ich richte mich unwillkürlich ein wenig auf.

„Muss ich mir Sorgen machen?" Ich runzle die Stirn und sie schüttelt sofort den Kopf.

„Nein, es ist nur etwas … das ich dir schon längst hätte sagen sollen. Aber … jetzt ist nicht der richtige Moment dafür. Wir brauchen dafür mehr Zeit. Es ist… es sind … ein paar Erklärungen notwendig, die vielleicht etwas mehr als einen Augenblick in Anspruch nehmen."

Sie lächelt mich beruhigend an.

„Okay, ich werde rechtzeitig zurück sein", verspreche ich und kann nicht leugnen, dass ich neugierig bin, was sie so nervös macht.

Kurze Zeit später verlasse ich unsere Hütte und steige den Hang hinauf, folge dem ausgetretenen Pfad, der zur Kuppel führt. Oben auf der Erhöhung bleibe ich noch einmal stehen und blicke zurück. Unser Zuhause, ruhig und still im Tal, eingehüllt im zarten Zwielicht des Morgens, der langsam die Dunkelheit vertreibt. Rauch steigt aus dem Kamin nach oben und es wirkt idyllisch. Doch dieses Bild bringt mir heute keinen Frieden. Mein Magen zieht sich zusammen und ein eigenartiges Gefühl breitet sich in mir aus – eine Warnung, leise, aber hartnäckig. Die Echos der vergangenen Wochen verfolgen mich noch immer. Schatten, die sich in mein Bewusstsein schleichen, auch wenn der Morgen so ruhig scheint.

„Es ist nichts", murmle ich zu mir selbst und zwinge mich, den Weg fortzusetzen. Doch in meinem Inneren flackert ein Funken Unruhe, den ich nicht ganz ersticken kann. Wie eine böse Vorahnung.

Rechtzeitig zur Morgenformation erreiche ich das Kolosseum und schreite durch die Reihen, bis ich bei meiner Einheit ankomme und meinen Platz als ihr Anführer einnehme. Ich ziehe die Schultern zurück, recke mein Kinn nach oben und verschränke die Arme hinter dem Rücken. Mit respektvollem Blick richte ich meine Aufmerksamkeit auf Gaia, die von der Erhöhung zu uns spricht.

„Ich dachte schon, du kommst wieder nicht." Rainn stößt mich an und ich lächle leicht.

„Halt die Klappe. Da ist man mal einen Tag nicht da und alle haben was zu meckern."

„Meckern? Ich werde dir die Haut vom Körper ziehen, wenn du mich nochmal Hestia aussetzt", zischt Sky von meiner anderen Seite und Kelvin versteckt sein Lachen in einem Huster.

„Diese ständigen Anmaßungen, dieser schreckliche Ton … ich verabscheue sie!"

Bevor Sky sich in Rage reden kann, schaue ich sie mahnend an und sie verstummt, ihre Augen funkeln dabei wütend. Oh ja, sie wird mir heute die Hölle heiß machen für gestern.

Ich versuche, mich nicht weiter ablenken zu lassen, sondern richte meine ganze Aufmerksamkeit auf Gaia.

„Krieger Atlantikas, ihr seid es, die unser Reich beschützen, die Säule, auf der unsere Zukunft ruht. Ich brauche euch mehr denn je. Jeder von euch trägt die Verantwortung, unsere Heimat zu verteidigen und vor Feinden zu sichern, innerhalb und außerhalb dieser Kuppel. Ihr habt mir die Treue geschworen und euer Mut und eure Stärke haben uns immer wieder den Sieg gebracht und uns zu der starken Zivilisation gemacht, die wir heute sind. Mit klaren Regeln, Gesetzen und einem friedlichen Zusammenleben. Doch Zeiten ändern sich. Unsere Feinde sind listig und Angriffe immer unvorhersehbarer. Unsere Ruhe wird bedroht, unser Frieden gestört. Wir können uns nicht mehr nur auf unsere Kräfte oder unser Schwert verlassen. Wir müssen klüger sein als sie. Schneller. Dürfen ihnen keine Angriffsfläche bieten. Deshalb haben die Priesterinnen unermüdlich daran gearbeitet, eine neue

Schutzmaßnahme zu entwickeln – eine, die euer Leben sicherer macht und eure Fähigkeiten stärken wird.

Die neue Rune ist mehr als ein Zeichen der Ehre. Sie wird ein Symbol unserer Einheit, ein unsichtbares Band zwischen euch und dem Geist von Atlantika. Ein Tribut an mich, eure Regentin. Der Feind wird nicht ruhen, ehe er es uns zerstört hat. Er sät Zwietracht, Missgunst und Zweifel, doch das lassen wir nicht zu. Ich lasse es nicht zu, dass sie mir nehmen, was ich über Jahrhunderte aufgebaut habe. Mit diesen Schutzrunen wird es ihm unmöglich sein, euch zu brechen. Vertraut mir, so wie ich euch vertraue. Diese Rune ist mein Geschenk an euch. Seid stolz darauf, dieses Geschenk zu empfangen. Gemeinsam werden wir jeden Feind überwinden. Findet euch nun der Reihe nach bei den Priesterinnen ein, um eure Rune zu erhalten."

Ein leises Murmeln geht durch die Reihen, als Gaia ihre Worte beendet. Einige wirken stolz und entschlossen, andere tauschen skeptische Blicke aus, so wie wir.

Von welchen Feinden redet sie? Josias ist besiegt. Die Portale geschlossen. Steckt hinter dieser Rune mehr, als ich sehe? Ich werfe einen Blick auf die Priesterinnen, die bereits ihre Plätze eingenommen haben und irgendetwas an der Art, wie sie dort stehen, lässt mich frösteln. Als würde etwas Dunkles in der Luft liegen

Neve

Als ich Umbra in den Bäumen entdecke, wallt ein Hauch Übelkeit in mir auf und ein Gefühl der Ohnmacht zieht durch meinen Körper. Der Gedanke, dass sie auf meine Hilfe warten, auf Informationen, wie wir Gaia vernichten können – lässt mich mit den Zähnen knirschen.

Denn egal wie sehr ich mich anstrenge, jeder Versuch verläuft im Sand. Was soll ich Colden dieses Mal schreiben? Dass ich schon wieder mit leeren Händen dastehe? Ich presse die Augen zusammen, versuche, die Wellen aus Frust und Selbstzweifeln zu bändigen. Aber es bleibt nur eine Möglichkeit – ein Ort, den ich seit meinem ersten Besuch gemieden habe: die Bibliothek.

Der Chronist. Seine Worte hallen in meinem Kopf wider:

„Wer den richtigen Schlüssel finden will, muss zuerst die richtigen Fragen stellen."

Bin ich bereit, ihn erneut aufzusuchen? Und wenn ja, wie soll ich wissen, welche Frage die richtige ist? Was, wenn ich die falsche Frage stelle? Oder schlimmer noch – was, wenn er mir nicht die Wahrheit sagt? Während ich die Möglichkeiten abwäge, höre ich Umbras Schrei. Der weiße Falke stößt sich vom Baum ab, seine Flügel schlagen schwer durch die Luft und ich schaue ihm nach, bis er in der Wolkendecke verschwindet. Und dann weiß ich es. Meine Entscheidung ist gefallen. Ich werde zurückkehren, zum Chronisten. Zur Bibliothek. Mir bleibt keine Wahl, nicht wenn ich Ayden retten will. Nicht, wenn ich ihn beschützen will. Und dann werde ich mit Ayden sprechen. Heute Abend. Ich kann es nicht mehr vor ihm verheimlichen, denn es sorgt dafür, dass sich zwischen uns ein Abgrund bildet, den man irgendwann nicht mehr überwinden kann.

„Wenn du weiter so grimmig guckst, bekommst du noch Falten."

Adams Stimme reißt mich aus meinen Gedanken. Ich drehe mich zu ihm um, mit einem flüchtigen Lächeln auf den Lippen.

Als er mich in eine Umarmung zieht, spüre ich dieses vertraute Gefühl in mir. Adam ist Familie. Er ist wie ein Bruder für mich, eine lebendige Erinnerung an mein altes Leben – unser altes Leben – bevor er mir nach Atlantika gefolgt ist. Ich erinnere mich an gemeinsame Abende mit Brettspielen, an die Forschungsstation im Eis und daran, wie wir die Hunde heimlich ins Haus geholt haben, als sie noch Welpen waren. Ich erinnere mich an sein Forschungslabor und meine Versuche ihm zu helfen. An die Gespräche, die wir geführt haben. Über Wünsche, über unsere Zukunft. Er war mein einziger Freund, mein Vertrauter. Und unser Leben von damals wirkt wie ein längst vergangener Traum. Und nun stehen wir hier, versuchen gemeinsam, das Beste aus all dem zu machen, was uns widerfahren ist. Und trotz dieser Nähe, die wir teilen, gibt es diesen ständigen Druck in meiner Brust, den ich nicht ablegen kann. Diese wachsende Unruhe, die mich fast zerreißt, wenn ich daran denke, was vor mir liegt. Dinge, von denen niemand etwas ahnt.

„Selbst wenn ich Falten hätte, würde ich immer noch besser aussehen als ein zerklüfteter Fels nach einem Steinschlag", kontere ich.

„Wie ein kleiner zermatschter Schneeball vielleicht."

„Sehr witzig, Adam."

Seine Augen funkeln amüsiert und es fühlt sich so normal an, so wie früher, bevor ich verschleppt, misshandelt und genötigt wurde, an einem verdammten Wettkampf teilzunehmen, um einen masochistischen Herrscher zu ehelichen. Gut, dass immerhin dieses Kapitel abgeschlossen ist, denke ich voller Sarkasmus.

„Wo ist die lebende Fackel? Dein eingebildeter, selbstverliebter Gefährte? Gott, wie ich es hasse, dieses Wort in Bezug auf euch beide auszusprechen. Dieser Glutklumpen wäre doch schon längst zur Stelle, wenn er in der Nähe wäre, um mich finster anzustarren. Hat er sich endlich zu Asche verwandelt?"

„Adam!" Ich boxe ihm gegen den Arm und er reibt ihn sich lachend, wirkt aber überhaupt nicht schuldbewusst. Adam und Ayden verbindet, wenn überhaupt, eine tiefe Abneigung gegeneinander, mehr nicht.

„Hey, das tat weh."

„Sollte es auch. Rede nicht so über Ayden."

„Willst du behaupten, er redet nicht auch so über mich? Dass er mich mag?"

„So sehr, wie er frühes Aufstehen mag, aber das tut nichts zur Sache. Ihr müsst lernen, miteinander auszukommen."

„Und wenn ich das nicht will?"

Herausfordernd schaut er mich an. Ich kann förmlich sehen, wie seine Schultern sich anspannen, obwohl er sich bemüht, locker zu bleiben. Wir haben noch einen langen Weg vor uns. In allen Belangen.

„Du wirst es müssen, denn ich bin an ihn gebunden und er an mich. Was bedeutet: Du wirst ihn nicht los. Nie mehr, Adam. Das hier ist ein für immer. Ayden und mich gibt es nur im Doppelpack."

„Vielen Dank dafür", brummt er und ich strecke mich, um ihm durchs Haar zu wuscheln. Für einen Moment blende ich alles aus und genieße das vertraute Gefühl. Oder versuche es zumindest, denn es bleibt das Flimmern von Schuld in meinem Inneren, das sich in meine Gedanken schleicht, weil ich so viele Geheimnisse habe.

„Ihr werdet noch richtig dicke Freunde, warte es nur ab."

„Bevor das passiert, werde ich eher zum Ignis."

Ich verdrehe die Augen und wechsle das Thema. Ich habe heute keine Energie für so eine Art von Diskussion.

„Wie geht es unseren Eltern?"

„Gut. Sie vermissen dich. Deine Mom kann langsam wieder hören. Ich glaube, sie fühlen sich ein wenig nutzlos. So ganz ohne Aufgabe und ohne ihre Forschungen. Sie warten darauf, dass Gaia ihnen erlaubt, sie wieder aufzunehmen. Dass sie hier analysieren und experimentieren dürfen. Sie haben, glaube ich, verlernt, Krieger zu sein. Das Leben auf der Erde hat ihr Forscherblut geweckt. Vielleicht solltest du sie öfter besuchen, uns öfter besuchen. Wir alle vermissen dich. Auch die Hunde. Und wir vermissen Cupid."

„Ja, dieser hat ebenfalls Ayden adoptiert. Er ist bei Ayden geblieben, selbst als ich nicht bei ihm war. Ich glaube, Cupid bleibt, wo er ist."

„Wundervoll. Ganz wundervoll", knurrt Adam.

Ich höre den kleinen vorwurfsvollen Unterton und seufze.

„Werde ich, euch besuchen, meine ich, versprochen. Es war die letzten Tage einfach so viel los. Ich müsste gleich auch noch kurz etwas erledigen und …"

„Nein, wir sind verabredet. Komm schon. Ich habe mich darauf gefreut."

„Nur ganz kurz. Ich komme dann nach, wir besuchen meine Eltern und dann zeigst du mir, was auch immer du mir zeigen wolltest."

„Ich habe eine Pflanze entdeckt, die sich selbst regeneriert. Es ist einfach …"

Dieses Mal lege ich meine Hand auf seinen Mund, um ihn zum Schweigen zu bringen. „Erzähl mir das nachher, wenn wir da sind. Okay?"

Ich hasse diese Exkursionen zum Thema Flora und Fauna. Aber als gute Quasi-Schwester nehme ich das in Kauf, auch wenn mein eigener Kopf voll mit ganz anderen Problemen ist.

„Es interessiert dich nicht die Bohne, oder?"

„Oh doch, ich kann es kaum erwarten", erwidere ich liebevoll, doch Adam durchschaut mich sofort. Er kennt mich einfach zu gut.

Bevor wir aufbrechen, halte ich noch Ausschau nach Cupid, kann ihn aber nicht entdecken. Er genießt sein Leben hier in Atlantika in vollen Zügen, seine neu gewonnene Freiheit und ich gönne es ihm von Herzen. Er lebt sein bestes Leben und wenn er mich oder Ayden begleiten möchte, kann er das jederzeit tun. Wenn er, so wie jetzt, lieber selbst Abenteuer erlebt, ist es mir auch recht. Ich mache mir keine großen Sorgen, dass ihm etwas passieren könnte. Ich bin mir sicher, er entfernt sich nie zu weit vom Haus und ich habe hier bei uns noch nie todbringende Monster gesehen. Das Schlimmste in diesem Tal ist von der Gefährlichkeit wohl Ayden. Denn ich mache mir nichts vor: Er ist bei weitem furchteinflößender als ich.

Adam und ich unterhalten uns den ganzen Weg durch den Dschungel, bis ich plötzlich an einer Baumwurzel hängen bleibe.

Mit einem überraschten „Uff" stolpere ich vorwärts, kann mich nicht mehr fangen und lande ich auf dem feuchten Boden. Ein stechender Schmerz zieht durch meinen Körper und der frische Duft von feuchtem Holz und modrigen Blättern steigt mir in die Nase, vermischt sich mit dem Geruch der Pflanzen um uns herum.

Adam lacht und reicht mir die Hand.

„Du bist so ein Tollpatsch."

„Erzähl das bloß nicht Ayden, der würde dir sofort zustimmen."

Adam zieht mich in die Höhe und ich klopfe mir den Dreck von meiner Lederrüstung. Für jemanden, der sein Leben zuvor nur im Schnee und Eis verbracht hat, ist dieser Ort die reinste Stolperfalle. Adams Blick wandert zu mir und ich spüre die Schwere, die seinen Worten folgt, bevor er sie ausspricht.

„Was findest du nur an ihm, Neve? Ich verstehe es einfach nicht. Er hat uns angegriffen, dich entführt und in diese schreckliche Welt verfrachtet. Ja, ich kenne seine Beweggründe, aber macht es das besser? In meinen Augen nicht. Wie konntest du dich in ein Monster verlieben?"

Ich halte inne und starre einen Moment auf die Blätter unter meinen Stiefeln, bevor ich ihn ansehe.

„Er ist kein größeres Monster als du oder ich, Adam. Und warst du es nicht, der ihren Tod in Kauf genommen hätte, wenn ich an jenem Tag mit dir geflohen wäre? Hast du da mein Wohl nicht auch über das ihre gestellt? Ayden hat nichts anderes getan, um Rainn zu retten. Du kannst ihm nicht vorwerfen, was du selbst tun würdest."

Adam presst die Lippen zusammen, sagt aber nichts. Also spreche ich weiter, meine Stimme ruhiger, weicher. Ich möchte mich nicht wieder mit ihm streiten. Ich möchte, dass er mich versteht.

„Ja, Ayden wirkt nach außen hin unnahbar und grob. Er kann auch unglaublich selbstgerecht und arrogant sein, aber … das ist nur eine Maske. Eine weitere Rüstung, die Atlantika ihm auferlegt hat. Ayden ist unglaublich loyal, gütig und liebevoll. Er würde mich nie im Stich lassen."

Ich spüre, wie Wärme in meine Stimme fließt, als sich die Erinnerung vor meinem inneren Auge entfaltet: Das Kolosseum, die jubelnde Menge, die mich lieber tot als lebendig sehen wollte. Ayden, der über die Brüstung springt, mich zwingt, das Gegengift zu trinken und auf seinen Armen aus der Arena trägt. Fort von dem Ort, den ich mit Tod und Schrecken in Verbindung bringe. Er hat mich angesehen, als gäbe es nur mich und der Rest der Welt konnte ihm gestohlen bleiben. Ihm war egal, wie die Menge tobt oder was Josias denkt. In diesem Moment, als ich noch nicht wusste, was er fühlt, hat er mir schon gezeigt, wer er wirklich ist – jemand der bereit ist, alles zu riskieren, nur um mich in Sicherheit zu bringen.

„Das ist der Ayden, den ich liebe", sage ich leise und sehe Adam an.

Er atmet tief ein, seine Schultern spannend sich kurz an, bevor er sie wieder lockerlässt.

„Das ist der einzige Punkt, dem ich zustimme. Selbst ein Blinder würde sehen, wie sehr dieser Kerl dich vergöttert."

Ich lächle schwach.

„Und ich ihn. Es … ist einfach passiert. Liebe kann man nicht planen, Liebe passiert. Und ich glaube ans Schicksal, Adam, dass alles so passiert, wie es passiert, damit wir die werden, die wir sein sollen und die Menschen treffen, die uns vorherbestimmt sind."

Seine Augen flackern und für einen Moment sehe ich den Schmerz in ihnen, bevor er den Blick abwendet.

„Wir beide wären auch glücklich geworden, du und ich."

Ich nehme seine Hand und schaue tief in seine mir so vertrauten braunen Augen, in denen Sand umherwirbelt.

„Das wären wir. Aber es wäre eine andere Art von Liebe gewesen. Eine familiäre. Eine, mit der wir hätten leben können, allerdings auch eine, die uns nie das Gefühl gegeben hätte, komplett zu sein. Wir hätten unser Schicksal akzeptiert, weil es niemanden außer uns gegeben hätte. Aydens Liebe hat mir einen Teil von mir selbst geschenkt, von dem ich nicht wusste, dass er fehlt. Und ich werde dich immer lieben, Adam. Wie meinen Bruder. Du bist Familie, ebenso wie er es ist. Du musst nur aufhören, dagegen anzukämpfen, dass er mein Gefährte ist. Ich liebe ihn und es wird sich nichts daran ändern. Egal, wie sehr du ihn verachtest. Zwischen dir und mir wird nie mehr sein als das, was wir gerade sind. Auch ohne Ayden war da nicht die Art von Liebe, die du dir von mir wünschst."

Adam lässt meine Hand los, sein Blick wandert kurz zu den Bäumen um uns herum, als suche er nach Worten. Schließlich brummt er: „Was für eine Rede …" Doch er nickt. Er hat es verstanden.

„Ich werde mich bemühen."

„Danke."

Ein langer Augenblick vergeht, bevor Adam tief durchatmet.

„Ich glaube, ich brauche einen Moment für mich."

Seine Stimme ist leise, aber fest und als ich ihn anschaue, sehe ich die Anspannung in seiner Haltung. Ich habe ihn verletzt, das wollte ich nicht. Aber es ist mir wichtig, dass er versteht, dass ich ihm niemals das erfüllen kann, wonach er sich so schmerzhaft sehnt.

„Okay, dann sehen wir uns später?", frage ich zögernd und er nickt, bevor er sich von mir abwendet. Er geht langsam los, die Hände in die Taschen gesteckt und verschwindet schließlich zwischen den Bäumen. Ich bleibe zurück und spüre einen Kloß in meinem Hals. Ich weiß, dass er mich auf seine Weise liebt, aber ich kann ihm nicht mehr geben, als mein Herz bereit ist zu schenken. Und das wird niemals genug sein. Was ich ihm aber geben kann, ist Ehrlichkeit. Und ich weiß, da draußen wartet auch sein passendes Gegenstück. Er muss nur offen dafür sein, es zu finden.

Die schwere Tür schließt sich hinter mir, als ich erneut die Bibliothek betrete. Der Raum ist ruhig, der Duft von altem Papier und Tinte liegt in der Luft. Der Chronist sitzt an seinem Schreibtisch, doch dieses Mal ist sein Blick nicht nur neugierig, sondern auch nachdenklich. Als er mich ansieht, breitet sich ein leichtes Lächeln auf seinen Lippen aus.

„Neve", sagt er in einem ruhigen Tonfall, „ich habe nicht erwartet, dich so bald wiederzusehen. Was führt dich heute zu mir?"

Ich trete näher an seinen Schreibtisch, mein Herz schlägt ungewöhnlich schnell und ich ringe nervös mit den Händen.

„Ich … ich habe über das nachgedacht, was du mir letztes Mal gesagt hast. Über den Schlüssel und die Wahrheit. Ich glaube, ich habe es verstanden und weiß jetzt, wonach ich fragen muss."

Ich halte inne und sehe ihm fest in die Augen.

„Ich suche Antworten über Gaia. Und ich denke, sie versteckt sie an einem Ort, an dem niemand mehr sucht. Wo finde ich den Ort, an dem das versteckt wurde, was die Welt vergessen hat?"

Der Chronist sieht mich ruhig an, als würde er bis in meinen Kopf schauen. Dann nickt er leicht und dreht sich zu einem Regal um, aus dem er ein altes, zerfleddertes Buch zieht. Er blättert mit Bedacht durch die Seiten, bis er schließlich bei einer Abbildung hängen bleibt – der Skizze eines alten Tempels, umgeben von dichtem, verworrenem Dschungel.

„Dieses Buch dürfte es gar nicht mehr geben. Und doch ist es noch da. Für jemanden wie dich. Es ist voller alter Sagen und Legenden. Ein Werk, dem die meisten Wesen keine Beachtung schenken würden. Dabei steckt so viel Wahrheit in diesen Seiten. Es gibt einen Ort", beginnt er, ohne mich anzusehen, „der über viele Jahrhunderte hinweg in Vergessenheit geraten ist. Von allen, außer von Gaia. Sie fürchtet diesen Ort und das, was in ihm verborgen ist. Der Tempel, tief im Urwald, weit entfernt von allem, was du kennst. Ein Ort, an dem Wissen verborgen ist – so alt wie die Welt selbst. Der Tempel hat viele Namen, aber keiner von ihnen ist heute noch bekannt. Der Weg dorthin findet sich auf keiner Karte. Jedenfalls auf keiner, die einem Wesen wie dir in die Hand gelegt werden könnte."

Ich trete näher, meine Augen fest auf die Abbildung gerichtet. Die Seiten sind brüchig, das Papier fast transparent, als hätte die Zeit es langsam zerfressen. Die vergilbte Farbe der Blätter erzählt ihre eigene Geschichte und auf der durchscheinenden Seite entdecke ich das Bild eines Tores, welches mit Runen verziert ist. Hinter dem Tempel erkennt man Bäume, deren Schatten sich um diese heilige Stätte winden, als würden sie diese schützend im Griff halten. Dicke Wurzeln schlängeln sich um seine Mauern. Eine alte, ausgeblichene Zeichnung. Die feinen Härchen auf meiner Haut stellen sich auf.

„Was genau finde ich dort?"

Mit einem lauten Knall, der mich zusammenzucken lässt, schließt er das Buch und schaut mich direkt an.

„Antworten. Du wirst Antworten finden. Aber sei gewarnt … es wird nicht einfach sein."

Ich runzle die Stirn: „Was genau meinst du mit ‚nicht einfach'?"

Der Chronist lehnt sich zurück, seine Erscheinung flackert leicht, als er die Arme verschränkt, die Augen immer noch ruhig und nachdenklich.

„Um dorthin zu gelangen, musst du mehr tun, als nur einer Karte folgen. Du musst den richtigen Weg erkennen – der nicht immer der ist, den du erwartest."

„Wie finde ich den richtigen Weg?"

„Das, Neve, ist eine Frage, die nur du beantworten kannst. Wenn du die Antwort auf diese Frage kennst, findest du auch das, was du so verzweifelt suchst. Und manchmal muss man etwas loslassen, um etwas anderes zu finden, um es später wiederzubekommen."

Sein Blick ist fest, als er gegen sein Auge tippt und dann nach oben zeigt.

„Du musst die Karte erkennen, Neve und den Weg finden, den dir niemand offenbaren kann – nur du selbst. Der Weg ist schon da. War er schon immer und wird es immer sein. Er wartet nur darauf, dass du ihm folgst. Und bedenke, dass nichts auf dieser Welt dir einfach geschenkt wird. Der Tempel wird dich prüfen, ob du würdig bist zu finden, was er verborgen hält."

Ich schaue ihn nachdenklich an, habe nicht einmal die Hälfte von dem verstanden, was er gesagt hat, aber nicke langsam.

„Ich werde vorsichtig sein."

Immerhin weiß ich jetzt, es gibt etwas, das mir hilft, Gaia zu besiegen. Einen Hoffnungsschimmer. Es gibt eine Karte, die mich dorthin führt. Ich muss sie nur finden.

„Vorsicht ist gut, Neve", mahnt er mit einem leichten Lächeln, „aber vergiss nicht, dass Mut auch wichtig ist. Manchmal ist es nicht genug, vorsichtig zu sein. Man muss bereit sein, alles zu riskieren, um zu gewinnen."

Ayden

Die neue Rune kribbelt seltsam auf meiner Haut, ein Gefühl, das ich nicht einordnen kann. Es ist nicht schmerzhaft, aber es bleibt präsent, wie ein Fremdkörper, der nicht dorthin gehört. Ich betrachte das Zeichen einen Moment länger als nötig, während die anderen sich ihre Runen abholen.

Sky und Rainn sind die Letzten, die noch fehlen und als Sky der Priesterin ihren Arm hinstreckt, fällt mir auf, dass von Rainn jede Spur fehlt.

„Wo ist Rainn?" Meine Stimme ist ruhig, doch ich spüre, wie sich meine Nackenhaare aufstellen. Ich blicke mich um, mein Blick schweift durch das Gewimmel, aber er ist nirgends zu sehen. Seltsam. Die anderen scheinen auch erst jetzt zu bemerken, dass von unserem Freund jede Spur fehlt.

„Eben war er noch genau neben mir", beteuert Bluette, ihre Stirn in Falten gelegt.

„Vielleicht hat er sich woanders eingereiht?", wirft Kelvin ein, doch seine Stimme klingt nicht vollends überzeugt. Es sieht Rainn nicht ähnlich, einfach zu verschwinden. Ich nicke langsam, doch das ungute Gefühl in meinem Bauch lässt nicht nach.

„Ja, das wird es sein", murmle ich, aber mein Blick bleibt wachsam.

Aros reibt unruhig über seine Rune und ich sehe, wie sich seine Brauen zusammenziehen.

„Spürst du es auch?", frage ich leise und seine flammenden Augen suchen meinen Blick. Er nickt langsam und etwas flackert in seinem Blick – etwas, über das wir hier nicht reden können.

Ehe wir uns weiter damit befassen, tut Sky das, was sie immer tut – auffallen und direkt sagen, was sie denkt.

„Saceridis, was stimmt mit dieser Rune nicht? Sie fühlt sich falsch an. Anders als alle anderen Runen auf meinem Körper. Und welcher Ignis hat sich nicht unter Kontrolle und qualmt hier alles voll?"

Sie wedelt mit der Hand um sich herum, doch ich sehe nichts.

Die Priesterin sieht auf und lächelt, doch ich spüre die Schärfe hinter ihrer Fassade. Fragen sind nicht gewünscht. „Das ist der Schutz, der ihr innewohnt. Das Gefühl wird bald nachlassen. Mehr musst du nicht wissen."

„Das ist keine Antwort." Skys Stimme schneidet durch die Luft wie ein Messer. Sie dreht ihren Arm, sodass das frisch eingeritzte Zeichen zu sehen ist. „Ich will wissen, was genau du da in meine Haut geritzt hast. Ich habe keine Lust, als Experiment zu dienen. Was ist das? Ich habe ein Recht darauf, es zu erfahren."

Aros und ich wechseln einen amüsierten Blick. Sky lässt nicht locker.

„Es ist eine Rune zum Schutz, so, wie Gaia gesagt hat."

Die Priesterin bleibt ruhig, doch ihre Stimme hat einen Hauch von Genervtheit angenommen.

„Woraus besteht dieser Schutz?", mischt Bluette sich nun auch noch ein, „Sind es Kräuter? Eine Formel?"

Die Priesterin strafft die Schultern und sieht Sky nun merklich kühler an und schenkt auch Bluette einen nicht gerade freundlichen Blick.

„Das geht euch nichts an. Es ist das Geheimnis der Saceridis, woraus das Signum besteht. Es ist nicht an euch, die Details zu kennen."

Sky schnaubt aufgebracht. „Sehr vertrauenswürdig." Ihr Sarkasmus ist nicht zu überhören und sie will noch weitersprechen, doch in diesem Moment erklingt Gaias Stimme hinter mir.

„Gibt es hier ein Problem, Ayden?"

Ich werfe Sky einen mahnenden Blick zu und sie verstummt sofort, die Lippen fest zusammengepresst, als müsste sie sich selbst zwingen, den Mund zu halten. Und es wäre besser für uns alle, wenn sie es tut.

„Nein. Sobald Sky ihr neues Signum erhalten hat, sind wir durch", antworte ich ruhig.

Gaia lächelt wohlwollend. „Sehr gut."

Hinter ihr taucht Hestia auf, ihre Haltung wie immer hochmütig und mustert mich mit einem abschätzenden Blick.

„Ich habe heute einen Auftrag für euch. Ihr werdet euch aufteilen müssen. Hestia wird einen besonderen Auftrag erledigen, während der Rest deiner Gruppe im Schloss bleiben und die Verteidigungsmaßnahmen prüfen, ausbauen und potenzielle Schwachstellen sichern wird. Ich bin gerne auf alles vorbereitet und ich weiß, dass ich mich auf deine Loyalität verlassen kann und die Arbeit dann gewissenhaft ausgeführt wird."

„Und welchen Auftrag übernimmt Hestia?", frage ich, bemüht, meine Stimme ruhig zu halten. Mein Instinkt schreit danach, die vage Antwort zu hinterfragen, aber ich weiß, dass ich vorsichtig sein muss. Gaias Blick verengt sich einen winzigen Moment, bevor sie antwortet. Das Ganze ist mehr als merkwürdig, da sonst ich es bin, den sie mit solchen „Spezialaufgaben" betraut. Warum schickt sie Hestia?

„Ich weiß, es mag dir komisch erscheinen, Ayden, aber Hestia hat die Situation unter Kontrolle. Ihr Auftrag ist persönlicher Natur und ich brauche deinen Fokus hier."

Persönlicher Natur? Das ergibt keinen Sinn. Warum würde Hestia, die für direkte Konfrontationen bekannt ist, plötzlich einen persönlichen Auftrag bekommen?

„Ah wunderbar, wir dürfen Steine begutachten und Mauern abklopfen", murmelt Sky, während sie sich den Arm reibt, doch ich höre sie ganz genau und meine Lippen werden zu einer Linie. Sky und ihre große Klappe. „Ich wette, wir finden mindestens eine Schwachstelle, wahrscheinlich, wenn die Mauer über uns einstürzt. Genau die richtige Aufgabe für Krieger unseres Ranges."

Und zu allem Überfluss geht Kelvin auch noch drauf ein. „Hoffentlich überleben wir die potenziellen Schwachstellen", witzelt er und innerlich rolle ich mit den Augen. Gaia scheint sie, den Göttern sei Dank, nicht gehört zu haben und ich werfe beiden einen warnenden Blick zu. Sie verstummen sofort.

„Verstanden, Gaia", erwidere ich ruhig, mein Tonfall bewusst nüchtern und ohne Argwohn, auch wenn ich den Anderen recht gebe. Diese Aufgabe entspricht nicht unserem Rang.

„Wir werden sicherstellen, dass das Schloss in jeder Hinsicht geschützt ist. Wenn das alles ist, werde ich meine Gruppe entsprechend anweisen."

„Ich danke dir, Ayden. Es mag wie eine einfache Aufgabe erscheinen, aber manchmal sind es die unscheinbaren Maßnahmen, die den Unterschied machen. Ich bin mir sicher, dass du und dein Team nichts übersehen werdet. Das ist alles, was ich von dir erwarte – dass du deine Pflicht tust. Hestia hat ihre

Aufgaben und du hast die deine. Wir alle spielen unsere Rolle", fährt Gaia fort und ihre Stimme wird einen Hauch eindringlicher. Ihre Augen ruhen kurz auf mir. „Vertraue darauf, dass ich weiß, was ich tue. Deine Loyalität ist der Schlüssel. Selbst der kleinste Riss kann ein ganzes Fundament zum Einsturz bringen."

Ihre letzten Worte treffen mich mit ungewohnter Schärfe. Loyalität. Es ist die Art, wie sie es betont. Es klingt wie eine Warnung.

Ich neige den Kopf leicht zur Seite und habe das Gefühl, dass sich hinter ihren Worten mehr verbirgt, als ich im Moment erkennen kann. Ist es ein Test? Die Bestrafung für gestern? Egal was es ist, ich werde es ausführen, alleine schon deshalb, um ihre Wut nicht noch mehr zu steigern, die sie sonst vielleicht an Neve auslassen würde.

Ich drehe mich zu den Anderen um. „Wir haben Arbeit vor uns. Lasst uns beginnen."

„Und Ayden ...", gerade als ich losgehen will, spricht Gaia mich noch einmal an, ihre Stimme deutlich kühler. „Ich war gestern ziemlich enttäuscht von dir." Ihr Ton bleibt ruhig, doch ich höre den Nachdruck in ihren Worten. „Deine Pflicht sollte immer an erster Stelle stehen, unabhängig von persönlichen Bindungen."

Persönlichen Bindungen. Ich weiß, dass sie von Neve spricht, auch wenn sie ihren Namen nicht erwähnt.

„Ich erwarte, dass so etwas nie wieder vorkommt."

Neve

Ich sitze auf einem umgekippten Baumstamm, mein Gesicht in den Händen vergraben und starre auf die Blätter, die vor mir im Wind rascheln. Es ist, als würde alles um mich herum verschwimmen – meine Gedanken, meine Ängste, meine Fragen. Es geht mir so vieles durch den Kopf und ich grüble, ob alle meine Entscheidungen richtig gewesen sind. Ich habe das Gefühl, dass sich die Schlinge um meinen Hals immer enger zuzieht.

… Und manchmal, muss man etwas loslassen, um etwas anderes zu finden, um es später wiederzubekommen …

Was meinte der Chronist damit? Seit dem Ende der letzten Prüfung hat mich die Last geradezu erdrückt. Sie ließ sich einfach nicht abwerfen. Dieser ständig nagende Zweifel, der mir immer wieder zuflüstert, dass ich Ayden mit meinen Geheimnissen mehr schaden könnte als mit der Wahrheit. Dieses ständige Gefühl des Verrates, wenn ich an ihn denke, weil ich ihm so wichtige Informationen vorenthalte. Mein Herz zieht sich qualvoll zusammen und flüstert mir zu, dass ich ihn an diesem Punkt nicht mehr im Dunkeln lassen kann, egal, wie schmerzhaft die Wahrheit für ihn sein wird. Ich werde es heute Abend durchziehen und ihm alles sagen, so wie ich es mir vorgenommen habe. Er wird mir glauben. Wenn es jemand tut, dann er. Ich habe ihm nie die ganze Wahrheit gesagt, über das, was mir dort draußen passiert ist und mir ist bewusst, dass ihm das klar ist. Er hat mich gewähren lassen, mir Zeit gegeben, bis ich bereit bin, mit ihm zu reden. Und dafür bin ich ihm unglaublich dankbar, denn es zeigt, wie sehr er mir vertraut. Und ich habe mich ihm gegenüber verschlossen. Ich liebe Ayden. Diese Liebe ist mehr als alles, was ich je gefühlt habe. Sie verlangt nach Ehrlichkeit und Vertrauen. Ich verstehe, dass er letztens gekränkt reagiert hat. Umgekehrt wäre ich es auch. Ich kann nicht mehr so weitermachen, sonst wird uns diese Welt zerstören. Er verdient es, die Wahrheit über Gaia zu erfahren. Über seine Eltern. Und auch über mich, die einen ganzen Berg von Geheimnissen aus dem Dschungel mitgebracht hat. Ich schließe die Augen und atme tief ein, der Wind streicht durch mein Haar, doch der Lärm in meinem Kopf wird nicht leiser. Mein Herz schlägt schneller, wenn ich an heute Abend denke. Ich habe lange genug gezögert. Vielleicht hatte ich ein wenig Angst, ihn zu verlieren. Dass er Gaia mir vorzieht. Warum sonst habe ich es so lange aufgeschoben? War es die Angst vor der Wahrheit oder davor, wie er mich danach sehen könnte? Ich dachte, ich schütze ihn, aber stattdessen habe ich uns beide verletzt. Jetzt sehe ich, dass es keinen Schutz ohne Ehrlichkeit geben kann. Es ist die Wahrheit, die uns retten wird, nicht das Schweigen. Ich muss diese Bürde gar nicht alleine tragen. Ich wollte es. Das ist ein Unterschied, der mir erst jetzt bewusst wird. Alles ging so schnell. Ich kam zurück, dieser Tunnel, Josias, Gaia. Ich habe den richtigen Moment verpasst. Ohne Gaias Erscheinen hätte ich es ihnen allen sofort gesagt. Aber sie waren so geblendet von dieser Frau. Und es gab da auch diesen Funken Furcht in mir. Davor, dass sie mich danach anders sehen – als Feind. Mir misstrauen. Dass die Wahrheit über Gaia uns in einen Strudel aus Argwohn und Zweifel zieht und dass es zwischen uns steht. Aber ich habe die letzten Wochen gesehen und auch gespürt, dass Ayden Gaia gegenüber argwöhnisch wird. Er achtet sie, aber er ist nicht blind, so wie ich es ihm vorgeworfen habe. Er folgt ihr nicht so, wie ich angenommen habe oder wie man es den Erzählungen nach annehmen konnte. Ich habe mich getäuscht. In allem. Als der Wind durch die Blätter streicht, fühlt es sich an, als würde die Welt für einen Herzschlag stillstehen. In dieser Stille spüre ich die Wahrheit: Es gibt keine Angst, die größer ist, als die Liebe, die ich für Ayden empfinde. Ja, ich werde es ihm sagen. Nicht morgen, nicht später – heute. Und dann, ja dann werden wir gemeinsam eine Lösung finden und sie alle retten. Dieses Land retten. Josias hat uns nicht gebrochen und auch Gaia wird es nicht gelingen. Wir sind stärker. Wir sind Feuer und Eis – zwei unaufhaltsame Kräfte, die sich gegenseitig ergänzen. Sein Feuer treibt uns voran, lässt uns brennen, wenn wir kämpfen. Doch mein Eis bewahrt uns davor, in diesem Feuer zu vergehen. Es ist eine Balance, ein Tanz aus Gegensätzen, die sich beiderseitig stärken. Zusammen sind wir unbezwingbar. Vielleicht ist es das, was der Chronist meinte, als er sagte, dass ich mutig sein muss. Der Mut, mich meinen Ängsten zu stellen. Der Mut, die Wahrheit zu sagen, auch wenn sie alles verändern könnte. Dieser Gedanke ist befreiend und mein Entschluss steht fest. Aber ich kann nicht einfach zu ihm gehen. Nicht jetzt. Ich habe es eben versucht, aber auf dem Versammlungsplatz herrschte ein großes Durcheinander und ich konnte weder ihn noch die anderen entdecken. Überall waren Krieger und Saceridis. Ich habe versucht durchzukommen, aber die Menge war erdrückend und nirgendwo tat sich ein Weg durch die Wesen auf. Also habe ich mich in die Schatten zurückgezogen und diesen Moment der Ruhe und Klarheit für mich gesucht. Aber heute Abend.

Ayden hat versprochen, rechtzeitig zu kommen. Heute Abend werde ich ihm die Wahrheit sagen und ihn um Verzeihung bitten. Wir sind Feuer und Eis. Wir können alles überstehen, wenn wir zusammenhalten.

Ich erhebe mich mit einem Lächeln auf den Lippen. Jetzt, wo ich diese Entscheidung unwiderruflich getroffen habe, fühle ich mich besser. Und als nächstes werde ich diese Karte und den Tempel finden. Auch wenn ich nicht weiß, wo ich danach suchen soll. Aber zuvor wartet Adam auf mich. Ich habe versprochen, sie zu besuchen und genau das werde ich jetzt tun. Also mache ich mich auf den Weg zu meiner Familie. Ihr Haus liegt abseits, am Rand der Kuppel und der Weg dorthin ist mühsam. Allerdings glaube ich, dass sie, so wie Ayden, diese Abgeschiedenheit bevorzugen. Fernab von Gaias argwöhnischen Blicken. Sie sind nur wegen mir geblieben. Sie alle. Dabei hätte ich es verstanden, wenn sie dieser Welt erneut den Rücken gekehrt hätten.

Als das Haus in Sicht kommt, merke ich sofort, dass etwas nicht stimmt. Ein ungutes Gefühl breitet sich in mir aus. Es ist zu still. Keiner der Hunde bellt. Niemand stürmt mir entgegen, keiner wedelt freudig mit der Rute. Mein Blick wandert über die Wiese vor dem Haus, dann entdecke ich sie. Sie liegen einfach da. Regungslos im hohen Gras. Auf der Seite ausgestreckt, als würden sie schlafen.

Ich bleibe abrupt stehen, mein Herz rast. Das haben sie noch nie getan. Unser Huskyrudel ist alles, aber nicht unaufmerksam. Angst kriecht meine Wirbelsäule hinauf.

Etwas hier ist furchtbar falsch.

„Dancer?", rufe ich leise, doch der Hund regt sich nicht. Er liegt still auf der kleinen Wiese, wie versteinert. Kein aufgeregtes Quietschen. Keine nassen Hundeküsse in meinem Gesicht. Mein Magen zieht sich schmerzhaft zusammen. Angst schnürt mir die Kehle zu.

„Dasher? Prancer?", versuche ich es erneut, meine Stimme zittert, doch keiner der Hunde reagiert. Kein aufmerksames Ohrenzucken. Nichts. Der Kloß in meinem Hals wächst und mein Atem wird flach. Es kann nicht sein. Mein Körper fühlt sich plötzlich wie betäubt an. Es darf nicht sein. Das ertrage ich nicht. Meine Beine wollen mich nicht weitertragen, als ob mein Körper sich weigern würde, sich dem Offensichtlichen zu stellen. Aber ein Teil von mir spürt es. Ich will, dass sie ihre Köpfe heben und mich anschauen, verschlafen und dann die Stille mit freudigem Gebell vertreiben.

„Vixen? Comet? Dunder?", meine Stimme wird lauter, flehender, als ich den letzten Namen rufe. „Blitzen? Rudolph?"

Doch sie bewegen sich nicht. Keiner von ihnen und plötzlich wird mir die schmerzhafte Gewissheit bewusst, die ich nicht mehr leugnen kann - sie alle sind tot. Alle außer Cupid, der zu Hause bei Ayden und mir wartet.

Ich renne zu Dancer, stolpere auf halbem Weg. Sein Blick ist leer, das Leben aus seinen Augen gewichen. Ein Pfeil steckt tief in seiner Seite, mitten im Herz. Ein glatter Schuss, präzise und gnadenlos. Meine Beine geben nach und ich sinke neben ihm auf die Knie. Meine Hände zittern, als ich sein Fell berühre. Es fühlt sich nicht mehr nach ihm an. Es ist kalt. So kalt. So leblos. Der Herzschlag fehlt, das sanfte Heben und Senken seiner Brust. Die Hitze seiner Haut.

„Nein …", flüstere ich und mein Brustkorb zieht sich zusammen, als würde ein unsichtbares Band ihn immer enger schnüren. Mein Atem wird schneller, flacher und ein verzweifeltes Schluchzen bricht aus mir hervor. Ich schaue auf, sehe die anderen Hunde. Sie liegen verstreut auf der Wiese und mit jedem Schritt, den ich kriechend auf sie zumache, wächst der Schmerz in mir. Dasher, Prancer, Vixen, Comet – alle fort. Meine Tränen brennen in meinen Augen, aber ich wische sie nicht weg. Sie waren mehr als nur Hunde. Sie waren meine Familie. Ich habe sie als Welpen aufgezogen, habe sie bei jedem Schritt begleitet. Sie haben mir Trost gespendet, mich beschützt, wenn ich es am meisten brauchte. Und jetzt … sind sie einfach weg.

Gaia. Das ist ihr Werk. Es ist eine Botschaft, grausam und klar. Weil ich Ayden liebe. Weil ich sie herausgefordert und mich an Ayden gebunden habe. Weil ich ihre Pläne behindere. Weil wir gestern ohne ihr Einverständnis verschwunden sind. Sie wollte mir zeigen, was sie tun kann – was sie mir nehmen kann. Eine Welle aus Wut, Schmerz und Schuldgefühlen rast durch mich hindurch. Mein Körper beginnt zu zittern, unkontrollierbar. Mein Atem kommt in kurzen, abgehackten Zügen. Ich bekomme kaum Luft. Sie scheint um mich herum zu verschwinden. Meine Brust brennt, meine Hände graben sich in den Boden, aber es hilft nicht. Die Welt verschwimmt vor meinen Augen und mein Herz schlägt so heftig, dass es schmerzt. Ich höre ein Rauschen in meinem Kopf, meinen eigenen Herzschlag, der wie Trommeln in meinen Ohren hämmert. Meine Gedanken überschlagen sich. Sie sind tot. Sie sind tot. Sie sind tot. Und es ist meine Schuld. Das alles hier ist meine Schuld. Dass sie tot sind. Dass meine Familie hier ist und …

Meine Familie. Adam. Kaltes Grauen fährt durch meine Glieder. „Mom … Dad … Adam …" Ihre Namen brechen aus mir hervor wie ein verzweifeltes Gebet. Was, wenn sie …? ich kann diesen Gedanken nicht beenden. Ich stolpere auf das Haus zu, meine Beine fühlen sich schwer an, als würden sie mich kaum tragen können. Sie hätten die Hunde nicht einfach sterben lassen.

Plötzlich trifft mich etwas am Kopf. Aufgeregtes Flügelschlagen und wildes Krächzen umgibt mich. Ich schlage um mich, ehe ich feststelle, dass es Umbra ist, der wie wild um meinen Kopf herumfliegt. Doch ich habe keine Zeit für so etwas. Ich muss zu meiner Familie, ich muss wissen, dass es ihnen gut geht. Umbra gräbt seine Krallen in meine Schulter, doch ich schüttle ihn ab, ignoriere den Schmerz und sein Rufen. Ich stoße vorsichtig die Tür auf, doch bleibe auf der Schwelle stehen – der vertraute Geruch von Gewürzen und Pflanzen mischt sich mit dem metallischen Gestank von Blut. Übelkeit wallt in mir auf, eine Kälte kriecht in mir hoch, die nichts mit meinem Element zu tun hat.

Vor mir auf dem Boden ist ein großer dunkler Fleck, der bereits zu trocknen beginnt.

„Mom? Dad?", rufe ich, meine Stimme bricht und meine Kehle schnürt sich zu. Ich habe schreckliche Angst.

Keine Antwort.

„Adam? Flora? Opal? Wo seid ihr alle?", wispere ich verzweifelt, doch nur die Stille antwortet mir. Meine

Beine fühlen sich an wie Blei, als ich den letzten Schritt ins Haus mache. Meine Finger zittern so stark, dass ich die Tür kaum richtig aufstoßen kann. Es war ein Fehler, einfach in dieses Haus zu gehen. Ich weiß es in dem Moment, als ich eintrete. Es ist, als ob alle Warnungen, die Ayden und meine Freunde mir jemals gegeben haben, gleichzeitig in meinem Kopf widerhallen: „Geh niemals unvorbereitet. Sei vorsichtig. Achte auf Zeichen." Aber ich bin wie betäubt, unfähig, rational zu handeln.

Wo sind sie? Was ist passiert?

Die Worte der Anderen summen noch immer in meinem Kopf, ihre Gesichter, ihre Stimmen. Ich sollte nicht hineingehen, ich sollte mir Hilfe holen, doch ich kann nicht. Ich höre Aydens Warnung. Die Warnung von all meinen Freunden in meinem Kopf, doch ich stehe völlig neben mir. „Hör auf dein Gefühl. Gehe kein Risiko ein. Sichere dir einen Ausweg. Habe einen Plan."

Doch es ist, als wäre mein Kopf leer gefegt und jegliches Training vergessen.

Langsam fällt die Tür hinter mir ins Schloss. Ein kalter Luftzug streift meinen Nacken und ein ungutes Gefühl kriecht unter meine Haut. Im Augenwinkel sehe ich einen Schatten und wirble herum. Hestia. Ihre Haltung ist selbstsicher, ihre Arme vor der Brust verschränkt, ein schmales überhebliches Grinsen auf den Lippen, steht sie an die Wand gelehnt da. Es ist das gleiche Grinsen wie auf dem Montes Glacies, als sie mich fast getötet hätte. Jetzt ist sie hier, um es zu beenden. Das weiß ich mit einer düsteren Gewissheit. Es wird nur einer von uns beiden dieses Haus lebend verlassen und ich bin mir nicht sicher, ob ich es sein werde.

„Schön, dass du hier bist, Neve. Das erspart mir einiges an Arbeit." Ihre Stimme ist voller Spott. Sie labt sich an meinem Kummer.

„Ich bin ehrlich, ich habe mehr von dir erwartet. Mehr von jemandem, der von Ayden ausgebildet wurde. Stattdessen machst du was? Du läufst einfach in diese Falle. Es ist schon eine Beleidigung, dass er jemanden wie dich gewählt hat. So lächerlich. Naiv und schwach. Er ist so ein herausragender Krieger, er hätte so viel Macht erlangen können und wählt … dich."

Sie genießt es sichtlich, mir diese Worte an den Kopf zu schleudern und ihre Verachtung ist nicht zu überhören.

„Wo sind meine Eltern?" Meine Stimme kommt kaum über meine Lippen, ein Krächzen, wobei die Worte schwer wie Steine wiegen.

„Dort, wo sie hingehören. Wenn es nach mir gegangen wäre, wären sie tot. Aber Gaia hat andere Pläne mit ihnen. Sie wurden gefangen genommen und fortgebracht, wie alle Verräter Gaias." Ihr Lächeln wird breiter, sadistischer. „Nur mit dir, kleines Mädchen aus Eis, hat sie andere Pläne. Es wird Zeit zu beenden, was ich am Montes Glacies begonnen habe. Hier endet dein Leben endgültig. Ich weiß nicht, wie du letztes Mal überleben konntest, aber diesen Fehler begehe ich nicht noch einmal. Du hast mir genug Ärger bereitet und wenn du dieses Mal stirbst, dann indem ich dir den Kopf von den Schultern schlage. Ich soll dir von Gaia ausrichten, dass du nicht einmal den Dreck unter ihren Stiefeln wert bist. Sie weiß, dass du beim Chronisten warst und dass dieser alte Narr sich dir gezeigt hat. Was auch immer du planst, findet hier sein Ende. Gaia ist zu alt, zu mächtig und du keine Gefahr für sie. Keine Gegnerin. Du bist nichts in dieser Welt."

Gaia hat meine Familie gefangen genommen. Diese Worte bohren sich wie Dolche in mein Herz und eine lähmende Kälte überzieht meinen Körper. Doch ich darf der Angst um sie gerade keinen Raum geben. Ich darf nicht schwach sein. Nicht jetzt. Gaia hat irgendeine Verwendung für meine Eltern. Natürlich hat sie das. Meine Familie ist stark. Sie sind alte mächtige Krieger und Gaia wird sie in eines der geheimen Gefängnisse gebracht haben, um sie ihrer Macht zu berauben. Ich muss etwas tun. Sie finden und befreien, bevor Gaia sie auszehrt. Hestia will mich verunsichern. Provozieren. Doch ich werde mich nicht darauf einlassen.

„Warum tust du das?", frage ich leise. „Warum bist du so abgrundtief böse?"

„Macht", faucht Hestia mit einer solchen Verachtung, dass mir der Atem stockt. „Was denkst du, du dummes Ding? Gaia hat mein wahres Potenzial erkannt. Hat erkannt, was ich für sie tun kann. Anders als Ayden besitze ich kein Gewissen. Er ist weich geworden und hat den Fokus verloren. Mir ist es gleich, wen ich töten muss, um zu bekommen, was ich will. Verdammt, hätte ich die Möglichkeit, hätte ich Gaia einen Thronfolger geschenkt. Ayden ist so unsagbar dämlich, dass ich es kaum fassen kann. Wie kann er so ein Angebot ausschlagen?"

Sie ist bereit, alles zu tun, um ihre Ziele zu erreichen.

„Gaia hat den Wahnsinn in dir erkannt, mehr nicht. Sie weiß, dass du verrückt genug bist zu glauben, dass du das hier überleben wirst. Doch ich warne dich, Hestia. Du hast nun so oft versucht mich zu töten, auch dieses Mal wird es dir nicht gelingen."

Hestia lacht leise. „Du kannst nicht gewinnen, Neve. Du hast keine Chance gegen mich. Feuer ist mächtiger als Eis und das weißt du. Jeder weiß es."

„Selbst wenn ich verliere, wird Ayden herausfinden, was mit mir passiert ist und er wird dich in Stücke reißen. Dann wirst du feststellen, wie weich er geworden ist. Er wird dir die Haut von den Knochen ziehen." Ich lächle leicht, versuche ebenso überheblich zu wirken wie sie. „Gaia hat dich geschickt, damit du die Drecksarbeit erledigst. Danach wird Ayden ihr den Gefallen tun und dich vernichten. Denn Gaia wird dich niemals am Leben lassen, wenn du weißt, wo meine Eltern hingebracht wurden. Wenn du das wirklich glaubst, bist du dümmer, als ich angenommen habe. Und das will schon was heißen." Meine Stimme ist voller Wut, doch in mir brodelt auch Angst, die ich nicht zeigen darf.

Ihre Augen blitzen vor Zorn, als sie einen Schritt auf mich zugeht, langsam, bedrohlich. Ein Raubtier, das seine Beute mustert. Meine Muskeln spannen sich an. Mein Fuß wandert ein Stück vor, ich richte mich auf und weiß, was ich tun muss. Doch ich spüre auch Angst in mir, Angst vor dem, was hier gleich passieren wird. Hestia ist keine leichte Gegnerin. Hestia ist ein Monster. Aber sie darf niemals erfahren, wie sehr ich sie fürchte. Ihre Augen glühen wie flüssige Lava, während sie mich mustert. Sie sucht nach einer Schwachstelle, doch sie wird sie nicht finden. Ich wurde von den Besten der Besten trainiert.

„Willst du gar nicht wissen, wem das Blut hinter dir gehört?", lockt sie mich, ihre Stimme plötzlich sanft und freundlich. Ich wehre mich gegen das Bedürfnis, eine Antwort auf diese Frage zu wollen.

„Du hörst dich nur gerne selbst reden, Hestia. Reden wir lieber über dein Ende. Denn es wird schmerzhaft werden, wenn Ayden dich findet. Und er wird dich finden. Erinnerst du dich, was mit deiner Freundin passiert ist? Ich weiß nicht einmal mehr ihren Namen. Weißt du noch, wie man sie gefunden hat? Ich helfe deiner Erinnerung auf die Sprünge: An ihre Wand gepinnt, mit ihrem eigenen Schwert, verblutet. Abgeschlachtet. Das war noch eine humane Art, bei dir wird Ayden sich etwas Besonderes einfallen lassen. Und ja, es war mein Gefährte, aus Rache für meinen vermeintlichen Tod. Auch dich hätte er noch erwischt, Hestia. Er malte sich bereits in den schönsten Farben aus, wie er dir den Kopf von den Schultern schlagen würde."

Hestias Gesichtsausdruck entgleist für einen kleinen Moment, aber ich habe ihn bemerkt. Sie kennt Ayden. Sie weiß, wozu er fähig ist. Sie faucht mich an wie ein Raubtier und zeigt mir ihre Zähne.

„Ich habe mich zuerst um diese Fellkreaturen draußen gekümmert. Es hat mich einige schnelle Pfeile gekostet und sie waren kein Problem mehr für mich. Die Krieger, die mir von Gaia unterstellt wurden, haben draußen bereits die Terra Familie aufgegriffen. Sie waren unbewaffnet und kein großes Problem." Ihre Stimme ist kalt und abfällig.

Adam, Opal und Flora. Natürlich waren sie unbewaffnet. Ich wette, sie waren im Garten. Sie haben es genossen, nicht mehr von Eis umgeben zu sein.

„Es war so einfach, Neve. Ich bin einfach durch diese Tür gekommen und deine Mutter stand genau dort, wo du gerade stehst, mit dem Rücken zu mir. Es hat mich ein wenig an dich erinnert, auf dem Montes Glacies. Erinnerst du dich an den Spaß, den ich dort mit dir hatte? Zu gerne hätte ich mein Schwert zurück. Sie hat mich nicht kommen hören, obwohl ich wirklich nicht leise gewesen bin."

Ihre Ohren. Der Zusammenstoß mit dem Drachen.

„Wo war ich stehen geblieben?" Hestia tut so, als würde sie nachdenken. „Ach ja. Das Blut. Ich habe meinen Dolch genommen und auf sie gezielt, während sie dort auf dem Tisch getrocknete Kräuter abgefüllt hat. Es war schon viel zu leicht, das gebe ich zu. Als der Dolch sie fast durchbohrt hat, ist Nereus, dieser Narr, dazwischen gesprungen und hat den Dolch abgefangen. Es ist ein kleiner Kampf entbrannt, aber … sie waren zu zweit. Wir so viele mehr. Wir haben sie aus dieser Tür geschleift", sie zeigt auf die Haustür und legt den Kopf schief, „und das war's. Das Ende von Nereus, Selale und deinem ganzen Clan."

Jeder Satz bohrt sich tiefer in mein Herz. Schuldgefühle quälen mich, das Gefühl, dass ich mehr hätte tun müssen, dass ich hätte wissen müssen, was kommt.

„Gaia hat mir aufgetragen, sie nicht zu töten. Aber von Verletzten war keine Rede. Wie fühlt sich das an, Neve? So machtlos zu sein? So unbedeutend?"

Ihre Worte sind wie Gift. Sie will mich aus der Fassung bringen, damit ich unkonzentriert werde. Ich spüre Wellen der Angst, der Wut und der Trauer in mir, doch ich unterdrücke sie alle. Ich vergrabe sie tief in mir, zwinge mich, den Blick auf Hestia zu richten. Sie wird mich nicht brechen. Niemand wird das. Nicht sie. Nicht Josias und auch nicht Gaia. Niemals. Ich bin die Tochter meiner Eltern. Ich bin Aydens Gefährtin. Ich bin stark. Ich bin mutig. Ich bin tapfer. Und ich werde hier nicht sterben.

„Ich werde nicht kampflos aufgeben, das ist dir bewusst, oder?", knurre ich zurück. „Du hast mich schon einmal unterschätzt und nichts daraus gelernt. Auf dem Montes Glacies hast du mich hinterrücks erstochen, wie es nur ein Feigling tun würde. Das Gleiche hast du mit der Elementarin im Wald getan. Ja, guck nicht so überrascht, ich habe gesehen, wie du ihr feige die Kehle durchtrennt hast. Und du hattest es wieder vor, bei meiner Mutter. Weißt du auch warum? Weil du im fairen Zweikampf nicht gewinnen kannst. Nicht ich bin schwach, Hestia, sondern du bist es. Und du bist ein Feigling."

Hestia umkreist mich, ihre Schritte langsam und bedrohlich, während meine Augen ihr folgen. Mein Körper ist gespannt wie eine Bogensehne, jeder Muskel bereit, auf ihren Angriff zu reagieren. Ich werde nicht nachgeben. Ich halte meine Angst zurück, zwinge sie in die tiefsten Ecken meines Körpers. Langsam senkt sie ihre Hände, lässt eine Feuerkugel auf der Handfläche tanzen. Meine Hand schiebt sich unauffällig in die versteckte Tasche meiner Hose und ich spüre den kleinen Flakon, den Bluette mir vor einigen Tagen gegeben hat. Im Stillen danke ich meiner Freundin und meine Finger schließen sich um die kleine Glasflasche. Ich muss sie besiegen. Egal auf welche Art und Weise.

„Bist du bereit, Lebewohl zu sagen?", höhnt sie, ihr Grinsen eiskalt.

Ich werde sie besiegen. Ich muss. Sie hat mich einmal fast getötet, diese Gelegenheit bekommt sie kein zweites Mal.

Der Boden unter meinen Füßen vibriert, Eis breitet sich um mich herum aus, Stalagmiten schießen aus dem Boden und die Luft wird kälter. Ich spüre das Pochen der Kälte in meinen Adern, bereit, entfesselt zu werden.

„Versuch dein Glück."

„Du denkst, du kannst mich mit Eis besiegen?", spottet sie, „das ist nichts gegen das Feuer, das ich beherrsche."

Flammen züngeln um sie herum in die Luft, es riecht nach verbranntem Holz und die Hitze ist so intensiv, dass ich sie fast auf der Haut spüre. Doch ich konzentriere mich nur auf mich, auf meine eigene Macht. Das Eis um mich herum wird fester, stärker, während sich die Wärme um Hestia immer weiter ausbreitet. Ihr Feuer ist ein Wirbel aus goldenen und roten Flammen, die sich in meinem Eis spiegeln. Langsam kriecht das Eis an mir empor. Mit einem wilden Kampfschrei stürzt Hestia auf mich zu. Ich weiche zur Seite aus, doch die Flammen streifen mich und der Schmerz ist schneidend. Verdammt, sie hat mich getroffen. Das Zischen des Feuers in der Luft, der stechende Schmerz in meinem Arm – alles verschwimmt zu einem Nebel. Doch sie hat einen Fehler gemacht, den gleichen wie damals am See. Sie hat mich unterschätzt. Ich habe mehr als nur Eis. Mein Gefährte ist ein Ignis, wie sie. Aros ist ein Ignis - wie sie. In unserem Clan gibt es alle Elemente. Ich bin auf alles vorbereitet. Ich kann jeden besiegen, egal, welches Element er beherrscht. Und nicht nur das: Es gibt Bluette. Die beste Giftmischerin, die diese Welt hervorgebracht hat. Schnell fische ich den Flakon aus der kleinen versteckten Tasche an meiner Rüstung und werfe ihn mit aller Kraft zu Boden. Das Glas platzt auf, das Pulver, das sich in dem kleinen Fläschchen befunden hat, wird durch die Hitze und den aufsteigenden Dampf in die Luft geschleudert. Ich weiß, dass Feuer gegen Eis siegt. Aber was, wenn da kein Feuer mehr ist?

Hestia beginnt zu husten und auch ich kann mich nicht schützen, als das Gift in meine Atemwege gelangt. Eigentlich war es dazu gedacht, in Flüssigkeiten gegeben zu werden, in kleinen Mengen. Heimtückisch. Aber so geht es auch. Ihre Augen weiten sich vor Überraschung und Entsetzen.

„Was hast du getan, du dummes Ding?" Hestia packt sich mit beiden Händen an den Hals und ich sehe, wie die Flammen, die eben noch um sie herum züngelten, flackern und verglühen.

Mein Eis bildet sich zurück. Ich spüre eine Leere in mir, als würde ein wichtiger Teil von mir fehlen, doch er wird wiederkommen.

„Jetzt kannst du dich nicht mehr auf dein Element verlassen, Hestia. Jetzt heißt es ‚Auge um Auge' und wir werden sehen, wer ohne unsere Gaben die beste Kriegerin ist."

Ich habe uns beide unserer Kräfte beraubt. Bluette hat das Gift entwickelt und mir den Flakon geschenkt, für den Notfall. Dieser ist schneller eingetreten, als gedacht. Während sie um Luft ringt, nehme ich allen Mut zusammen und springe mit einem Satz auf sie zu. Ich treffe sie mitten auf der Brust. Sie wird mit einem Ruck nach hinten geschleudert, landet mit einem gewaltigen Krachen an der Wand.

Tiefe Genugtuung durchfährt mich.

Nimm das, du Dreckstück. Der Gedanke brennt in meinem Kopf wie ein Feuer, während sie sich langsam aufrappelt und mit den Zähnen knirscht. Sie spuckt einen Schwall Blut auf die Erde.

„Ich werde dich langsam ausbluten lassen, du blödes Miststück." Ihr Zorn ist jetzt greifbar. Sie will das hier beenden und uns ist beiden bewusst, dass es ein Kampf auf Leben und Tod wird.

Sie stürzt sich nun ihrerseits auf mich. Unsere Schläge treffen einander mit solch einer Geschwindigkeit, dass es beinahe unmöglich ist, sie zu zählen. Hestia ist stark, skrupellos und schnell. Jeder von uns landet Treffer und mein Körper schreit vor Schmerzen. Sie schafft es, mir die Beine unter dem Körper wegzuziehen und ich knalle rückwärts auf den Holztisch, der unter meiner Last bricht. Gläser mit Kräutern rollen über den Boden oder zerbrechen, während Hestia versucht, mich zu treten. Doch ich weiche aus, krabble rückwärts von ihr weg und mein Stiefel trifft sie am Kinn, so heftig, dass ihr Kopf nach hinten geschleudert wird. Blut läuft aus ihrem Mund und jetzt wirkt sie nur noch wütender.

„Wie sehr ich dich hasse, Glacies. Du bist ein pures Ärgernis."

Scharfe Scherben schneiden mir in die Haut, doch ich spüre es kaum. Stattdessen legen sich meine Finger um eins der Gläser und ich werfe es nach ihr. Es trifft sie seitlich am Kopf und sie faucht mich an wie ein Tier.

Ihre Augen funkeln vor Zorn, ein dünnes Lächeln umspielt ihre Lippen. „Ich werde es so genießen, dir die Kehle durchzuschneiden."

„Dazu wird es nicht kommen."

Mit zitternden Beinen komme ich wieder auf die Füße, jeder Atemzug brennt in meiner Lunge. Meine Hände ballen sich zu Fäusten, die Knöchel weiß unter der angespannten Haut. Hestia zieht einen Dolch, ihre Augen funkeln triumphal. Ein kaltes Schmunzeln huscht über ihre Lippen, als sie das Blut auf meiner Rüstung bemerkt. Doch ich lasse mich nicht einschüchtern. Ich bin noch lange nicht am Ende.

Ich greife nach meiner Waffe, das Gewicht der Klinge in meiner Hand gibt mir neue Entschlossenheit.

Wir stehen uns gegenüber, schwer atmend, beide von Kratzern und Blut gezeichnet. Hestia bewegt sich pfeilschnell, ein Schatten, der auf mich zu jagt. Ihr Dolch blitzt im schwachen Licht und zielt direkt auf mein Herz. Zu schnell. Sie ist zu schnell. Instinktiv ducke ich mich weg, der Schlag trifft nur knapp meine Rüstung, hinterlässt einen Kratzer auf dem Leder. Das war knapp. Ich wirble herum, meine Klinge bereit, doch Hestia ist schon wieder bei mir. Ich muss ihr zugestehen, dass sie eine herausragende Kriegerin ist. Mit einem brutalen Kniestoß trifft sie mich in den Magen und der Schmerz explodiert in meinem Körper. Ein stechendes, alles überwältigendes Feuer, das mir den Atem raubt. Ich taumle zurück und schnappe nach Luft. Doch bevor sie nachsetzen kann, zwinge ich mich, vorwärts zu stürmen, meine Schulter rammt sich mit voller Wucht in ihre Brust. Der Aufprall lässt uns beide zu Boden stürzen.

Die Dolche schlittern aus unseren Händen, klirren laut auf dem harten Boden, als wir in einem chaotischen Knäuel aus Armen und Beinen landen. Sie kämpft wie ein wildes Tier, schlägt und kratzt, versucht die Oberhand zu gewinnen. Doch ich gebe nicht nach. Ich setze alles ein, was ich habe, vor allem meine scharfen Nägel. Ich spüre den Schmerz in meinen Gliedern, die Scherben, die sich in meine Haut bohren, doch ich ignoriere es. Mit einem keuchenden Schrei wuchte ich mich über sie und presse sie mit meinem Gewicht zu Boden. Ich zögere nicht. Ich bin nicht mehr die, die ich einst war. Ich bin die Frau, die kämpft, um zu leben. Und wenn ich sie dafür töten muss, werde ich es tun. Ich bin nicht schwach. Nicht hilflos. Meine Faust schießt nach vorne, trifft ihre Wange mit einem dumpfen Knall. Ihre Haut gibt unter meinem Schlag nach und Blut spritzt auf meine Hand. Doch bevor ich den nächsten Schlag landen kann, packt sie brutal meine Haare, zieht meinen Zopf nach hinten, bis mein Nacken knackt.

„Das ist alles, was du kannst?", spottet sie, ihre Stimme voller Häme, doch ihre keuchenden Atemzüge verraten ihre Erschöpfung. Mit roher Kraft wirft sie mich von sich und springt auf die Beine, schneller, als ich erwartet hätte. Ihr Blick ist wild, ihre blutverschmierten Zähne entblößt in einem raubtierhaften Grinsen, während sie nach Luft ringt. Auch ich kämpfe mich auf die Füße, mein Körper wackeliger und schwerfälliger als ihrer. Meine Beine zittern unter mir, doch ich zwinge sie, mich zu tragen. Mit dem Handrücken wische ich mir Blut von der Lippe, das warm über mein Kinn rinnt. Mein Blick bleibt auf Hestia gerichtet. Der Raum um mich herum dreht sich leicht, doch ich halte stand.

„Das hier ist noch nicht vorbei."

Hestia greift erneut an, kaum dass die Worte meine Lippen verlassen haben. Ihr Ellenbogen trifft hart gegen meine Rippen, ein schmerzhafter Schlag, der mich keuchen lässt. Sie ist ein echtes Miststück. Aber ich schaffe es, fokussiert zu bleiben und greife trotz des Schmerzes nach ihrem Arm, bringe ihn mit einem schnellen, präzisen Griff in eine verdrehte Position, die Aros mir erst vor wenigen Tagen gezeigt hat. Er wäre stolz auf mich, wenn er das jetzt sehen könnte. Sie alle wären es. Ein scharfes Knacken erfüllt den Raum und Hestia schreit auf. Triumph wallt in mir auf. Nimm das, du Miststück, denke ich. Der Klang ist befriedigend und grausam zugleich. Doch ich habe nicht den Luxus, zimperlich zu sein. Bevor ich den Vorteil jedoch nutzen kann, rammt sie ihr Knie erneut mit brutaler Präzision gegen mein eigenes. Schmerz durchzuckt mich und ich breche ein, aus dem Gleichgewicht gebracht. Keine von uns ist bereit aufzugeben. Dies hier wird nur enden, indem eine von uns stirbt, das wird immer deutlicher. Möbel werden umgestoßen, Glassplitter knirschen unter unseren Füßen und der Raum ist ein Chaos aus splitterndem Holz. Wir sind beide verschwitzt, blutverschmiert und keuchen schwer, doch keine gibt nach. Nicht auszudenken, wenn wir beide im Besitz unserer Elemente wären. Wir hätten dieses Haus dem Erdboden gleichgemacht und wären vermutlich beide längst auf einem Weg ohne Wiederkehr. Hestia reißt einen Kerzenständer aus Metall von einem Beistelltisch und ich weiche ihm im letzten Moment aus. Er zerschlägt einen Tonkrug, der neben der Wand gestanden hat und Tonstücke fliegen in alle Richtungen. Ich angle mir ein abgebrochenes Tischbein, schwinge es auf Hestia zu, aber sie hebt den Arm, das Holz trifft sie hart, doch sie bleibt stehen, ihr Blick glühend vor Hass. Mit brutaler Stärke greift sie mein Handgelenk, verdreht es schmerzhaft, dass mir kurz schwarz vor Augen wird. Ein Schrei entfährt mir, als ein brennender Schmerz durch meinen Arm schießt. Dann tritt sie mit voller Kraft gegen meine Seite und ich stürze erneut zu Boden, mein Körper prallt auf das zerbrochene Glas. Dieses Mal ist sie schneller. Sie wirft sich auf mich, ihre Beine fixieren meinen Körper, ihre Hände legen sich fest um meinen Hals. Ihr Griff ist unerbittlich, ihre Augen glitzern vor mörderischer Entschlossenheit. Mein Gesichtsfeld beginnt zu verschwimmen, während ich verzweifelt nach Luft schnappe. Meine Hände versuchen ihre Finger zu lösen, kratzen an ihrer Haut, doch sie hält mich mit einem eisernen Griff fest. Dieses Mal bin ich unterlegen. Sie hat mehr Kraft als ich. Sie ist schwerer und größer.

„Stirb endlich", faucht sie, ihre Stimme ein hasserfülltes Knurren. Ihr Griff wird noch fester und Panik breitet sich in mir aus. Mein Brustkorb brennt, meine Glieder werden schwer. In diesem Moment höre ich Glas splittern, ein weißer Blitz schießt durch die Luft, stürzt sich auf Hestias Gesicht. Krallen graben sich in ihre Haut und sie schreit auf, ihre Hände lösen sich ruckartig von meinem Hals und ich schnappe gierig nach Luft. Meine Lunge brennt, aber meine Sicht wird wieder klarer. Hestia schlägt wild um sich, versucht Umbra zu packen, doch er ist schneller, flattert zurück und stürzt sich erneut auf sie. Immer und immer wieder attackiert er sie, um mich zu retten. Seine Krallen reißen tiefe Furchen in ihr Gesicht, das völlig blutüberströmt ist. Ohne lange nachzudenken, greife ich nach der großen Scherbe neben mir. Ich bin am Ende. Es ist meine letzte Chance, das weiß ich. Wenn ich es jetzt nicht beende, wird sie es tun. Meine Finger schließen sich um den scharfkantigen Splitter. Mit einem letzten Schrei stoße ich die Scherbe so tief wie möglich in Hestias Hals. Blut sprudelt hervor, warm und klebrig. Es spritzt mir ins Gesicht und auf meine Hände.

Ich stoße sie von mir und entferne mich kriechend von ihr. Mein Körper besteht nur noch aus Schmerzen.

Hestias Augen weiten sich ungläubig, einen Augenblick später sinkt sie regungslos zu Boden, ihr Blick starr nach oben gerichtet. Ich sacke keuchend zusammen, Tränen laufen mir über das Gesicht. Ja, ich habe Hestia gehasst, aber ich wollte das hier nicht. Nichts davon. Und doch bereue ich es nicht. Ich habe sie gewarnt. Es gab in diesem Kampf nur diese zwei

Möglichkeiten: Leben oder sterben. Ich habe das getan, was Sky immer wieder von mir fordert: Mein Gewissen abstellen und überleben.

Ein langsames, höhnisches Klatschen reißt mich aus meiner Trance. Zitternd wende ich den Kopf und blicke zur Türschwelle. Dort steht Gaia, ihre Augen fixieren mich mit einem unheilvollen Funkeln, während sie langsam in die Hände klatscht und Umbra sich auf einem Deckenbalken niederlässt. Sein Gefieder ist blutdurchtränkt und die kleine Brust des Vogels hebt und senkt sich ebenso hektisch wie meine.

„Ich gestehe, du überraschst mich, Glacies. Das können die wenigsten von sich behaupten. Wäre es nicht so nervtötend, wäre es fast erfrischend." Ihre Stimme ist seidig, doch darunter liegt eine schneidende Schärfe. „Ich hatte wirklich erwartet, dass, wenn ich hier eintreffe, mich dein Leichnam begrüßt. Alles war so perfekt geplant. Stattdessen ...", sie stößt Hestias reglosen Körper mit dem Fuß an, während Umbra auf meiner Schulter landet, „... wurde ich Zeugin von diesem miserablen Ende. Schade. Ich hatte noch Pläne mit ihr. Doch nun kniest du hier vor mir. Was mache ich jetzt mit dir?"

Ihr Lächeln ist das eines Raubtieres. „Dir ist bewusst, dass ich dich nicht gehen lassen werde, oder? Du machst mir zu viel Ärger, Neve. Ich kann es nicht zulassen, dass du immer mehr Macht über Ayden bekommst. Über sie alle. Du bringst meine Ordnung durcheinander."

Sie tritt näher, ihre Präsenz füllt den Raum. „Du hättest mein Angebot zu gehen annehmen sollen. Ich war so großzügig. Ich brauche Ayden. Er ist stark, loyal und die Elementare fürchten ihn. Du hast selbst erlebt, was in ihm steckt. Ein kleines Beben, ein winziger Riss und ein ganzes Fundament zerbricht, Neve. Du bist dieser Riss. Du stellst Fragen, die du nicht stellen solltest. Du fügst dich nicht. Verliere ich Ayden, verliere ich sie alle. Weißt du, was sie so besonders macht? Sie alle stammen von den ersten Kriegern ab. In ihnen allen steckt mehr Macht, als sie ahnen und ich habe es zu spät begriffen. Ich habe sie alle töten lassen. Jene, aus den ersten Tagen dieser Welt. Jene, die aus den Urkräften der Welt entstanden sind und eine physische Gestalt bekommen haben und zu den ersten Beschützern dieser Welt wurden. Jene, die von der magischen Energie dieser jungen Welt durchdrungen wurden, als sie entstand. Als ihre Schutzgeister. In deiner Welt würde man sie mit dem Adel gleichstellen. Was denkst du, warum ich sie bei mir behalten habe, diese Kinder? Aus Liebe? Aus Mitleid? Barmherzigkeit? Nein. Weil ich diese Macht, die in ihnen steckt, für mich will. Ich brauche sie. Ohne sie gibt es die Kuppel nicht. Keinen Schutz. Und sie ahnen nicht einmal, welche Macht in ihnen steckt. In ihrem Blut liegt die Magie, die mit jeder weiteren Generation weniger wurde. Die ersten Elementare waren die Stärksten. Urgewalten. Diese Kinder sind die direkten Nachkommen jener, die diese Welt aufgebaut haben. Von ihnen stammen dein Ayden und seine Freunde ab. Sogar deine Eltern. So wenige von ihnen sind übrig, weil ich es zu spät erkannt habe. Ich habe sie alle getötet, weil ich nicht das große Ganze im Blick hatte. Ich habe sie als Gefahr gesehen, weil sie so mächtig waren. Ich habe ihre Wichtigkeit in dieser Welt übersehen. Und nun hast du sie alle vom Weg abgebracht. Und dieser Vogel?" Ihre Augen verengen sich, als sie Umbra fixiert. „Hältst du mich für närrisch? Du weißt, was dort oben auf dem Berg lebt, nicht wahr?

Du hast es gefunden, als Hestia dich zurückließ. Die Glacies. Fjolla und ihre Brut. Den Widerstand. Jene, die sich retten konnten und gegen mich kämpfen. Lass uns offen miteinander reden, so kurz vor deinem Ende, Neve."

Ich zwinge mich, meine Stimme ruhig klingen zu lassen, doch sie bebt. „Egal ob ich sterbe oder nicht, Ayden wird eines Tages erkennen, was für ein Monster du bist. Er wird dich eines Tages stürzen."

Gaia lächelt mich an: „Ach, Neve … darum habe ich mich längst gekümmert. Es wurde mir zu gefährlich, jetzt, nachdem ich gesehen habe, wie schnell mir meine Macht und mein Einfluss durch die Finger geronnen sind. Das Risiko kann ich nicht eingehen. Sie müssen mir folgen."

„Was hast du ihm angetan?"

„Ich?" Sie lacht leise, ein kaltes, höhnisches Lachen. „Du, Neve. Das warst du. Er war glücklich, bis du kamst. Ich habe ihn geformt. Sie alle. Zu Waffen. Jetzt hinterfragt er Dinge, die er nicht hinterfragen sollte. Dinge, die seinen Frieden – meinen Frieden – stören." Sie tritt näher und ihre Stimme wechselt plötzlich von einem sanften Flüstern zu einem dröhnenden, fast überirdischen Klang, der den Raum zu füllen scheint. „In dieser Welt bin ich die alleinige Herrscherin. Über Jahrhunderte habe ich eine perfekte Ordnung geschaffen, eine Welt, in der alle ihren Platz kennen. Sie alle folgen mir wie Funken, die vom Feuer genährt werden, ohne zu wissen, dass sie verglühen." Ihre Stimme scheint zu zerfließen, in etwas Wildes, Unberechenbares, es klingt, als hätte sie mehrere Stimmen gleichzeitig. „Ignis, Aquas, Terras und Aeria gehorchen mir, weil sie Teil des großen Gleichgewichts sind, der natürlichen Ordnung, die das Leben formt und erhält. Formbar für jene, die die Muster dieser Welt verstehen. Doch Glacies und Elektras..." Sie verengt die Augen, ihre Lippen verziehen sich. „Ihr seid anders. Eis ist gefrorener Stillstand, ein stummer Verrat an der Bewegung des Wassers. Und Blitze? Sie sind das reine Chaos. Unvorhersehbar, unkontrollierbar, geboren aus einem Augenblick, der nicht im Gleichgewicht steht. Ihr seid instabil, unvollkommen, Fehler in einem System, das ich erschaffen habe. Sie sind wie du, Neve – Anomalien. Und Anomalien werden in meiner Welt nicht geduldet. Sie werden ausgelöscht, weil sie nicht kontrollierbar sind."

Die Luft im Raum verändert sich. Sie wird schwer und erstickt fast jedes Geräusch. Ein Beben durchzieht die Wände, als würde der Raum selbst auseinanderbrechen. Gaias Augen, in denen sonst die Elemente tanzen, werden schwarz – ein tiefes, lebloses Schwarz, in dem Nichts zu existieren scheint. Dunkle Schatten wirbeln in der Finsternis, die sie umgibt, wie ein Sturm, der alles verschlingt. Ihre Finger verformen sich zu langen, knochigen Krallen, die sie langsam über eine Anrichte zieht. Mein Herz rast vor Angst, doch ich kann mich nicht bewegen.

„Was bist du?", flüstere ich entsetzt. Sie zeigt mir einen kleinen Teil von dem, was sie sonst stets verborgen hält, von dem Ungetüm, das in ihr schlummert.

Sie wendet sich mir zu, ein diabolisches Grinsen entblößt ihre nun spitzen Zähne.

„Was ich bin?" Sie lacht leise, doch es klingt falsch, wie ein Echo aus einer anderen Welt. „Oder willst du lieber wissen, wer ich bin, bevor ich deinem kläglichen Dasein ein Ende setze?"

Ihre Gestalt wird unklarer, als würde sie sich gleichzeitig ausdehnen und zersplittern, aber doch in ihrer Form verbleiben.

„Man nennt mich Vepera…", setzt sie an und im nächsten Augenblick stößt sie einen gellenden Schrei aus und schaut an sich hinab.

Eine Klinge schiebt sich durch ihren Körper, schwarzes Blut rinnt in dicken Tropfen an der Waffe hinab und fällt zischend auf den Boden. Ihre Augen weiten sich und sie stößt einen Laut aus, der wie tausend Stimmen klingt, die sich übereinandergelegt haben.

Sie hebt den Blick, ihre Augen brennen vor Wut.

„Ihr Narren", zischt sie, ihre Stimme ein tiefes Grollen, das wie Donner klingt. „Ihr könnt mich nicht töten. Ich werde regenerieren und …"

Ein harter Schlag trifft ihren Kopf und Gaia sackt zusammen, der Aufprall hallt durch den Raum. Ihre Krallenhände verformen sich zurück, zu normalen Fingern, als sie in sich zusammenbricht und für einen Moment ist alles still. Ich atme schwer und blicke in zwei mir vertraute Augen.

„Rainn?", wispere ich und er eilt auf mich zu, zieht mich hoch und stützt mich. Umbra flattert aufgeregt in die Luft.

„Wir müssen hier weg, Neve. Sie wird nicht lange bewusstlos bleiben und die Wachen kommen. Wenn sie uns finden, sind wir tot, bevor wir ein Wort sagen können. Das hier sieht übel aus. Ayden und die Anderen sind im Schloss. Sie können uns nicht helfen, aber sie sind in Sicherheit, vorerst. Du hast sie gehört. Sie wird ihnen nichts tun. Sie kann es nicht. Wir können sie nur schützen, indem wir jetzt gehen."

„Lass es uns beenden", presse ich hervor, die Worte kaum mehr als ein Hauch. Ich bin am Ende meiner Kraft. „Diese Chance bekommen wir nie wieder."

Er versteht, was ich meine, aber schüttelt den Kopf. „Gaia kann so nicht sterben. Unsere Waffen sind zu schwach. Was auch immer sie ist, ein einfaches Schwert wird nicht reichen. Sie … ist nicht wie wir. Unsere einzige Chance, weiterzuleben und die anderen zu retten, ist es, wenn wir jetzt fliehen und uns einen Plan überlegen. Vertrau mir. Ich werde dich hier rausbringen. Ich werde dir helfen." Seine Stimme klingt fest, doch ich sehe den Schmerz in seinen Augen. Der Gedanke, die Anderen zurückzulassen, bringt ihn ebenso um wie mich. „Ich habe Ayden ein Versprechen gegeben und es nie gebrochen. Pass auf sie auf, Rainn. Und genau das werde ich bis zu meinem letzten Atemzug tun, bis Ayden es kann. Gaia wird dich nicht am Leben lassen. Das weißt du. Und ich bin nun ein Verräter, weil ich dich gerettet habe. Ich … es ist keine Zeit, es dir jetzt zu erklären."

Ich kämpfe mit den Tränen. Ich kann die Verzweiflung in meinem Inneren kaum ertragen. Warum tut diese Welt mir das immer wieder an? Die Gewissheit, dass ich nicht nur meine Familie, sondern auch Ayden zurücklassen muss, zerstört etwas in mir. Habe ich es nicht verdient, glücklich zu sein? Dass endlich alles gut wird? Habe ich nicht alles dafür getan? Aber Rainn hat Recht, Gaia sieht etwas in Ayden und den Anderen, dass sie nicht kampflos aufgeben wird. Selbst in meinen Eltern. Sie braucht sie, sie alle. Diese Erkenntnis trifft mich härter als jeder Schlag. Sie will ihn nicht töten, sie will ihn kontrollieren. Und ich habe keine Macht, es in diesem Augenblick zu verhindern.

„Ich kann Ayden nicht zurücklassen."

„Du musst. Neve, wenn du bleibst, wirst du sterben. Wir werden sie retten. Ich verspreche es dir. Aber jetzt müssen wir gehen. Sie will Ayden nicht töten, aber dich, um ihn zu brechen. Lass sie nicht gewinnen."

Ich weiß, dass Rainn recht hat. Gaia hat es mir selbst gesagt. Sie hat so vieles gesagt, dass mir der Kopf schwirrt. Sie war sich sicher, dass ich sterben würde. Nur deswegen hat sie dieses Wissen mit mir geteilt. Dass Ayden und die anderen von den ersten Elementaren abstammen. Doch ich weiß noch immer nicht, was sie ist und wie man sie besiegen kann.

„Ich wollte ihn warnen, Neve. Sie alle. Aber ich hatte keine Zeit mehr, sie zu erreichen. Wäre ich schneller gewesen ... vielleicht wäre das hier anders gelaufen. Aber ... ich musste mich entscheiden. Sie oder du. Und ich habe dich gewählt, weil ich glaube, dass uns das am Ende alle retten wird. Du hast Gaia gehört. Was auch immer sie den Anderen angetan hat, über dich hat sie keine Macht."

Ich kenne Rainn. Ich weiß, wie stark sein Beschützerinstinkt ist und wie sehr er seine Familie liebt. Ich muss ihm vertrauen, wie auch Ayden ihm vertraut. Ich muss fliehen, auch wenn jede Faser meines Körpers gegen diese Entscheidung kämpft. Wenn ich bleibe, werde ich die Chance, sie zu retten, verschenken. Es gibt nur einen Weg: Wir müssen überleben, diesen Tempel finden und zurückkehren. Rainn ist mein Freund. Aydens Freund. Er kennt diese Welt besser als ich und er weiß, was zu tun ist. Also folge ich ihm, mehr von ihm getragen, als dass ich selbst laufe. Der Schmerz in meinem Herzen ist unerträglich, doch der Gedanke, dass ich die Wesen, die ich liebe, nicht aufgeben kann, treibt mich an. Ich lasse alles hinter mir – die Zerstörung, die Dunkelheit, die Angst. Ich lasse die Vergangenheit hinter mir, um die Zukunft zu retten. Ayden. Unsere Freunde. Meine Familie. Aber ich werde zurückkommen. Ich werde diesen Tempel finden und Gaia aufhalten. Während Umbra über uns kreist und die Wachen ins Haus stürmen, verschwinden wir im Dickicht des Urwaldes.

Ayden

Angespannt kontrolliere ich die letzten Korridore des Schlosses. Das beklemmende Gefühl, dass etwas Unheilvolles in der Luft liegt, schwebt über meinem Kopf. Wie von selbst führen meine Schritte mich in Richtung Bibliothek, den Ort, dem ich schon lange keine Beachtung mehr geschenkt habe. Doch aus einem Impuls heraus bleibe ich dieses Mal stehen. Es fühlt sich an, als würde aus dem Inneren eine merkwürdige Präsenz strömen, eine, die nach mir ruft. Es fühlt sich an wie ein Sog und die Luft scheint sich zu verdichten. Mein Puls beschleunigt sich und ein unerklärlicher Instinkt treibt mich an, die Tür zu öffnen.

Also stoße ich sie langsam auf. Meine Augen schweifen umher. Es herrscht eine unheimliche Stille, die hohen Regale werfen lange Schatten und in der Mitte des Raumes sitzt eine Gestalt an einem Tisch. Ich runzle die Stirn, mustere den Mann, der gleichzeitig real und unwirklich wirkt. Seine Form flackert leicht, als sei er ein Teil einer anderen Welt, nicht dieser.

„Ayden. Endlich. Ich habe dich bereits erwartet."

Meine Hand liegt am Griff meines Schwertes, während der Mann sich langsam erhebt, seine Bewegungen geschmeidig. Seine durchdringenden silbrigen Augen treffen mich mit einer Intensität, die mich unwillkürlich einen Schritt zurückweichen lässt. Er ist kein Elementar. Und ich bin mir sicher, dass ich ihn noch nie zuvor gesehen habe.

„Wer bist du? Und woher kennst du meinen Namen?"

„Hat Neve dir nicht von mir berichtet? Natürlich hat sie das nicht. Sie trägt schwer an ihren Geheimnissen. Eine Last, die nicht gewichtiger sein könnte. Fürwahr. Ich bin der Chronist. Der Bewahrer der Geschichten, der Wächter der Wahrheit. Und dich, Ayden, kenne ich, wie ich euch alle kenne. Die Wege der Elementare hinterlassen Spuren und deine sind tief und bedeutungsvoll wie die deiner Eltern."

Ich mustere ihn misstrauisch. Was redet er da nur über Neve und meine Eltern?

„Das erklärt gar nichts. Warum hast du mich erwartet? Was willst du?"

Der Chronist lächelt, ein Hauch von Melancholie in seinen Zügen.

„Nicht ich habe dich gerufen, Ayden. Es war dein eigenes Herz, das dich hergeführt hat. Du trägst eine Last, die du nicht vollständig verstehst. Und doch bist du bereit, die richtigen Fragen zu stellen. Zwar später als angenommen, aber noch nicht zu spät."

Ich verstehe nichts davon, was dieses Wesen erzählt.

„Ist Neve in Gefahr?" Die Frage kommt schwer über meine Lippen. Das Gefühl, dass etwas nicht stimmt, nimmt nur noch mehr zu.

Der Chronist tritt näher, seine Gestalt flackert im Licht der Kerzen.

„Gefahr ist ein treuer Begleiter auf dem Weg zur Wahrheit, Ayden. Neve folgt einem Pfad, den sie selbst gewählt hat. Die Prüfungen, die vor ihr liegen, sind schwer. Und deine Aufgabe ist es, die Wahrheit zu suchen. Nicht die Antworten, die du hören willst, sondern die, die du brauchst. Die Welt hängt von jenen ab, die den Mut haben, zu fragen und zu handeln, auch wenn die Antwort schmerzt."

Der Griff um mein Schwert verstärkt sich.

„Du sprichst in Rätseln."

Der Knoten in meiner Brust zieht sich zusammen. Wovon redet er nur? Was für Prüfungen? Josias ist tot, ich habe ihn selbst getötet.

„Es gibt Dinge, Ayden, die nicht an dir sind zu wissen. Jeder von euch hat eine Aufgabe, die weit über das hinausgeht, was ihr gerade begreift. Ihr müsst euren eigenen Weg gehen, um die Welt zu retten, die euch beide braucht. Eines sage ich dir: Eure Wege sind miteinander verflochten, doch sie trennen sich jetzt. Es ist unvermeidlich. Ihr müsst euren eigenen Pfaden folgen. Aber ihr werdet euch wiederfinden. Wenn ihr aneinander glaubt. Wenn ihr vertraut. Dann werden sich eure Wege wieder kreuzen."

Ich schüttle zornig den Kopf. Verzweiflung wallt in mir auf und mischt sich mit Zorn. Ich würde Neve nie alleine lassen. Das ergibt keinen Sinn.

„Ich werde Neve nicht verlassen."

„Diese Entscheidung obliegt nicht dir, Ayden. Die Würfel des Schicksals sind bereits gefallen und jeder von euch hat seinen Weg gewählt."

„Wo ist sie? Was passiert mit ihr? Wie kann ich sie schützen?"

Der Chronist sieht mich lange an.

„Du kannst sie dieses Mal nicht beschützen. Vertrauen, Ayden. Manchmal ist Vertrauen die größte Form von Mut. Neve vertraut dir, auch wenn sie es nicht sagt. Und du musst ihr vertrauen, egal wie dunkel die Wege werden. Du kannst nicht über alles wachen. Doch es gibt jemanden da draußen, der alles tut, um dich zu schützen – so wie du es seit jeher für andere tust. Neve hat ihren Weg gewählt, um dich zu retten. Um dich auf den Pfad zu bringen, den das Schicksal für dich vorgesehen hat. Das zu akzeptieren, erfordert mehr Mut, als du glaubst. Das ist deine Herausforderung, vertraue, auch wenn es schmerzt. Lasse los, auch wenn du es nicht kannst. "

Ich will etwas sagen, mein Kopf ist voller Fragen, doch der Chronist hebt die Hand.

„Das ist alles, was ich dir sagen kann. Mehr zu enthüllen, würde die Geschichte ändern und das ist nicht meine Rolle. Ich bin kein Freund und kein Feind. Ich bin nur ein Zeuge, Ayden. Ein Schreiberling des Schicksals. Suche, handle und du wirst sie finden. Wenn die Zeit gekommen ist, wirst du verstehen."

Er beginnt zu verblassen, doch seine Stimme bleibt klar.

„Suche die Wahrheit, Ayden. Sei mutig. Und denke daran: Vertrauen ist ein Schlüssel, der mehr Türen öffnet, als jede Waffe es je könnte. Die Welt braucht dich. Deinen Mut, deine Stärke und vor allem dein Vertrauen. Besonders in Neve. Mut und Vertrauen sind die wahren Waffen dieser Welt und Neve besitzt beides, um ihren Weg erfolgreich zu meistern."

Mit diesen Worten verschwindet er und ich bleibe alleine in der Bibliothek zurück.

Ich verstehe das alles nicht. Was meinte er? Angst schließt sich mit einer festen Faust um mein Herz.

Neve. Ich muss zu ihr. Ich wirble herum, renne durch die breiten Gänge des Schlosses, meine Gedanken ein Wirbel aus Sorgen und Angst. Ich muss Neve finden, bevor es zu spät ist.

Ich erreiche die großen Tore des Schlosses, wo ich mich mit Sky und den anderen treffen wollte, doch ich laufe an ihnen vorbei, ohne mich umzusehen. Der Tag neigt sich bereits dem Ende zu und die kühle Nachtluft schlägt mir entgegen. Neve wird zu Hause sein. Sie muss. Sie hat gesagt, sie wartet auf mich. Dass sie für uns kocht ... Einen anderen Gedanken kann ich nicht zulassen. Was auch immer dieses Geisterwesen erzählt hat, ist nicht wahr. Darf nicht wahr sein.

„Ayden, was ist passiert?", schreit Sky hinter mir, doch ich habe keine Zeit, es ihr zu erklären. Ich folge dem Gefühl in mir. Zuerst will ich zu unserer Hütte, doch etwas in mir sagt, dass es der falsche Weg ist. Ein seltsames, drängendes Gefühl führt mich woanders hin und ich gehorche widerwillig. Der Dschungel liegt still und bedrohlich vor mir, aber ich zögere nicht. Das Rauschen der Blätter im Wind ist wie ein Flüstern, als ich den Weg erkenne, den ich renne – zu Neves Familie.

„Neve ...", murmle ich, die Angst in meiner Brust wie ein Schraubstock. Dann höre ich in der Ferne ein Geräusch und ziehe mein Schwert, ehe ich auf die kleine Lichtung trete, auf der das Haus von Neves Familie steht.

Mehrere qualmende Haufen verraten mir, dass hier vor Kurzem ein Ignis etwas verbrannt hat. Sieben dampfende Haufen. Ich zähle eins und eins zusammen – die Hunde. Es müssen die Hunde sein und der Geruch von verbranntem Fell steigt mir in die Nase. Die Wut in mir schwillt nur noch mehr an. Warum sollte jemand den Hunden etwas antun? Eine kleine Welle der Erleichterung durchfährt mich, weil ich weiß, dass Cupid bei uns zu Hause ist. Er ist sicher. Das Haus ist umstellt, ich sehe Gaias Wachen und nichts an diesem Bild passt zusammen. Hinter mir brechen weitere Gestalten aus dem Unterholz – Sky, Aros, Bluette, Kelvin und Adan. Sie alle sind außer Atem, aber sie sind hier. Sind mir sofort gefolgt, um mich, ohne Fragen zu stellen, zu unterstützen.

„Was ist los?", fragt Aros leise und bedrohlich, nimmt wie ich alles genau in sich auf.

„Ich weiß es nicht", flüstere ich zurück und die anderen rücken automatisch enger zusammen. Sie verstehen eben so wenig wie ich, was hier passiert ist.

Die Wachen mustern uns und Furcht um Neve schnürt mir die Kehle zu. Ich weiß, dass sie lebt, alles andere würde ich spüren. Die Holztür des Hauses öffnet sich, doch es ist nicht Neve, auch nicht Nereus, Selale oder Opal, die dort stehen, sondern Gaia. Gaia, deren helles Kleid mit Blut befleckt ist.

Ihre Augen sind vor Schreck geweitet und sie hält sich die Hand an den Leib gedrückt, ihr Gesicht ist unglaublich blass.

Ich runzle die Stirn. Versuche, die Puzzleteile in meinem Kopf zu verbinden, doch nichts von dem, was ich hier sehe, ergibt Sinn. Was tut Gaia hier? Wer hat sie angegriffen?

„Ayden?", flüstert sie heiser und streckt zitternd die Hand nach mir aus. Widerwillig gehe ich auf sie zu, doch meine Sorge gilt nicht ihr, sondern Neve. Dieses Wissen sollte mich mit Scham erfüllen, doch tut es nicht. Nicht mehr. Mir wird umso deutlicher bewusst, wie sehr sich meine Prioritäten verschoben haben. Wenn mir nicht sofort jemand sagt, was hier passiert ist, wird es gleich sehr ungemütlich werden. Das Feuer unter meiner Haut pulsiert bereits gefährlich.

„Gaia", ich nicke ihr zu, „was ist passiert? Wo ist Neve? Wo sind …?"

Sie unterbricht mich und ihre Hand schließt sich wie ein Schraubstock um meinen Arm.

„Sie hat Hestia getötet, Ayden."

„Wer?"

„Neve. Sie … sind alle Verräter. Es tut mir so leid. Sie haben dein Vertrauen missbraucht, um an mich heranzukommen."

Das ergibt keinen Sinn, nichts davon. Warum sollten sie das tun? Ich war es, der Neve hierher verschleppt hat. Lange bevor wir Gaia gerettet haben. Nereus und Selale würden Neve nie zurücklassen, das weiß ich. Sie sind ihre Eltern, sie haben sie immer beschützt.

Ich zucke zurück, als hätte sie mich geschlagen. Ihre Worte hallen in meinem Kopf, aber ich kann sie nicht fassen. Sie redet hier von meiner Gefährtin. Der Frau, deren Seele sich mit meiner verbunden hat. Wie kann sie das sagen? Neve ist meine Welt. Ich werde nicht zulassen, dass Lügen uns auseinanderreißen.

„Neve würde mich nie verraten. Das muss ein Missverständnis sein."

Gaia stößt die Tür auf. „Sieh selbst, Ayden."

Langsam trete ich ein, lasse alles auf mich wirken. Es muss einen unbeschreiblichen Kampf gegeben haben. Diese Hütte wurde in ihre Bestandteile zerlegt. Kaum ein Möbelstück ist noch intakt. Ich entdecke mehrere Blutspuren und … mein Herz setzt kurz aus - Neves Dolch. Mit zitternden Fingern hebe ich ihn auf und entdecke eine weitere Sache, die mich verwirrt - Rainns Schwert. Er war ebenfalls hier? Voller Blut liegt es vor mir auf der Erde. Wie ist es hierhergekommen? Rainn ist seit heute Mittag wie vom Erdboden verschluckt und nun finde ich seine Spuren ausgerechnet hier?

„Wo sind sie alle? Was …?" Ich suche nach Worten, doch in meinem Kopf ist ein heilloses Durcheinander.

„Hestia hatte den Auftrag, diesen Clan wieder in meinen Dienst zu stellen, ganz wie es dein Wunsch gewesen ist, Ayden. Das wolltest du doch, dass sie zu uns gehören. Ich wollte ihnen eine Chance geben. Dir zuliebe. Meinen guten Willen zeigen, weil ich dir vertraue. Aber ... Hestia hat sie dabei erwischt, wie sie einen Komplott gegen mich schmiedeten. Sie sind alle geflohen, wie Feiglinge. Bis auf Neve. Sie hat ihnen die Flucht ermöglicht und sich Hestia entgegengestellt. Neves Hass auf sie war schon immer immens. Du wolltest es nur nicht wahrhaben. Sie hat uns alle getäuscht. Hat dich nur sehen lassen, was du sehen solltest. Sie wollte Rache. Ich bin selbst Zeugin gewesen, wie sie Hestia die Tonscherbe in den Hals gestoßen hat. Kalt und ohne Gnade. Und als ich ihr zu Hilfe eilen wollte, hat Neves Geliebter mir feige von hinten sein Schwert in den Leib gerammt. Sie haben uns alle getäuscht, Ayden. Es tut mir so leid. Sie haben dich verraten, alle beide. Neve hat dich nie geliebt. Sie hat dich ausgenutzt. Sie und Rainn sind geflohen und haben mich zurückgelassen, schwer verletzt. Den großen Göttern sei Dank kamen die Wachen rechtzeitig, um das Schwert zu entfernen. Ich verspreche dir, ich werde nicht eher ruhen, bis ich sie dafür zur Rechenschaft gezogen habe, Ayden. Für dich und für Atlantika. Sie werden hierfür hängen. Alle beide. Was rede ich? Sie alle! Dieser gesamte Clan.‟

Ich sehe Hestias Leiche, das Tonstück in ihrem Hals und das Blut, das den Boden bedeckt. Sehe Gaias Verletzung, den Ausdruck von Schmerz und Entsetzen in ihrem Gesicht, das Chaos um mich herum und kann es dennoch nicht glauben. Niemals. Neve würde mich nie hintergehen, nicht nach allem, was wir durchgemacht haben, nicht nach allem, was wir füreinander sind. Hätte sie mich verlassen wollen, hätte sie andere Chancen gehabt. Und Rainn ... für ihn würde ich meine Hand ins Feuer legen, ohne zu zögern. Er war unser Schutzschild, das uns immer verteidigt hat. Was immer hier passiert ist, was auch immer Gaia gesehen haben mag, es muss eine andere Erklärung geben. Es gibt eine andere Erklärung. Ich werde sie finden.

Es ergibt einfach keinen Sinn. Die Bilder vor mir verschwimmen, in mir herrscht ein kompletter Wirrwarr. Aus den Augenwinkeln sehe ich, wie Bluette etwas vom Boden aufhebt und sich unauffällig in die Tasche schiebt. Es sind Details wie diese, die mir zeigen, dass hier mehr verborgen liegt als Gaia sagt. Was immer hier geschehen ist, ich werde es herausfinden. Ich werde Neve finden und ich werde die Wahrheit ans Licht bringen – koste es, was es wolle. Doch um das zu tun, muss ich zuerst mitspielen. Die Worte des Chronisten hallen in meinem Kopf wider, klar und deutlich: Suche die Wahrheit, Ayden. Sei mutig. Und denke daran: Vertrauen ist ein Schlüssel, der mehr Türen öffnet, als jede Waffe es je könnte. Die Welt braucht dich. Deinen Mut, deine Stärke und dein Vertrauen. Vor allem in Neve. Mut und Vertrauen sind die wahren Waffen.

Diese Worte sind wie ein Anker, der mich daran erinnert, wer ich bin und woran ich glaube. Und plötzlich ergeben sie einen schmerzhaften Sinn. Ich weiß, dass Neve Geheimnisse vor mir hatte. Vielleicht hat sie Dinge getan, die ich nicht verstehe, noch nicht. Aber ich kenne ihr Herz. Sie wird nichts davon ohne Grund getan haben und ich kenne Rainn. Sie würden mich nicht verraten. Das ist die einzige Wahrheit, die für mich zählt. Also werde ich vertrauen. Es kostet mich all meine Selbstbeherrschung, Gaia in meine Arme gleiten zu lassen, sie so zu halten, wie es von mir erwartet wird - sanft, tröstend. Ihre Verletzungen, ihr Zittern, ihre Worte, all das müsste mich mit Mitleid erfüllen, aber es fühlt sich falsch an. Alles hier fühlt sich falsch an. Doch ich zwinge mich dazu, meine Rolle zu spielen, spüre die Blicke meiner Freunde im Rücken. Ich werde alles tun, um Neve zu finden.

„Ich will, dass es jeder weiß. Auf die Glacies ist ein Kopfgeld ausgesetzt. Es ist mir egal, ob man sie tot oder lebendig zu mir bringt, aber sie wird dafür bezahlen, was sie dir, nein, was sie uns allen angetan hat, Ayden", wispert Gaia. Ihre Worte sind wie ein Funken, der ein Inferno in mir entfacht. Die Wut, die mich von innen heraus zu verglühen droht, ist kaum zu bändigen.

Die nächsten Worte schmecken wie brennende Säure auf meiner Zunge. „Wie du befiehlst."

Neve

„Rainn, Stopp, ich kann nicht mehr. Ich brauche eine Pause, bitte", flehe ich, denn mein Körper ist am Ende. Der Kampf mit Hestia hat mich an meine Grenzen getrieben. Rainn hilft mir vorsichtig, mich an einen Baum zu setzen. Nervös schaut er sich um, als wolle er sichergehen, dass wir nicht entdeckt werden.

„Nur einen Augenblick, länger können wir nicht rasten. Wir müssen einen sicheren Ort finden", erklärt er.

Ich beobachte ihn, diesen Aqua, der mir mittlerweile ein treuer Freund geworden ist. Ich kenne seine Geschichte - seine Narben und die Dämonen, mit denen er innerlich kämpft. Was ich nicht weiß, ist, warum er vorhin da war. Er hat mir vermutlich das Leben gerettet. Nein, ganz sicher sogar. Und seins dafür in Gefahr gebracht. Denn jetzt ist er, ebenso wie ich, ausgestoßen und auf der Flucht. Er hat Ayden und die Anderen verlassen, um mir beizustehen.

„Woher wusstest du, dass ich Hilfe brauche, Rainn?"

Seine blauen Augen suchen meine und er mustert mich einen langen Moment schweigend, ehe er antwortet.

„Wir waren beim Morgenappell und ich hatte dieses seltsame Gefühl. Nicht erst seit heute, schon seit Gaia zurück ist stimmt etwas nicht. Die Zeit, in der Josias mich gefoltert und gefangen gehalten hat, hat mich vieles hinterfragen lassen. Kleinigkeiten, die mir zuvor nie aufgefallen sind. Dinge, die er gesagt hat."

„Du weißt, dass er und Gaia ein Verhältnis hatten?", rate ich, meine Stimme rau.

Er schaut mich überrascht an. „Du auch?"

Ich nicke langsam.

„Ich wollte mehr herausfinden. Heute Morgen, als wir uns alle versammelt haben, ist mir aufgefallen, dass Hestia sich weggeschlichen hat. Gerade sie, als Aydens neue Stellvertreterin, sollte beim Appell dabei sein. Also bin ich ihr gefolgt. Ich wollte wissen, wohin sie verschwindet. Denn ich habe ihr nicht vertraut, keiner von uns hat das und auch hat niemand vergessen, was sie dir angetan hat. Ich habe gehört, wie Gaia ihr den Auftrag geben hat, deine Eltern gefangen zu nehmen und dich zu töten. Ihr Befehl war unmissverständlich. Es sollte wie ein Unfall aussehen. Hestia war Feuer und Flamme für diesen Auftrag, wie du dir denken kannst. Sie wollten Ayden so lange und so weit wie möglich von dir fernhalten."

Rainn hält kurz inne, seine Miene wird düsterer.

„Auch die neue Rune, die alle Krieger heute früh bekommen haben, ist merkwürdig. Ich habe etwas gesehen, was ich nicht erklären kann oder zu dem Zeitpunkt nicht konnte. Als Hestia sich auf den Weg machte blieb ich versteckt im Schatten einer der Säulen. Von Gaia ging etwas aus … ein schwarzer Nebel, der sich über den Boden legte. Doch niemand schien ihn zu bemerken. Es war, als wären sie … blind dafür. Ich weiß, das klingt verrückt und ich verstehe selbst nicht, was ich gesehen habe. Aber da war etwas, in ihr. Ihre Augen, Neve, sie waren schwarz, tief wie ein Abgrund. Du hast es eben selbst erlebt."

Er verstummt kurz und ich sehe, wie er nach den richtigen Worten sucht.

„Dann kam ich hierher, nachdem ich dich bei eurer Hütte nicht finden konnte … ihre Hände, Neve … sie waren Klauen, oder etwa nicht? Das habe ich mir doch nicht eingebildet. Es ist nicht das erste Mal, dass ich das Gefühl hatte, Gaia sei ... anders. Aber heute ... ich habe ihre Stimme gehört. Sie war ... nicht von dieser Welt. Keine Elementarin."

Er schüttelt den Kopf.

„Das Ding, das ich heute in dieser Hütte gesehen habe, war nicht die Herrscherin, die wir alle kennen. Es war etwas Dunkleres, etwas, das nicht in diese Welt gehört. Und ich habe ihre Worte gehört. Was sie unseren Eltern angetan hat. Was sie uns angetan hat. Sie ist ein verdammtes Drecksstück, das uns seit jeher manipuliert hat. Wir waren so blind. So dumm. Weil wir mit ihr aufgewachsen sind."

Ich schlucke hart, während er weiterspricht.

„Ich wollte Ayden und die Anderen warnen, doch mir rannte die Zeit weg, Neve. Ich hatte die Wahl, dich zu retten oder sie zu warnen. Wobei ich nicht einmal weiß, ob ich den Prozess noch hätte stoppen können, dass sie alle die Runen bekommen. Alles schien vorbereitet und genau geplant von Gaia. All die ahnungslosen Krieger ..."

In seinen Augen sehe ich die gleiche Angst, die ich empfinde. Nicht nur vor Gaia, sondern vor dem, was sie wirklich sein könnte. Ein Wesen, von dem wir nicht wissen, wie wir es aufhalten können.

Ich blinzle die Tränen fort, die sich in meinen Augen sammeln.

„Rainn, wenn ich dir sage, dass es eine Waffe gegen sie geben könnte ... würdest du mir glauben?"

Seine blauen Augen treffen meine und ich sehe darin einen Funken Hoffnung aufblitzen.

„Ja." Seine Stimme ist fest, doch ich höre auch den Hauch von Trauer, der darin mitschwingt, weil er all das, was er beschützen wollte, zurücklassen musste.

„Ich musste gehen, um dich zu retten, aber wir werden herausfinden, wie wir sie retten können. Unsere Freunde."

„Unsere Familie", korrigiere ich leise.

Er nickt langsam, seine Kiefermuskeln angespannt. „Unsere Familie."

Meine Kehle brennt, als ich die nächsten Worte ausspreche.

„Es fühlt sich schrecklich an, sie zurückzulassen. Ayden … zurückzulassen. Ich weiß nicht … ob ich stark genug dafür bin. Für das, was vor mir liegt."

Meine Stimme bricht leicht und ein schweres Gefühl liegt auf meiner Brust. Ayden … ich vermisse ihn so sehr. Seine Wärme, seine Nähe, das Gefühl, dass alles in Ordnung ist, solange er bei mir ist. Jetzt fühlt es sich an, als wäre er Lichtjahre entfernt und der Schmerz ist beinahe überwältigend. Warum können wir nicht einfach glücklich sein? Warum wird uns das immer wieder genommen?

„Sie haben meine Eltern, Rainn." Meine Worte kommen nur noch als Flüstern heraus, erstickt von der Trauer. „Sie haben mir alles genommen. Einfach alles."

Rainn lässt sich neben mir nieder und zieht mich, ohne zu zögern, vorsichtig an seine Brust. Sein Griff ist sanft, gerade fest genug, um mir Halt zu geben. Der Duft von frischem Bergwasser und einem nebeligen Frühlingsmorgen umgibt mich. Es ist anders als der Duft von Ayden, Feuer und Holz, der mich immer beruhigt, aber irgendwie auch anders vertraut. Ein kleines Stück Sicherheit, inmitten des Chaos.

„Nicht alles", sagt er leise, seine Stimme warm und voller Überzeugung. „Ich bin noch da, Neve. Bis zum Ende. Das verspreche ich dir. Und du bist stark genug für das, was vor uns liegt."

Ich schließe meine Augen und schiebe meine Hand in seine. Ein kleiner Moment, doch in diesem Augenblick bin ich dankbar dafür, dass er hier ist. Dass ich nicht ganz allein bin.

„Du hast recht." Meine Stimme zittert. „Du bist hier."

„Wir werden eine Lösung finden, so wie immer. Ich habe schon schlimmere Situationen erlebt."

Seine Stimme ist voller Entschlossenheit.

„Ach ja?", frage ich skeptisch.

„Gut, das war gelogen. Aber ich bin überzeugt, dass wir es schaffen. Wir sind stark. Wir sind zusammen. Und wir haben einen Grund, alles zu geben – unsere Familie."

Er hat recht. Dieser Grund wird uns die nötige Kraft geben.

„Aber erst einmal brauchen wir einen Ort, an dem du heilen kannst. Ein Versteck, wo …", überlegt er.

„Ich weiß einen Ort." Rutscht es mir heraus und sofort breitet sich eine Unsicherheit in mir aus. Ich presse die Lippen aufeinander und blicke kurz zur Seite, während mein Herz schneller schlägt. So viele Geheimnisse. Ich wollte sie mit Ayden teilen, doch jetzt wird es Rainn sein, der diese Bürde mit mir tragen wird. Werden wir dort willkommen sein? Wird er es? Es ist ein Risiko – und doch ist es die einzige Möglichkeit, die ich sehe.

Er bemerkt mein Zögern. „Aber?", fragt er, seine Stimme drängt nicht, er bleibt ruhig, aber ich spüre die Spannung in der Luft.

„Es wird dir nicht gefallen, vermute ich", murmle ich vor mich hin und zupfe an einem losen Faden an meinem Ärmel. „Und alles auf den Kopf stellen, was du zu wissen glaubst. Ich … war nicht ganz ehrlich zu euch."

Er lacht leise, ein bitteres, müdes Lachen, das ihn viel älter wirken lässt, als er ist. „Meinst du, mich kann noch etwas schocken? Ich bin in dieser Welt aufgewachsen. Ich habe in schrecklichen Kriegen gekämpft. Josias hat mich gefoltert. Und ich habe gesehen, wie Gaias Hände zu Klauen wurden, als sie dich töten wollte. Glaub mir, Neve, nichts kann mich mehr wirklich schockieren."

Seine Worte treffen mich tief. Nicht, weil ich ihm nicht glaube, ich weiß, dass er jedes einzelne Wort davon ernst meint. Sondern weil ich mir wünsche, dass wir nicht in einer Welt leben müssten, in der Gewalt und Verrat uns so abgestumpft haben, dass uns nichts mehr wirklich schockierend erscheint.

Ich schaue in Rainns verständnisvolle Augen. Der Knoten in meiner Brust, der sich seit Wochen enger zugezogen hat, beginnt sich zu lösen. Schließlich nehme ich einen zitternden Atemzug. Meine Stimme ist kaum mehr als ein Flüstern. „Ich muss dir etwas erzählen. Über den Montes Glacies."

Seine Augen weiten sich. Er hört zu und wartet. Lauscht meinen Worten. Geduldig, bereit mir zu glauben, denn so ist er. So sind sie alle. Ich hätte ihnen vertrauen müssen. Ich habe versagt.

Aber jetzt erzähle ich ihm leise alles, was ich weiß, was wirklich dort oben passiert ist. Alles, was ich so lange verschwiegen habe, alles, was mich nachts wachhält. Die Wahrheit fließt aus mir heraus, stockend und holprig zuerst, dann immer flüssiger und es fühlt sich an, als könnte ich das erste Mal seit langem wieder richtig atmen, einfach nur, indem ich mein Geheimnis mit jemandem teile.

Rainn sagt nichts, aber ich spüre, wie seine Hand in meiner bleibt, ein stilles Versprechen, dass er hier ist. Dass er mich nicht verurteilt. Er hört einfach nur zu.

Als ich schließlich ende, ist meine Stimme brüchig und ich sage leise: „Jetzt weißt du alles. Es tut mir leid, dass ich es so lange geheim gehalten habe. Danke, dass du da bist."

„Immer, Neve. Ich werde immer da sein und ich verstehe, warum du es getan hast. Und die anderen werden es ebenfalls verstehen. Es tut mir leid, dass du gedacht hast, diese Bürde alleine tragen zu müssen. Wir wären für dich da gewesen", betont er leise, mit einer Gewissheit, die mir Trost gibt, mehr als Worte es je könnten. Und ich glaube, Ayden hat uns beide zusammengeführt, weil er wusste, dass Rainn mich besser versteht als alle anderen. Dass er meine Wunden kennt, weil sie seinen eigenen so ähnlich sind. Es war sein Geschenk an uns – eine Freundschaft, von der wir beide nicht wussten, dass wir sie brauchen und die uns durch die dunklen Stunden tragen wird, die vor uns liegen.

Umbra kreischt über uns im Baum und ich hebe müde den Arm.

Sofort gleitet der Falke hinab und lässt sich in einer geschmeidigen Bewegung darauf nieder. Seine Krallen greifen sanft in meinen Unterarm und ich spüre den Druck seines Gewichtes. Sein Gefieder ist noch immer voll getrocknetem Blut und verleiht ihm etwas Makaberes.

„Darf ich vorstellen? Umbra", erkläre ich leise und streiche mit einem Finger über die weichen Brustfedern. „Umbra, das ist Rainn. Bitte kratz ihm nicht die Augen aus."

Rainn zieht eine Augenbraue hoch, ein schiefes Lächeln auf den Lippen.

„Ja, das würde ich begrüßen", witzelt er trocken.

Umbra starrt ihn einen Moment lang an, die leuchtenden Augen durchdringend. Schließlich gibt der Falke ein leises, fast zustimmendes Geräusch von sich, bevor er seinen majestätischen Kopf zur Seite dreht – als hätte er Rainn akzeptiert.

Ayden

Das Aufstehen fällt mir schwer. Es ist, als hätte sich eine schwarze Decke über mich gelegt, die mir jegliches Licht, jegliche Energie stiehlt. Ich habe so viele Fragen, doch niemand kennt die Antworten. Ich war noch einmal in der Bibliothek, doch der Chronist hat sich nicht wieder gezeigt. Wohin ist das geisterhafte Wesen verschwunden, jetzt, wo ich so viele Fragen habe?

Ich spüre den eisigen Teil in mir, wo Neves Element sich mit meinem verbunden hat. Es ist wie ein Fremdkörper in mir, doch mein Feuer, wild und lodernd, unbezwingbar, hüllt ihn ein, als würde es instinktiv versuchen, diesen Funken von ihr zu bewahren, so wie ein Teil von meiner Macht in ihr bewahrt wird. Wir gehören für immer zusammen. Untrennbar. Es ist kein bloßer Wunsch, sie zu schützen, es ist ein Impuls, der tief in meiner Brust tobt, ein animalisches Verlangen, das meine Gedanken überschattet. Sie ist mein Mittelpunkt, mein Licht in dieser Dunkelheit. Meine Gefährtin. Meine Geliebte. Die Angst, nicht zu wissen, wo sie ist, ob sie verletzt ist, ob sie in diesem Moment Schmerzen erträgt, frisst sich wie Gift durch mein Inneres und bringt mich an den Rand des Erträglichen. Ich kann kaum atmen vor Sorge und dennoch weiß ich, wie stark sie ist. Viel stärker als an dem Tag, als sie hier eingetroffen ist. Sie ist klug, gerissen und zäh, eine wahre Überlebenskünstlerin. Das hat sie mehrfach bewiesen. Aber das reicht nicht, um das Monster in mir zu besänftigen. Es lauert in meinen Tiefen, brüllt gegen die Ketten an, mit denen ich es zurückhalte. Es will herausbrechen, will alles und jeden vernichten, der zwischen ihr und mir steht. Es ist ein kaum bezwingbarer Teil von mir, verankert in meinen Genen, in der Essenz dessen, was ich bin. Mein Instinkt sagt mir, dass es nicht reicht, was ich bisher getan habe. Ich habe meine Liebe zu ihr vor allen verteidigt, sogar mit Gewalt. Ich habe Josias zu Asche verbrannt, verdammte Scheiße! Ich habe der Welt demonstriert, was passiert, wenn jemand versucht, sie mir zu nehmen. Aber es scheint, als wäre all das nicht genug gewesen. Es ist, als würde diese verfluchte Welt uns immer wieder ins Chaos stürzen, als würde sie uns testen. Muss ich die ganze Welt niederbrennen, um bei ihr zu sein? Alles zerstören, bis nur noch wir übrig sind?

Der Gedanke daran lodert in mir wie ein Inferno, bereit, jederzeit loszubrechen und nur ein kleiner Funke Vernunft hält mich zurück. Rainn. Er ist bei ihr und das ist der einzige Gedanke, der mich davon abhält, vollständig durchzudrehen. Egal was Gaia sagt, egal welche Zweifel sie sät oder selbst hat: Rainn hat mich nicht verraten und Neve sowieso nicht. Sie haben mich nicht betrogen. Es gibt einen Grund für ihr Verschwinden, das spüre ich. Und auch wenn ich noch nicht weiß, gegen wen ich kämpfe, ich werde es herausfinden. Hier passieren Dinge, die ich noch nicht zu fassen bekomme und das macht mich wahnsinnig. Ich bin jemand, der immer die volle Kontrolle behält. Doch zu irgendeinem Zeitpunkt ist sie mir entglitten. Und ich hasse dieses Wissen.

Eine leise Stimme in mir flüstert, dass Gaia nicht komplett ehrlich gewesen ist. Es steckt mehr hinter der Begegnung mit Neve. Mein Misstrauen wächst wie eine Krankheit. Dabei habe ich nie an Gaia gezweifelt, bis sie zurückgekehrt ist. Warum hat sie Hestia zu Neves Familie geschickt? Warum nicht einen von uns, wo wir ihnen doch viel näherstehen? Warum finden wir nicht die kleinste Spur von ihnen? Nichts, keine Hinweise, keine Anhaltspunkte. Es ist, als wären sie verschwunden. Doch niemand verschwindet einfach so. Warum sollten sie einen Komplott gegen Gaia planen? Neve wollte nur eins: Frieden. Ihre Familie strebte nach Ruhe und Abgeschiedenheit, deswegen haben sie Atlantika damals verlassen. Sie streben nicht nach Macht. Ich war es, der sie aus ihrem Zuhause gerissen hat. Sie sind nicht freiwillig zurückgekommen.

Es ergibt alles keinen Sinn und das Monster in mir tobt weiter. Es verlangt nach Antworten. Es verlangt danach, sie zu finden – Neve. Und die Götter stehen dem bei, der zwischen mir und diesem Ziel steht.

Ein Klopfen an der Tür reißt mich aus meinen Gedanken und Cupid hebt hoffnungsvoll den Kopf, seine Augen zur Tür gerichtet. Er wartet auf Neve, ebenso wie ich. Doch er wird mit der Enttäuschung leben müssen, die auch ich verspüre.

Wie kann es sein, dass ich sie schon wieder verloren habe? Warum schaffe ich es nicht, sie bei mir zu halten, sie zu schützen? Es nagt an mir. Diese Fragen fühlen sich an wie Dornen, die sich in meine Haut graben, tief und schmerzhaft. Was hat diese Welt gegen uns, dass sie uns immer wieder voneinander trennt? Ist es eine Strafe für meine Taten? Für die Leben, die ich genommen habe, die Entscheidungen, die ich getroffen habe? Oder ist es eine Prüfung, die darauf abzielt, mich zu brechen?

Ich reibe mir müde übers Gesicht, als könnte ich so diese Gedanken vertreiben.

„Komm rein", rufe ich schließlich, meine Stimme heiser und kraftlos.

Draußen herrscht noch Dunkelheit, aber ich erkenne die Gestalt unter der Kapuze sofort und als Sky sie zurückstreift, fallen ihre wilden blonden Locken wie eine chaotische Krone um ihren Kopf. Ihre grauen Augen sind müde, von einer Traurigkeit erfüllt, die mich nur noch tiefer in meine eigenen Sorgen zieht.

Ich weiß, dass sie sich Sorgen um Neve und Rainn macht, aber da ist noch etwas. Etwas, dass sie noch nicht preisgibt. Ich sehe es ihr an.

„Gibt es eine Spur?" Meine Stimme klingt angespannt, als ich die Frage stelle und mein Herz sich zusammenzieht, als würde es die Antwort schon kennen.

„Keine einzige. Sie sind wie vom Erdboden verschluckt. Sie alle. Neve, Rainn, Selale, Nereus, Opal, Flora und … Adam. Sieben Elementare. Als wären sie nie da gewesen. Wie … unsere Eltern damals, Ayden." Ihre Stimme zittert beim letzten Namen, doch sie hält meinem Blick stand und ich mache mir keine weiteren Gedanken darum. Sie hat mit dem Wissen zu kämpfen, dass Adam sie trotz alledem gerettet hat, was zwischen ihnen stand. Sie versteht nicht warum. Und diese Frage brennt in ihr. Sie wollte ihn zur Rede stellen, doch dann war er fort – wie Neve. Und vielleicht wird sie diese Antworten niemals bekommen.

„Sieben Elementare. Als wären sie nie da gewesen. Sehe nur ich diese Parallelen? Ich erinnere mich daran. An die Nacht, in der Gaia in unser Haus kam, meine Eltern fortgingen und nie wieder gesehen wurden. Es ist, als ob diese Nacht in meinem Kopf immer wieder auftaucht, wie ein unscharfes Bild, an dem etwas nicht stimmt. Ich erinnere mich, wie ich wach wurde, wie der Wind geheult hat und die Kerzen flackerten. Meine Eltern standen in der Tür, ich sehe immer noch ihre

Silhouetten vor mir. Und erinnere mich an ihre Worte. ‚Wir müssen mitgehen, Sky. Um dich zu beschützen. Es gibt eine Gefahr, aber wir werden sie bekämpfen. Alles wird gut. Du bist hier sicher. Wir kommen zurück, so schnell wir können.'

Etwas in mir wusste, dass es eine Lüge war. Etwas in den Augen meiner Mutter sagte mir, dass sie mich nicht verlassen wollte. Dass sie wusste, wir würden uns nicht wiedersehen. Aber sie ist trotzdem gegangen.

Sie hat mich in den Arm genommen und diese Umarmung war so warm und tröstlich, aber auch … endgültig. Ihre letzten Worte an mich waren ein Flüstern, dass nur für mich bestimmt war. ‚Du bist eine Aeria, Sky. Aeria beherrschen keine Blitze. Zeige niemandem, was du kannst. Niemals. Bekämpfe es. Unterdrücke es. Lebe das Leben einer Aeria. Du kannst sie alle täuschen. Du musst es tun. Versprich es mir.' Und du weißt, ich habe mich daran gehalten. Nur ihr wisst, dass ich anders bin. Dass niemand so ist wie ich. Ich bin ebenso eine Abnormale wie Neve. Und ihr habt mir geholfen, es zu verbergen. Warum wollte sie das? Warum mussten sie Gaia begleiten? Und warum erinnere ich mich nach all den Jahren wieder daran, Ayden?"

Ihre Worte hallen in mir nach, dringen tiefer in meine Gedanken ein, als ich es ertragen kann. Erinnerungen werden wach. Verschwommen, aus der Sicht eines Kindes. Diese Parallelen sind wie ein kalter Strom, der mich mitreißt. Doch ich kann nicht weiter darüber nachdenken, nicht jetzt.

„Es klingt vertraut, Sky und ich weiß, wie sehr dich diese Erinnerungen beschäftigen. Aber vielleicht … vielleicht sind es nur Zufälle. Wir waren Kinder. Niemand außer dir erinnert sich an diese Nacht." Ich halte inne und suche nach den richtigen Worten, weil ich nicht will, dass sie sich nicht ernst genommen fühlt. „Aber Neve und Rainn brauchen uns jetzt. Wir müssen sie finden, bevor es zu spät ist. Im Augenblick müssen wir uns darauf konzentrieren, was vor uns liegt und das ist, unsere Familie zu retten."

Niemand verschwindet einfach so. Ich schließe kurz die Augen und rufe mir die Worte des Chronisten ins Gedächtnis:

„… Neve hat ihren Weg gewählt, um dich zu retten. Das zu akzeptieren erfordert mehr Mut, als du glaubst. Das ist deine Herausforderung, vertraue, auch wenn es schmerzt …"

Mich zu retten? Ich will nicht gerettet werden, verflucht! Alles, was ich will, ist sie zu schützen. Aber selbst das wird mir verwehrt.

„… Du kannst sie nicht beschützen. Vertrauen, Ayden. Manchmal ist Vertrauen die größte Form von Mut …"

Vertrauen? Auf was? Dass Gaia auf mich hört? Dass Neve nicht verletzt wird? Dass wir eines Tages in Frieden leben können?

„… Suche die Wahrheit, Ayden. Sei mutig. Und denke daran: Vertrauen ist ein Schlüssel, der mehr Türen öffnet, als jede Waffe es je könnte …"

Die Wahrheit. Welche Wahrheit? Ein paar Hinweise statt kryptischer Worte wären angebrachter gewesen. Ich weiß nicht einmal, was ich suchen soll! Neve wäre das Naheliegende, doch ich bin nicht naiv. Der Chronist meinte etwas völlig anderes, nur was? Auch die Anderen sind ratlos. Und niemand von ihnen ist diesem ominösen Geisterwesen bis jetzt begegnet. Doch es war da, ich habe es mir nicht eingebildet.

Seine Worte haben noch mehr Misstrauen in mir geweckt, wirklich alles und jeden zu hinterfragen, selbst Gaia. Da ist dieser winzige Funken Zweifel in mir, der gesät wurde und nun unaufhaltsam wächst. Die einzigen Personen, denen ich vollends vertraue, finden sich gleich in meiner Hütte ein. Uns alle verbinden mehr als Jahre der Freundschaft. Uns verbinden seit Jahrhunderten Geheimnisse, die wir vor allen verbergen – auch vor Gaia. Doch zwei von ihnen werden gleich fehlen – sie sind spurlos verschwunden. Ich bin mir sicher, dass Rainn ihre Spuren verwischt hat. Ich kenne ihn lange genug, um die Zeichen zu sehen. Und wenn Rainn nicht gefunden werden will, dann weiß er, wie man es anstellt. Nur warum? Was ist passiert, dass er uns alle zurückgelassen hat, ohne ein einziges Wort? Was hat ihn bewogen, sich Neve anzuschließen? Warum haben sie sich zusammengetan? Was wusste er, was ich nicht weiß? Immer wieder spielt sich in meinem Kopf dieser Morgen vor drei Tagen ab. Wir haben alle zusammen unseren Dienst angetreten, bereit zum Morgenappell. Wir haben alle gescherzt und die neuen Runen bekommen. Doch zu dem Zeitpunkt war Rainn bereits fort. Wann und warum ist er gegangen? Was hat er gesehen? Welchen Hinweis hat er bekommen, dass Neve ihn braucht? Wollte sie ohne mich gehen oder hatte sie keine Wahl?

Es klopft wieder leise und Aros und Bluette treten ein. Kurze Zeit später folgen Kelvin und Adan.

Das sind wir. Die Letzten, die übrig sind. Und wir fühlen uns furchtbar, dass sie fehlen. Cupid begrüßt die Neuankömmlinge und schlängelt sich schwanzwedelnd durch ihre Beine, während wir uns alle einen Platz für unsere Besprechung suchen. Abseits der Kuppel ist meine Hütte der sicherste Ort dafür.

„Sky."

Sie weiß sofort, was ich will und tritt hinaus in die Nacht. Einen Augenblick später ist sie wieder zurück.

„Ein Schutzwall aus Luft liegt um deine Hütte. Sie wird uns einige Augenblicke von allem abschotten, bis sie abflaut."

Ich nicke und mustere meine Freunde.

„Was machen wir jetzt?" Bluette schaut uns kummervoll an, ihre Stimme ist schwer vor Sorge. Ihre Augen huschen zu jedem von uns. Niemand von uns glaubt an die Schuld der anderen. Egal, was Gaia sagt. Aber keiner von uns hat eine plausible Erklärung, die über Gaias Version der Ereignisse hinausgeht. Ich weiß, dass Neve Gaia nicht vertraut hat. Aber sie hätte sie niemals grundlos angegriffen. Nicht Neve. Es muss etwas vorgefallen sein, das sie dazu getrieben hat. Das Rainn dazu veranlasst hat, sich gegen Gaia und an Neves Seite zu stellen. Denn es war sein Schwert, mit ihrem Blut, dieser Teil ist also wahr. Rainn hat Gaia mit dem Schwert verwundet. Das ist Hochverrat. Was könnte so Schwerwiegendes geschehen sein? Gaia ist eine Elementarin, wie wir. Wenn er sie hätte töten wollen, hätte er ihr doch den Kopf von den Schultern geschlagen. Und von den Hunden will ich gar nicht erst anfangen.

„Versucht, unauffällig zu bleiben. Hört euch um, sucht nach Hinweisen, aber bleibt dabei vorsichtig. Niemand darf Verdacht schöpfen. Vor allem nicht

Gaia." Denn sie hat klargemacht, dass sie an meiner Treue zweifelt. Doch sie unterschätzt, wie auch Josias, die Bande dieser Familie. Ich lasse meinen Blick über eben jene schweifen. Meinen Clan. „Sie muss denken, dass wir ihr glauben. Dass wir Neve und Rainn für Verräter halten."

„Die Vorstellung, dass Gaia dahintersteckt, fällt mir schwer … aber du hast recht, es klingt alles zu glatt. War es eine Falle? Ich zweifle auch nicht an Neves und Rainns Unschuld, aber der Gedanke, dass Gaia etwas damit zu tun haben könnte … dass sie uns hintergangen hat …"

„Es passt vorne und hinten nicht zusammen. Wie eine Blume, die ihre Wurzeln in den Boden gräbt, nur um plötzlich die Erde aufzugeben und mit dem Wind zu fliegen – es ergibt keinen Sinn. Ja, es gibt Verräter. Und ja, sie würden Gaia zu gerne töten, aber warum sollte Neve das tun oder ihre Eltern? Sie wollten nur Eintracht. Warum sollten sie riskieren, alles zu verlieren, wofür sie gekämpft haben? Sie haben mit uns Josias bekämpft – wir haben zusammen gegen das gleiche Unrecht gekämpft. Gaia zu töten ist nicht die Art von Entscheidung, die jemand wie Neve trifft. Sie sucht immer nach Wegen, das Leben zu schützen. Sie ist … gutherzig. Selbst, als man ihr unermessliches Leid angetan hat, hat sie immer versucht, einen anderen Weg zu finden." Adan seufzt, nachdem er uns seine Ansicht mitgeteilt hat.

Ich schließe kurz die Augen und atme tief ein. Was Adan da sagt, ist ein wichtiger Punkt. Neve ist die sanftmütigste, selbstloseste Person, die ich je getroffen habe. Sie würde ihre Freunde und ihre Familie niemals aufs Spiel setzen.

„Gaia kennt Neve nicht. Nicht wirklich jedenfalls. Nicht so wie wir", füge ich leise hinzu, „Sie weiß nur, was man ihr erzählt hat. Aber sie war nicht bei den Wettkämpfen oder bei den Prüfungen. Sie hat nicht gesehen, wie Neve uns in der Höhle das Leben gerettet und ihres aufgegeben hat. Neve glaubt immer an das Gute, an das, was wir sein können, nicht an das, was wir sind. Sie denkt immer zuerst an andere, bevor sie an sich denkt und treibt uns alle damit in den Wahnsinn. Das ist Neve. Sie würde nie jemanden verraten, geschweige denn, uns in Gefahr bringen."

„Du hast recht", Bluette seufzt schwer, „das alles weiß Gaia nicht. Sie kennt nur die Geschichten. Aber sie hat nie gesehen, wie Neve sich für uns geopfert hat. Sie würde so etwas niemals tun. Sie würde uns nie im Stich lassen. Und Rainn? Der sowieso nicht."

Jeder denkt über das Gesagte nach und ich spüre eine Schwere in meiner Brust. Mir ist bewusst, dass wir alle in Gefahr sind, wenn wir recht haben. Doch egal, was passiert, ich werde Neve nicht aufgeben. Nicht jetzt, niemals.

Sky verzieht das Gesicht, ihre Augen funkeln wütend. „Ich weiß nicht, wie ihr das aushaltet und so ruhig bleibt. Ich will jemandem meinen Dolch an die Kehle drücken, bis ich die Wahrheit kenne. Ich hasse es, so zu tun, als würden wir ihren Tod wollen. Als würden wir diese Lügen glauben. Ich will Antworten und ich will sie jetzt."

Sie ballt ihre Hände zu Fäusten und die Luft um sie herum beginnt zu knistern.

„Aber wenn wir nicht wollen, dass Gaia misstrauisch wird, sollten wir langsam zum Dienst erscheinen und diese Scharade weiter mitspielen." Aros legt einen Arm um Bluette, als wolle er sie davor schützen, ebenfalls ins Nichts zu verschwinden.

„So zuwider es mir auch ist, du hast recht." Meine Worte klingen bitter. „Wir haben keine Wahl."

Mit müden Gliedern richte ich mich auf und spüre bei jedem Schritt eine schwere Last auf den Schultern.

Bald darauf finde ich mich im Thronsaal wieder, bereit meinen Dienst anzutreten, den Blick auf Gaia gerichtet, während in meinem Kopf ein Durcheinander herrscht.

Gaia legt den Kopf schief und mustert mich mit einem durchdringenden Blick, ehe sie der Saceridis an ihrer Seite etwas zuflüstert. Es liegt eine merkwürdige Atmosphäre im Raum. Eine Spannung, die ich nicht erklären kann und die mir eine Gänsehaut verursacht. Es ist merkwürdig, dass sie nur uns einbestellt hat. Wo sind all die anderen Wachen?

Die Saceridis scheint etwas zu erklären und Gaia nickt lächelnd. Ihre Lippen bewegen sich, doch ich höre die Worte nicht. Plötzlich durchzuckt ein stechender Schmerz meinen Arm – direkt durch die neue Rune, die auf meiner Haut glüht. Ich zucke zusammen, unfähig, den Schmerz zu unterdrücken, während die überraschten Rufe meiner Freunde wie ein Echo in meinen Ohren klingen. Ich will mich zu ihnen umdrehen, doch mein Körper gehorcht mir nicht. Wut und Unglauben steigen in mir auf. Was ist das für ein Zauber? Was hat Gaia uns angetan?

Langsam kommt sie auf mich zu. Ihre Präsenz füllt den Raum und als sie vor mir steht, streckt sie ihre Hand nach meinem Gesicht aus, fast zärtlich, während ich in meiner Bewegungslosigkeit gefangen bin. Alles in mir rebelliert gegen diese Berührung, doch ich bin zum ersten Mal in meinem Leben machtlos. Was auch immer das hier ist, es hat mich unvorbereitet getroffen. Ein schwerwiegender Fehler. Ich habe meinen Gegner unterschätzt. Neve wusste es, wird mir klar. Hiervor wollte sie uns warnen. Vor Gaia. Ihre Worte hallen in meinem Kopf wider. Sie hat mir an den Kopf geworfen, dass wir blind sind und ich erkenne jetzt, dass sie recht hatte. Gaia ist der Wolf im Schafspelz und wir haben uns täuschen lassen. Denn die Frau, die da vor mir steht, ist nicht die, die sie uns sonst zeigt. Neve hat mir so viele Zeichen gegeben. Sie hat Gaia immer wieder hinterfragt. Und ich? Ich habe ihr gesagt, dass sie mir vertrauen muss. Dass ich Gaia vertraue. Jetzt verstehe ich, warum sie gezögert hat, mir alles zu sagen. Sie hat gesehen, was wir übersehen wollten. Ich war ein Narr. Ein blinder Idiot.

„Ayden", haucht Gaia, ihre Stimme so süß wie Gift, während ihre Finger meine Wange streifen. Ich will zurückweichen, aber mein Körper bleibt wie versteinert und das Monster in mir bebt vor Zorn. Dann holt sie aus und eine schallende Ohrfeige trifft mein Gesicht. Der Schmerz brennt, scharf und demütigend, doch ich kann nicht einmal blinzeln.

„Dieser Schlag war dafür, dass du sie mir vorgezogen hast", zischt sie und holt erneut aus. Der Schlag trifft meine andere Wange. „Du solltest mich anbeten. Mich, die dich so großherzig aufgezogen hat. Stattdessen bist du ein undankbares Stück Dreck, das mich, kaum dass ich fort war, hintergangen hat. Ich habe dir alles geboten – Macht, Ruhm, Reichtum. Sogar einen Platz an meiner Seite wollte ich dir schenken. Doch du?", sie lacht bitter auf. „Du, von dem ich es nie erwartet hätte, wähltest die Liebe. Es ist an Lächerlichkeit nicht zu überbieten und ich kann nicht

273

in Worte fassen, wie sehr du mich enttäuscht hast. Ihr alle. Ihr seid so einmalig starke Krieger, dass ich wirklich mit mir hadern musste, was mit euch geschehen soll."

Ihre Worte sind wie Dolche, die sich in meinen Körper bohren.

„Ihr glaubt, ich ahne nichts von eurem Misstrauen?" Sie schaut uns der Reihe nach an. „Ihr wart meine größten Krieger. Meine Besten. Meine Glanzstücke. Aber ihr habt vergessen, wem ihr gehorcht. Und das … ist enttäuschend. All die Arbeit … dahin."

Sie tritt näher, ihre Augen funkeln wie kaltes Feuer.

„Ihr denkt, ich bin wie ihr. Ein Wesen, aus den Elementen geschaffen, um über euch zu herrschen. Doch ihr irrt euch. Diese Hülle mag euch täuschen, aber ich bin etwas, das ihr euch nicht einmal vorstellen könnt. Etwas, das ihr niemals zum Feind haben wollt."

Ich will schreien, etwas erwidern, doch ich bin stumm. Gefangen in meinem eigenen Körper.

„Nun, da ich nicht mehr auf eure Loyalität zählen kann, werde ich meine eigene Treue erschaffen. Vielleicht hätte ich dies schon längst tun sollen. Es hat mich das Leben vieler Krieger gekostet, um die perfekte Menge an Instabilität in eurem Geist zu finden, genug, um euch nicht zu töten oder zu verwandeln, aber genug, um euch unter Kontrolle zu bringen."

Sie hebt eine Hand und ich spüre, wie sich ihre Finger auf meine Stirn legen. Ein brennender Schmerz durchzuckt meinen Körper. Ich versuche dagegen anzukämpfen, doch bin machtlos gegen diese Art von Magie. Es fühlt sich an, als würde etwas Dunkles, Kaltes in mich eindringen, als würde ein Sturm in mir toben, der alles mitreißt. Mein Herz hämmert, doch mein Körper bleibt starr.

Gaias Stimme ist nun wieder sanft, fast liebevoll. „Ein Teil von mir wird in euch Wurzeln schlagen. Eine Woge aus Macht, die mich niemals verraten wird. Ihr werdet meine Taten vollbringen, ohne zu wissen, warum. Und wenn ich fertig bin, werdet ihr alles vergessen – samt eurer Zweifel, eurem Widerstand und euren Plänen."

Ich will dagegen ankämpfen, doch ihre Magie umhüllt mich wie ein Netz. Sie lässt ihre Hand sinken und ich sacke zu Boden, während sie sich Aros zuwendet und ihm dasselbe antut.

„Sobald die Kraft der Rune nachlässt und ihr euch wieder bewegen könnt", befiehlt sie kühl, „werdet ihr meine Anweisung ausführen: Findet die Glacies und den Verräter. Und tötet sie."

Der Urwald … Vollmond … Verzweiflung … Schatten … ich suche etwas … nein, jemanden … doch alles ist verschwommen … nicht greifbar. Wie ein Bild, das im Nebel verloren geht. Da ist eine Stimme, die durch meinen Geist hallt, kalt und befehlend: „… Findet die Glacies … und den Verräter. Und … tötet sie."

Ein scharfer Schmerz durchzuckt meinen Kopf und ich schrecke aus dem Schlaf hoch. Meine Hand fährt automatisch zu meiner Stirn, während mein Schädel hämmert, als würde etwas von innen gegen meine Schläfen schlagen. Als würde der kleine eisige Funken, der mich und Neve verbindet, der Teil von ihr, der in mir ist, gegen etwas in mir kämpfen.

Cupid liegt winselnd vor meinem Bett und beäugt mich sorgenvoll.

Der Nebel in meinem Kopf ist undurchdringlich. Dann fällt es mir wie Schuppen von den Augen. Warum bin ich in meinem Haus? Ich war doch eben noch … bei Gaia? War das alles ein Traum?

Ich schließe die Augen, um mich zu konzentrieren. Bilder blitzen auf, unklar, bruchstückhaft: Wir waren in meiner Hütte, wir haben über Neve und Rainn gesprochen und dann … wir waren doch alle in dieser Hütte? Oder nicht? Plötzlich bin ich mir nicht mehr sicher. Es ist, als würde in meinem Kopf ein dichter Nebel herrschen und je mehr ich ihn lichten will, umso fester wird er.

Mein Körper fühlt sich an, als wäre ich Meilen um Meilen gelaufen. Ich strecke die Hände aus, da sind Kratzer, überall an meinen Unterarmen. Woher? Ich streiche mit dem Daumen über die geröteten Linien, spüre das raue Ziehen auf meiner Haut. Aber ich kann mich nicht erinnern, woher sie stammen.

„Was …?" Mein Blick wandert durch den Raum, als würde ich die Antwort dort finden.

Wo sind die Anderen? Wie bin ich hierhergekommen? Mein Atem wird schneller. War das alles nur ein Traum?

Neve

Die nächsten Tage sind kräftezehrend, für unsere Körper und unsere Willenskraft. Mein Körper gleicht einem Gemälde aus blauen und roten Schattierungen, jeder Bluterguss, jeder Kratzer ein Echo des Schmerzes. Der Kampf mit Hestia hat seine Spuren hinterlassen und da ich keine Zeit habe, mich zu erholen, heile ich langsamer, als es mir lieb ist. Jeder Schritt brennt, jede Bewegung ist eine Erinnerung an den Kampf, den ich hinter mir habe.

Doch Rainn und ich wissen beide, dass wir keine Wahl haben. Die Gefahr sitzt uns im Nacken, ein ständiger Schatten, der uns weiter drängt. Je näher wir dem Montes Glacies kommen, umso mehr setzt sich die Angst in mir fest, dass sie uns nicht willkommen heißen werden. Ich habe meinen Teil unserer Abmachung noch nicht erfüllt. Aber ich habe es vor. Sobald wir können, werden Rainn und ich uns auf die Suche nach der Karte begeben, von der dieser Chronist gesprochen hat. Ein Teil von mir hofft, dass Fjolla mir dabei helfen kann. Dass sie Aufzeichnungen haben, in denen dieser Tempel verzeichnet wurde, denn sie ist, ebenso wie meine Eltern, eine sehr alte Elementarin.

Meine Gedanken schweifen immer zu Ayden, zu meiner Aufgabe, zu meiner Familie. Was, wenn ich versage? Was wird dann aus ihnen? Was mag Gaia Ayden wohl über die Geschehnisse im Haus erzählt haben?

Nach vier Tagen erreichen wir endlich den Fuß des Montes Glacies. Mein Blick wandert hinauf zur schneeverhangenen Spitze, die wie eine weiße Krone gegen den stahlgrauen Himmel ragt. Der Wind trägt eine kalte Schärfe in sich, die meine Haut angenehm prickeln lässt. Ich kenne den echten Eingang nicht. Sie haben ihn mir nie verraten, aus Gründen, die ich sehr gut verstehe.

Uns bleibt also nichts anderes übrig, als den beschwerlichen Weg zu nehmen, den ich damals gegangen bin. Als Hestia mich abgefangen, fast getötet hat. Eine Erinnerung, die mir nicht behagt. Ich kann nur hoffen, dass wir sie finden ... oder sie uns.

Umbra schreit hoch über mir, seine scharfen Laute durchdringen den frostigen Wind, als wolle er den Berg begrüßen. Ich strecke meinen Arm aus und einen Moment später spüre ich das vertraute Gewicht seiner Krallen auf meiner Haut. Der weiße Falke legt den Kopf schief und mustert mich, seine weißen Augen so klar wie der Schnee des Berges. Ich habe erwartet, dass er sofort wieder zu Skandi zurückkehren wird, auch ohne Brief, doch er ist bei uns geblieben.

„Kannst du zu Skandi fliegen und ihr sagen, dass ich da bin?", frage ich leise. Umbra krächzt einmal, dann stößt er sich mit einem kräftigen Flügelschlag von meinem Arm ab und verschwindet am Horizont, ein weißer Fleck im grauen Himmel.

Rainn blickt währenddessen merklich erschöpft den Berg hinauf. Für ihn wird es viel anstrengender als für mich, denn mir macht die Kälte nichts aus. Im Gegenteil. Für ihn jedoch ist sie ein weiterer Feind, den er bekämpfen muss. Für mich ist die Kälte ein Freund, der mich willkommen heißt.

Er bemerkt meinen Blick und lächelt schief, seine Augen blitzen vor Humor. „Das wird kein Spaß, oder?"

„Nein," antworte ich trocken, „aber es ist ausgleichende Gerechtigkeit. Ich musste mich durch euer Training quälen und ihr wart immer im Vorteil. Jetzt bist du es, der mal ins Schwitzen kommt."

„Du meinst wohl, der Frostbeulen bekommt." Er lacht leise. Die Kälte hat seine Wangen bereits gerötet. Die Kleider, die er am Leib trägt, werden ihn nicht lange schützen.

„Es hat seine Gründe, warum normale Elementare diese Region meiden."

„Normale Elementare?" Ich schnaube enttrüstet.

„Du weißt, wie ich es meine." Er grinst spitzbübisch und ich frage mich, woher er seine gute Laune nimmt, denn meine ist im Keller. Sein Atem kommt in weißen Wolken aus seinem Mund. „Normal im Sinne von: Wir frieren uns die Eier ab, wenn wir zu lange hierbleiben."

Ich muss schmunzeln und versuche, meine Stimme ernst klingen zu lassen. „Oh, keine Sorge, Wasserjunge, solltest du hier tatsächlich erfrieren, wirst du eine würdige Statur abgeben."

„Das ist aber auch scheißkalt hier. Und wir haben noch nicht mal angefangen, den Aufstieg zu wagen. Wieso macht es dir so gar nichts aus? Das ist … irgendwie unfair."

„Sagte der Elementar, der unter Wasser atmen kann."

„Touché!" Er hebt die Hände in gespielter Kapitulation, bevor er sie aneinander reibt, um sich aufzuwärmen.

Ich neige meinen Kopf leicht und lasse ein herausforderndes Lächeln aufblitzen. „Ich habe dich taffer eingeschätzt. Nicht so wehleidig."

„Sehr witzig!" Er verdreht die Augen, aber ich sehe, wie er versucht, ein Grinsen zu unterdrücken.

Und ein weiteres Mal bin ich dankbar dafür, dass er hier ist. Trotz meiner Schmerzen und den Strapazen macht er alleine durch seine Anwesenheit alles so viel leichter.

Ich richte meinen Blick auf den schneebedeckten Berg vor uns und der kalte Wind liebkost mein Gesicht. Schneeflocken wirbeln durch die Luft und landen auf meinen Wangen.

„Bereit, Wasserjunge?"

„Aber klar, Schneemädchen."

„Ich hasse Spitznamen, du Tümpel-Ritter."

„Du hast damit angefangen, Schneeflocken-Söldnerin."

„Noch hast du eine große Klappe, du Plätscher-Prinz."

„Oh, sind wir jetzt hochgeboren, Frostfürstin?"

Wir müssen beide lachen und lenken uns so gut es geht von dem schwierigen Aufstieg ab, indem wir uns weiter necken. Das funktioniert aber nicht besonders lange, denn Rainn wird mit der Zeit immer stiller und immer wieder schaue ich mich besorgt zu ihm um. Seine Rüstung ist für den warmen Dschungel ausgelegt und er ist ein Aqua. Störrisch stampft er hinter mir durch den Schnee, seine Hände unter die Achseln geschoben. Die Wangen und Augenbrauen sind mit Schnee bedeckt und selbst der kleine Bartansatz ist von einer dünnen Eisschicht überzogen. Mein Blick richtet sich wieder nach vorne, während der Schnee um uns herum immer stärker wird und der Wind unbarmherzig an uns reißt.

„Vielleicht solltest du unten auf ...", setze ich an, doch Rainn unterbricht mich mit einem Mörderblick.

„Sprich es noch nicht mal aus. Ich lasse dich hier nicht alleine, Neve. Du hast lange genug alleine gekämpft. Bis zum Ende, schon vergessen? Ich habe es dir versprochen und ich halte meine Versprechen.

Sowohl das an Ayden, als auch das an dich. Das bisschen Schnee halte ich schon aus."

Ich beiße mir auf die Lippe, kämpfe mit mir selbst. Wir brauchen die Glacies, um meine Eltern zu finden und um einen Platz zu haben, an dem wir uns sicher ausruhen können.

„Colden, das wäre ein guter Augenblick, um aufzutauchen", murmle ich leise in den Wind, bevor ich Rainn zurufe: „Bleib dicht hinter mir. So kannst du dich ein wenig vor dem Wind schützen."

Er richtet sich auf, stemmt sein Gesicht gegen die Kälte und seine Haltung wird wieder fester. Rainn wird nicht aufgeben. Er ist wie Ayden. Solange er noch auf den Beinen steht, wird er kämpfen. Egal ob gegen Josias, Gaia oder diesen Berg.

Es fühlt sich wie eine Ewigkeit an, als wir endlich die Kurve passieren, in der Hestia mich damals überwältigt hat. Mein Innerstes zieht sich vor Grauen zusammen und ich weiß noch ganz genau, wie es sich angefühlt hat, zu glauben, dass ich sterbe. Meine Verzweiflung, die Schmerzen und meine Angst.

Rainn merkt meine veränderte Haltung.

„Es war hier, oder?"

Ich nicke langsam, versuche die Bilder aus meinem Kopf zu vertreiben, ehe sie mich in einen Abgrund ziehen können, in den ich nicht fallen möchte.

Ein lautes Krächzen lässt uns beide zusammenzucken. Doch das Schneetreiben ist so stark, dass man kaum etwas erkennen kann.

Ein Schemen löst sich aus den wirbelnden Flocken. Rainn stellt sich dicht neben mich und zieht blitzschnell sein Schwert, während ich meinen Dolch in der Hand ausbalanciere. Mein Herz schlägt wie wild und ich spüre die klamme Kälte des Griffs in meiner Hand.

Der Umriss wird immer größer, nimmt allmählich menschliche Konturen an. Meine Atmung wird schneller, Wolken aus warmer Luft steigen in den Himmel. Freund oder Feind? Dann entdecke ich den weißen Falken auf der Schulter des Mannes. Er trägt die helle Rüstung der Glacies und scheint fast mit der Umgebung zu verschmelzen, während er uns mit stechenden weißen Augen mustert.

Er macht eine flüchtige Bewegung mit seiner Hand und plötzlich ändert sich der Sturm – der Schnee, der eben noch unbarmherzig auf uns herabgefallen ist, scheint nun einen Bogen um uns zu machen.

„Toll, warum kannst du das nicht?", wispert Rainn neben mir.

„Halt die Klappe", brumme ich, peinlich berührt, denn ich habe nicht einmal versucht, den Schnee zu steuern, obwohl es so naheliegend gewesen wäre.

„Neve." Der Glacies nickt mir zu und ich erkenne ihn wieder: Snow. Sein ausdrucksstarkes Gesicht, seine sehr kurzen schneeweißen Haare.

„Snow", ich nicke ihm zu, „wir müssen zu Fjolla."

„Dich kann ich passieren lassen, aber ihn nicht." Sein Blick gleitet zu Rainn und ich spüre, wie sich Panik in meiner Brust breitmacht.

„Er gehört zu mir. Man kann ihm vertrauen. Er ..."

„Du wirst mich begleiten oder mit ihm hinabsteigen. Er ist kein Glacies. Er ist nicht vertrauenswürdig." Snows Stimme ist eiskalt, sein Tonfall scharf wie eine Klinge.

„Bitte, Snow", versuche ich es erneut, mein Herz schlägt bis zum Hals, „ich werde es Fjolla erklären. Ich ..."

„Entscheide dich, Neve."

Snows Haltung bleibt unbewegt. Neben mir steckt Rainn sein Schwert langsam zurück in die Scheide und wischt sich den Schnee aus dem Gesicht. Sein Schweigen macht die Situation nur noch unerträglicher.

Es kann nicht alles umsonst gewesen sein. Es muss einen Weg geben … plötzlich fällt mir etwas ein. Etwas, das jedem hier in Atlantika heilig ist.

„Er ist mein Gefährte." Die Worte kommen schnell über meine Lippen. „Wir sind aneinandergebunden, Snow. Das gibt ihm das Recht, dort zu sein, wo ich bin."

Rainn erstarrt neben mir, seine Augen weiten sich für einen Augenblick, doch er bleibt still. Snow hingegen mustert uns skeptisch, sein Blick bohrt sich in meinen.

„Dein Gefährte?" Er zieht die Augenbrauen zusammen und für einen Moment fühlt es sich an, als würde der Sturm wieder über uns hereinbrechen. Die Lüge schmeckt bitter, aber es ist der einzige Weg, Rainn aus diesem Schneesturm zu Fjolla zu bringen. Und ich werde keinen meiner Freunde im Stich lassen. Ich würde viel mehr tun, als zu lügen, um sie alle zu retten.

„Ich glaube dir nicht."

Snow verschränkt die Arme vor der Brust und seine Augen verengen sich zu schlitzen.

„Snow, sei kein Arsch." Eine zweite Stimme durchbricht die Stille und eine Gestalt tritt aus dem Schneesturm in die kleine schneefreie Fläche, die Snow geschaffen hat. Umbra schreit begeistert und wechselt die Schulter, während Skandi lächelnd den Schnee aus ihren schulterlangen, glatten Haaren schüttelt.

„Arsch? Ich führe die Befehle deiner Mutter aus", brummt Snow, doch Skandi verdreht die Augen.

„Du weißt genau, dass du Spielraum hast. Willst du die beiden wirklich hier draußen erfrieren lassen? Neve ist unsere Verbündete, hast du das vergessen?"

„Das ist nicht eindeutig, denn sie hat nichts vom dem erreicht, was sie versprochen hat."

„Mach es besser", zische ich erbost. Doch als sein Blick meinen trifft, verstumme ich augenblicklich. Da ist etwas in seinem Blick, das mich erstarren lässt. Snow darf man nicht unterschätzen. Er ist nicht weniger todbringend als Ayden, dessen bin ich mir plötzlich sicher.

„Sie hat ihr Bestes gegeben, Snow", erwidert Skandi ruhig, doch ihre Stimme hat einen warmen, liebevollen Unterton, der Snow zum Seufzen bringt.

„Du bist zu weich, Skandi. Viel zu weich. Das wird eines Tages unser Verhängnis."

Ihr Mundwinkel zuckt. „Das hast du schön gesagt. Unser. Dann legen wir Mutters Regeln großzügig aus und bringen die beiden erstmal rein."

„Ich halte das für keine gute Idee", lässt er sie erneut wissen und sie zuckt mit den Schultern.

„Das hältst du nie. Du bist wie Colden. Ihr seht immer nur das Negative. Aber wir müssen uns an den guten Dingen orientieren. Warum sollte Neve uns verraten? Umbra hätte ihr die Augen ausgekratzt, wenn dem so gewesen wäre."

Wow, welch beruhigender Gedanke, denke ich zähneknirschend und mein Blick huscht kurz zu den scharfen Krallen des Vogels, der sich an seine Besitzerin schmiegt.

Snow hebt eine Augenbraue und Skandi stellt sich auf die Zehenspitzen und küsst ihn auf die Wange.

„Bitte?"

„Na gut", grollt er schließlich. Ich unterdrücke ein Lächeln. Er ist Ayden wirklich ähnlich, denke ich mit einem schmerzvollen Stich in der Brust. Außen unnahbar und hart, aber innerlich … so anders. Snow zieht Skandi in einer schnellen Bewegung an seine Brust und küsst sie sanft, bevor er sich uns zuwendet. Sein Blick bohrt sich in Rainn. „Ich warne dich. Machst du Ärger, werde ich dir mit meiner Klinge den Kopf von den Schultern schlagen."

„Botschaft angekommen", erwidert Rainn ruhig, doch seine Stimme klingt alles andere als besorgt.

„Dann würde ich sagen, lassen wir sie hinein, ehe der Aqua völlig gefriert."

Wir folgen Skandi und Snow durch den Schnee. Sie gehen Hand in Hand voraus, ein Bild, das irgendwie fehl am Platz wirkt bei diesem frostigen Sturm.

„Und Neve", Skandi schaut über ihre Schulter und ihr Blick trifft meinen.

„Ja?"

„Verwechsle meine Gutmütigkeit nicht mit Schwäche und lüg mich nie wieder an." Ihre Stimme ist plötzlich eiskalt, der warme Tonfall von zuvor verschwunden. „Jeder hier weiß, dass du dich an einen Ignis gebunden hast. Auch wir haben unsere Quellen. Siehe das als einzige und letzte Warnung, was das betrifft."

Sie wartet meine Antwort nicht ab, sondern dreht sich wieder nach vorne und Rainn und ich wechseln einen Blick miteinander.

Mit Hilfe seiner Kraft öffnet Snow einen Spalt im Berg, den ich bei diesem Schneetreiben nie wiederfinden würde und wir folgen ihm ins Innere des Montes Glacies. Uns umfängt sofort eine tiefe Stille, unterbrochen nur von dem Hallen unserer Schritte auf dem glatten Boden. Rainns Lippen haben mittlerweile eine bläuliche Färbung angenommen und ich schaue ihn besorgt von der Seite an.

„Hör auf so zu gucken", flüstert er und wirkt dabei so ruhig, dass ich es kaum glauben kann. „Es lässt mich schwach erscheinen. Mir geht es gut."

Ich nicke widerwillig, aber seine Haltung lässt keinen Widerspruch zu, also drehe ich mich nach vorne, auch wenn das mulmige Gefühl in meinem Inneren bleibt. Die Gänge aus Eis glitzern im Licht der Fackeln wie Edelsteine und ich höre Rainns Atem hinter mir langsamer werden, fast so, als würde er staunen. Es muss für ihn genauso überwältigend sein wie für mich, als ich das erste Mal hier entlangging. Unterwegs begegnen uns einige Glacies, die uns tuschelnd nachsehen. Sie werfen uns skeptische Blicke zu, ich höre ihr leises Raunen, aber niemand spricht uns an. Wir sind hier nicht willkommen. Trotzdem spüre ich den Druck in meiner Brust – die Überzeugung, dass es richtig gewesen ist, hierherzukommen. Sie bekämpft den leisen Zweifel, der in mir zu wachsen versucht. Ich erkenne den Besprechungsraum sofort wieder, als wir ihn betreten. Fjolla steht am anderen Ende, vertieft in ein Gespräch mit einem ihrer Berater. Als ihr Blick auf mich fällt, weiten sich ihre Augen überrascht. Sie sagt noch ein paar Worte zu ihrem Begleiter, der sich schnell zurückzieht und kommt dann auf uns zu.

Ihr Blick wandert zu Rainn und ihre Stirn legt sich in besorgte Falten.

„Neve. Was führt dich zu uns?", fragt sie mit einem Hauch Sanftheit, aber auch einer gewissen Schärfe, während ihr Blick weiterhin auf Rainn ruht, der so tut, als würde ihn das Ganze nicht kümmern. Er steht mit durchgestreckten Schultern dicht neben mir und erwidert mit einer störrischen Gelassenheit ihren Blick.

Ehe ich auch nur zu einer Antwort ansetzen kann, rauscht Colden in den Raum. Sein Blick fällt sofort auf Rainn und ich sehe, wie sich seine Finger um den Griff seines Schwertes schließen. Bevor ich reagieren kann, zieht er die Klinge und stürmt auf Rainn zu. Ehe er es Rainn an die Kehle legen kann, mache ich einen Ausfallschritt und zücke meinen Dolch, pariere seinen Schlag und unsere Klingen treffen laut krachend aufeinander.

„Du wirst ihn nicht anrühren", fauche ich und mein Dolch bebt leicht unter seinem Druck. Coldens Augen verengen sich. „Du hast hier nichts zu sagen, Neve. Was glaubst du, was das hier ist? Ein Gasthaus für Reisende?", zischt er.

„Ich hatte keine andere Wahl." Meine Stimme zittert vor Anspannung, während ich mich gegen seine Kraft stemme und merke, wie Rainn sich hinter mir anspannt. Wenn er sich einmischt, wird es hier völlig eskalieren.

„Colden!" Fjolla tritt vor, ihre Stimme duldet keinen Widerspruch. „Das reicht."

Er senkt sein Schwert mit einem Ausdruck im Gesicht, der alles andere als versöhnlich wirkt und funkelt Rainn und mich an, während er sich widerwillig zurückzieht.

„Das werden wir beide noch ausdiskutieren", knurrt er mir zu, doch bevor ich reagieren kann, erhebt Rainn das Wort.

„Wenn du ein Problem hast, kannst du es mit mir klären, nicht mit Neve." Seine Stimme ist ruhig, fast herausfordernd und ich höre die leise Drohung darin.

Colden schnaubt höhnisch.

„Große Worte für einen Aqua in einem Berg aus Eis. Ich könnte dich einfach gefrieren lassen."

„Versuch es", erwidert Rainn unbeeindruckt, seine Stimme ruhig und kühl.

„Schluss jetzt!" Fjollas Stimme donnert durch den Raum und alle verstummen augenblicklich. Ich zucke zusammen, als sie sich mit eisiger Autorität an ihren Sohn wendet.

„Colden, zügle dein Temperament. Wir werden uns Neves Gesuch anhören und dann entscheiden, was wir mit dem Aqua tun. Wir sind keine Barbaren, die erst morden und dann Fragen stellen."

„Bei Colden bin ich mir da nicht so sicher", flüstert Skandi Snow zu, der ungerührt stehen bleibt, während Colden seiner Schwester einen genervten Blick zuwirft.

„Also Neve, bitte verzeih die Unterbrechung. Was führt dich zu uns?" Fjollas Stimme klingt jetzt ruhiger, wenn auch distanziert. Ich hole tief Luft und beginne zu erzählen, während Fjolla aufmerksam zuhört und ihre Miene immer ernster wird. Ich lasse kein Detail aus, erzähle von allem, was wir erfahren haben, was Gaia getan hat und was der Chronist gesagt hat.

Als ich ende, herrscht Stille. Fjolla scheint die Informationen zu verarbeiten und nickt schließlich langsam.

„Das sind keine guten Neuigkeiten", beginnt sie, „aber es ist der erste echte Hinweis, der uns helfen könnte zu verstehen, was Gaia wirklich verbirgt und was passiert ist. Es war richtig, dass du zu mir gekommen bist, Neve. Ungeachtet dessen, was mein Sohn denkt."

Colden zieht die Augenbrauen zusammen, sagt aber nichts. Doch ich sehe, wie seine Kiefermuskeln arbeiten. Er ist noch immer stinkwütend.

„Dir steht unsere Bibliothek für Forschungen zur Verfügung. In einer Woche gibt es ein Treffen der Oberhäupter des Widerstandes. Du wirst mich begleiten und berichten, was du mir erzählt hast. Währenddessen gewähren wir dir und dem Aqua Zuflucht. Doch das hat seinen Preis."

Meine Schultern spannen sich an. „Welchen Preis?"

Fjollas Blick wird unerbittlich. „In zwei Tagen planen wir einen Angriff auf eines von Gaias Gefängnissen. Wir wollen ihre Kräfte schwächen. Es könnte sein, dass sich deine Eltern dort befinden, aber ich kann es nicht garantieren. Ihr werdet euch uns anschließen und mit uns kämpfen."

Ich öffne den Mund, doch Colden unterbricht mich. „Wenn sie überhaupt noch leben."

Fjolla wirft ihm einen Blick zu, bei dem mir fast das Herz stehen bleibt. Colden hebt entschuldigend die Hände und verstummt.

„Allerdings", fährt sie fort, „trägst du auch die volle Verantwortung für den Aqua. Jedes Fehlverhalten wird auf dich zurückfallen. Und sollte es zu einem Verrat kommen, wird das Konsequenzen haben. Für euch beide."

Ich schlucke schwer. „Das akzeptiere ich. Ich bürge für Rainns Loyalität."

Ayden

Meine Umgebung fühlt sich unwirklich an, als würde ich mich durch einen Traum bewegen – unwirklich und doch irgendwie real. Immer wieder versuche ich, dieses neblige Gefühl in meinem Kopf zu vertreiben, doch ohne Erfolg. Es ist wie ein ständiger Schleier, der meine Gedanken einhüllt. Mir fehlen Bruchstücke des Tages und ich kann mir nicht erklären, was mit mir passiert. Eben stand ich noch auf der Veranda, habe in die Dunkelheit gestarrt und an Neve gedacht. Im nächsten Augenblick halte ich ein blutiges Schwert in der Hand und stehe mitten im Dschungel. Ich weiß nicht, wie ich dorthin gelangt bin oder was ich getan habe. Ein Bild von Neve – ihr Lächeln, ihr wie Mondlicht leuchtendes Haar – flackert vor meinem inneren Auge auf. Doch im nächsten Augenblick vermischt es sich mit einer anderen Vision, einer, die mir das Blut in den Adern gefrieren lässt – ihre Augen vor Angst weit aufgerissen, während ich mein Schwert hebe. Ich schüttle den Kopf, will diese Vorstellung loswerden, doch sie bleibt, wie ein Schatten, der sich nicht abschütteln lässt. Ich würde Neve nie wehtun.

Ich spüre deutlich den Teil von Neves Gabe in mir, diesen Splitter aus Eis, der unserer Verbindung geschuldet ist und der in mir wohnt. Es ist, als würde er in diesen klaren Momenten eisige Wellen durch meinen Körper schießen und mich zur Besinnung bringen, mein Ich ans Tageslicht holen und mich aus dem schwarzen Nebel reißen, der in meinem Kopf herrscht. Doch die Klarheit hält nie lange an. Ich kann mich nicht erinnern, welcher Tag heute ist oder wie viele Tage vergangen sind, seit Neve und Rainn fort sind. Einer, zwei oder mehr? Meine Muskeln krampfen sich zusammen und ich muss mich an einem der Bäume abstützen, um nicht zu fallen. Mein Atem kommt stoßweise und kalter Schweiß bedeckt meinen Körper.

Ich fühle mich krank – etwas, das unmöglich ist, denn Elementare werden nicht krank. Und doch steigt die Übelkeit in Wellen in mir auf.

Wann habe ich Aros und die anderen zuletzt getroffen? Waren sie gestern hier? Oder vorgestern? Meine Gedanken sind ein Labyrinth ohne Ausgang und ich spüre, wie ich langsam den Verstand verliere. Werde ich verrückt? Ich brauche einige Momente, ehe ich mir über das Gesicht reibe und mich vom Baum abstoße. Als ich meinen Weg fortsetzen will, wird mir klar, dass ich nicht mehr weiß, wohin ich wollte. Was war mein Ziel? Ich drehe mich im Kreis, orientierungslos und verzweifelt. Was passiert hier? Neve braucht mich. Ich muss … gegen diesen Zustand ankämpfen. Ich darf nicht wieder im Nebel versinken.

Neben mir raschelt es und ich ziehe reflexartig mein Schwert, bereit, mich dem zu stellen, was auch immer dort lauert. Mein Herz schlägt schneller, als eine Gestalt aus dem Schatten tritt.

Doch es ist kein Monstrum, das ins Licht tritt, sondern Sky. Ihre wilden Locken schimmern im gebrochenen Sonnenlicht, das vereinzelt durch die Baumkronen fällt.

Ihre grauen Augen mustern mich mit einer Mischung aus Besorgnis und Argwohn. Auf ihrer Wange entdecke ich einen tiefen Schnitt, an den ich mich nicht erinnern kann.

Gestern war er dort noch nicht oder etwa doch? Haben wir uns gestern überhaupt gesehen? Mein

Schwert fällt zu Boden und ich presse die Hände gegen meine Augen und stoße einen lauten Schrei aus, der alle Vögel in unserer Nähe erschreckt auffliegen lässt.

„Es soll aufhören!", flüstere ich, aber es klingt wie ein ersticktes Keuchen. Ich bin niemand, der aufgibt, auch diesen Kampf nicht, auch wenn ich gegen mich selbst antreten muss.

„Ayden?" Skys Stimme ist leise, vorsichtig und fast … ängstlich. „Bist du … du selbst? Bist du … du?" Skys Stimme ist mit einer Vorsicht gespickt, die ich nicht verstehe und ich lasse meine Hände langsam sinken.

„Wer soll ich denn sonst sein?", knurre ich wütend.

„Dem Wind sei Dank."

Ehe ich reagieren kann, fällt sie mir um den Hals und ich bleibe stocksteif stehen. Das muss ein Traum sein. Sky fällt niemandem um den Hals.

Unbeholfen löse ich mich von ihr und eine leichte Röte bedeckt ihre Wangen.

„Was ist hier los?"

Sky schaut sich nervös um, ehe sie meine Hand ergreift und mich mit sich zieht.

„Wir müssen uns beeilen, ich weiß nicht, wie lange du … du bist."

„Ich bin? Sky, wovon redest du?"

„Gleich, warte noch einen Augenblick."

Sie zieht mich hinter sich her, ihre Finger umklammern meine Hand. Wir schlagen uns durch das dichte Unterholz, bis das monotone Rauschen eines Wasserfalls die Stille des Dschungels durchbricht. Ein tiefer, beständiger Klang, der mit jedem Schritt lauter wird. Der Wasserfall ist klein, fast versteckt, als hätte die Natur ihn für sich behalten wollen. Kristallklares Wasser stürzt über eine steile Felswand hinab und zerschellt in einem Becken darunter, das von glatten, moosbedeckten Steinen eingefasst wird. Sonnenstrahlen kämpfen sich durch die Blätter und tanzen auf der Gischt, die die Luft mit einer kühlen Frische erfüllt. Das Rauschen übertönt alles, selbst meine Gedanken. Sky schlüpft hinter die Felsen, die sich wie ein natürlicher Vorhang vor einem schmalen Hohlraum auftürmen. Der Boden ist glitschig und die kühle Feuchtigkeit lässt meine Haut prickeln.

„Jetzt kann uns niemand mehr hören, falls sie uns beobachten", wispert sie. Ihre Stimme ist kaum mehr als ein Hauch, der sich in der tosenden Umgebung verliert. Ihr Kopf kommt meinem nahe und ich sehe die Anspannung in ihrem Blick.

„Wer sollte uns beobachten? Ich … bin so verwirrt, Sky. Was … was ist hier los? Ich muss Neve finden."

„Du solltest alles tun, aber nicht Neve suchen."

„Wovon redest du? Ich …"

„Du würdest sie töten, Ayden."

Ich lache freudlos auf. Was redet sie da für einen Unsinn?

„Ich würde Neve nie etwas tun."

„Doch, würdest du. Ich … ich weiß nicht, was Gaia mit uns… mit euch… mit dir gemacht hat Ayden. Aber … wir waren bei ihr. Vor gut einer Woche. Erinnerst du dich? Sie hat etwas mit uns gemacht. Mit uns allen. Diese neue Rune sie … hat dafür gesorgt, dass ich mich nicht rühren konnte, wie ihr auch. Dann war da schwarzer Rauch, er … er kam aus ihrem Mund und ist … in uns eingedrungen. Danach wart ihr alle verändert und ich verstehe nicht warum. Ihr … habt nicht mehr mit mir geredet, sondern nur noch ihre Befehle ausgeführt. Einen, um genau zu sein. Findet die Glacies und tötet sie. Ich habe mitgespielt, als ich gemerkt habe, dass was auch immer mit euch passiert ist, bei mir nicht wirkt. Aros, Bluette, Adan und Kelvin sind … wie seelenlose Körper, Ayden. Nur du scheinst klare Momente zu haben. Ich verstehe nur nicht, warum. Was bei uns beiden anders ist. Wir müssen … etwas tun, Ayden. Diesen Bann brechen, unter dem ihr steht, denn wenn wir es nicht tun, wird einer von uns früher oder später Neve aufspüren und töten."

Eine kalte Faust schließt sich um mein Herz.

Was redet Sky da? Ich will es leugnen, aber da sind diese Bilder in meinem Kopf. Diese Verwirrung.

Ich weiß, was an mir anders ist. Anders als an den Anderen. Neves Eis, das in mir wohnt.

„Sky, sollte es dazu kommen und ich sie finden, musst du mich töten, ehe ich es tun kann. Das musst du mir versprechen. Du musst mir dein Schwert ins Herz rammen und sie retten."

„Ayden …" Sie wirkt gequält, doch ich greife nach ihrer Hand, halte sie fest und zwinge sie, mir in die Augen zu sehen.

„Versprich. Es. Mir."

Ich betone jedes einzelne Wort. Ich verstehe nicht, was hier passiert, aber wenn sie recht hat … Oh Götter.

Sky mustert mich, ihr Blick voller Trauer, ehe sie nickt.

„Ich verspreche es, Ayden. Wenn ich keinen anderen Weg sehe, um sie zu retten."

Neve

Es ist merkwürdig, wieder hier zu sein, bei den Glacies. Und noch komischer fühlt es sich an, mir ein Zimmer mit Rainn zu teilen. Doch keiner von uns beiden traut den anderen genug, um alleine zu bleiben. So hat Rainn sein Lager auf dem Boden vor dem Feuer ausgebreitet und mir das Bett überlassen. Wir sind nun zwei Tage hier und ich habe weder Spuren in den Büchern noch andere Hinweise auf die Karte gefunden.

Aber ich habe mit Skandi angefangen, meine Kräfte zu trainieren. Sie kann mir Dinge zeigen, die mir keiner meiner Freunde beibringen konnte, weil sie keine Eis-Elementare sind.

Auch jetzt stehen wir uns auf dem Trainingsfeld gegenüber. Der Platz besteht aus einer weiten offenen Fläche aus purem Eis. Der Boden glitzert in der Sonne und jeder meiner Schritte hinterlässt Spuren auf der frostigen Oberfläche. Mein Atem kräuselt sich wie Nebel vor meinem Gesicht. Rainn sitzt mit vor sich gekreuzten Beinen an einer Wand und beobachtet uns genau, während Snow immer wieder meine Haltung korrigiert. Mein Selbstvertrauen hat hier schon einige Dämpfer kassiert. Aber ich will besser werden. Also werde ich jegliche Hilfe nehmen, die sie mir anbieten.

„Du bist so unwissend wie ein Kind", brummt Snow und ich knirsche mit den Zähnen.

„Sie lernt es", wirft Skandi ein, während ich einem ihrer Angriffe ausweiche.

„Lektion eins: Unsere Kräfte basieren auf Kälte, Eis und der Manipulation von festen und flüssigen Aggregatzuständen. Was ich damit sagen will, ist: Du denkst zu eindimensional. Du nutzt nur einen Bruchteil dessen, was dir zur Verfügung steht. Wir haben nicht nur die Kontrolle über Eis, sondern auch über Wasser in all seinen Formen. Du kannst es gefrieren lassen, du kannst Eis schmelzen, du kannst sogar die Luftfeuchtigkeit nutzen, um Eis zu erschaffen. Die Grundfähigkeiten beherrschst du, das Erschaffen von Formen und Eis. Zeig es mir!", fordert er mich auf. Ich richte meine Hände auf den Boden und innerhalb von Sekunden erheben sich Stalagmiten aus purem Eis. Stolz sehe ich ihn an.

„Das geht auch schneller. Aber es ist ein Anfang. Aqua, Wasserfontäne."

Rainn steht auf, klopft sich Eiskristalle von der Hose und kommt gemächlich auf uns zu. Ich weiß genau, was jetzt passiert.

„Wie wäre es mit einem bitte?"

Snow schenkt ihm einen Blick, der mit Sicherheit schon Gegner in die Knie gezwungen hat, aber nicht Rainn. Der wirkt eher amüsiert.

„Könnt ihr damit aufhören? Dieses … Kräftemessen? Rainn, bitte?", unterbricht Skandi das Wettstarren, doch Rainn grinst nur. Es macht ihm sichtlich Spaß, Snow etwas herauszufordern. Und der grummelige Glacies-Krieger geht jedes Mal darauf ein. Rainn nimmt seine Elementarform an und schießt einen kräftigen Wasserstrahl in unsere Richtung. Genauer gesagt in Snows, doch der hebt gelassen die Hand und friert ihn innerhalb eines Augenblicks ein.

„Gefrieren von Wasser. Du kannst deine Gabe auch nutzen, um Gegner zu schwächen und ihre Bewegungen zu verlangsamen, sei es durch die Kälte oder das Eis. Fällt dir noch etwas ein?"

Ich überziehe meinen Körper mit einer schützenden Eisschicht und Snow nickt anerkennend. „Schutzschild. Sehr gut."

„Skandi, du bist dran." Snow nickt seiner Gefährtin zu und sie schaut zu Rainn. „Du solltest deine Augen schützen."

Er runzelt die Stirn und Skandi hebt ihre Hände. Ein frostiger Wind bricht los, peitscht über das Trainingsfeld und hüllt alles in wirbelnde Eiskristalle. Aus dem Sturm heraus prasseln Hagelkörner wie Nadeln auf Rainn nieder, der sich seine Arme vor das Gesicht reißt.

„So nimmst du deinen Gegnern die Sicht", erklärt Snow.

„Clever." Rainn schüttelt seinen Kopf wie ein nasser Hund und die kleinen Eiskugeln fallen auf den Boden.

Ich versuche alles in mir aufzunehmen, doch es ist so viel Wissen. So vieles, was ich mir merken und trainieren möchte. Snow hat recht, ich habe nicht einmal ein Viertel dessen bisher genutzt, was sie können.

„Du kannst dir deine eigenen Waffen aus Eis erschaffen. Schwerter, Äxte, Speere … Es liegt an dir und deiner Fingerfertigkeit, was du erzeugst. Mächtige Krieger können riesige Eissäulen erschaffen oder Strukturen, die Gegner einsperren."

Es erinnert mich an die Feuersäule, die Ayden damals um mich herum hervorgebracht hat. Es ist mir nie in den Sinn gekommen, dass so etwas mit Eis auch geht.

„Du kannst deine Gegner verwirren, sie austricksen und mit deinem Eis Täuschungen erschaffen."

Skandi lächelt und aus dem Boden erscheinen lebensgroße Eisformen, so detailliert, dass ich für einen Moment denke, sie seien lebendig. Ich starre die Figuren an, bis plötzlich etwas von hinten auf mich zuspringt. Scharfe Zähne graben sich in mein Bein und ich schreie auf. Mit zwei schnellen Schritten ist Rainn bei mir und zerschlägt das kleine Eismonster mit seinem Schwert.

Colden steht mit verschränkten Armen an der Wand, seine Augen funkeln belustigt.

„Die wahren Meister von uns bringen kurzzeitig Wesen aus Eis hervor, die eigenständig handeln."

„Aber das schaffen nur wenige Neve, keine Sorge", versichert Skandi, während ich mich hinknie und meine schmerzende Wade reibe. Blut glitzert an meinen Fingerspitzen. Verdammter Colden. Er hat etwas an sich, das mich schnell an den Rand meiner Geduld bringt und das will schon etwas heißen.

Rainn knurrt Colden an, der sich von der Wand abstößt.

„Alle Fähigkeiten eines Glacies entwickeln sich individuell. Aber nur die Stärksten und Entschlossensten von uns werden wirklich mächtig. Unsere Emotionen sind stark mit unserer Gabe verbunden. Je wütender und zielstrebiger ein Glacies, desto mächtiger werden seine Fähigkeiten. Die einen bleiben Mittelmaß", er nickt zu Skandi, die ihm einen Mittelfinger zeigt, „andere lernen ihre Fähigkeiten taktisch einzusetzen und Schlachten mit tödlichen präzisen Angriffen für sich zu entscheiden. Und es gibt dich. Die nur einen Hauch davon beherrscht, was wir können."

„Du bist wirklich eine Nervensäge", lasse ich ihn wissen und er lacht leise.

„Ich bin der Maßstab, den du anstreben solltest. Wir Eis-Elementare sind mächtig. Mächtiger als jeder Aqua."

Er musste Rainn diesen Seitenhieb verpassen und ich beiße mir unbewusst auf die Lippe. Das wird Rainn nicht auf sich sitzen lassen.

Im nächsten Augenblick trifft Colden eine wahre Wasserflut. Das Wasser umschließt ihn, nimmt ihm die Luft zu atmen und er greift sich an die Kehle, während Rainn mit aller Seelenruhe das Wasser in seinen Händen formt.

Nach einigen Sekunden ruft er das Wasser zu sich und Colden fällt hustend auf die Knie.

„Und ganz wichtig", witzelt Rainn, „lass deinen Gegner nie aus den Augen. Selbstverliebtheit bringt dir keine Siege ein."

Skandi lacht laut los und ich schwöre, dass auch Snows Mundwinkel zucken, während Colden noch immer nach Luft ringt und keuchend auf Rainn zeigt. „Das … bekommst du zurück", keucht er mit einer wütenden, aber schwachen Stimme, während Rainn mir den Arm um die Schultern legt.

„Und bald wirst du sie alle vor Neid erblassen lassen. Wenn ich eins weiß, dann, dass du nie aufgibst, Neve. All das wirst du auch können."

Als die Dämmerung den Dschungel in Zwielicht taucht, verlassen wir den Montes Glacies. Colden führt uns mit den anderen Kriegern durch endlos lange Gänge, die so finster sind, dass ich Angst habe, mich in der Dunkelheit zu verlieren und irgendwann nach Rainns Hand suche. Er drückt sie beruhigend und ich bin froh, dass er hier ist. Je tiefer wir steigen, desto wärmer wird die Luft, bis wir schließlich durch einen verborgenen Ausgang am Fuß des Berges hinaus in die feuchte, drückende Urwaldluft treten. Die Luft hier ist warm, erfüllt von erdigem Geruch und einem Hauch von verrottendem Laub. Geräusche der Umgebung zerreißen die Stille, das Zirpen der Insekten, das Rascheln von Blättern und entfernte Schreie von Tieren. Ich spüre, wie dieser Wald lebt und während ich in die Dunkelheit starre, fühle ich mich auch ein wenig beobachtet, weil ich nicht weiß, welches Wesen uns vielleicht gerade bemerkt hat. Der plötzliche Wechsel von der klirrend kalten Luft des Montes Glacies zu der stickigen des Urwaldes trifft mich wie ein Schlag. Rainn neben mir wirkt hingegen wie ausgewechselt. Seine Schultern entspannen sich und seine Bewegungen werden fließender. Der Dschungel ist seine Heimat, ich sehe es an der Art, wie er die Luft in die Lunge zieht und ich kann nur erahnen, wie erleichtert er sein muss, diesen frostigen Berg hinter sich lassen zu können. Für mich hingegen ist es genau umgekehrt. Die stickige Hitze ist erdrückend, das Eis und der Schnee sind ein natürlicher Teil von mir, aber ich habe mich in all der Zeit an das Klima gewöhnt. Anfangs war es schwerer für mich, hier zurechtzukommen. Jetzt bemerke ich es kaum mehr.

Meine Gedanken wandern zu Ayden und ich wünschte, er wäre an meiner Seite. In seiner Gegenwart fühle ich mich immer sicher, egal wie schlimm es auch aussieht. Als würde ich meine Stärke aus seiner ziehen. Zusammen sind wir unbesiegbar, das waren seine Worte. Doch er ist nicht hier. Und ich vermisse ihn so sehr, dass es mir fast den Atem raubt. Ich wünsche, ich könnte zu ihm gehen. Mit ihm sprechen oder ihn wenigstens kurz sehen. Doch ich weiß nicht, wie ich es bewerkstelligen soll, ohne uns in Gefahr zu bringen.

Ich bete darum, dass er in Sicherheit ist und dass ich eine Möglichkeit finde, bald wieder bei ihm zu sein. Doch im Augenblick ist es sicherer, wenn ich mich von ihm fernhalte. Egal, wie sehr es mich innerlich zerreißt.

Rainn und ich tragen komplett schwarze Rüstungen und folgen den anderen durch den finsteren Dschungel. Sie scheinen kein Licht zu brauchen. Meine Hände werden feucht vor Aufregung und ich wische sie an meinen Beinen ab. Ich wünschte, ich wüsste, was mich gleich erwartet. Ein sanfter Druck an meiner Hand reißt mich aus meinen Gedanken. Skandi, die neben mir geht, drückt meine Finger und deutet mit einem leisen Nicken an, dass ich ihr folgen soll. Ich nicke zustimmend, ziehe meine Hand zurück und schaue kurz zu Rainn, der dicht hinter mir bleibt. Wir folgen Skandis schlanker Gestalt, die sich fast lautlos durch das Unterholz bewegt. Der Rest der Krieger verschwindet in der Dunkelheit des Dschungels. „Wir werden für Ablenkung sorgen. Unseren Berechnungen nach muss Gaia sich heute stärken, was bedeutet, sie braucht Elementare, deren sie ihre Macht entziehen kann. Sie nimmt ihre Magie und bindet sie an sich. In diesem kurzen Zeitfenster, wenn ihre Wachen sich ihre Opfer holen, öffnet sie die Barriere, die das Gefängnis umgibt und es vor aller Augen verbirgt. Wir müssen genau dann zuschlagen und so viele wie möglich befreien", flüstert Skandi mit gedämpfter Stimme.

„Ich kann nicht glaube, dass sowas in diesem Dschungel existiert und wir es nicht wussten", murmelt Rainn angespannt.

„Doch und nicht nur hier. Es gibt viele, viel zu viele solcher Orte. Gaias Hunger nach Macht kennt keine Grenzen. Und ja, ihr habt ihr dabei geholfen, diese Gefängnisse zu füllen, auf die ein oder andere Weise.

Auch wenn es euch nicht bewusst gewesen ist. Gaia hat euch alle getäuscht." Skandis Stimme ist voller Bitterkeit. „Zu viele meiner Freunde sind dort … wenn sie noch leben. Nicht jeder Befreiungsversuch gelingt. Aber es ist unser einziger Weg. Macht euch aber bitte klar, dass jeder von uns hier heute sterben könnte."

Ihre Worte hallen in der Dunkelheit nach.

„Ich fürchte den Tod nicht. Wenn er zu mir kommt, werde ich ihn wie einen alten Freund begrüßen, einen Freund, dem ich oft genug begegnet bin, nur um immer wieder von ihm verschont zu werden. Doch ich weiß, eines Tages wird er mich nicht mehr gehen lassen. Vielleicht ist dieser Tag heute, vielleicht auch nicht. Doch bis er hier ist, werde ich kämpfen."

Skandi nickt langsam, ihre Augen fest auf Rainn gerichtet. „Vielleicht ist er ein Freund für dich, Rainn, das akzeptiere ich. Für mich ist der Tod ein ungebetener Gast, der viel zu oft an meine Tür klopft."

Ihre Worte stimmen mich nachdenklich. Sehe ich den Tod wie Rainn als Freund oder wie Skandi als Feind? Ich glaube, ich sehe ihn als Erlösung. Ich erinnere mich an den Moment auf dem Montes Glacies, wo er mir gnädig die Schmerzen genommen und mich sanft begleitet hat, bevor er sich schließlich entschloss, meiner Seele noch eine Chance zu geben. Der Tod ist kein Feind für mich, aber ich bin auch nicht bereit, ihm die Hand zu reichen. Doch mir wird auch bewusst, dass jeder von uns ihm schon auf die ein oder andere Weise begegnet ist.

Wir schweigen einen Moment, ehe Skandi erneut leise das Wort ergreift.

„Denkt daran", wispert sie, „das Gefängnis wird nicht nur von Kriegern bewacht, sondern von weitaus schlimmeren Schattenwandlern. Wir nennen sie so, weil wir nicht wissen, was sie wirklich sind. Ihr könnt sie nur töten, wenn ihr ihren Kern trefft, eine Stelle direkt unterhalb des Halses. Alles andere ist zwecklos. Unser Eis kann sie verlangsamen, andere Elementare könnten sie auflösen, aber sie regenerieren sich. Ihr müsst ihren Kern zerstören. Es ist ein kleiner pulsierender Punkt."

„Ich lebe seit Jahrhunderten und habe keine Ahnung, wovon du sprichst", murmelt Rainn.

„Du wirst es gleich sehen, warte ab."

Wir erreichen einen kleinen Hügel und Skandi deutet an, dass wir uns hinlegen sollen. Vorsichtig krieche ich nach vorne, mein Blick ruht auf der Lichtung, die unter uns liegt. Das Erste, was mir auffällt, ist die drückende Stille, die hier herrscht. Dann höre ich ein Rascheln neben mir und zucke zusammen, doch als ich mich zu Rainn umdrehe, ist er verschwunden.

„Was zum …?" Ich richte mich leicht auf, gerade rechtzeitig, um zu sehen, wie Rainn aus dem Schatten tritt. Sein Dolch ruht am Hals einer dunklen Gestalt mit einer Kapuze, die völlig ruhig vor ihm steht. Das Gesicht liegt völlig im Schatten.

Skandi schaut auf und zischt. „Rainn, lass sie los! Sie gehört zu uns!"

Rainn verengt die Augen und reißt die Kapuze zurück. Zwei rotglühende Augen starren uns an, eingebettet in ein Gesicht, dass auf der einen Seite von Runen gezeichnet ist. Eine Ignis. Sie trägt ebenfalls eine dunkle Rüstung und Pfeil und Bogen auf dem Rücken.

Ihre Haare sind kurzgeschoren und ihr Gesichtsausdruck alles andere als besorgt. Sie lächelt Skandi leicht an.

Skandi beeilt sich auf die Füße zu kommen und Rainn lässt seinen Dolch sinken.

„Dann sollte sie sich nicht anschleichen oder du uns von deinen Plänen in Kenntnis setzen. Ich bin kein Freund von solchen Überraschungen und du kannst froh sein, dass sie noch lebt."

„Vertrauen muss man sich erarbeiten, Aqua", erwidert Skandi trocken, ehe sich ihr Gesichtsausdruck ändert und sie die andere Frau in eine Umarmung schließt. „Hallo Kaida, wir haben bereits auf euch gewartet. Sind die anderen unten?"

„Ja, wir haben Colden schon getroffen. Er meinte, du kannst meinen Bogen gebrauchen. Und das sind …?"

Sie schaut uns aufmerksam an und legt den Kopf leicht schief.

„Rainn und Neve. Ich habe dir bereits von Neve erzählt."

„Ah, ich erinnere mich. Mein Name ist Kaida. Und ich bin die Tochter der Anführerin der Ignis von Vulcanis."

Bevor wir weiterreden können, hallt ein Tierschrei durch die Nacht und Kaida verstummt sofort.

„Es geht los", flüstert sie und lässt sich in die Hocke nieder. Eine Gänsehaut jagt mir über den Rücken. Ich fühle mich etwas fehl am Platz, als sie ihren Bogen spannt, denn ich weiß nicht, was mich gleich erwartet. Rainn scheint es ähnlich zu gehen. Er spannt zwar seinen Bogen, ist aber etwas hilflos, was sein Ziel angeht.

Doch dann sehe ich es. Eine kleine Gruppe von Kriegern tritt aus dem dichten Dschungel auf die Lichtung. Sie verblassen in den Schatten, als ob sie Teil der Dunkelheit sind. Ihre Bewegungen sind ruhig, kontrolliert, fast mechanisch. Sie wirken wie normale Krieger, aber etwas an ihren Bewegungen fühlt sich nicht richtig an. Der Anführer hebt die Hand, in der etwas Schimmerndes ruht, das aufblitzt und die Lichtung kurz mit einem kalten, bläulichen Schein überzieht. Ein Knistern geht durch die Luft, als die Barriere sich senkt. Ein leichter Druck entsteht in meinen Ohren und die Härchen an meinen Armen stellen sich auf. Doch das, was hinter der Barriere sichtbar wird, ist nicht das, was ich erwartet habe. Kein Gebäude. Kein Versteck. Es ist ein tiefer Schacht, dessen Rand im Erdreich verschwindet und aus dem ein scharfer, beißender Geruch weht. Moder, Schimmel und etwas Verrottendes. Ein kalter Luftzug strömt aus der Tiefe und der Gedanke, gleich dort hinabsteigen zu müssen, schnürt mir die Kehle zu. Es jagt mir schreckliche Angst ein, gerade nach unserem letzten Ausflug unter die Erde. Alles in mir sträubt sich widerwillig und doch weiß ich, dass ich es tun werde, denn es könnte sein, dass meine Eltern dort unten sind. Unschöne Erinnerungen brechen über mich hinein, die Dunkelheit, die Enge, die Kreaturen, die uns gejagt haben. Und die Verzweiflung, dort eingesperrt zu sein und dass es einige von uns fast das Leben gekostet hätte. Und dann sehe ich sie. Vor dem Eingang stehen vier Schattenwesen. Ihre Erscheinung ist so albtraumhaft, dass ich den Blick nicht abwenden kann. Ihr schwarzer, glatter Körper scheint von Schatten überzogen zu sein, die sich wie Rauch bewegen, doch sie sind solide genug, um mit schweren, dumpfen Schritten aufzutreten. Ihre vier Arme, die in langen, scharfen Klauen enden, hängen in unnatürlichen Winkeln an ihren Körpern. Dort, wo die Augen sein sollten, glühen helle, kalte Lichter. Ihre Formen sind seltsam verzerrt, als ob sie sekündlich zwischen festem und flüssigem Zustand wechseln würden, fast wie ein Hologramm, das sich stabilisieren will. Mein Herz rast und meine Kehle wird trocken. Unwillkürlich rutsche ich näher an Rainn heran, suche Schutz, obwohl ich weiß, dass uns nichts vor diesen Dingern schützen kann. Die Elementare verschwinden schweigend in der Dunkelheit des Schachtes.

„Bereit?", flüstert Kaida und Skandi nickt und spannt ihren Bogen. Und dann höre ich das Zischen von Pfeilen. Zwei Pfeile fliegen wie Schatten durch die Nacht und treffen ihre Ziele. Ein Kreischen hallt über den Platz, dass mir fast die Trommelfelle platzen. Zwei der vier Schattenwesen lösen sich in Rauch auf, ihr Schrei hallt noch immer nach und löst in mir pures Grauen aus. Sind dort unten noch mehr dieser Wesen? Ich spanne meinen Bogen, doch meine Hände zittern. Neben mir zielt Rainn mit finsterem, entschlossenem Blick, doch auch er wirkt noch unsicher. Wir wissen nicht, wo genau ihre Schwachstelle liegt. Ich kann nichts anderes tun, als zu beobachten, wie Kaida und Skandi mit tödlicher Präzision ihre nächsten Pfeile abschießen und die letzten zwei Wesen im Nichts verschwinden.

„Das war der leichte Teil", erklärt Skandi und springt auf. Ehe ich mich versehe, rutschen sie und Kaida den Abhang hinunter und Rainn und ich wechseln einen Blick.

Er fragt mich stumm, ob ich dafür bereit bin und ich zögere nicht, sondern nicke, auch wenn meine Beine sich wie Gummi anfühlen und meine Hände zittern. Innerlich bebe ich vor Angst, aber ich zwinge mich dazu, es nicht zu zeigen. Rainn nickt zurück und folgt den beiden Frauen. Als Letztes mache ich mich auf den Weg, während unsere Krieger aus dem Schatten des Dschungels treten.

Der Geruch, der aus dem Schacht nach oben steigt, brennt in meiner Kehle. Die Wände sind rau und feucht und die Fackeln werfen flackernde Schatten auf den Boden, die wie geisterhafte Hände aussehen. Schreie dringen aus der Tiefe empor, dumpf und verzerrt und meine Nackenhaare stellen sich auf. Colden steht bereits vor dem Eingang, sein Gesicht eine starre Maske.

„Wir haben nicht viel Zeit", erinnert er alle in einem scharfen Tonfall. „Ihr wisst, dass dort unten noch mehr Schattenwesen und Gaias Kampftrupp auf uns warten. Sie werden bald merken, dass wir die Wachen hier oben ausgeschaltet haben. Wir konzentrieren uns heute auf die vorderen Zellen und retten so viele, wie wir können."

„Wir retten nicht alle?", flüstere ich, meine Stimme ein ersticktes Keuchen. Colden wendet sich mir zu und lacht humorlos auf, sein Blick hart und unnachgiebig.

„Alle? Neve, es gibt dutzende Gänge und Zellen dort unten. Es ist ein Labyrinth. Wenn wir versuchen, jeden zu retten, sterben wir alle."

Ich will schreien, will sagen, dass meine Eltern vielleicht dort unten sind, aber ich schlucke die Worte herunter. Mein Vater würde Colden zustimmen. Wir müssen zuerst die retten, die wir retten können. Es hilft ihnen nichts, wenn wir alle heute sterben oder selbst gefangen genommen werden.

„Kommst du damit klar?" Sein Blick durchbohrt mich. Ich schlucke und nicke, auch wenn meine Kehle sich wie zugeschnürt anfühlt.

„Vielleicht wäre es besser, wenn der Aqua und Neve hier oben bleiben und Wache halten. Wir wissen nicht, ob Gaia noch mehr Krieger geschickt hat", wirft Kaida ein.

Colden mustert mich, sein Blick unergründlich, dann winkt er zwei weitere Wachen heran.

„Ihr beide bleibt hier oben und unterstützt sie. Wenn Gefahr im Verzug ist, wissen sie, was zu tun ist. Haltet uns den Fluchtweg frei. Verstanden? Vielleicht müssen wir uns hier raus kämpfen. Wenn es so ist, wird Skandi die Gefangenen in Sicherheit bringen und wir werden kämpfen und ihnen Zeit verschaffen."

Rainn dreht sein Schwert in der Hand und nickt. „Du kannst dich auf uns verlassen."

Mehr braucht Colden nicht und er verschwindet mit dem Rest der Gruppe in den Tiefen des Schachtes. Ihre Schritte hallen leise von den Wänden wider, bis ich sie bei der ersten Kurve aus den Augen verliere.

Das darauffolgende Warten ist schlimmer als alles andere. Meine Hände zittern, während ich den finsteren Dschungel um uns herum mustere. Ich beäuge ihn wie ein Raubtier, weil ich genau weiß, was für Gefahren darin lauern. Und wenn ich in dieser Welt eins gelernt habe, dann immer auf der Hut zu sein. Meine Gedanken rasen. Schaffen sie es? Werden wir alle heil hier herauskommen? Sind meine Eltern dort unten?

Ich will mich gerade umdrehen, als ich ihn spüre. Es ist wie ein Sog, der mich erfasst, noch bevor ich ihn sehe. Seine Präsenz ist wie ein Ton, der etwas in mir zum Klingen bringt, eine Melodie, die nur ich kenne und die mein Herz für ihn spielt. Die Verbindung, die wir teilen, die kleine Flamme, die ich immer in mir spüre. Dieser kleine Teil von ihm lodert plötzlich hell auf. Mit klopfendem Herzen sucht mein Blick den Urwald ab. Dann tritt er wie ein Schatten aus der Dunkelheit auf die Lichtung und die Luft um mich scheint kurz stillzustehen. Er hat mich gefunden. Zuerst sehe ich nur seine Silhouette, vertraute Umrisse, die mich mit einer schmerzvollen Sehnsucht erfüllen. Dann zeichnen sich seine Züge ab und mein Herz zieht sich zusammen. Ein Wimmern entweicht mir, so leise, dass ich es selbst kaum höre. Er hat mir so unglaublich gefehlt. Rainn fährt blitzschnell zu mir herum, sein Blick von Sorge und Alarm erfüllt.

„Ayden", flüstere ich, meine Stimme bricht unter der Last seines Namens. Meine Füße bewegen sich wie von selbst einen Schritt in seine Richtung, doch Rainns Hand schießt vor und stößt mich zurück, hart und entschlossen.

Aydens Augen blitzen kurz auf und ich meine, ein leises Grollen zu vernehmen.

„Warte", knurrt Rainn, seine Stimme angespannt, beinahe bedrohlich und ich blinzle ihn verwirrt an und verstehe nicht, warum er sein Schwert nicht senkt. Das ist Ayden. Mein Ayden. Sein Freund. Seine Waffe bleibt jedoch erhoben und eine dunkle, unsichtbare Spannung knistert zwischen uns allen. Hinter Ayden tritt Bluette aus dem Schatten der Bäume, ihre Augen wachsam, während sie sich umschaut. Doch mein Blick bleibt bei Ayden. Alles in mir schreit danach, zu ihm zu rennen, ihn zu berühren und mir von ihm versichern zu lassen, dass jetzt alles gut wird. Wir haben uns gefunden.

„Das … ist nicht er", knurrt Rainn, seine Stimme durchdrungen von einer warnenden Schärfe. Ich runzle die Stirn und schüttle den Kopf, unfähig seine Worte zu begreifen.

„Natürlich ist er es! Rainn, sieh ihn dir an! Ich spüre es, tief in mir." Mein Blick sucht Ayden, seine Augen, die mir so vertraut sind – doch dann stocke ich.

Das Feuer in seinen Augen glüht, doch es ist … anders. Kalt. Leer. Dunkle Schlieren durchziehen sie, wie ein Schatten, der sich über sein warmes Licht gelegt hat. Es fühlt sich falsch an und eine Welle der Furcht rast durch mich hindurch. Rainn hat recht, etwas an Ayden fühlt sich … nicht richtig an. Die Macht, die von ihm ausgeht, ist … erdrückend, fremd und meine Brust schnürt sich zu. Es ist mein Gefährte und doch ist er es nicht, als würde ein Teil von ihm fehlen, verschluckt von etwas Dunklem.

Angst sticht wie eine Klinge in mein Herz, während er den Kopf schief legt und mich einen Augenblick lang mustert. Der Ausdruck ist so fremd und doch so vertraut, dass es mich zerreißt. Langsam hebt er die Hand und eine Flamme tanzt auf seiner Handfläche. Die Wachen hinter uns machen sich zum Angriff bereit, Waffen klirren, Schritte nähern sich und ich breite die Arme aus. „Nein, Stopp!", rufe ich panisch. „Ihr dürft ihm nichts tun. Er … er ist mein Gefährte er … es ist Ayden!" Meine Stimme bricht, meine Worte verlieren sich in der Stille, die sich um uns gelegt hat. Ayden lächelt. Ein Lächeln, das mir das Herz zerreißt. Kalt, berechnend und so vollkommen falsch. Kein einziges Wort verlässt seine Lippen. Hinter ihm treten weitere Gestalten aus der Dunkelheit, Krieger, die sich lautlos bewegen und ihre Augen auf uns richten.

„Rainn, was passiert hier?", flüsterte ich, meine Stimme ein leises verzweifeltes Flüstern. Rainn tritt dicht neben mich, seine Finger umklammern den Griff seines Schwertes so fest, dass seine Knöchel weiß hervortreten.

„Ich weiß es nicht", murmelt er heiser. „Aber … ich glaube, es hat etwas damit zu tun, was ich auf dem Feld gesehen habe. Erinnerst du dich?"

„Natürlich erinnere ich mich! Aber … das ist Ayden. Ich spüre es!" Tränen brennen in meinen Augen, während ich verzweifelt nach einer Erklärung suche. „Er ist es, Rainn. Und ich sehe Bluette und Sky."

Und doch fühlt es sich so falsch an, wie sie uns ansehen. Der Blick, den Ayden mir zuwirft, macht mir Angst. Ich kenne diesen Ausdruck in seinen Augen, nur hat er noch nie mir gegolten. Er sieht mich mit der kalten Präzision an, die sonst nur seinen Feinden gilt. Der Blick, der ihnen einen langsamen grausamen Tod verspricht. Ich fixiere ihn, unfähig mich zu rühren. Ehe ich weiter darüber nachdenken kann, stürzt er sich mit einer unglaublichen Schnelligkeit auf mich, während ich wie erstarrt stehen bleibe. Ich sehe das Glitzern des Schwertes, höre das Rauschen der Luft und nur Rainn ist es zu verdanken, dass sein Schlag mich verfehlt, denn er reißt mich zur Seite, einen Augenblick, bevor die Klinge mein Herz durchbohrt hätte.

Ayden faucht ihn wütend an, ehe er sich wieder mir zuwendet. Rainn blockt bereits einen anderen Angriff ab und für diesen einen Moment bin ich auf mich alleine gestellt. Ich weiche vor Ayden zurück, der langsam auf mich zukommt. Er bewegt sich gelassen, geschmeidig wie ein Jäger, der seine Beute einkreist. Sein Blick brennt sich in mich, unergründlich und fremd und doch … da ist etwas. Ein Hauch von Zögern, oder bilde ich es mir nur ein? Mein Herz rast und Tränen verschleiern meine Sicht. Ich kann mein Schwert nicht gegen ihn heben.

„Ayden, du willst das nicht tun! Bitte!", flehe ich, meine Stimme bricht vor Verzweiflung, doch er reagiert nicht. Ich erkenne kein Anzeichen einer Reaktion in seinem Blick. Er bleibt nicht stehen. Keine Regung, kein Zucken in seinem Gesicht, nichts, was mich hoffen lassen könnte. Nur dieser dunkle Blick, der mir das Blut in den Adern gefrieren lässt. Ich kann nicht glauben, dass er mich angreifen würde. Ich will es nicht glauben. Er würde mich nicht angreifen. Nicht er. Wir sind … verbunden. Eins. Er ist der Mann, den ich liebe. Er ist mein Gefährte. Mein Schicksal. Der Grund, warum ich nie aufgebe. Wir gehören zusammen. Hinter mir höre ich Schreie, Klingen, die aufeinandertreffen, Schemen, die aus dem Schacht stürmen. Einige rennen, taumeln und fliehen – die Gefangenen. Ich sehe Colden in der Ferne, sein Schwert blitzt im Feuerschein auf, als er einen Angreifer niederstreckt, um ihnen den Weg freizumachen. Rainn kämpft nur wenige Meter entfernt, umringt von Feinden, doch jeder seiner Schläge ist tödlich. Er ist ein Schatten im Getümmel, fließend und unaufhaltsam. Das Chaos tobt um uns herum, aber meine Welt ist auf einen einzigen Punkt fixiert – ihn. Ayden. Er steht reglos vor mir, während das Schlachtgetümmel um uns tobt. Ich sehe nur ihn und er ist der Mittelpunkt meiner Welt, die gerade zerbricht.

Dann greift er an. Ich reiße mein Schwert hoch, instinktiv, ohne nachzudenken und unsere Klingen prallen aufeinander. Der Zusammenstoß vibriert durch meinen ganzen Körper, meine Arme zittern unter der Wucht. Der helle Klang brennt in meinen Ohren, hallt durch meinen Schädel.

Unsere Blicke treffen sich und mein Magen zieht sich schmerzhaft zusammen. Der warme, liebevolle

Ausdruck, mit dem er mich sonst ansieht, ist fort. Weg. Ausgelöscht. In den wilden Flammen seines Blickes tanzen schwarze Schlieren. Fremdartig und erbarmungslos. Ein Teil von etwas, das nicht Ayden ist. Etwas, das ihn gefangen hält. Gaia. Sie hat etwas mit ihm gemacht.

„Ayden, du willst das nicht", schreit Sky irgendwo im Getümmel, doch der Mann vor mir lacht nur leise. Ein dunkler, schrecklicher Laut, den ich noch nie von ihm gehört habe.

„Oh und wie ich das will", raunt er und schlägt erneut zu. Sein Angriff ist blitzschnell. Ich weiche zurück, gerade noch rechtzeitig, spüre die Bewegung seines Schwertes, als es nur wenige Zentimeter an mir vorbeizischt. Er setzt sofort nach, jagt mir einen gnadenlosen Hieb entgegen. Ich hebe meine Klinge, doch die Wucht trifft mich trotzdem. Ich stolpere, meine Füße finden kaum Halt, doch ich kämpfe weiter. Ich wehre ab, weiche aus, er drängt mich immer weiter zurück. Er spielt mit mir wie eine Katze mit der Maus. Aber sein Ziel ist klar: Er will mich töten. Die Erkenntnis trifft mich wie ein Stich ins Herz.

Jeder Hieb ist hart, präzise, tödlich. Ich war ihm im Kampf schon immer unterlegen. Er kennt jeden meiner Schritte, denn er hat sie mir beigebracht, sie alle. Sein Stil ist schnell, präzise und ich merke, dass er aufhört zu spielen. Ich sehe keine Emotion, keine Spur von Zweifel. Nur Effizienz. Ein Raubtier, das nicht ruhen wird, bis sein Ziel tot vor ihm liegt. Seine Klinge schrammt an meiner entlang, jagt mir Funken entgegen und ich stolpere rückwärts, mein Fuß rutscht auf dem losen Untergrund aus. Er sieht die Gelegenheit und schlägt mit voller Wucht zu. Ich hebe mein Schwert, um den Angriff erneut zu blocken, doch das Gewicht hinter seinem Hieb ist unmenschlich. Meine Knie sacken ein, meine Muskeln schreien, als ich versuche standzuhalten. Ein Dolch schnellt an uns vorbei, trifft nur wenige Zentimeter neben Ayden in den Boden ein, doch er reagiert nicht einmal. Er ist so auf mich fixiert, dass ihn nichts anderes interessiert. Wir tauschen weitere Schläge aus und jedes Zögern meinerseits bringt mich dem Tod näher. Ich weiß nicht, was ich tun soll. Ich kann das nicht. Ich kann ihn nicht verletzen. Wenn ich weiter zögere, werde ich sterben – und dann wird ihn nichts und niemand mehr retten können. Ich muss mich entscheiden. Doch dann bewegt sich etwas hinter ihm. Ein Schatten. Skandi. Ihr Schwert blitzt auf, sie hebt es, bereit, ihn niederzustrecken. Panik explodiert in mir.

„Nein!"

Ohne nachzudenken, stürze ich vor, schlinge meine Arme um Ayden und reiße ihn mit mir zu Boden. Wir schlagen hart auf, rollen über den staubigen Boden, ein Knäuel aus Armen, Beinen und Schwertern. Er ist so nah. Ich spüre die Hitze seines Körpers und klammere mich an ihn, als könnte ich ihn so festhalten. Als könnte ich ihn zurückholen, wenn ich ihn einfach nur umarme.

„Skandi, nicht!", schreie ich, meine Stimme überschlägt sich vor Panik. „Er … er steht unter einem Bann! Er ist mein Gefährte!" Ich will mich aufrichten, doch plötzlich bäumt er sich unter mir auf, seine Kraft bestialisch. Mit einer brutalen Bewegung dreht er uns und wir rollen über den Untergrund, bis er mich mit seinem Gewicht niederdrückt. Ich keuche, als er mich mit einer Hand auf den Boden presst, sein Knie hart in meine Rippen gedrückt. Sein Griff ist wie Eisen, seine Stärke überwältigend.

„Lass mich los, Ayden! Bitte! Hör auf.“

Seine Finger packen mein Handgelenk, versuchen mir das Schwert zu entreißen.

„Ayden. Du bist stärker als sie“, wimmere ich und unsere Augen finden sich für einen Moment. Sein Griff lockert sich kurz und ich stoße ihn von mir. Wir ringen weiter, unsere Körper rutschen über den sandigen Boden, meine Arme zittern vor Anstrengung, ihn von mir fernzuhalten. Rainn schreit irgendwo meinen Namen, doch dann schaue ich Ayden in die Augen - die so fremd auf mich hinabschauen. Mein Herz schreit. Meine Seele ebenfalls. Das ist so falsch, was hier passiert. Ich kann nicht richtig gegen ihn kämpfen. Ich kann es nicht. Ich kann nur versuchen, am Leben zu bleiben. Er drückt meinen Schwertarm nach unten, zwingt mich mit erschreckender Leichtigkeit, meine Waffe endgültig loszulassen. Ich spüre die Hitze seines Körpers über mir, seine Atmung und sein vertrauter Geruch dringt in meine Atemwege.

Er wird mich töten.

„Ich verzeihe dir, Ayden. Egal was passiert. Das bist nicht du“, flüstere ich, während mir Tränen über die Wangen laufen.

Seine Klinge erhebt sich, Flammen tanzen darauf wie lebendige Wesen. Sie lecken gierig über das Metall. Wenn er diesen Schritt tut, wird es für ihn kein Zurück mehr geben. Es wird ihn für immer zerstören. Die Klinge schwebt über mir und wir schauen uns einen Moment in die Augen, während um uns herum das Chaos tobt. Metall kreischt, wenn Klingen aufeinandertreffen. Kampfgeschrei mischt sich mit Stiefelscharren, Schreie hallen durch die Luft. Doch ich sehe nur ihn. Plötzlich reißt er sich die Hände vor die Augen, als hätte er Schmerzen und krümmt sich zusammen. Ein wütender Schrei löst sich aus seiner Kehle und ich ziehe meine Beine an und trete mit all meiner Kraft in seinen Magen. Er taumelt zurück und ich stütze mich mit den Händen vom sandigen Boden ab, aber in der nächsten Sekunde packt er mein Bein und zieht mich zurück. Ich schlage auf dem Boden auf, die Luft bleibt mir weg, schwarze Flecken tanzen vor meinen Augen.

„Es tut mir leid", wispere ich und trete mit aller Kraft nach hinten. Sein Griff lockert sich und dieser eine Moment rettet mich und ich nutze ihn, so gut ich kann. Ich lege meine Hände auf den sandigen Boden und Eis breitet sich unter seinen Füßen aus. Seine Bewegungen stocken, er rutscht, sein Knie knickt ein – und das schenkt mir wertvolle Sekunden, um mich keuchend aufzurichten. Meine Lunge brennt bei jedem Atemzug. Mit einem wütenden Knurren hebt er die Hand, Flammen erhellen die Nacht und das Eis unter seinen Füßen schmilzt augenblicklich zu einer dunklen Pfütze.

Hierauf bin ich nicht vorbereitet. Ich weiß, wie man kämpft. Wie man tötet, um zu überleben. Wie man verletzt. Aber wie kämpfe ich gegen den Mann, den ich liebe? Das ist etwas, auf das ich nicht vorbereitet bin.

Er sieht mich an, sein Blick noch immer voller Zorn, doch dann ändert sich sein Ausdruck. Ein winziges Flackern in seinem Blick, ein kaum wahrnehmbares Zittern in seinen Fingern, als würde er das Schwert abwerfen wollen. Und da weiß ich, er ist noch da. Ich habe die kleinen Zeichen gesehen. Sein Zögern. Er kämpft. Ebenso wie ich.

„Warum akzeptierst du nicht dein Schicksal, Glacies?" Seine Stimme ist heiser, tief und durchzogen von einem merkwürdigen Hall. „Wir beide wissen, wie das endet."

Ich mustere ihn. Sein markantes Gesicht, das nun von unserem Kampf gezeichnet ist. Kratzer überziehen seine Haut, Blessuren schwellen an. Seine Lippe blutet, ein dunkler Tropfen rinnt über sein Kinn. Sein Körper ist ebenso bedeckt mit Blut, Schweiß und Dreck wie meiner. Und doch stehen wir beide noch hier. Hätte Gaia ihn vollkommen unter Kontrolle, wäre ich bereits tot. Aber sie hat ihn nicht gebrochen. Sie hat etwas in ihm verdreht, etwas in ihn gepflanzt, aber nicht zerstört. Nein. Ayden ist stärker als sie. Er ist noch da. Tief in ihm drin kämpft er. Und ich hasse Gaia dafür. Ich hasse sie dafür, dass sie ihn mir genommen hat. Dafür, dass sie uns das antut. Doch ich werde ihn nicht aufgeben. Niemals.

„Ayden, ich weiß, dass du irgendwo da drin bist!" Ich kann die Tränen nicht mehr zurückhalten. „Ich liebe dich. Wir sind stärker als das, du musst weiter dagegen ankämpfen! Lass sie nicht gewinnen."

Er blinzelt. Seine Lippen öffnen sich einen Spalt, als würde er etwas sagen wollen und mein Herz setzt aus. Doch dann verändert sich sein Gesichtsausdruck erneut und die dunklen Schatten in seinem Blick verfestigen sich. Sein Blick wird eisig. Leer. Seine Stimme ist schneidend und unerbittlich bei seinen nächsten Worten.

„Liebe." Er schenkt mir ein schiefes, abfälliges Lächeln. „Ich habe nur einen Befehl und der lautet, dich zu töten."

Meine Kehle schnürt sich zu.

„Du unwürdiges Geschöpf. Du bist ein Fehler in unserem System."

Seine Klinge hebt sich.

„Eine Anomalie, die wir vernichten müssen."

Seine Worte treffen mich tief, auch wenn ich weiß, dass es nicht wirklich Ayden ist, der dies sagt. Es ist Gaia, die aus ihm spricht. Gaia und ihre Macht über ihn. Und im Augenblick kann ich nichts tun. Nichts.

„Neve!" Skandi ruft meinen Namen, ihre Stimme durchdringt den ohrenbetäubenden Lärm. Das Kreischen, die Schreie, das Klirren der Klingen. Ich sehe die Furcht in ihren Augen. Der Schreck in ihrem Blick, als immer mehr Schattenwesen aus dem Schacht strömen. Sie will mir helfen, aber sie kann es nicht. Keiner kann es.

„Ihr müsst gehen, Skandi. Ich … komme zurecht. Ich werde gleich nachkommen."

Skandi zögert, ihre Augen suchen nach etwas in meinem Blick, einer Bestätigung, dass ich wirklich nachkomme, ich es ihr verspreche. Ich sehe ihr an, dass sie mich nicht zurücklassen will, doch sie kann mir hier nicht helfen.

„Neve, du kannst das nicht alleine …", setzt sie an, doch ich unterbreche sie, meinen Blick fest auf sie gerichtet. „Ich muss, Skandi."

In ihrem Blick mischt sich Sorge mit Verständnis. Dann taucht Snow hinter ihr auf, sein Blick entschlossen und als er Skandis besorgte Miene sieht, verfestigt sich der Griff um ihren Arm. Auch er hat eine Entscheidung getroffen. Er stellt ihr Leben über meins und ich würde an seiner Stelle nicht anders handeln.

„Wir müssen jetzt gehen, mein Herz."

Der Blick, den er ihr zuwirft, ist voller Zuneigung, voller ungesagter Worte. In diesem Moment sieht man die Tiefe seiner Gefühle für sie, das, was sie verbindet. Er erinnert mich schmerzhaft an den Ayden, der irgendwo in dem steckt, was Gaia aus ihm gemacht hat.

Skandi will sich noch einmal zu mir umdrehen, doch Snow zieht sie mit sich.

„Es ist nicht unser Kampf." Seine Stimme ist weich, aber fest, als wolle er ihr sagen, dass sie nicht mehr ändern kann, was nun passiert und sie meine Entscheidung akzeptieren muss. Ihre Augen suchen meine, als würde sie darauf warten, dass ich sie zurückrufe. Doch das würde ich nie tun. Was hier passiert, meine Entscheidung, Ayden nicht zu verletzen, darf sie nicht in Gefahr bringen.

„Pass auf dich auf und beeile dich." Ihre Stimme klingt wie ein Flüstern in dem Chaos, das von Klingen und Kampfgeräuschen übertönt wird und sie entfernt sich immer weiter von mir, bis sie und Snow im Getümmel aus meinem Blickfeld verschwinden. Ich nicke ihr zu, auch wenn sie es nicht mehr sieht, als ein stilles Versprechen, dass ich es durchstehen werde. Das Ganze hat nur Sekunden gedauert, auch wenn es sich viel länger angefühlt hat und mein Blick wandert wieder zu Ayden. Ich kann nicht weglaufen. Und so stehen wir uns wieder gegenüber. Langsam hebe ich das Schwert zu meinen Füßen auf, ohne ihn aus den Augen zu lassen.

Meine Macht ist nutzlos gegen ihn. Und seine gegen mich. Sein Feuer kann mich nicht verletzen und mein Eis ihm keinen Schaden zufügen. Denn wir gehören zusammen, wie zwei Seiten einer Münze. Unsere Elemente, unsere Seelen haben sich miteinander verflochten, wir haben einander gewählt und dieses Band ist stärker als alles, was Gaia zu tun vermag. Es ist unzerstörbar.

Er hebt erneut das Schwert und ich weiß nicht, wie lange ich ihm noch standhalten kann. Doch plötzlich ist da eine Bewegung und schneller als ich ihr folgen kann, stürzt sich Sky mit einem lauten Aufschrei auf seinen Rücken und klammert sich an ihm fest, hindert ihn daran, erneut auf mich loszugehen. Er versucht sie abzuschütteln, aber sie gibt nicht nach und redet immer wieder auf ihn ein.

„Ayden, das ist Neve!", brüllt sie, ihre Stimme klingt verzweifelt, beinahe flehend. Er schreit laut auf, gequält, ein Ton, den ich noch nie von ihm gehört habe, während er verzweifelt versucht, sie abzuwerfen. Ich starre sie an, fassungslos, bis ich realisiere, dass sie mich vor ihm schützen will. Sie steht nicht unter Gaias Bann.

Sky hebt den Kopf und unsere Blicke treffen sich. Ihre stürmischen grauen Augen sind so wie eh und je, ohne schwarze Schlieren. Sie spiegeln eine Mischung aus Wut und Entschlossenheit und meine Beine werden vor Erleichterung beinahe weich. Sky ist da. Und sie ist sie selbst.

„Du musst verschwinden, Neve! Sofort!", brüllt Sky, ihre Stimme rau und dringend. „Ich kann ihn nicht lange aufhalten. Gaia hat etwas mit ihnen gemacht. Sie … sie wissen nicht, wer sie sind. Sie folgen nur einem Befehl – dem von Gaia!"

Die Worte prasseln wie ein Sturm auf mich nieder und endlich verstehe ich. Die Wahrheit trifft mich wie ein Blitz und alles macht plötzlich Sinn. Ich bin eine Anomalie, aber sie ist auch eine. Ich habe immer gedacht, dass Skys Kräfte für eine Aeria normal sind, doch ich erinnere mich an Gaias Worte. An die von Fjolla. Das Gaia weder die Glacies noch die Elektra steuern konnte, nur dass die Elektras vernichtet wurden. Doch das wurden sie nicht. Denn eine von ihnen steht hier vor mir und niemand außer mir ist sich dessen bewusst, weil sie diese Art der Elementare vergessen haben. Sky war nie eine Aeria, sie trägt mehr in sich. Sie ist sowohl das eine als auch das andere. So wie ich zum Teil eine Aqua bin und eine Glacies. Weiß sie selbst, wer sie wirklich ist?

„Neve, verdammt, sieh zu, dass du deinen Arsch bewegst!", brüllt sie und hat merklich Mühe, Ayden zu zügeln. Ich erwache aus meiner Schockstarre, mein Körper reagiert und ich nicke. Ohne einen weiteren Blick wirble ich herum und renne. Um mich herum toben noch immer Kämpfe, eine chaotische Mischung aus flimmernden Schwertern, Elementarkräften, lauten Schreien und keuchenden Atemzügen der vielen Krieger auf beiden Seiten. Inmitten des Durcheinanders sehe ich Flammen und Schatten, aber ich weiß nicht mehr, wer zu den Rebellen gehört und wer unter Gaias Bann steht. Zwischen flackernden Flammen und umherwirbelnden Schatten verschwimmt alles zu einer einzigen, chaotischen Masse. Ein Ignis zielt mit seinem Schwert auf mich, ich weiche aus, springe zur Seite und das Schwert verfehlt mich knapp. Der Kampf ist überall. Ich höre die Schreie, sehe einen Aeria in Flammen aufgehen. Ich renne weiter, weiche einem Angriff aus, als mich plötzlich ein gezielter Tritt in meine Seite trifft. Der Schmerz schießt durch meinen Körper und ich stolpere, bevor ich mit einem lauten Aufschrei auf dem Boden aufschlage. Die Luft bleibt mir weg, der Schmerz des Aufpralls schießt durch meinen gesamten Körper. Ich presse die Hände auf die getroffene Stelle, versuche, den Schmerz wegzuatmen.

Bluette schreitet langsam und gemächlich auf mich zu, dreht ihr Schwert mit einer bedrohlichen Eleganz langsam in der Hand. Der vertraute Ausdruck ihrer lachenden Augen ist völlig verschwunden und von einer unbarmherzigen Kälte durchzogen. Sie wirkt wie eine Fremde auf mich.

„Hab' ich dich."

„Bluette …", wispere ich gequält, doch ihre Miene bleibt unverändert. In ihren braunen Augen erkenne ich die gleichen schwarzen Schlieren wie bei Ayden.

„Es wird Zeit, zu sterben", teilt sie mir mit eisiger Stimme mit.

Die Erkenntnis, dass auch meine sonst so sanfte Freundin nicht mehr die ist, die sie einmal war, trifft mich mit voller Wucht. Sie ist im Augenblick nicht mehr Bluette. Sie ist eine weitere Waffe von Gaia, bereit mich auszulöschen. Das scharfe Ziehen in meiner Seite macht mir schwer zu schaffen, doch ich versuche es zu verdrängen. Sie hebt ihre Klinge und stürzt sich mit einem Schrei in meine Richtung.

„Es tut mir leid", wispere ich, hebe meine Hände und entfessle eine gewaltige Woge aus Schneekristallen und Eis. Sie schießen ihr unbarmherzig ins Gesicht und nehmen ihr einen Augenblick die Sicht, was es mir ermöglicht, wieder auf die Beine zu kommen. Meine Seite brennt, der Schmerz ist unerträglich und ich kann kaum atmen. Meine Glieder fühlen sich schwer an. Ich habe mein Schwert beim Sturz verloren, also ziehe ich den Dolch aus meinem Stiefel, während Bluette sich einen Blutstropfen von der Wange streicht, die ein Eissplitter hinterlassen hat. Ich Blick trifft meinen – sie ist mächtig wütend. Und sie hat keine Ahnung, wer ich bin oder was uns verbindet. Für sie bin ich nur ein weiterer Gegner.

„Bluette …", flehe ich erneut, doch sie reagiert nicht auf mich, sondern greift an. Schnell, eisern und gnadenlos. Ein Schlag nach dem nächsten und ich habe

Mühe, mit meinem Dolch und den Schmerzen in meiner Seite ihren Angriffen auszuweichen.

Vor allem, da ich auch sie nicht verletzen will. Das macht es für mich unmöglich, richtig zu kämpfen.

Als ich mich gerade wegducke, ruft sie ihr Element zu sich und Sand wirbelt mir ins Gesicht und in meine Atemwege. Hustend und würgend versuche ich Luft zu holen, als sie mir einen weiteren Tritt versetzt, der mich erneut zu Boden bringt. Ich rolle über die Erde und bleibe benommen liegen. Emotionslos hebt sie ein letztes Mal ihr Schwert und lässt es mit Schwung auf meinen Hals niederfahren. Ich schließe die Augen, Tränen rinnen über meine Wangen, während ich auf das Ende warte. Doch der tödliche Schlag bleibt aus.

Meine Wimpern flattern, als ich die Augen öffne und sehe, dass das Schwert noch immer über mir schwebt, doch eine Hand hat sich fest um Bluettes Arm gelegt und sie kämpft zitternd gegen die Kraft an, die sie daran hindert, mich zu töten.

„Nein."

Mehr sagt Ayden nicht. Er steht mit dem Rücken zu mir und stemmt sich gegen Bluette. Er hat sich zwischen uns geschoben, schützt mich mit seinem Körper und dann geht alles ganz schnell. Er macht eine Drehung mit seiner Hand, Bluette schreit auf. Im nächsten Augenblick ist sie entwaffnet und taumelt zurück und auf Sky zu, die sie festhält.

Ayden dreht sich langsam zu mir um, der Ausdruck in seinem Gesicht zerreißt mein Herz. Doch es ist sein Blick, der mich völlig zerstört. Er ist klar, aber ich sehe, welchen Kampf er gerade mit sich führt. Sein Gesicht ist von Schmutz und getrocknetem Blut gezeichnet, eine tiefe Schnittwunde von unserem Kampf zieht sich über seine Wange. Sein Atem geht schwer, seine dunkelbraunen Haare, durchzogen mit Staub und Schweiß, fallen ihm leicht ins Gesicht. Seine Lederrüstung ist zerkratzt, von Klingenhieben gezeichnet und sein breites Kreuz hebt und senkt sich ruckartig, mit jedem angestrengten Atemzug. Trotz allem strahlt er noch immer diese unerschütterliche Stärke aus, die ich so sehr liebe. Die Flammen in seinen Augen lodern, sein Blick ist verzweifelt und in seinen Augen liegt ein tiefer Schmerz.

„Neve … lauf", flüstert er und der Klang seiner Stimme brennt sich in mein Herz. Ich höre sein Leid. Den Schmerz. Denselben, den auch ich fühle. Die Sehnsucht und Verzweiflung. Den Wunsch, mich zu berühren.

„Ich will nicht ohne dich gehen, Ayden. Ich kann es nicht. Bitte zwing mich nicht dazu, dich wieder zu verlassen. Wir schaffen es, zusammen."

Ich richte mich gequält auf. Mein ganzer Körper schreit vor Schmerz, aber nichts tut mir so weh wie das, was hier gerade passiert.

„Du musst gehen, kleine Schneeflocke … bevor … ich dich noch richtig verletze."

„Du bist stark, du kannst dagegen ankämpfen. Du …"

„Nicht stark genug." Er kämpft mit jedem Wort. Sein Atem stockt, seine Stimme bricht. „Bitte, Neve … du musst gehen. Für mich."

„Ich kann dich nicht verlassen … nicht wieder … ich habe dich gerade erst zurück bekommen …" Mein Herz rast, meine Brust hebt und senkt sich hektisch.

„Ich … war beim Chronisten." Seine Stimme ist kaum mehr ein angestrengter Hauch. „Er hat gesagt … ich muss vertrauen. Ich vertraue dir. Du wirst einen Weg finden."

„Ich bin nicht stark genug …", schluchze ich.

„Doch, das bist du … und genau wegen dieser Stärke habe ich mich in dich verliebt."

Ich sehe, wie sehr er mit sich ringt. Die Muskeln an seinem Kiefer arbeiten und er wirkt, als hätte er Schmerzen.

Ich mache einen Schritt auf ihn zu, doch er weicht zurück.

„Nicht, bleib weg von mir. Es ist … zu gefährlich. Mein Verstand … Gaia hat … etwas in mich gepflanzt. In mir herrscht der Wunsch, dich zu töten. Egal wie … wie sehr ich gegen ihn ankämpfe. Er ist da."

Und in diesem Augenblick wird mir bewusst, dass ich wirklich gehen muss. Dass ich ihn gefunden habe … nur um ihn wieder zu verlieren.

Rainn taucht neben mir auf.

„Neve, wir müssen gehen", keucht er. Blut läuft ihm übers Gesicht. Sein Blick trifft den von Ayden.

„Du passt … auf sie auf?", flüstert der Mann, den ich liebe und Rainn nickt. „So, wie ich es dir versprochen habe."

„Ich komme zurück", schluchze ich, „ich werde dich retten. Euch alle."

Meine Hand zittert, als ich sie nach ihm ausstrecke, als würde alleine diese Berührung alles Unheil auslöschen können. Für den Bruchteil einer Sekunde streifen sich unsere Fingerspitzen – eine winzige, flüchtige Berührung und doch fühlt es sich an, als würde mein Herz in meiner Brust zerspringen. Hitze und Kälte prallen aufeinander, verschmelzen und für einen winzigen Moment gibt es nur uns. Liebe durchströmt mich mit einer solchen Intensität, dass es wehtut.

„Ich weiß", flüstert er, seine Stimme rau, voller unausgesprochener Worte. Ich spüre seine Liebe. Seine Augen suchen meine und ich sehe in ihnen alles, was wir waren, alles, was wir wieder sein werden, wenn ich stark genug bin, Gaia zu besiegen. Er hebt ein letztes Mal die Hand, als wolle er mich doch festhalten, aber dann schließen sich seine Finger zu einer Faust und er lässt sie langsam sinken. „Ich werde auf dich warten, kleine Schneeflocke."

Rainn packt mich, zieht mich mit sich, fort von Ayden, fort von allem, was mir wichtig ist. Mein Körper gehorcht, rennt, während mein Herz sich weigert, loszulassen. Der Rest unserer Krieger taucht ebenfalls im Dickicht unter, wird eins mit den Schatten der Nacht und wir folgen ihnen – doch mit jedem Schritt bricht etwas in mir. Ein tiefer, klaffender Riss, den nur er füllen kann. Ich werde ihn retten – egal was es mich kostet. Ich werde ihn zurückholen.

Ayden

Tief in mir tobt ein Inferno. Gaias Befehl brennt in meinem Kopf, ein gnadenloser Sturm, den ich kaum unter Kontrolle halten kann. Doch ich stemme mich mit all meiner Kraft dagegen, rufe mir jede Erinnerung an Neve ins Gedächtnis, die mir hilft, nicht in den Wahnsinn zu stürzen. Mein Herz zieht sich vor Anstrengung zusammen, als ich der Frau nachsehe, für die ich die Welt niederbrennen würde. Sie flieht Hand in Hand mit Rainn über den Platz. Kurz bevor sie im Dschungel verschwindet, dreht sie sich zu mir um. Ein flüchtiger Augenblick und unsere Blicke treffen sich ein letztes Mal und in diesem einen zerbrechlichen Moment sehe ich den Schmerz in ihren Augen, die Tränen, die ihre Wangen hinunterrollen und die Verzweiflung, mit der sie mich ansieht. Doch ich sehe auch die Liebe, die sie für mich empfindet. Alles in mir will ihr nachlaufen, sie an mich ziehen und ihr versichern, dass alles gut wird.

Ich würde alles dafür geben, ihr zu folgen, bei ihr zu sein, doch ich kann nicht. Ich bin im Moment die größte Gefahr für sie. Der Drang, sie zu schützen, wird von diesem finsteren schwarzen Teil in mir in die Knie gezwungen. Ich wollte sie nicht angreifen, aber was auch immer da in mir steckt, wollte es. Wollte sie töten und ich war wie ein stummer Zuschauer, ohne eingreifen zu können. Ich weiß nicht, warum Gaias Kontrolle bei Sky nicht wirkt und bei mir phasenweise aussetzt. Aber ich werde es herausfinden. Ich werde nicht eher ruhen, bis ich Neve wieder in meine Arme schließen kann. Gaia missbraucht uns für ihre Pläne, sie hat uns mit etwas belegt, das ich nicht verstehe. Und solange ich diesen … Zauber oder was auch immer es ist, nicht loswerde, werde ich, soweit es geht, von Neve fernbleiben müssen.

Auch wenn es mich innerlich zerreißt. Ich sehe sie mit Rainn verschwinden, ihre weißen Haare wehen im Wind. Die Rüstung, die sie trägt, ist übersät mit Kratzern, Blut und Spuren des Kampfes. Unseres Kampfes.

Sie sieht aus wie eine Kriegerin, selbst in diesem Moment der Verzweiflung. Sie ist stark. Sie wird einen Weg finden.

Nur diesen Weg muss sie ohne mich beschreiten. Aber ich vertraue Rainn, dass er sie statt meiner beschützen wird, mit allem, was er hat. Ich vertraue auf den Chronisten, der mir gesagt hat, dass ich Vertrauen haben muss, dass Neves Weg ein anderer ist als meiner.

Doch am meisten vertraue ich auf Neve und unsere Liebe. Denn das ist es, was sie immer getan hat: Sie hat nie aufgegeben und an uns geglaubt. Und ich weiß, dass sie niemals damit aufhören wird, egal, wie düster die Zukunft gerade wirken mag. Sie ist stärker, als sie weiß. Stärker, als sie es sich selbst eingesteht.

Und bis sie Hilfe gefunden hat, werde ich kämpfen. Für sie. Für uns. Und auf sie warten. Unsere Geschichte ist nicht vorbei, sie beginnt erst. Eine Liebe wie unsere kann nicht ausgelöscht werden. All die Sterne am Himmel erzählen von unserer Verbindung und wir werden um unsere Zukunft kämpfen. Und wenn es sein muss, würde ich selbst dem Tod mein Schwert an die Kehle halten und sie zurückfordern. Neve ist mein. Und wir werden Gaia stürzen.

Eine Hand legt sich auf meine Schulter und ich drehe mich zu Sky um, die mich mit entschlossenen Augen ansieht.

„Wir werden sie wiedersehen, Ayden. Wir werden kämpfen. So wie wir es immer getan haben."

Ihre Worte treffen mich tief und ich lege meine Hand auf ihre, ein stummes Versprechen, das uns verbindet. Mit einem letzten Blick auf den Dschungel, in dem Neve eben verschwunden ist, wende ich mich ab und schiebe meine Arme unter den bewusstlosen Körper von Bluette, hebe sie vorsichtig hoch und folge Sky.

„Wahre Stärke entsteht aus dem Vertrauen, das wir einander schenken und der Liebe, die uns unaufhaltsam macht. Zusammen können wir alles überwinden – selbst das Unmögliche."

Verfasser unbekannt

Danksagung

Wenn ein Autor ein Buch schreibt, gibt es im Hintergrund immer Menschen, die uns unterstützen und einen großen Teil an unserem Werk haben. Sei´s, weil sie mit uns arbeiten, uns unterstützen oder einfach für uns da sind.

Mein besonderer Dank geht deswegen an:

Meinen wundervollen Ehemann und meine Familie.

Meine Lektorin Sandra Van Heule, auf deren Meinung ich unglaublich viel Wert lege.

Meine Korrektorin Michelle Krabinz, die schneller arbeitet als jeder Superheld.

Danke für eure großartige Arbeit. Es ist mir immer wieder eine Freude, mit euch beiden zu arbeiten.

Und ganz am Ende: Ich danke dir! Ja, genau dir. Wofür? Dass du genau mein Buch ausgewählt hast, um Neve und Ayden auf diesem Abenteuer zu begleiten. Ich hoffe, du hast sie ebenso ins Herz geschlossen wie ich.

Liebe Grüße
Annika

Grafikverzeichnis

Alle Grafiken wurden mit Canva erstellt

Cover:

Crying Eye.blue highkey – starush
Withe fog – ohh creative
Withe fog Decoration – Mudiono
Glowing with dust, Sparks… - tania-chaban
Glitter transparent Overlay – Vik_Y.
Fog Illustration – DesignNFMR
Silver glitter Confetti – Kate-u
Gold spark lens flare light – MD.Rezual Karim
Lovers Couple Silhouette – formatorginalphotos
Shining sun overlay – Likanaris
Ash Spray – Klyaksun
Abstract explosion dust – freeject
Abstract Black Cloud Sky – chaju Design
White Smoke Illustration – graphic Journey

Zitat am Anfang.

Fairytale Female Warrior – David Luu
Snow Wind doddle blizzard - Chorna_L

Zitat am Ende

Lovers kissing silhouette - formatorginalphotos

Mögliche Trigger:

Panikattacken / extreme emotionale Belastung
Gewalt (körperliche Kämpfe, Verletzungen,
Gewaltandrohungen, seelischer Missbrauch)
Sexuelle Übergriffigkeit
Tod / Verlust (von nahestehenden Personen und
Tieren)
Manipulation / psychische Gewalt
Ohnmacht / Gefangenschaft
Hinrichtung / drohende Exekution
Dystopische Machtverhältnisse / toxische
Herrschaft
Explizite Darstellung einvernehmlicher Intimität